KB021588

이미지 모티폴로지

조강석 비평집

이미지 모티폴로지

펴 낸 날 2014년 9월 11일
지 은 이 조강석
펴 낸 이 주일우
펴 낸 곳 ㈜문학과지성사
등록번호 제1993-000098호
주   소 121-894 서울 마포구 잔다리로7길 18(서교동 377-20)
전   화 02) 338-7224
팩   스 02) 323-4180(편집) / 02) 338-7221(영업)
전자우편 moonji@moonji.com
홈페이지 www.moonji.com

ISBN 978-89-320-2658-9

::: 조강석 비평집

이미지 모티폴로지

문학과지성사
2014

내 안의 시인
김성옥 여사님께

   꼬박 4년 만에 다시 평론집을 낸다. 다시 한 번 소출들을 묶어보기로 한 것은 지난 10년간 거의 한 계절도 빠지지 않고 글을 읽고 써온 것에 대한 '순분증명'이 절실했기 때문이다. 읽고 쓰는 사정과 관련하여 안팎으로 이런저런 일들이 있었다. 문학을 하고 비평을 한다는 것의 의미를 누구의 도움도 없이 조용히 숙고할 시간이 무더기로 찾아왔다.

   우연히 10년 전의 호기를 돌아볼 기회도 있었다. 갓 등단한 비평가에게 비평이란 무엇인가를 묻는 난이었는데 그때 이런 말들을 부려놓았다. "미문의 유혹과 이론의 과적을 피하면서 작품 해석의 물줄기를 삶의 안쪽으로 대어놓고 다시 작품의 내적 논리로 그것을 설명해내야 하는 이 지난한 작업"이라고 나는 썼다.

   든 적도 없으면서 집을 나간 미문은 애타게 불러도 오지 않는다. 과적할 이론이 없다. 삶으로부터 문학을 내외시키려 굳이 애를 쓴 적은 없지만 누구의 삶은커녕 오래 품었던 적은 믿음들마저도 비문

에 가까워지고 있다. 그렇지만…… 지난 4년 동안 저 마지막 대목만
은 한사코 붙들고 있었던 모양이다.

이번에 묶인 원고들은 정확히 세 방향을 지시하고 있다. 첫째, 작
품의 내적 실재, 둘째, 디테일, 그리고 셋째로 이미지-사유가 그것
이다. 형식주의자와 경험주의자가 드나드는 연락소로 마련해본 것
이 '내적 실재'라는 개념이었다. 이 개념을 통해서 작품과 현실, 그
리고 작품 내의 실재와 표상 사이에 창조적인 두 개의 비무장지대가
놓여 있음을 보게 되었다. 그런 간극들에서 생겨나는 창조 — 이즈
음 이 말은 또 하나의 '마지막 어휘'(리처드 로티)가 되었다 — 를 해
명하기 위해 다니엘 아라스의 조언을 고스란히 따라보려 했다. '아
는 것에 대한 보는 것의 우위'를 중단하고 디테일에 충실하라는 귀
띔이 그것이다. 그러나 우선은 시계(視界)를 디테일에 집중시키면
서도 한편으로는 그 반작용으로 '이미지-사유'가 결과적으로 펼쳐
보이는 '이미지 아틀라스'(아비 바르부르크)에 여러 번 매혹되었다.
어쩌면 새로운 방식으로 텍스트의 구심력과 원심력을 조절하는 렌
즈를 디테일과 이미지-사유를 통해 깎아보려고 마음을 졸여온 이
력이 여기 묶은 글들의 배후가 아닐까 하는 생각도 든다. 물론 아직
은 이 모든 일들의 도정에 있다.

1부의 글들은 바로 그런 문제들에 집중했던 시간의 소산이다. 겉
으로는 — 대단할 것도 없는 — 이론을 두르고 있는 글도 있지만 기
실 그것조차 매혹의 표현이었다. '번개처럼 번개처럼 금이 간 얼
굴'(김수영)을 하고서 내적 실재와 이미지-사유라는 렌즈를 통해
새로운 시학을 더듬어보고자 애썼던 자취가 여기에 고스란히 드러
나 있다. 2부는 1부의 글들을 쓰는 동안 가능하면 작품들이 지닌 디

8

테일에 집중해서, 원고지와 같은 눈높이에서 텍스트의 결을 세심하게 헤아려보고자 애쓴 결과들을 모아본 것이다. 그리고 3부는 거꾸로 자꾸만 '눈'을 찔러오는 '시적 풍크툼'들에 대해 쓴 글들을 모았다. 그러는 동안 우리 문학에 이렇게도 다양한 '높음'들이 있다는 것을 확인할 수 있었던 것은 성마른 평론가의 안복이다. 4부의 글들은 우리 시대의 모티프들이 어느 곳에서 어떤 방식으로 태동하고 있는가를 탐색한 결과이다. 모티프motif라는 말과 모폴로지morphology라는 말을 접붙여 '모티폴로지motiphology'라는 말을 만들어보았다. 우리 시대의 다양한 서사들 속에서 어떤 동기들이 새로 생겨나고 있는지 그 형태를 추적해보고 싶은 마음에 일종의 '필드워크'를 시도해본 셈인데 매혹이 주제를 압도하고 있는 작품들에 힘입은 바가 크다. 4부의 부제인 '모티폴로지 아틀라스'라는 말은 최근 관심을 가지고 읽고 있는 아비 바르부르크의 작업을 그저 흉내내어 붙여본 말이다. 자코메티는 얼굴을 조각할 때 얼굴 전체를 미리 생각해서는 오히려 완성을 보기 어렵고, 그때그때 눈과 코와 입 등에 집중하다 보면 끝을 보게 된다고 말한 바 있다. 4부의 작업은 그런 마음으로 이어가고 있는 일의 일부이다.

부족한 글의 출판을 허락해준 문지의 여러 선생님과 편집부 분들께 늘 감사한 마음을 지니고 있다. 또, 각별히, 지난 3년 동안 학교 안팎에서 토론과 격려를 마다하지 않은 인하대학교의 동료 선생님들께 건배와 더불어 마음을 전하고도 싶다.

책 제목 짓는 데 마음을 보태준 훈이와 곧 내 글의 최초의 독자가되어줄 진이, 그리고 시간 청구권자 민정과도 용기를 나누고 싶다. 능력 이상으로 집중을 유지하는 데 사용된 시간은 아마도 가까운 이들로부터 당겨 쓴 것이 틀림없겠으나 어차피 일시불로 갚을 수도 없는 일이니 그에 대해서는 차차 따로 청구하시라, 시간의 변제는 무엇으로 가능할지 수소문을 해볼 요량이니……

2014년 가을 일산에서
조강석

차례

책머리에 7

1부 이미지 – 사건과 내적 실재

이미지 – 사건과 문학의 정치 15

이미지는 무엇을 원하는가? 34

아비 바르부르크와 이미지 – 사유 49

내적 실재의 시학 63

아는 것에 대한 보는 것의 승리, 혹은 시적 디테일의 문제 87

'태도가 형식이 되었을 때' 이후의 시 109

시에 대해서 윤리를 물을 때의 몇 가지 전제 122

사건이 되는 이미지들 135

2부 내적 실재의 문법

생성변형문법으로부터 시계 세공으로—이준규의 시세계 149

불면증자의 언어에 감광된 실재계—김중일 시집 『아무튼 씨 미안해요』 165

생활세계와 기호계의 시적 동기화—권혁웅 시집 『소문들』 179

일상의 표면, 취미taste의 심연—이근화 시집 『차가운 잠』 199

현실의 심리적 구조물과 을의 노래—박강 시집 『박카스 만세』 219

내적 실재의 다이내믹—이수명의 시세계 232

3부 시적 풍크툼

시적 풍크툼 245

적막을 장전한 키메라—강정 시집 『활』 257

실존과 이미지의 푸가—장승리 시집 『무표정』 277

사이를 듣는 귀와 견딤의 가설—이은규 시집 『다정한 호칭』 292

달리기의 정서와 지하의 감각 그리고 이행의 아포리아—박시하 시집 『눈사람의 사회』 308

비약의 귀재 vs 소멸의 총아—이재훈 시집 『명왕성 되다』 326

편력시대와 삶의 자가발전—천서봉 시집 『서봉氏의 가방』 343

하염없음이 하염없게도……—송진권 시집 『자라는 돌』 357

4부 모티폴로지 아틀라스

타인의 고통 371

내 안에 법 있다 390

모티폴로지 아틀라스 1 402

모티폴로지 아틀라스 2 418

모티폴로지 아틀라스 3 434

1부 이미지 – 사건과 내적 실재

이미지 - 사건과 문학의 정치

1

어째서 논리적인 일관성과 대의명분이 맹목을 노골적으로 전시하는 스펙터클의 정치에 굴복하는 것일까? 어째서 많은 이들은 경과와 결과가 예측되는 합리적인 경제 정책보다 '부자 되시라'는 허언과 '터무니없는' 공약들에 이끌려 '747'에 탑승하는 것일까?

2

세 가지 실험을 소개하고자 한다. 그 결과와 의미를 예측해보라.[1]

---

1) 미리 말해두자면, 이 세 가지 실험은 브라이언 마수미Brian Massumi가 『가상계 — 운동, 정동, 감각의 아쌍블라주』(조성훈 옮김, 갈무리, 2011)에서 '정동적 전환affective turn'을 설명하기 위해 소개한 실험들이다. 이하 본문에 인용할 때는 쪽수만 밝힌다.

실험 1

한 남자가 옥상 정원에서 눈사람을 만든다. 한낮의 해로 눈사람은 녹기 시작한다. 그는 바라본다. 잠시 후, 그는 눈사람을 산 속의 추운 곳으로 가져간다. 더 이상 녹지 않는다. 그는 안녕을 고한 후에 떠나버린다.[2]

위에 소개된 내용은 독일 TV에서 프로그램의 막간에 방영되었던 짧은 영상 이미지이다. 허사 스텀Hertha Sturm은 이 영상 이미지를 세 가지 버전으로 제작하여 실험했다. 첫째는 오리지널 무성영화 버전, 둘째는 행동이 일어날 때마다 이를 설명하는 사실적factual 해설을 입힌 사실적 버전, 셋째는 사실적 버전과 유사하지만 결정적인 순간에 '감정적'인 분위기가 더해진 감정적 버전이 그것이다. 아홉 살짜리 아이들이 실험 대상이었다. 아이들에게 가장 재미있게 여겨진 것과 기억에 가장 오래 남은 것은 어떤 버전이었을까? 또 그것의 의미는 무엇일까?

실험 2

건강한 피실험자들에게 뇌파를 기록하는 장치를 설치하고 움직이는 시계침의 공간적 위치를 가리키기 위해 손가락을 구부려보라고 요구했다. 뇌파 기록지에 어떤 결과가 나타났을까? 또 그것의 의미

---

2) 허사 스텀이 행한 실험의 대상이 되는 이미지로, 앞서 언급한 브라이언 마수미의 책에 그 내용과 실험 과정이 소개되어 있다. pp. 46~48.

는 무엇일까?

실험 3

준수한 외모와 제스처로 미국인들로부터 "소통의 달인the Great Communicator"이라는 별명을 얻은 정치가가 있었다. 그의 텔레비전 연설을, 말을 이해할 능력은 없지만 표정, 제스처 같은 신체 언어body language를 읽는 데 탁월한 능력을 지닌 전실어증global aphasia 환자들과 음성 표현은 듣지 못하지만 문법적 형식과 의미론적 혹은 논리적 내용에 집중하여 전언을 읽는 어조 실언증tonal agnosia 환자들에게 들려주었다. 그 결과는? 그리고 그것의 의미는?

2-1

우선 실험 1을 보자. 당신의 예상은 적중하였는가? 아이들이 가장 재미있다고 한 것은 오리지널 무성영화 버전이었으며 기억에 가장 오래 남은 것은 감정적 버전이었다. 많은 추가 설명이 필요하겠지만 결론은 "이미지 수용에 있어 정동이 가장 우선한다"(p. 48)라는 것이었다. 브라이언 마수미는 이 결과에 대해, 통상적인 의미를 나타내는 이미지의 특질과 이미지 효과의 세기나 지속을 나타내는 강렬도(강도, intensity)[3]를 구분하여 설명한다. 쉽게 말하자면

---

3) 『가상계―운동, 정동, 감각의 아쌍블라주』의 역자는 이를 '강렬도'로 번역하였다. 그

이미지에 의미를 부여하는 의미화 질서와 특정 이미지를 기억에 오래 머물게 하는 강도 사이에 일정한 간극이 있다는 것이다. 마수미는 이를 "의미화 질서와 강도의 단절"(p. 49)로 설명한다. 즉 이미지의 수용은 의미화 질서와 강도 사이에서 발생하는 다층적 사건이라는 것이 그의 설명이다. 이를 풀자면 우리가 어떤 이미지를 받아들일 때에는 그 이미지의 의미론적 자질과 강도 사이의 다중적 관계를 고려하게 된다는 것이다. 마수미는 특히, 이때 의미화 질서가 아니라 강도가 관계되는 한 그 강도의 수준은 배중률principle of the excluded middle을 인정하지 않는 논리에 따라 조직된다고 강조한다. 즉 의미론적 자질과 강도는 때로 순응과 정합의 관계가 아니라 방해interference 혹은 증폭amplification의 관계에 놓인다는 것이다(p. 50).

예를 들자면 의미의 차원에서는 모순되는 슬픔과 기쁨이라는 상호배제적 상태가 강도의 차원에서는 동시에 쾌감을 불러일으키며 증폭될 수도 있다는 것이다. 마수미는 이런 의미에서의 강도가 비선형적 과정, 즉 과거로부터 미래로 흐르는 내러티브의 선형적 과정을 순간적으로 정지시키는 것이라고 설명한다. 그는 이를 "시간에 난 하나의 구멍"(p. 57), "불변성의 정지suspension"(p. 52)라는 말로 표현한다. 다시 말해서, 이미지의 강도는 시간의 흐름에 따라 선형적으로 형성되는 내러티브에 공백을 만들고 동시에, 불변

런데 들뢰즈가 칸트의 '지각의 예취'를 연장적 크기(extensive Größen, 혹은 외연적 크기)와 밀도적 크기(intensive Größen, 혹은 강도적 크기) 개념으로 설명했고 지각의 문제에 있어 '강도'가 중요한 것임을 강조할 때의 용례와 서로 참조하기 위해 필자는 이 용어를 '강도'로 바꿔 인용한다.

하며 고정된 의미의 순행을 정지suspension시키며 이에 따라 긴장
suspension을 높인다는 것이다. 브라이언 마수미는 이와 같은 초선
형적 사건과 선형적 사건을 설명하기 위해 '이미지-사건'과 '표현-
사건'이라는 용어를 사용한다. 이 두 사건은 서스펜스와 예상(기대,
expectation)이라는 두 축에 의해 발생한다는 것이다.

　정리하자면 첫번째 실험을 통해 이런 것들을 확인할 수 있다. 이
미지는 의미론적 자질과 강도를 동시에 지닌다. 지속적 효과와 관
련 깊은 강도는 의미의 맥락을 형성하려는 선형적 예상과 기대를 중
단시키며 동시에 긴장을 발생시킨다. 그리고 언어는 이 서스펜스와
기대, 중단과 흐름을 동시에 조정하며 강도와 의미론적 자질 사이의
공명과 간섭을 유도한다. 마수미는 바로 이런 맥락에서 정동affect
을 설명한다. 정동 개념에 대해서는 별도의 설명과 이해가 필요할
것이지만 여기서는 스피노자로부터 발원하고 들뢰즈에 의해 재고
안된 정동이란 개념을 이미지의 순간적이고 정태적인 효과인 정서
affection와 대비하여 한 정서로부터 다른 정서로의 이행과 변이로
이해하자.[4]

　정서는 봉인하고 정동은 이행한다. 다시 말해 정서는 우리를 예상
에 기댄 어떤 고정된 의미망에 안착시키려는 '표현-사건'과 관계 깊
다면 정동은 우리로 하여금 한 상태로서 다른 상태로 이행하도록 자
극하는 '이미지-사건'과 관계 깊다고 하겠다. 마수미가 "선형적 일
시성의 서스펜스로서의 정동"(p. 54)이라고 말하는 바의 의미가 바

---

4) 이에 대해서는 질 들뢰즈, 「정동이란 무엇인가?」, 『비물질노동과 다중』(질 들뢰즈 외,
　서창현 외 옮김, 갈무리, 2005)를 참조할 것.

로 이것이다. 정동은 기대와 예상을 통해 선형적으로 내러티브를 형성하려는 흐름을 정지시키면서 긴장을 유발한다.

2-2

　두번째 실험의 결과를 간략히 살펴보자. 뇌파를 기록하는 기계는 주어진 자극에 대해 결정하기 전 0.3초간의 두뇌 활동이 있었다는 것과 결정이 있고 나서 손가락이 구부려지기까지 다시 0.2초의 경과 시간이 있었음을 기록했다. 자극에 대해 몸에서 반응이 일어나기 시작하는 것과 그것을 외부로 표현하는 행동의 완성 사이에 0.5초라는 간극이 있었다는 것이다. 비슷한 실험 결과를 두고 연구자들은 이를 "시간상 소급된 전송"(p. 55)이라고 표현했다. 흥미롭게도 브라이언 마수미는 이 0.5초가 시간의 공백이 아니라 최초의 의향이 발생한 후 그것에 동참하거나 거부하는 반응들로 가득 차 있다는 설명[5]을 받아들인다. 다시 말해 최초의 자극을 받아들이고 그에 대해 행동으로서 의지를 표명하기까지 걸린 0.5초의 시간은 텅 비어 있는 것이 아니라 너무나 과도하게 차 있다는 것이다. 그렇다면 손가락을 구부려 시침의 향방을 가리킨 행동은 반응의 공백에서 반응을 형성하는 과정이 아니라 충만한 반응들로부터 다른 반응들을 공제해나감으로써 최종 행동으로 표현된 의지를 선별해나가는 과정이라고 할 수 있을 것이다. 마수미는 이를 두고 "의지와 의식은 감산적

---

5) 이런 관점은 자유 의지에 대한 벤자민 리벳의 설명을 요약한 것임. p. 56.

substractive이고, 한정적limitative이며, 파생적인derived 기능들
functions"(p. 57)이라고 설명한다. 의지가 감산적 기능이라는 말은
그 자체로 대단히 흥미로운 것인데, 왜냐하면 현실화된 의지 이전에
수많은 반응들의 세계가 이미 놓여 있다는 것을 전제로 하기 때문이
다. 바로 그 잠재적인 세계를 마수미는 가상계the virtual라고 정의
한다. '이미지 – 사유'와 관계하여 시사하는 바가 풍부한 다음과 같
은 언급은 직접 옮겨보는 것이 좋겠다.

이것은 육체에 대한 사유의 개정을 요구한다. 무엇인가가 너무 빨
리 일어나서, 실제로, 나타날 수 없다면, 그것은 가상적이다. **육체는
실제적인 것만큼이나 곧 가상적이다. 가상적인 것은, 초기발생과 경
향성이 밀려드는 무리로서, 잠재의 왕국이다.** 가상계 안에서는, 미래
가 매개되지 않고 과거 일반과 결합하는 곳이며 외부에 있는 것들이
접히는 곳이며 슬픔이 행복인 곳이다. 〔……〕
**가상계는 살아 있는 역설로, 그곳에서는 대립하는 것들이 공존하
고, 연합하고, 연결된다. 또 그곳에서는 체험될 수 없는 것이 느껴지
지 않을 수 없다** — 비록 감소되고 억제되어 있긴 하지만 말이다. 한
개인의 행위나 표현은 압력을 가하는 무리로부터 발생할 것이고, 그
로 인해 의식적으로 등록될 것이기 때문이다. 무엇이든 그것이 출현
하도록, 자질을 갖도록, 사회언어학적 의미를 가지도록, 선형적 작
용 – 반작용의 회로로 진입하도록, 제한으로 인해 삶의 내용이 되도록
"애를 쓸" 것이다. (p. 59. 강조는 인용자)

마수미는 덧붙여, "가상계는 발생하긴 하지만 실제로 살아 있지

는 않기 때문에, 초선형적 추상의 한 형식으로 간주될 수 있다"(p. 59)라고 부연한다. 발생하지만 실제로 우리 눈앞에 도달하지 않았다는 것을 우리는 '잠재적'이라는 말로 표현하곤 한다. 잠재력이 있다는 것은 우리 눈앞에 도달해 현실화될 가능성을 지니고 있다는 말이다. 물론 도달한 현재는 그 잠재력들의 가상계에서 형성되는 것들로부터, 즉 모순되는 것들이 공존하고 연합하고 연결되는 잠재의 왕국에서, 현재 도달된 의미와 의지와 관련되지 않은 것들을 공제한 substract 결과로 주어지는 나머지이다. 이것이 사실이라면 이미지가 본체의 잉여라는 서구 형이상학의 오래된 전통은 이제 결정적으로 카운터펀치를 맞는다. 의미와 의지가 아니라 이미지가 잠재의 왕국이며 도달한 의지와 의미가, 다수를 대표하는 것이 아니라 다수를 공제한 소수의 의지와 의미가 되기 때문이다.

2-3

지금까지의 전개라면 실험 3의 결과와 의미는 예측이 가능할 것이다. 여기서 언급된 "소통의 달인"은 바로 로널드 레이건Ronald Reagan이다. '소통의 달인'이라는 표현은 풍자적으로 사용된 것이 아니다. 실제로 레이건은 배우 출신답게 화술과 제스처에 능했으며 이를 활용해 대중들로부터 상당한 지지를 받았다. 그러나 놀랍게도 말을 이해하지 못하지만 신체 언어를 탁월하게 읽는 이들과, 음성 표현은 읽지 못하지만 언어의 논리적 형식에는 예민한 이들에게 레이건의 연설은 일말의 지지도 이끌어내지 못했다. 레이건의 연설에 대한 그들의 반응은 폭소와 격분의 감정이었다. 이들에게 그의 신체 언어는 어설펐으며 그의 문장은 문법적으로 정확하지 않고 논리적으로 일관성이 없어서 심지어 레이건이 지적 장애를 지닌 것이 아닌가 의심이 되기까지 했다고 한다. 이 실험 결과를 바탕으로 마수미는 레이건을 '소통의 달인' 지위에 올려놓은 것은 바로 정동, 혹은 비의미화의 강도였다고 설명한다. 다시 말해, 탁월한 논리나 능숙한 제스처가 아니라 오히려 논리적 비연속성과 단속적인 몸짓들로 강도를 더하는 과정을 통해 신뢰를 구축하는 것이 레이건의, 그리고 레이건의 신경망에 비유되는 미디어의 전략이었다는 것이다. 마수미에 의하면 신뢰는 "정동적 포획의 신격화"(p. 80)이다. 레이건의 초보적 언동이 신뢰를 굳히고 그의 주요 의제에 반대한 유권자들이 그에게 표를 던졌던 이유가 여기 있다고 마수미는 설명한다. 일관된 논리나 성의가 있는 대화가 아니라 마임처럼 미분된 움직임들이 부정적 반응에도 불구하고 그 강도는 더해가는 원리에 의해 대중들에게 어필이 되었다는 것이다. "적어도 북미에서, 극우세력은 포스트모던 육체의 심상주의적 잠재the imaginative potential에 기존의 좌파보다도 훨씬 더 적응이 잘 되어 있다. 그리고 지난 20여 년 동안 그 이점을 이용해왔다"(p. 84)라고 마수미는 말하고 있는데, 논리와 의미의 가시적 현실계가 현상하기까지의 0.5초 동안 우파는 참으로 많은 일을 해오고 있었던 셈이다. 논리적 설득과 합의가 아니라 "정동적 동요affective fluctuations"(p. 85)가 관건인 상황은 비단 북미에서 벌어진 일만은 아닌 듯하다.

3

마수미의 논리를 전적으로 따를 수는 없지만 문학이 정치와 일의
적 관계에 놓이지 않으면서도 정치성을 띨 수밖에 없음을 말하고자
한다면 의지와 의미가 도달한 전언의 현실계가 아니라 이미지와 정
동의 가상계에 대한 전제와 검토가 필요하다고는 말할 수 있겠다.
그것은 이런 의미에서다.

첫째, 가상계를 전제할 때, 사회적 의미망까지 도달한 전언이 감
산된 의지이자 한정된 기능의 발휘라면 문학 이미지는 자극과 표현,
신체와 언어, 감각과 운동 사이에서 발생한 모든 잠재적 기능들의
운동 과정과 관계 깊다.

조르주 디디-위베르만이 『반딧불의 잔존』에서 여러 번 강조했듯
이 이미지는 지평이 아니다. 디디-위베르만은 "이미지는 산발적이
고, 취약하고, 끊임없이 반복적으로 출현하고, 소멸하고, 재출현하
고, 재소멸한다"[6]라고 설명하며 이미지적 사유와 지평적 사유를 대
비시킨다. 디디-위베르만에 의하면 지평적 사유가 역사에 대한 통
찰, 정치적인 입장, 메시아적 구원 등을 의미하는 강한 빛luce과 관
계가 깊은 반면, 이미지적 사유는 미광lucciole에 유비된다. 왜냐하
면 이미지는 출현과 소멸, 그리고 재출현과 재소멸을 거듭하기 때문
이다. 가스통 바슐라르의 말마따나 문학 이미지는 "태어나는 상태

---

6) 조르주 디디-위베르만, 『반딧불의 잔존 — 이미지의 정치학』, 김홍기 옮김, 길, 2012, p.
   84.

의 의미"인바, 그것은 역사와 현실을 사유하는 현실계의 지평으로 환원되거나 감산되기 이전에 발생과 소멸을 거듭하며 스스로를 갱신하는 의미라고 할 수 있다. 마수미 식으로 이야기하자면 그것은 감산되기 이전의 의지 혹은 구축과 철폐를 반복하는 운동이라고 할 수 있다. 그렇기 때문에 문학 이미지는 의지와 의미, 정서가 아니라 정동의 차원과 관계 깊다. 고착과 고정이 아니라 변동과 변이 그리고 이행을 가능하게 하는 운동이 문학 이미지의 고유한 특징이기 때문이다.

둘째, 그렇기 때문에 문학 이미지는 비선형성과 비정합적 운동 차원의 강도로서 현상한다. 문학 이미지는 표현-사건이 아니라 이미지-사건의 수위에서, 속성과 특질이 아니라 강도의 차원에서 검토되어야 한다. 앞서 살펴보았듯이, 강도는 배중률을 지양한다. 아니, 오히려 배중률을 이루는 항목들은 강도를 키우는 데 기여하기도 한다. 시적 이미지가 유사한 것들의 아날로지에 의해서뿐만 아니라 이질적인 것들의 병치라는 알레고리를 통해 공명을 강화하게 되는 것역시, 배중률을 오히려 강화의 원리로 삼는 이미지 고유의 힘에 의한 것이다. 전언이 아니라 이미지로서 시는 감산 이전의 모든 가능성들을 강도로 번역하는 가상계의 공용어라고 할 수 있을 것이다.

셋째, 그렇기 때문에 우리가 문학의 정치성을 고려할 수 있는 것은 감산된 의지의 결과들을 비교하는 층위에서가 아니라 이미지와 정동의 층위에서다. 문학 이미지를 정동의 층위에서 살펴보는 것은 결과가 아니라 과정과 운동의 차원에서 벌어지는 사태들에 주의를 기울인다는 것을 의미한다. 디디-위베르만이 적실하게 지적했듯이, 중요한 것은 "우리의 상상하는 방식 속에 근본적으로 우리의 정치하는 방식을 위한 조건이 놓여 있음을 긍정하는 것"(조르주 디디-위베르만, 같은 책, p. 60)이기 때문이다. 그간 문학 이미지는 종종 감각적 자질로 환원되거나 질료적 성분들로 분류되어 검토되어왔으며 때로는 알레고리의 일환으로 간주되어 분석되기도 했다. 다시 마수미가 소개한 실험에서 0.5초의 간극을 빌려 이야기하자면, 그간 문학 이미지는 0.5초라는 간극 전후의 사태와 관련되어 검토되어왔다고 할 수 있다. 한편으로는 주어진 자극들의 종류와 질료의 수용성의 차원에서 또 한편으로는 현실세계에 가시적으로 도달한 운동의 방향을 통해서 문학 이미지는 설명되어왔다. 그러나 이미지의 무대는 바로 저 0.5초의 간극이 허용하는 시간에 개봉된다. 즉, 알레고리로 도달한 전언도, 연속적인 결단과 반박 이전에 주어진 자극의 배중률적 수용도 이미지의 세계와는 거리가 있다. 이미지는 유실됨으로써 알레고리로 도달할 수 있거나 환원됨으로써 소재 차원에서 파악될 수 있다. 그러나 공제된 의지는 정치보다는 정당에 가깝고 감각과 질료로 환원된 이미지는 조합에 가깝다. 정치는 상상의 한정된 내용이나 소재가 아니라 상상의 방식, 즉 운동 속에 있다. 문학의 정치성을 논할 수 있다면, 균열과 간격 속에서 태어나는 상태의 의미들, 즉 이미지들이 운동하는 방식이 이끄는 정서적 이행과 변이들, 정동에 대한 검토를 통해서가 아닐까.

4

시가 전언의 차원이 아니라 이미지의 차원에서 검토되어야 한다는 상식적 판단을 새삼 거론하기 위해 마수미의 논의를 통해 시론(試論)을 펴본 것은 아니다. 다만, 그럼에도 불구하고 발생과 소멸을 거듭하는 0.5초의 산고에 대한 검토가, 도달한 전언을 통해 공제하는 과정 없이 이미지의 운동 자체를, 그리하여 그것이 도달한 전언에 앞서 촉발하는 사유를, 그리고 만약 그것이 가시적으로 가능하다면 이미지의 운동 방식으로부터 정치하는 방식을 위한 조건을 환기시킬 수 있음은 다시 한 번 강조되어도 좋을 것이다. 이는 꽃으로 만발한 사과나무에 대한 도취와 칠쟁이의 연설에 대한 분노[7]를 가르고 후자가 시급한 일임을 강조하기 위한 것과는 다르다. 또한, 이는 시로부터 탁월한 정치적 이미지를 도출해내고 그것에 정치적 의미를 부여하는 것과도 다른 것이다. 다만, 태어나는 상태의 의미들이, 배중률적인 고착조차 강도의 질료로 삼는 운동이 동시다발적으로 발생하는 사태가 보다 의미 있는 것임을, 시는 바로 그런 의미의 이미지들이 충만한 것으로 충분함을 강조하기 위한 것이다. 예컨대, 신용목의 시집 『아무 날의 도시』(문학과지성사, 2012) 속 다음 두 편의 시 중 후자를 선택하는 것이 문학의 정치를 실연하는 데 더 강력한 의사표현임을 말하고자 함이다.

(1)
　나무마다 붉은 심장이 내걸린다, 저 맹세들
　어떤 역모가 해마다 반란의 풍속을 되살리는가 허공을 파지로 구기며 진격하는 북국의 나팔 소리

---

7) 베르톨트 브레히트의 「서정시가 씌어지기 힘든 시대」에서 차용함.

바람의 오랜 섭정에 나는 부역의 무리가 되어버렸다 도망하라 화를
피해 그러나
　살갗을 벗기며 저무는 황혼의 저녁

붕대로 풀어지는 구름의 거적과 벌겋게 나뒹구는 태양의 해골바
가지

—「敵國의 가을」부분

(2)
창밖으로 검은 재가 흩날렸다 달에 대하여

경적 소리가 달을 때리고 있었다
그림자에 대하여

어느 정오에는 이렇게 묻는 사람이 있었다 왜 다음 생에 입을 바지
를 질질 끌고 다니냐고
　그림자에 대하여 나는 그것을 개켜 넣을 수납장이 없는 사람이라고

어김없는 자정에는 발가벗고 뛰어다녔다

불을 끄고 누웠다
그리움에도 스위치가 있으면 좋겠다고 생각하는 밤

신은 지옥에서 가장 잘 보인다

지옥의 거울이 가장 맑다

──「만약의 생」 전문

인용 (1)과 인용 (2)에 나타난 이미지들의 전개는 비슷한 듯하면서도 미묘하게 다르다. 만약 우리가 도달한 전언만을 취하고자 한다면, 따라서 감산된 의미만을 취하고자 한다면 두 편의 시는 비슷한 내면적 정황을 전하고 있다고 통분될 수 있을 것이다. 그러나 이미지의 운동 차원에서는 사정이 전혀 그렇지 않다. 어떤 의미에서는 「敵國의 가을」에 사용된 이미지가 더 다채롭다고도 말할 수 있을 것이다. "붉은 심장" "허공을 파지로 구기며 진격하는 북국의 나팔소리" '바람의 섭정' "붕대로 풀어지는 구름" "태양의 해골바가지" 등, 이 시에는 여러 가지 이미지들이 동시에 출현하고 있다. 그러나 수의 우세가 종의 우세를 규정하지는 못한다. 언급된 이미지들은 그 자체로 자율성을 획득하지 못한다. 즉, 이미 도달하여 공제된 의미 이외의 곳에서 잠재성의 가상계를 열어주지 못한다. 오히려 이 이미지들은 회한이라는 한정된 의미 속으로 수렴된다. 신형철이 해설에서 적실하게 사용한 용어를 원용해 말하자면, 이 이미지들은 '포로 의식'의 포로들이다. 언어가, 발생함과 동시에 대립을 거듭하는 이미지들을 정동의 차원에서 간섭하거나 공명시키는 기능을 수행한다는 마수미의 말을 상기하면서 이를 달리 말해보자면, 이 시의 이미지들은 언어에 의해 정합되지만 의미의 차원에서 감가상각(減價償却)된 퇴락의 운동을 보여준다.

반면, 인용 (2)는 비록 비슷한 맥락에서 파악될 수 있는 정황을 지시하고는 있지만, 일의적으로 정산된 의미를 도출하지 않는 대신, 이미지들 간의 간극과 상호 충돌을 통해 소위 '이미지-사유'를 자극함으로써 지각의 강도적 크기를 키운다. 이 시의 이미지들은 일사불란하게 수렴되는 대신 각기 제 속도로 산개하면서 서로의 간격을 넓히고 이를 통해 성공적으로 사유를 도출해낸다. 패러프레이즈의 이단heresy of paraphrase을 감수하고 간략히 환언하자면 지나온 삶의 이력을 정리하고 새로운 생을 살아보라는 타인의, 그리고 스스로의 권유에 대한 양가적 태도가 광원과 그림자의 조율에 따른 이미지를 통해 드러나고 있다고 하겠다. 그리고 이는 결과적으로, 어둠과 빛이, 희망과 결벽증적 염오(染汚)가 계속해서 상호전화하는 상태를 이미지를 통해 즉물적으로 제시하는 효과를 발휘한다. 이때 이미지들은 단일한 의미로 수렴되는 대신 끝까지 이미지 각각이 품은 의미들을 감산시키지 않으면서 간격을 유지한다. 이미지들의 그런 응축과 확산 운동을 통해 선명하게 전경화되는 것은 염오와 동경을 수시로 오가는 정동이다. 「敵國의 가을」에서 회한 쪽으로 고착되는 정서와 이 시에서의 정동을 비교하자면, 이미지와 언어 그리고 정동이 좋은 시와 어떤 관계를 맺는 지가 명료해진다. '100퍼센트 대한민국'보다는 0.1퍼센트의 동등한 목소리들이 응축과 발산을 거듭할 수 있게 하는 것이 정치의 조건이다.

창백한 달빛에 네가 너의 여윈 팔과 다리를 만져보고 있다
밤이 목초 향기의 커튼을 살짝 들치고 엿보고 있다
달빛 아래 추수하는 사람들이 있다

빨간 손전등 두개의 빛이
가위처럼 회청색 하늘을 자르고 있다

창 전면에 롤스크린이 쳐진 정오의 방처럼
책의 몇 줄이 환해질 때가 있다
창밖을 지나가는 알 수 없는 사람들이 있다

있다고, 말할 수 있을 뿐인 때가 있다
여기에 네가 있다 어린 시절의 작은 알코올램프가 있다
늪 위로 쏟아지는 버드나무 노란 꽃가루가 있다
죽은 가지 위에 밤새 우는 것들이 있다
그 울음이 비에 젖은 속옷처럼 온몸에 달라붙을 때가 있다

확인할 수 없는 존재가 있다
깨진 나팔의 비명처럼
물결 위를 떠도는 낙하산처럼
투신한 여자의 얼굴 위로 펼쳐진 넓은 치마처럼
집 둘레에 노래가 있다

—진은영, 「있다」 전문

마찬가지로 이 시에 대해서도 앞서 살펴본 것처럼, 우리가 상상
하는 방식 속에 근본적으로 정치하는 방식을 위한 조건이 놓여 있
다는(조르주 디디-위베르만, 같은 책, p. 60) 것을 확인할 수 있다.

진은영의 시집 『훔쳐가는 노래』(창비, 2012)에는 「Bucket List — 시인 김남주가 김진숙에게」와 같이 정치적 열정을 의도적 시간착오anachronism에 의한 기지와 우의를 통해 표명한 시도 있고, 멸치라는 소재를 통해 정치적 사유를 형이상학적 기상metaphysical conceit에 의해 전개한 「멸치의 아이러니」와 같은 시도 실려 있다. 그러나 그럼에도 불구하고 이 작품들 역시 필연적으로 공제된 의미와 감산된 사유를 그 귀결로 삼을 수밖에 없다고 하겠다. 이 작품들에도 진은영 특유의 진술과 이미지가 사용되지 않은 것은 아니지만 종국에 그것은 정산된다. 만약 정치가 결과를 도출하기 위해 모든 부분과 과정을 섭생하는 완전 연소의 방식으로 작동한다면 그것은 좋은 정치일까? 다시 말하지만 상상의 내용이 아니라 상상의 방식이 정치의 조건으로 작용하는 것은 아닐까? 두 시에서 펼쳐지는 시간착오의 기지와 형이상학적 기상은 그 내용에 있어 우리로 하여금 정치적 문제를 사유하게 한다. 생경하지 않은 진술로 현재의 문제를 돌아보고 정치적 판단의 문제를 생각하게 한다는 점에서 이는 마냥 흠잡을 일은 아니다. 다만, 정동의 차원이 아니라 논리의 차원에서 수렴되는 진술과 이미지는 전언과는 반대로 정치를 비활성화시킬 수 있다. 부분들을 완전 연소시키는 섭생이라는 정치의 스위치를 켜는 것이 결과적으로 전언과 부합하는 바대로 정치적일 수 있는가?

틀림없이 머리보다 가슴에 와 닿는 존재론인 「있다」는 경우가 다르다. 직접적으로 정치적 전언을 품지 않은, 즉 패러프레이즈의 유혹을 작동시키거나, 감산되고 환원된 의미체계를 고려해볼 것을 권장하지 않는 이 이미지들의 병존과 운동은 다시금 이행과 변이로서의 정동의 스위치를 건드리는 이미지-사건이다. 물론 그것은 우리가 이미 계량할 수 있는 영역에서 이루어지는 것은 아니다. 정동은 결과적으로, 사후적으로만 계량된다. 만약, 계량될 수 있다면 말이다. 그러나 '이미지-폭탄'(바슐라르)은 부분들을 모두 거느리고 의미를 완전 연소시키는 대신 감산하려는 의지들을 흩어서 재차 새로운 의미의 잠재적 질료로 생성시킨다. 이 시에서 병렬된 빼어난 이미지들의 간격은 '있음il y a'의 존재론으로 합산되어 공제되려는 개별적 사물과 사태들을 바로 그 '있음'이라는 사태의 역장에서 충돌하며 운동하게 만든다. 이미지들이 환기하는 정서들을 양적으로 쌓아 올리고 그것들의 최종적 의미에 자발적으로 복종하는 대신, 여기서 사물들은 원 없이 자신의 존재를 향유한다. 심지어 "투신한 여자의 얼굴 위로 펼쳐진 넓은 치마"조차 제 곡조를 지니고 '있음'과의 '밀고 당기기'를 한다고 말할 수 있겠다. 상상하는 방식 속에 정치하는 방식을 위한 조건이 "있다".

5

합리적 토론 능력보다 "그러니까 내가 당선되고자 하는 것 아니냐"는 막무가내가, 정책과 계획보다 가계부의 욕망을 악용한 환상이 승한 것은 정동적 동요affective fluctuations 때문이 아닐까? 문학은 현실에 도달한 감산된 전언보다, 이미지를 통해 배중률조차 자발적 운동원으로 거느리는 미결의 잠재력 속에서 가장 득표력이 높은 것은 아닐까?

〔2013〕

이미지는 무엇을 원하는가?[1]

> 예술은 보이는 것을 재현하는 것이 아니라
> 그것을 볼 수 있게 만든다
> ─ 파울 클레

1

다시 김수영에 대해 이야기해야만 할 것 같다. 너무 많은 말들이 가능하므로 가장 경제적으로 이야기하는 방법을 택해 단도직입적으로 말하자면, 김수영은 복사씨와 살구씨의 시인이다. 김수영은 시적 언어를 일상 언어의 별스러울 것 없는 어조를 통해 혁신하고 우리의 근대와 서구의 근대 간의 속도차와 낙차에 관해 중요한 사유를 전개했다. 주지하듯 김수영에 대한 담론과 연구가 넘쳐나고 그럼에도 불구하고 앞으로도 그보다 많은 연구가 진행될 것이 틀림없는 까닭은 아마도 그가 품은 사유의 폭이 그처럼 넓고 요긴하기 때문일 것이다. 하이데거를 비롯한 철학자들을 섭렵하고 시인들에게 철학

---

1) 이 제목은 영문학자이자 미술사학자인 W. J. T. 미첼의 『그림은 무엇을 원하는가 ─ 이미지의 삶과 사랑 *What do Pictures Want?*』(그린비, 2010)의 제목을 원용한 것이다.

을 읽어야 한다고 강권(?)했던 김수영의 사유는 그 자체로 흥미로운 것이다. 그러나 김수영은 끝내 사유하는 시인이었지 시 쓰는 철인이 아니었다. 『반딧불의 잔존』의 저자인 조르주 디디-위베르만의 용어를 빌려 말하자면, 그는 '반딧불'의 몸짓을 볼 줄 아는 시인이었지 '지평적 사유'로 시를 대신할 수 있다고 믿은 부류는 아니었다. 우리가 김수영에게서 근대에 대한 통찰과 역사에 대한 사유, 정치적 메시지 등을 구할 수 있다면 그것은 그의 시가 눈부신 '지평'이 아니라 '반딧불'처럼 미미한 빛을 본 자가 넉넉히 지닌 이미지들을 품고 있기 때문이다. 우선 조르주 디디-위베르만의 다음과 같은 말을 읽어보자.

그런데 이미지는 지평이 아니다. 이미지는 가까이 있는 여러 미광들(lucciole)을 우리에게 제공하고, 지평은 멀리 있는 강한 빛(luce)을 우리에게 약속한다. 역사에 대한 사유, 정치적인 입장, 메시아적 전통 사이의 근본적인 — 또한 극도로 문제적인 — 관계를 고려한다면, 이런 구별은 잔존에 의뢰하는 사상가와 전통으로 회귀하는 사상가를 구별하기 위해 매우 유용한 것으로 보일 수 있다.[2]

김수영은 두 번 읽혀야 한다. 일상적 어법을 활달하게 시에 도입함으로써 사유와 진술의 리듬에 대한 자연스러운 합류를 도모하는 자리에 그가 도달해 있음은 틀림없는 사실이다. 동시에, 아니 보다

---

2) 조르주 디디-위베르만, 『반딧불의 잔존 — 이미지의 정치학』, 김홍기 옮김, 길, 2012, pp. 83~84.

중요하게는 그가 일상적 언어의 리듬을 통해 시에 끌고 들어온 사유를 시적 이미지를 통해 응축하고 응축의 긴장을 통해 이내 이를 폭발시키는 단속과 긴장의 시학을 획득한 보기 드문 예라는 것이 기억되어야 한다. 예컨대……

복사씨와 살구씨와 곳감씨의 아름다운 단단함이여
고요함과 사랑이 이루어놓은 폭풍의 간악한
신념이여
봄베이도 뉴욕도 서울도 마찬가지다
신념보다도 더 큰
내가 묻혀 사는 사랑의 위대한 도시에 비하면
너는 개미이냐

아들아 너에게 광신을 가르치기 위한 것이 아니다
사랑을 알 때까지 자라라
인류의 종언의 날에
너의 술을 다 마시고 난 날에
미대륙에서 석유가 고갈되는 날에
그렇게 먼 날까지 가기 전에 너의 가슴에
새겨둘 말을 너는 도시의 피로에서
배울 거다
이 단단한 고요함을 배울 거다
복사씨가 사랑으로 만들어진 것이 아닌가 하고
의심할 거다!

복사씨와 살구씨가
한번은 이렇게
사랑에 미쳐 날뛸 날이 올 거다!
그리고 그것은 아버지 같은 잘못된 시간의
그릇된 명상이 아닐 거다

　　　—「사랑의 변주곡」부분, 『김수영 전집 1·시』(민음사, 1981)

　이 시에서 우리가 읽어야 할 전부는 저 복사씨와 살구씨의 내력이
다. 격변하는 현실에 대한 불붙는 분노도, 서구의 근대를 속도라는
선상에서 따라잡는 것이 옳으며 가능한지를 가늠하는 사유도, 쉴 새
없이 흐르는 대체물들로 피로한 도시의 삶도, 삶의 개변과 혁명에
대한 벅찬 웅변도 이 시는 모두 품고 있다. 그러나 그 어떤 것도 저
작고 미미한 복사씨와 살구씨만큼 들끓고 있는 것은 없다. 이처럼
강소한 혁명이 시에서가 아니면 어떻게 가능하겠는가?
　'이미지-폭탄'(바슐라르)이란 바로 이를 두고 하는 말이 아니겠
는가. 과거의 지평을 돌파하는 불덩이로서 '변증법적 이미지'(발터
벤야민)는 시간의 정돈으로 구획되는 시에서의 정치적 전언조차 넘
어서야 할 지평으로 간주한다. 즉, 이런 방식으로 (시에 내재된) 정
치적 진술은 표면의 희미한 빛을 통해, 즉 시적 이미지를 통해 정립
되어가며 무너진다. 우리가 시에서 만약 정치를 말할 수 있다면 다
른 것이 아니라 바로 이런 방식을 통해서일 것이다. 내재적으로 진
술을 식립(植立)하며 동시에 이미지를 통해 그 진술을 허무는 상상
의 방식 말이다. "우리의 상상하는 방식 속에 근본적으로 우리의 정
치하는 방식이 놓여 있음"[3]이 시와 정치와 관련된 주요 사실관계이

다. 그러니 김수영에게서 정치성을 읽으려거든 희미한 빛을 응시하는 그의 눈을 보라. 이미지는 "산발적이고, 취약하고, 끊임없이 반복적으로 출현하고, 소멸하고, 재출현하고, 재소멸한다."[4] 조르주 디디-위베르만이 "정치적인 항의·위기·비판·해방을 작동시키는 제일의 주체는 이미지"[5]라고 말하는 것은 이런 맥락에서 옳다. 시의 비밀이 여기에 있다. 모든 이미지는 기성의 사유와 감각으로부터 태동한다. 그러나 그것은 쏟아지는 약속의 지평 위로 희미하게 어른거리는 것들을 포착하는 감관을 통해 미래의 실정성을 품고 독자에게 인계된다. '이미지-폭탄'은 아는 것으로 보는 것을 대신하기를 중단한 감상자의 손에 의해 활성화된다. 미술사가 다니엘 아라스는 '보는 것에 대한 아는 것의 치세'를 정지시키고 전체에 대한 디테일의 모반을 주목하자고 환기했는데[6] 이만큼 적실하게 조르주 디디-위베르만과의 상호참조가 되는 말은 또 없을 것이다. 다시 복사씨와 살구씨를 품어보라. 아는 것으로부터 태동해 지평을 이루는 전언들로 환원되기를 완강히 거부하며 한사코 시선을 끄는 디테일들의 꿈틀거림을 보라. 거기에 시의 비밀이 있는 것이지, 다른 곳에 있는 것이 아니다.

---

3) 조르주 디디-위베르만, 같은 책, p. 60.
4) 같은 책, p. 84.
5) 같은 책, p. 115.
6) 다니엘 아라스, 『디테일』, 이윤영 옮김, 숲, 2007 참조.

2

그런데 이미지는 과거와 미래의 시간을 개폐하지만 동시에 현재의 사실관계를 은폐하기도 한다. 이미지를 (정치적·사회적·종교적) 상징으로 읽는 독해가 놓치는 것은 이미지의 엄폐 기능이다. 희미한 것을 명료하게 읽기는 좀처럼 쉬운 것은 아니다.

내가 그의 이름을 불러 주기 전에는
그는 다만
하나의 몸짓에 지나지 않았다.

내가 그의 이름을 불러 주었을 때,
그는 나에게로 와서
꽃이 되었다.

내가 그의 이름을 불러 준 것처럼
나의 이 빛깔과 향기(香氣)에 알맞은
누가 나의 이름을 불러 다오.
그에게로 가서 나도
그의 꽃이 되고 싶다.

우리들은 모두
무엇이 되고 싶다.

너는 나에게 나는 너에게

잊혀지지 않는 하나의 눈짓이 되고 싶다.

—김춘수, 「꽃」 전문

이 시에 대해 최근 한 논자는 다음과 같은 의견을 제출한 바 있다.

　　일제 강점기, 해방, 좌우익 대립, 6·25 전쟁, 그리고 이승만 독재
시절의 흔적이라고는 찾아볼 수 없는 시다. 이미 그런 역사와 사회란
하이데거적 제스처와 함께 초탈해버린 시다. 꽃으로 승화된 '존재의
소리'를 들으려는, 그 의미를 낳는 그 존재의 소리를 몰입하는 시인의
어린아이가 측은하기만 하다.[7]

　　나아가 그는 "존재가 품어주는 존재자들을 상징하는 꽃들은 김
춘수 시인에게 알량한 전쟁터에 비해 너무나 너른 세상이다. 여기
서 시인의 어린아이는 깨어난 것이다. 그렇지만 어린아이는 전쟁터
를 모조리 꽃밭으로 만들려고 하지 않는다. 그저 꽃과의 은밀한 대
화와 애정만으로 충분하기 때문이다"[8]라고 말하며 김춘수를 "동일
한 조건을 온몸으로 살아내려고 했던"[9] 김수영과 대비시킨다.
　　문학과 현실의 문제를 풀어보려는 선의를 충분히 감안한다 하더
라도 이것은 강렬한 지평적 사유가 미미한 이미지의 빛을 가리는 또

7) 강신주, 「시를 어떻게 읽을 것인가 ― 시 읽기에 내재된 이데올로기, 시 읽기의 정치성
에 대해」, 『포지션』 2013년 겨울호, p. 16.
8) 같은 글, p. 17.
9) 같은 쪽.

다른 예로 보인다. 이미지가 조심스럽게 은폐하고 있는 것들조차 강렬한 지평적 사유에 의해 휘발하는 경우이기 때문이다. 이 시에서 꽃-이미지는 그 자체로 우리의 삶의 지평을 크게 흔들어놓고 있으며 사회적 삶의 조건의 차원에서 관계의 문제를 되묻게 하는 '이미지-폭탄'으로 장착된다. 그리고 이 폭탄은 그것을 발견하는 이에게만 활성화 카운트다운을 허락한다.

만약 지평을 위해 텍스트 바깥을 참조해야 한다면, 일본 유학 당시 불령선인으로 몰려 강제송환을 당했던 김춘수의 일화들, 이 시에서 대타적으로 참조항이 되고 있는 것은 하이데거가 아니라 릴케라는 시인 스스로의 설명들, 역사와 이데올로기에 대한 이중구속이라는 태도 같은 것들을 함께 읽어줘야 한다. 만약, 굳이 텍스트의 바깥으로 나가고자 하지 않는다면 텍스트 내부에서 꽃-이미지가 어떻게 초탈의 상징으로 읽힐 수 있는지 설명되어야 할 것이다. 그러나 이 시에서 꽃은 엄밀히 말하자면 초탈이 아니라 초탈할 수 없는 숙명이 밀어 올린 것이다. 보는 것에 대한 아는 것의 우위를 중단하고 디테일에, 이미지 스스로 청하는 약한 빛의 운동에 조금 더 관심을 기울일 필요가 있다. "온몸으로 살아내려고 했"다고까지 말할 수 없을지 모르지만, 여기서 꽃-이미지는 동시대의 조건들 속에서 태동하여 그 조건들의 결여를 품고 그 결여들 속에서 간신히 얼굴을 내민 빛나는 이미지라고 말할 수 있기 때문이다. 바로 그렇기 때문에 우리가 시 텍스트 앞에서 '보는 것에 대한 아는 것의 치세'를 중단시키는 것이야말로 정치적인 것이 될 수 있다. 이미지가 하는 일이란 바로 그런 것이다.

바로 앞에서 '이미지가 하는 일'이라는 표현을 사용했는데 어쩌면 이것은 '이미지의 힘'에 대한 또 하나의 오해를 작동시키는 일이 될 수도 있을 것이다. 이미지에 대해서 오래된 두 개의 편견이 존재해 왔기 때문이다.

이미지의 어원에 대해서는 대체로 세 가지 설명들이 동원된다. 우선, 그것이 아이콘Eikon에서 왔다는 견해가 있는데 이는 닮음 resemblance을 의미한다. 이런 맥락에서라면 이미지는 실재reality 를 닮은꼴로 재생해내는 것을 의미한다. 그런가 하면 에이돌론 Eidolon이 이미지의 어원으로 꼽히기도 하는데 이는 모양, 형태를 의미하는 에이도스Eidos로부터 파생된 것으로 비가시적 현상 혹은 비현실과 관계된 의미를 지닌다. 또한, 판타스마Phantasma가 이미지의 어원으로 제시되기도 한다. 이는 빛나게 해서 보이게 한다는 파이노phaino라는 동사에 뿌리를 둔 것으로 환영과 관계된 의미망을 지니게 된다. 이렇게 세 가지 어원을 통해서 이미지에 대한 오래된 두 견해가 대립되고 있음을 확인할 수 있다. 즉, 이미지 재현론과 이미지 신비주의가 그것이다.

이미지 재현론은 겉으로는 모순된 두 가지 주장을 함께 포괄한다. 즉, 이미지는 의미 혹은 사실을 반영하거나 재현한다는 생각과 그럼에도 불구하고, 혹은 그렇기 때문에 온전하게 의미를 전달하지 못하는 어떤 것, 곧, 결여를 지닌 어떤 것이라는 견해가 이미지 재현론과 결부된다. 이와 관련하여 가장 흥미로운 개념 중 하나는 곰브리치의

'목격원리eyewitness principles' 개념일 것이다. 주로 그림 이미지와 관련하여 곰브리치는 고대 그리스에서부터 여러 문화권의 화가들이, 목격자가 특정한 장소에서 특정 순간에 볼 수 있었던 것을 재현하는 원칙을 따라 그림을 그렸다고 설명한다.[10] 주지하듯 동서고금의 많은 논자들은 시를 '말하는 그림'에 비유해왔다. 시 역시 인간과 자연에 대한 관찰과 형상화를 주된 목적으로 삼아왔기 때문이다. 그런 의미에서 시 역시 많은 경우 '목격원리'를 따르기도 한다고 말할 수 있겠다. 그러나 그림의 경우에도 마찬가지지만 이처럼 재현의 논리를 따르게 될 경우 이미지는 항상 원본의 부속물이거나 원본을 지시하는 어떤 것의 지위를 벗어날 수 없다. '이미지는 무엇을 의미하는가'를 묻는 것은 이미지가 지시하는 대상이 무엇인가에 대한 관심을 독서의 최종 기착지로 삼는 것이기 때문이다. 이는 최상의 경우에 독자로 하여금 현재의 조건을 넘어서게 하는 전망을 담은 지평적 사유에 가 닿게 하지만, 앞서 살펴본 것처럼 지평적 사유는 시에 내장될 수 있지만 시의 최종 목적지가 될 수는 없다. 어쩌면 이것이 '목격원리'와 결부된 시 독서의 한 가지 난경을 지시하는지 모른다. 시가 (실제적으로든, 상상적으로든) 목격한 것을 재현하거나 진술한다는 관점은 언제고 원본에 가 닿지 못하는 갈증을 품은 채 지평으로 내닫는다.

이미지 신비주의란 이미지의 주술적·신비적 힘을 강조하는 견해를 말한다. 이미지 재현론과는 반대 방향에서 이미지 신비주의자들

---

10) 이에 대해서는, 피터 버크, 『이미지의 문화사』, 박광식 옮김, 심산, 2009, pp. 27~30을 참조할 것.

은 '이미지의 힘'을 지나치게 강조하는 경향이 있다. 그것은 가능하지만 때로 공소한 논의로 우리를 끌고 간다. 믿음에 있어 비약을 필요로 하는 신비주의가 도외시하는 것 중 하나가 설득과 공감이기 때문이다. 지나치게 주관이 확대된 미적 체험에 대한 강조가 반드시 공감을 구할 수 있는 것은 아니다. 시적 이미지는 지평적 사유에서 보다 풍부한 감상을 가능하게 하지만 과거와 현재로부터 태동하여 미래의 시간마저 지우는 폭발성을 지니고 있다고 해서 그것이 전능한 것은 아니다. 아니, 어쩌면 전능함이야말로 역동적인 시적 이미지와 가장 거리가 먼 것이라고 하겠다. 주지하듯, 전능해짐으로써 구체자들을 보편자에 편입시키게 된 이미지를 벤야민과 폴 드만 같은 이들은 상징이라고 칭하고 비판한 바 있다. 그런 맥락에서 보자면 상징은 화석이 된 이미지들이다.

이와 관련하여 W. J. T. 미첼은 상당히 흥미로운 문제를 제기한다. W. J. T. 미첼은 『아이코놀로지*Iconology*』 『그림이론*Picture Theory*』 등의 책에서 언어와 이미지 그리고 형상의 문제에 대해서 눈여겨봐야 할 중요한 사유를 전개한 바 있다. 후속작이랄 수 있는 『그림은 무엇을 원하는가 ─ 이미지의 삶과 사랑』에서는 기존의 논의를 수렴하면서 이미지와 관련된 중요한 질문을 던지고 있다. 그는 '이미지는 무엇을 의미하는가?'나 '이미지는 무엇을 행하는가?'라고 묻는 대신 '이미지는 무엇을 원하는가?'라고 묻기를 제안한다. 즉 이미지와 관련하여 우리가 물어야 할 것은 의미나 힘의 문제가 아니라 욕망의 문제라는 것이 그의 주장이다.[11] "이미지의 역설적인

---

11) W. J. T. 미첼, 같은 책, p. 27.

이중의식"[12] 즉, 침묵과 과묵함, 난폭함과 완고함, 전능함과 무력함을 동시에 지니고 있으며 그 양자 사이에서 끊임없이 진동하는 것이 이미지의 본질적 성격임을 염두에 두어야 이미지와 관련한 논의가 조금 더 전개될 수 있다는 것이다.

의미와 힘의 관점이 아니라 욕망의 관점에서 이미지의 문제를 생각해야 한다면 이미지의 가치의 문제에 대한 사유는 자연스럽게 그리고 필연적으로 도출될 수밖에 없다. 욕망은 타자와의 관계 차원의 문제이고 타자와의 관계는 가치의 문제와 결부될 수밖에 없기 때문이다. 미첼의 다음과 같은 말에 귀를 기울여볼 이유가 충분하다.

이미지의 삶은 사적인 것 혹은 개인적인 것이 아니다. 그것은 사회적인 삶이다. 이미지는 계보학적인 혹은 유전적인 계열 속에서 살면서, 시간이 흐를수록 스스로를 재생산하고 문화들 사이를 옮겨 다닌다. 이미지는 또한 다소 분명하게 구분되는 세대나 시대 속에서 집단적으로 동시 현존하면서, 우리가 '세계상'world picture[13]이라고 부르는 몹시 거대한 이미지 형성물의 지배를 받는다. 이 때문에 이미지의 가치는 역사적으로 변화하는 것처럼 보이는 것이며, 이 때문에 시대적 양식은 늘 새로운 일련의 평가기준에 호소하면서 어떤 이미지는 강등시키고 다른 이미지는 장려하는 것으로 보이는 것이다.[14]

이미지들의 사회적 삶이 이와 같다면 이것이 반영론이나 재현론

---

12) W. J. T. 미첼, 같은 쪽.
13) 하이데거의 용어이다. 인용자 주.
14) 같은 책, pp. 140~41.

의 사회적 버전이 아닌가 하고 우리는 물을 수 있다. 미첼이 예비해
놓은 대답은 다음과 같은 것인데 이 미묘한 답변은 그것 자체로 하
나의 흥미로운 이미지가 된다.

이미지가 인간숙주에 기생하는 유사-생명형식이라고 할 때, 우리
는 단지 이미지를 인간 개인에 기생하는 기생충으로 보는 것이 아니
다. 이미지는 인간 숙주의 사회적 삶과 그것이 재현하는 사물들의 세
계와 나란히 공존하는 사회적 집단을 형성한다. 이 때문에 이미지는
'제2의 자연'을 구성하는 것이다. 철학자 넬슨 굿맨의 표현에 따르자
면, 이미지는 세상에 대한 새로운 배치와 지각을 만들어내는 "세상을
만드는 방식"이다.[15]

이미지는 목격된 대상을 형상적으로 재현하는 기능적 방편에 그
치지 않는다. 또한 인간의 사회적 삶과 독립하여 전능한 신비적 힘
을 행사하는 만능의 도구도 아니다. 이미지는 인간의 사회적 삶과
관계의 제반 국면들로 섭생하며 그로부터 새로운 배치와 지각을 만
들어냄으로써 '제2의 자연'을 구성한다. 아마도 그런 맥락에서 미첼
은 이미지로 이루어진 제2의 자연은 새로운 가치 형식을 세상에 들
여와 기성의 가치와 견주어 현재 우리의 생각을 바꿀 것을 강요한다
고 주장할 수 있을 것이다.[16]

---

15) W. J. T. 미첼, 같은 책, p. 141.
16) 같은 책, p. 139.

인간은 이미지로 이루어진 제2의 자연을 자신의 주위에 창조함으로써, 자신의 집단적이고 역사적인 정체성을 수립한다. 이러한 이미지들은 그것들을 만든 사람들이 의식적으로 의도했던 가치를 반영할 뿐만 아니라, 보는 사람들의 집단적이고 정치적인 무의식에서 형성되는 새로운 형태의 가치를 발산한다. 잉여가치의 대상이자 과대평가와 과소평가의 대상인 이 이미지들은 가장 근본적인 사회적 갈등의 접점에 있다.[17]

이미지의 의미나 이미지의 힘이 아니라 바로 이미지의 욕망을 물어야 하는 까닭이 여기에 있다. 이미지는 반영하거나 행사하지 않는다. 이미지는 그것을 만든 사람들이 의도한 가치를 반영하지만 동시에 기성의 정치적 무의식에서 형성되는 새로운 가치를 파생시킨다. 이미지의 잉여가치란 바로 이를 말함이다.

시적 이미지는 무엇을 의미하는가? 시적 이미지는 무엇을 할 수 있는가? 이런 질문들을 '시적 이미지는 무엇을 원하는가?'로 고쳐 물을 충분한 이유가 있다. 답변을 마련해가기 위한 전제는 이미지가 '펄펄' 살아 있다는 것이다. 전언을 배달하기 위해 행장을 차리거나 보살펴 굽어보는 대신 이미지는 '펄펄' 살아 있다. 전언을 추스르거나 이미지를 물신화하는 대신 이미지의 욕망을 읽어야 이미지의 잉여가치를 헤아릴 수 있다. 그러나 전언과 진술과 사유보다 미미한 빛을 계열과 전도 속에서 읽는 것은 쉽지 않다. 하지만 쉽지 않다고 불가능한 것은 아니다. 어쩌면 시가 하는 일은 딱 거기까지일지 모

---

17) W. J. T. 미첼, 같은 책, p. 158.

른다. 아니 거기까지만큼이나 되는지도 모르겠다: "동시대인이란 우리의 현재적 역사의 과도하게 조명되고, 사납고, 너무 빛나는 공간 속에서 출현하는 반딧불을 보는 수단을 갖춘 사람일 것이다."[18]

〔2014〕

---

18) 조르주 디디-위베르만, 같은 책, p. 69.

아비 바르부르크와 이미지-사유

1

김수영은 자코메티의 "리얼리티에 대한 나의 비전을 표현할 길이 없다. 설령 그것을 표현한다 해도 바라보기 끔찍한 것일 게다"라는 말을 두고, "내 머리는 자코메티의 이 말을 다이아몬드같이 둘러싸고 있다"(「시작 노트 6」)라고 말한 바 있다. 리얼리티에 골똘한 심중이 얼마나 깊었으면 그 말을 다이아몬드같이 둘러싸고 있다고 했을까? 김수영에 비견될 처지가 못 되지만 필자는 최근, 백여 년 전에 만들어졌다는 패널 사진들이 주는 섬광에 다이아몬드 이상 매료되어 있다.[1] 이 패널들은 대략 가로 140센티미터, 세로 175센티미터

---

1) "누군가 아비 바르부르크(Aby Warburg, 1896~1929)라는 낯선 이름에 강렬한 관심이 생겨났다면, 그것은 분명 어떤 경로를 통해서든 그의 말년의 미완성 프로젝트, 『이미지 아틀라스 므네모시네 Der Bilderatlas Mnemosyne』(1924-1929)를 구성하는 도판들과 마주쳤기 때문일 것이다." 윤경희, 「어른들을 위한 유령 이야기 ─ 아비 바르부르크의

로 된 것으로 그 위에 중세와, 르네상스 시대 그리고 근대 초입에 유행한 그리자유grisaille를 연상시키는 다양한 이미지의 흑백 사진들을 '주재자'의 분류와 계통에 따라 붙여놓은 것이다. 하나하나의 패널들이 이미 이미지들의 관계를 별자리처럼 펼쳐 보이고 있지만 다시 그 패널들이 모여 하나의 '아틀라스'를 이루고 있다. 이 경이로운 '주재자'는 여기에 '이미지 아틀라스(Bilderatlas, atlas of images, 도상 아틀라스)'라는 이름을 붙이고 이 작업에 아홉 뮤즈의 어머니이자 기억의 여신을 뜻하는 '므네모시네Mnemosyne'라는 별칭을 부여했다.

2

아비 바르부르크Aby Warburg는 국내에선 다소 생소한 이름이다. 곰브리치의 자서전[2] 이후 미술사나 미학사 전공자 사이에서는 피해갈 수 없는 이름이 되었음에도 불구하고 그의 글은 국내에 아직 본격적으로 번역된 바가 없다. 흔히 20세기 도상해석학을 정초한 인물로 거론되는 에르빈 파노프스키의 주저 『도상해석학 연구』와 『시각예술의 의미』는 완역이 되어 있지만 정작 파노프스키의 도상해석학의 원류라고 할 수 있는 아비 바르부르크의 작업은, 예컨대 조르주 디디-위베르만이나 W. J. T. 미첼의 저서에서 간접 인용의 형식

『므네모시네』」, 『인문예술잡지 F』 9호, 2013, p. 53. 틀림없이 그러하다.
2) E. H. Gombrich, *Aby Warburg: An Intellectual Biography*, Univ of Chicago Press, 2nd ed., 1986.

으로 거론되거나 몇몇 미학 관련 논문들에서만 언급되고 있는 형편이다. 국내에는 2013년에 다나카 준의 『아비 바르부르크 평전』[3]이 번역되고 같은 해 발행된 『인문예술잡지 F』에 『므네모시네』 서문이 번역 · 소개되어 있는[4] 정도이다. 따라서 필자의 이해 역시 제한적이고 그나마 곡해와 몰이해에 기반했을 가능성이 상당하다. 아비 바르부르크에 대한 필자의 이해는 곰브리치와 다나카 준의 평전, 그리고 바르부르크를 다룬 몇몇 외서들[5]에 기초해 있고 그의 저서는 독일어로 된 원문이 아닌 영역본[6]을 통해 접한 형편이다. 그럼에도 불구하고, 부끄러움을 무릅쓰고 저 '이미지 아틀라스'에 붙박인 시선의 내력에 대해 이야기하고자 하는 것은 부끄러움을 넘어서는 매혹과 요청 때문이다.

3

아비 바르부르크는 1866년 6월 13일 함부르크의 유대인 가문에

---

3) 다나카 준, 『아비 바르부르크 평전』, 김정복 옮김, 휴먼아트, 2013.
4) 아비 바르부르크, 「『므네모시네』 머리말」, 신동화 옮김, 조효원 감수, 『인문예술잡지 F』 9호.
5) 대표적으로, Philippe-Alaon Michaud, *Aby Warburg and the Image in Motion*, Zone Books, New York, 2004; Christopher D. Johnson, *Memory, Metaphor, and Aby Warburg's Atlas of Images*, Cornell Univ. Press and Cornell University Library, Ithaca, New York, 2012 등.
6) Aby Warburg, *The Renewal of Pagan Antiquity: Contributions to the Cultural History of the European Renaissance*, translated by David Britt, Getty Research Institute, 1999.

서 태어났다. 바르부르크 가문은 1789년에 M. M. 바르부르크 은행을 창업했는데 이 은행은 국제적 지위를 획득할 만큼 발전했고 집안에서 사업 경영 쪽으로 재능을 보인 막스 바르부르크는 20세기 최초의 금융 재벌로 종종 언급되는 바로 그 인물이다. 장남은 학업에, 동생은 사업에 종사하고 사업에 성공한 동생이 일생 동안 형을 후원하는, 흔치 않으면서도 묘하게 전형적으로 보이는 관계 덕분에 아비 바르부르크는 대학 제도의 바깥에서, 저 유명한 '바르부르크 도서관'에 자신이 수집한 장서와 자료들을 모으고 이와 더불어 연구에 매진할 수 있었다.

아비 바르부르크는 고고학과 미술사, 문화심리학, 의학, 종교사 등을 공부하고 「산드로 보티첼리의 「비너스의 탄생」과 「봄」 — 이탈리아 초기 르네상스에 있어 고대의 표상에 관한 연구」로 1892년 박사학위를 받았다. 그 후, 점성술, 고대의 도상 연구, 신화의 이미지 등을 연구했는데 그의 작업은 후에 프리츠 작슬, 에르빈 파노프스키, 에른스트 곰브리치[7] 등에 의해 정초된 도상해석학과 양식사 연구, 이미지 연구 등의 직접적 원류로 간주된다.

아마도 정신병을 앓고 요양소에 수용되기도 했던 바르부르크의 생애와 관련된 일화들을 이 자리에서 세세히 거론하는 것은 지면의 격식에 맞지 않을 것이다.[8] 매혹과 요청 쪽으로 바로 진입하자. 보티첼리에 대한 바르부르크의 논의를 살펴보고 '므네모시네'의 한 자락을 더듬어 보는 것이 좋겠다.

---

7) 작슬과 곰브리치는 '바르부르크 도서관'이 세계대전의 여파 속에서 런던으로 옮겨진 후 '바르부르크 연구소'로 개편된 후 연구소 소장으로 재직한 바 있다.
8) 이와 관련해서는 곰브리치와 다나카 준의 저서를 참조하는 것이 좋겠다.

주지하듯, 산드로 보티첼리는 15세기, 즉 르네상스 초기에 피렌체에서 활동한 화가로, 「비너스의 탄생」은 1485년 무렵 그려진 것이다. 바다 거품 속에서 태어난 비너스가 조개 껍데기 위에 서 있고 그 왼쪽에서 서풍의 신 제피로스가 미풍 아우라와 함께 바람을 불어주고 있으며 오른쪽에서는 봄의 여신 플로라가 비너스를 맞이하고 있는 것이 이 그림의 대략적 얼개이다. 관련된 일화도 많거니와 각별히 이 그림은 인물들의 표정과 몸짓, 그리고 옷과 주름 등에 대한 부드럽고 동적인 터치 등으로 두루 회자된다. 바르부르크가 이 그림에 관심을 가진 이유는 그의 글의 서문에 명기되어 있다. 즉, 이 논문의 목적은 산드로 보티첼리의 저 유명한 신화 그림인 「비너스의 탄생」과 「봄」에 나타난 고대의 영향과 의미를 밝히는 것이다.[9] 그렇다면, 이 그림의 어디에서 바르부르크는 고대의, 바르부르크 식으로 이야기하자면 '이교도적 고대pagan antiquity'의 영향을 발견할 수 있었을까? 우리는 여기서 '신은 디테일에 깃든다God is in the details'라는 말의 본적이 바르부르크에 귀속됨을 상기할 필요가 있다. '아는 것에 대한 보는 것의 승리'를 강조한 다니엘 아라스의 디테일한 지도를 동시에 떠올리며 다시 그림을 들여다보자…… 어디에?

바르부르크가 주목한 디테일은 "격렬하게 움직이는 부속물, 예

---

9) Aby Warburg, "Sandro Botticelli's Birth of Venus and Spring: An Examination of concepts of Antiquity in the Italian Early Renaissance(1893)," ibid, p. 89 참조. 여기서는 「비너스의 탄생」에 관한 논의만 살펴보기로 한다.

컨대 옷의 장식과 주름 그리고 머리카락 등accessory forms-those
of garments and of hair"[10]이다. 「비너스의 탄생」에서 최초의 사건
으로 종종 언급되는 것은 등신대를 한 비너스의 출현이었지만 정작
중요한 것은 이 그림에 표현된, 신화 속 사건이 아니라 장식적 요소
들에 표현된 '움직이는 파토스pathos in motion'이다. 바르부르크
는 르네상스 시기의 가장 권위 있는 회화론인 알베르티의 『회화론』
을 인용하며 이 부속물의 중요성을 다시 한 번 강조한다. 그는 알베
르티가 "회화에서 사람의 머리카락, 동물의 갈기털, 나뭇가지, 나뭇
잎, 그리고 옷자락 등의 움직임을 보는 것은 즐겁다"[11]고 말한 것을
환기시키며 이런 움직임들이 단순한 자연적 현상이라기보다는 일종

---

10) Aby Warburg, 같은 글, p. 89.
11) 같은 글, p. 96.

의 상상력의 작용이라고 설명한 점을 주목한다. 다시 말해 바르부르크는 15세기 르네상스 회화에서 자주 눈에 띄는 이런 동적 부속물들은 상상력과 정념을 반영하는 디테일이라고 보고 있는 것이다. 그리고 여기서 바르부르크는 소용돌이치는 부속물들을 표현하는 것이 고대의 영향임을, 고대의 석관 등에서 취한 다채로운 도판들의 예를 들어가며 증명해 보인다. 다시 말하자면 이 움직이는 부속물이라는 디테일은 르네상스 안에 있는 '이교도적' 고대의 표징이라고 할 수 있다. 다양한 도상들을 활용한 실증을 통해 바르부르크는 르네상스 시기에 표상된 고대가, 두루 통용되던 요한 빙켈만의 주장에서처럼 '고전적 고요'로 표상되는 것이 아니라 오히려 '동요'의 정념과 관계 깊은 것임을 밝히고 있다.

그러니까, 바르부르크가 여기서 예증해 보이고 있는 것은 격렬하게 움직이는 부속물들이 르네상스에 틈입된 고대의 '잔존'이며 그것은 일종의 내면적 파토스의 표현이라는 것이다. 바르부르크가 사용한 용어로 바꾸어 말하자면 움직이는 부속물들은 '잔존'하는 고대의 몸짓 언어, 즉 '파토스 형식Pathosformel'[12]이라고 할 수 있다. 바르부르크는 다른 글들에서도 이와 같은 방식으로 르네상스 시기의 다양한 작품들을 대상으로 르네상스에 틈입된 이교도적 고대의 흔적을 고증하고 이를 통해 당대의 '파토스 형식'을 복원한다. 그것이 의미하는 바는 예술이 역사의 알리바이라는 것이 아니라 '잔존'을 보유한 파토스의 형식이라는 것이다. 이를 달리 말해보자면, 연대기를 보충하기 위해 이미지가 존재하는 것은 아니라는 것이다. 오

---

12) 다나카 준은 이를 '정념정형情念定型'이라는 말로 번역하고 있다.

히려 이미지는 일종의 '파토스 형식'을 통해 항상 연대기의 완결을 거부한다. 바르부르크의 표현에 의하면 이미지는 순간적으로 포착된 정념을 통해 고유의 '사유 공간'을 확보함으로써 자신의 역사를 써나간다.

5

아비 바르부르크, 「므네모시네 아틀라스 C」   「므네모시네 아틀라스 39」[13)]

아비 바르부르크는 1924년부터 '므네모시네 프로젝트'에 몰입한

---

13) 두 사진의 출처는 (좌) http://mnemosyne-ut.tumblr.com/post/36862464337/39, (우) http://mnemosyne-ut.tumblr.com/post/35836489616/c이다.

다. 그는 패널 위에 방대한 양의 도상들을 — 아마도 그의 눈에는 선명히 보였을 내적·외적 관계의 지형에 따라 — 모아 붙이는 작업을 거듭했다. 본래 그는 이 패널들의 의도와 의의를 설명하려는 책『므네모시네』를 출간할 예정이었으나 작업이 마무리되기 전에 죽음을 맞고 말았다. 지금 전해오는 것은 60여 개의 패널들과 계획한 책에 붙이려 했던 서문뿐이다. 즉, '므네모시네'는 미완의 프로젝트라고 할 수 있다. 완수되지 못한 그의 계획은 무엇이었을까?

『므네모시네』는 덧붙은 도해서가 보여주는 복제된 그림 자료를 토대로, 우선은 고대 양식을 모방하는 앞선 각인들의 목록이 되고자 한다. 이 앞선 각인들은 증명된 것처럼 르네상스 시대 새로운 양식 형성에 함께하며 요동치는 삶을 표현하는 데 영향을 미쳤다.
　이 분야에는 특히 체계적으로 총괄하는 선행 연구가 없기 때문에, 이러한 비교 관찰은 소수 주요 예술가 유형의 전체 작품을 연구하는 데에 한정되어야 했다. 이를 위해서는 보다 심층을 파고드는 사회적, 심리학적 연구를 통해, 기억에 의해 보존된 표현 가치들의 의미를 심오한 정신 기술적 기능으로 파악하려는 시도가 필요했다.[14]

바르부르크의 평전을 쓴 다나카 준은 아비 바르부르크의 '므네모시네' 작업을 "유럽의 시각 문화에 잠재된 '흔적'으로서의 '근원'을 고대의 상징적 도상 속에서 파악하려는 시도"[15]로 규정하며 "도

---

14)　아비 바르부르크, 「『므네모시네』 머리말」, pp. 66~67.
15)　다나카 준, 같은 책, p. 369.

상 아틀라스에서 읽어내야만 하는 것은 여러 도상의 시대착오적인 anachronism 단락에 의해서 부각된 세부에 가해진 변형조작의 규칙성이며 그것이 만들어내게 된 '유럽'이라는 시공(時空)의 구조다"[16]라고 그 의의를 설명한다. 바르부르크의 일차적이고 궁극적인 관심은 방대한 이미지의 별자리 속에서 고대의 '잔존'을 확인하고 이와 결부된 '파토스 형식'들을 추적하는 것이라고 할 수 있을 것이다. 그런데 죽음을 맞기 직전에 구성된 패널들에는 당시의 신문들에서 취한 기사와 사진들까지 사용되고 있다. 일례로 골프 치는 여성을 님프의 변형으로 제시하고 있음을 감안해보면 바르부르크의 관심은 당대의 유럽 문화에 대한 도상해석학적 이해의 차원까지 확장되고 있음을 짐작해볼 수 있다. 다시 말해 '이미지 아틀라스'를 통해 우리는 '잔존'을 포함한 당대 유럽의 정신적 시공이 이미지의 별자리 속에서 동터오고 있는 현장을 목격할 수 있게 된다는 것이다. 바르부르크 스스로는 이에 대해 '순수비이성 비판을 위한 이미지 아틀라스'라는 표현을 사용한 바가 있다. 이 표현이 의식하고 있는 칸트 철학 내의 맥락에서 '비판'이란 권리능력과 권리한계를 규정하는 것임을 상기해본다면 이 말은 별자리처럼 부려진 도상들이 자극하는 이미지-사유와 관계 깊음을 짐작할 수 있다. 애석하게도, 그러나 어쩌면 그렇기에 역설적으로 흥미롭게도 바르부르크는 패널들 각각을 설명하는 진술들을 남기지 못했다. 바로 그 때문에 우리는 패널을 읽는 대신 패널로 하여금 말하게 하는 길을 택할 수밖에 없다. 여기서 하나의 패널을 택해 별자리를 구성해 보이는 것 자체는 가능하

---

16) 같은 책, p. 325.

나 구체적 실익은 없는 일일 것이다. 다만, 이미지의 아틀라스에 거하는 유일한 길은 이미지 – 사유를 통해서만 열릴 것임은 언급될 가치가 있는 것이다.

6

우트 픽투라 포에시스ut pictura poesis라는 말이 있다. 로마의 시인 호라티우스가 언급한 것으로 알려진 이 말은 "회화처럼 시는"이라는 의미를 지닌다. 시와 회화가 종종 유비관계로 검토되어온 것은 동서고금을 막론하고 오래된 일이다. 르네상스 시대 시인이자 문학이론가인 필립 시드니가 「시의 옹호An Apology for Poetry」에서 시는 말하는 그림a speaking picture이라고 규정한 것이나 중국 당(唐)대의 시인 소식(蘇軾)이 왕유(王維)의 그림을 논하면서 "시 속에 그림이 있고, 그림 속에 시가 있다(詩中有畵 畵中有詩)"라는 유명한 말을 남긴 것, 조선 세종 때의 학자 성간(成侃)이 "시는 소리가 있는 그림이고 그림은 곧 소리 없는 시이니 예부터 시와 그림은 하나였다(詩爲有聲畵 畵乃無聲詩 古來詩畵爲一致)"는 말을 남긴 것 등을 대표적으로 언급할 수 있을 것이다. 물론 각기 맥락은 조금씩 다를지언정 동서고금을 막론하고 시와 그림은 밀접한 관계를 지닌 것으로 간주되어왔다고 할 수 있다. 그런데 유비관계는 종종 경쟁관계의 이면이기도 하다. 그림과 시는 재현에 있어 형이상학적 우위와 선차성의 문제를 두고 우선순위를 다퉈왔다. 그러나 내분은 공적 앞에서 잠복한다.

조르주 디디-위베르만은 『반딧불의 잔존』에서 "이미지는 지평이 아니다. 이미지는 가까이 있는 여러 미광들lucciole을 우리에게 제공하고, 지평은 멀리 있는 강한 빛luce을 우리에게 약속한다. 역사에 대한 사유, 정치적인 입장, 메시아적 전통 사이의 근본적인 ── 또한 극도로 문제적인 ── 관계를 고려한다면, 이런 구별은 잔존에 의뢰하는 사상가와 전통으로 회귀하는 사상가를 구별하기 위해 매우 유용한 것으로 보일 수 있다"[17]고 이미지 - 사유의 가능성에 주목한 바 있다. 같은 맥락에서 그는 "우리의 상상하는 방식 속에 근본적으로 우리의 정치하는 방식을 위한 조건이 놓여 있음"[18]을 강조했다.[19] 그리고 그런 맥락에서 "잔존의 기억의 배치가 보유한 정치적 기능까지 보여준 사람은 누구보다도 아비 바르부르크이다"[20]라고 말했다. 그는 아비 바르부르크에게서 이미지 - 사유의 원형을 본 것이다.

우리의 상상하는 방식에 정치하는 방식의 조건이 놓여 있다는 것은 어떤 경우에도 이미지가 단지 개인적 표상에만 그치지 않는다는 것이다. 이미지에 대한 연구가 특수성에 대한 연구이면서 동시에 삶의 보편적 조건에 대한 연구임은 바로 그 때문이다. 그런 의미에서 볼 때, "이미지의 삶은 사적인 것 혹은 개인적인 것이 아니다. 그것은 사회적인 삶이다"[21]라고 말할 때 W. J. T. 미첼은 옳다. 미첼은

---

17) 조르주 디디-위베르만, 『반딧불의 잔존 ── 이미지의 정치학』, 김홍기 옮김, 길, 2012, pp. 83~84.
18) 같은 책, p. 60.
19) 조르주 디디-위베르만의 논의는 이미 앞의 글 이미지 「이미지 - 사건과 문학의 정치」에서 소개한 바 있다.
20) 같은 책, p. 61.
21) W. J. T. 미첼, 『그림은 무엇을 원하는가 ── 이미지의 삶과 사랑』, 김전유경 옮김, 그

"이미지는 인간 숙주의 사회적 삶과 그것이 재현하는 사물들의 세계와 나란히 공존하는 사회적 집단을 형성한다."[22]고 말하며 심지어 이미지는 세상에 대한 새로운 배치와 지각을 만들어내는 "세상을 만드는 방식"이라고 그 의미를 확대한다.[23] 아비 바르부르크가 선취한 바는 바로 이런 의미에서의 이미지의 삶 그 자체라고 할 수 있다. 말하자면 이미지 스스로의 삶을 부려놓음으로써 지평적 차원이 아닌 '이미지-사유'의 차원에서 세계와 대면할 수 있게 한 것이 그의 '므네모시네'이다.

7

다나카 준은 므네모시네의 검은 스크린을 "로트레아몽의 수술대"에 비유한 바 있다.

〈므네모시네〉에서 검은 스크린은 그런 공시성을 위한 자리이다. 우선, 그것을 로트레아몽의 수술대라 불러도 좋다. 이런 성격 때문에 〈므네모시네〉는 종종 다다이즘이나 러시아 구성주의의 포토몽타주 수법과 비교되어 왔다. 각 도상의 의미는 패널의 인접관계에 의해 그때마다 중층적으로 결정되어 왔고, 바르부르크는 도판의 배치를 끊임없이 변화시킴으로써 이미지에 덧붙여진 소급적 의미 부여의 과정을

린비, 2010, p. 141.
22) W. J. T. 미첼, 같은 책, 같은 쪽.
23) 같은 책, 같은 쪽.

여러 각도에서 탐사하려 하였다. 도상 아틀라스는 발견법적인 가치 중의 하나다. 이것으로 바르부르크는 자신의 테마에 걸맞은 이미지 기억의 지층을 탐색하는 방법을 발견하였다.[24]

로트레아몽과 다다와 구성주의자들뿐일까? 아비 바르부르크의 작업이 시 예술에 시사하는 바는 적지 않다. 지평적 사유와 직접적 지시가 할 수 있는 일을 시는 할 수 있다. 그러나 시는 이미지 – 사유를 통해 그 이상을 행한다. 말하는 대신 말하게 하는 것 역시 시의 권리능력이기 때문이다. 우트 픽투라 포에시스ut pictura poesis의 또 다른 의미는 그것이 아닐까?

〔2014〕

---

24) 다나카 준, 「이미지의 역사분석, 혹은 역사의 이미지 분석—아비 바르부르크의 〈므네모시네〉에서 이미지의 형태학」, 『미술사논단』 20호, 2005, p. 523.

내적 실재의 시학

1

이렇게 물어보자. '지구가 평평하다'는 진술은 참인가? 어찌 보면 간단한 질문이지만 답을 구하는 과정은 그리 간단하지 않다. 우선, 이것이 언어적 관계 내부에 진리치의 검증 기준을 지닌 분석명제인지 아닌지 판별이 필요하다. 그 결과 분석적으로 참이 아니라고 한다면 양상 의존적 종합명제로서 이 진술의 진릿값을 계량할 전거를 어디에 두어야 하는지의 문제가 대번 제기된다. 말이나 생각을 나타내는 기호와 외적 사물 간의 대응관계에 의해 진리치를 지정하는 입장의 경우라면 2012년 현재 이것은 거짓된 진술로 간주될 것이다. 그런데 여기에도 두 가지 관점이 가능하다. 즉, 지구가 평평하다는 것은 항존하는 외적 진리치에 어긋나는 것이기 때문에 언제나 거짓이라는 관점과, 2012년 현재의 개념과 도식 안에서 그것은 받아들이기 어렵다는 견해가 있을 수 있다. 예컨대 3천 년쯤 전에 이 진술은 타당한 것이었을 터이다. 그렇다면 3천 년 전에 참이었는데 2012년 현재 거짓이라는 말인가? 우리는 대번 '진리가 변하니?'라고 물을 수 있다. 사랑도 변하는 터에 진리쯤 변하는 것이 대수로울까마는 그렇게 답하고 말기에는 문제가 심상치 않다.

진리라는 단일 기준만을 놓고 '지구가 평평하다'는 진술을 판정하는 것도 이처럼 간단하지 않다. 진리는 외재적인가, 내재적인가? 대개 외재적이지만 더러 내재적인가, 아니면 필히 내재적이지만 외재적 영향도 가능한 것인가? 합리적 수용 가능성rational acceptability이라는 개념을 상정함으로써 이 문제에 대해 답해보자. 진리가 외부에 실재하는 기성의pre-determined 사실관계에 부합하느냐 여부에 의해서 판정되는 것이 아니라 합리적 수용성을 이상화시킨 것idealization이라는 관점을 도입하면 문제는 달라진다. 이 경우라면 '지구가 평평하다'는 진술은 3천 년쯤 전에는 합리적으로 수용 가능한 것이었으나 지금은 그렇지 않다. 그러나 그렇다고 해서 그것이 3천 년 전에 참이었다고 말한다면 그것은 잘못된 것이다. 이 진술이 분석명제가 아니라 양상 의존적인 것이라고 할 때, '지구가 평평하다'는 진술이 참이 되려면 3천 년 전의 지구가 지금과 달리 평평했을 것이라는 점을 인정해야 하기 때문이다.

요컨대 진리의 문제를 합리적 수용 가능성의 차원에서 바라볼 때, 진리는 기성의 외적 대상을 전제하는 형이상학적 실재론자들의 생각처럼 어떠한 합리적 정당화와도 상관없이 존재하는 것도 아니고 그렇다고 해서 특정한 개별적 정당화에 의해 증명되는 것도 아니며, 모든 정당화들이 상대적으로 옳은 것도 아니라는 것이다. 이때 진리는 이상화된 합리적 수용 가능성으로 재정의될 수 있다. 이렇게 하는 이유는 진리를 형이상학적 실재론과 무한정한 상대주의라는 양 방향의 인력 사이에 둠으로써 실용적인 이득을 취하기 위함이다. 이 상적 진리론에서 어떤 진술이 참이라고 주장하는 것은 그 진술이 정 당화될 수 있음을 주장하는 것이며, 무한한 이상화를 전제로 한 내 적 정합성 속에서 진리가 수렴될 수 있다고 주장하는 것이다. 다시 말하자면 이때 진리는 외재적인 실재가 보증하는 바가 아니며 합리 적 수용 가능성에 의해 그 진리치가 계량되고 또한 그러한 방식의 정당화를 가능하게 하는 개념체계에 의존한다. 그렇기 때문에 바로 이런 방식으로 인식적 진리는 가치의 문제와 연관되며 역사와 문화 에 의해 영향을 받는다. 즉 세계로부터의 '경험적 입력experimental input'으로부터 자유롭지 않다. 바로 힐러리 퍼트넘Hilary Putnam 의 이야기다.

지금까지의 논증의 얼개를 정초한 힐러리 퍼트넘은 이런 태도를 '내적 실재론internal realism' 혹은 '내재론internalism'이라고 명 명했다. 이는 실재가 주어진 개념체계와 합리적 수용 가능성의 바 깥에 독립적으로 존재한다는 형이상학적 실재론과, '무엇이든 옳다 Anything goes'는 상대주의를 동시에 비판하고 넘어서기 위한 노력 의 일환으로 제출된 것이라고 볼 수 있다. 이제 퍼트넘의 말을 직접 들어보자.

형이상학적 실재론metaphysical realism의 관점에 의하면 세계는 인간의 마음으로부터 독립되어 있는 일정하게 고정된 양의 대상들 로 구성되어 있다. 따라서 세계에 대한 참되고 완벽한 기술은 오직 하 나뿐이며 진리는 말이나 생각을 나타내는 기호와 외적 사물 간에 성립한다는 일종의 대응 관계에서 찾아진다. 나는 이러한 관점을 외적 external 관점이라 부르겠다. 왜 외적인가 하면 그것은 바로 유일한 신의 눈에 비친 관점과 같기 때문이다.

　내가 옹호하고자 하는 관점은 무어라 이름짓기가 다소 애매하다. 〔……〕 이 관점을 내적internal 관점이라고 부르겠는데 그 이유는 어떤 대상들로 세계는 구성되어 있는가 하는 물음이 오직 어떤 이론 내에서만 의미 있는 물음이 될 수 있다는 주장이 이 관점의 특징이기 때문이다. 〔……〕 이 관점에 의하면 〈진리〉라는 것은 일종의 (이상화된) 합리적 수용 가능성rational acceptability이다. 즉 진리하는 것은 마음에서 독립되어 있는 〈사태〉들과의 대응 관계에 있는 것이 아니라 믿음 상호간에 또는 믿음과 믿음 체계 속에 구현된 경험 간에 성립되는 일종의 이상적 정합성ideal coherence에 있다는 것이다. 신적 관점과 같은 유일한 관점이란 있을 수 없으며 오직 다양한 관심과 목적을 가지고 세계를 기술하고 이론을 창출해내는 실지 인간들의 여러 관점이 있을 뿐이다.[1]

　물론 그렇다고 해서 퍼트넘이 리처드 로티Richard Rorty처럼 진리 자체를 도달이 불가능한 형이상학적 어휘로 규정하는 상대주의로 기우는 것은 아니다. 퍼트넘과 로티는 진리가 개념체계 혹은 경험의 바깥에 독립적으로 존재한다는 것을 부정하는 데서는 공통점을 지니지만, 로티와 달리 퍼트넘은 세계로부터의 '경험적 입력' 자체를 무한정한 상대주의의 근거로 제시하지는 않는다. 비록 명료하

---

1) 힐러리 퍼트넘, 『이성, 진리, 역사』, 김효명 옮김, 민음사, 2002, pp. 95~96.

게 밝혀지지 않고, 칸트Immanuel Kant의 '물자체'처럼 우리의 인식 속에서 구체적으로 현상하지 않으나 명백히 존재하는 '어찌할 수 없는 세계helpless world'가 존재할 가능성을 긍정하기 때문이다. 비교컨대 정신분석적 접근에서 칸트의 물자체가 상상계와 상징계의 근저에 자리한 실재계에 견주어지듯, 퍼트넘 역시 그와 비슷한 방식의 실재의 존재를 부정하지 않고 있다고 하겠다. 그러나 주지할 것은 퍼트넘의 목적이 '내적 실재'를 부각시키기 위한 것이지 진리 자체를 부정하기 위한 것은 아니라는 사실이다. 퍼트넘의 내적 실재론에 의하면 대상은 개념체계의 내부에 합리적으로 존재하며 대상들과 기호들은 '경험적 입력'의 흔적을 지닌 개념체계의 내부에 존재하므로 기호와 대상은, 개념체계 외부에 놓인 진릿값과 대응하지 않고 개념체계 내부에서 일대일의 대응관계를 형성한다. 바로 이 점에서 우리는 퍼트넘의 '내적 실재' 개념을 정신분석의 '실재계' 개념과 접목시키면서 문학적 논의의 실용적 이익을 위해 취할 여지를 찾아볼 수 있다. 외재적 관점을 배격하고 개념체계 안에서 합리적 수용가능성과 이상적 정합성을 근거로 내재적 관점을 취하는 퍼트넘의 '내적 실재론'은 기호의 바깥과의 대응이 아니라 개념체계 내부에서 기호와 대상의 이상적 정합성을 취하되 그럼에도 불구하고 온전히 그 모습을 드러내지 않는 텍스트 고유의 세계로서의 '실재(계)'를 상정해보게 하기 때문이다.

2

그간 시에서 목소리의 주인공을 '서정적 자아'로 간주하거나 '시적 화자'와 같은 극적 대리인을 그 주인공으로 내세우는 태도가 일반적으로 받아들여져 왔던 것은 사실이다. 함부르거Käte Hamburger, 슈타이거Emil Staiger, 카이저Wolfgang Kayser, 노스럽 프라이Northrop Frye 같은 논자들이 이런 입장의 논의를 형성했다는 것 역시 주지의 사실이다. 소설의 경우, 텍스트 내적 현실을 일종의 허구로 받아들이는 것이 자연스러운 관행임에도 불구하고 시의 경우에는 오랫동안 텍스트 내부의 목소리를 시인 자신의 목소리로 간주하는 태도가 별다른 문제의식 없이 통용되어왔다. 그러나 현대시는 시인 자신의 정서를 토로하거나 가치 판단을 서술하는 것으로부터는 상당한 거리를 두고 있다. 예컨대 함성호가 "동화연산 시 기계장치"라고 명명한 강성은의 시들이나 황병승의 엽편소설 형식의 시들을 읽으며 서정적 자아의 목소리를 추적하려 한다거나 단일한 시적 화자의 계획을 읽어내고자 골몰한다면 아마도 그 독자는 거대한 불가지를 목전에 두게 될 것이 틀림없다. 그렇다고 해서 이런 시들을, 이미 도래한 현상을 기존의 규범적 태도에 의해 프로크루스테스의 침대에 올려 재단하는 것 역시 눈앞의 사태에 대해 편의적으로 눈감는 태도라 하지 않을 수 없다.

동시대의 많은 시가 말하고 있는 바는 시가 이제 서정적 자아의 동굴이나 시적 화자의 무대가 아니라 개별적인 시적 상황, 앞에서의 논의를 차용해 말하자면, 개성적인 개념체계들로 이루어진 내적 실재에 긴박된 주체들이 분절되는 장소로 자신을 개방한다는 것이다. 이런 시편들은 자아의 목소리 조각들의 총합이 아니며 작품 배후의 어떤 단일한 존재자의 태도를 구성하는 퍼즐의 일부도 아니다. 오히려 개별 작품들은 구체적인 맥락에서 구체적인 세계 하나씩을 분절시킨다고 할 수 있다. 즉 개별 작품들은 매번 해당 작품 내부에서 내적 실재를 발생시킨다고 하겠다. 작품들은 작가의 문법적 대리인의 목소리를 담고 있는 것이 아니라 내적 실재의 정황에 따라 주체가 구성되는 처소이다. 개별 작품은 작품 외적 현실에 대한 시인의 태도를 반영하는 데 그치지 않고 오히려 그 내부에 내적 실재를 분절시키기 때문이다.

내적 실재는 고유의 존재론을 갖는다. 최근의 시 작품은 자신을 외적 현실의 맥락과 패러프레이즈시키거나 자신의 언어를 기어이 현실의 지시 대상과 매번 짝지어주는 관습의 테두리를 스스로 벗어나 자신이 발생시킨 내적 실재의 마당 안에서 발생하는 고유의 의미들과의 자유연애를 구가하게 되었다. 이제 중요한 것은 작품과 현실 사이의 등가성이나 평행이 아니라 내적 실재의 조건들 속에서 분절되는 세계에 대한 새로운 탐색이다. 시는 구체성을 핵으로 삼는다. 작품들은 텍스트 외부세계의 거울로 존재하거나 외부세계를 표상하는 것이 아니며 작품 외적 가치의 언어적 집약체가 아니다. 하나의 작품은 하나씩의 세계라는 점에서 그것은 일물일가와 구체성을 특징으로 한다. 또한 시는 본질적으로 가상이다. 시는 제반 환경들로 재조립되는 현실 대신 상황과 사건과 선택과 판단 모두를 생성시키는 고유의 내적 실재가 발생되는 장소이다.

그러니 만약, 우리가 혹시 시에 대해서도 윤리를 물어야 한다면 그것은 외부의 실천적 진리와 텍스트 내부의 개념체계 사이의 대응의 문제가 아니라 내적 실재 안에서의 상황과 선택의 합리적 수용 가능성의 문제라고 하겠다. 정치적으로 이미 선점된 쟁점과 사유 구조 대신 새롭게 정치화하는 기능으로서의 감각을 신뢰하는 것도 물론 난세의 지혜가 될 수 있다. 그러나 바로 그러한 기능과 감각의 처소 역시 최종적으로는 내적 실재가 아닐 수 없다는 것을 확인할 필요가 있다. 필자는 이를 다음과 같이 도식화한 바 있다.

공리

1. 시의 세계는 납세와 치안 그리고 영리적 교환관계가 아닌 언어적 관계들로 이루어진 세계이다.

정리

1. 시민의 삶의 장은 제도이며 전장은 정치이다. 시인의 삶의 장은 미학이며 전장은 언어이다.

2. 시는 서정적 자아나 시적 화자의 목소리가 울리는 동굴이 아니라 주체가 발생하는 장소이다.

3. 시는 현실세계를 반영하는 데 그치는 것이 아니라 고유의 내적 실재를 분절시킨다.

4. 내적 실재의 세계에서 시는 윤리적인 것의 목적론적 정지를 통해 시의 윤리를 정립한다.[2]

---

2) 이에 대해선 뒤의 글 「시에 대해 윤리를 물을 때 몇 가지 전제」에서 좀더 자세히 다루었다.

이 글의 목적이 시의 윤리를 논하는 것이 아니고 또 내용이 중복될 수 있으므로 자세한 논의는 피하되 요지를 취하자면, "시작(詩作)은 외재적 윤리의 문제를 시라는 형식을 통해 거듭 확인하는 반복적인 여분의redundant 행위가 아니라 내적 실재의 분절을 통해, 시가 아니라면 알 수 없었을 것들에 대해 인지적 충격을 주는 행위라고 할 수 있다. 보편적인 것을 거듭 확인하는 것이 아니라 기성의 보편을 괄호 친 채 형성되는 실재를 통해 새로운 보편을 구체로부터 어림잡도록 하는 것이 시의 윤리라고 할 수 있다"는 것이다. 감각적인 것의 재분배는 선점된 정치적 어젠더를 재편하고 세계를 새롭게 보게 하는 가능성을 지니는데 결국 그것이 하는 일은, 감성의 비전을 통해 기존의 윤리를 괄호 치고, 비록 무한정 유보된다 하더라도 새로운 보편의 가능성을 넘보는 일이다. 그리고 이는 서정적 자아의 '치안'에 파열을 내는 내적 실재 내부의 정치를 통해 가능한 것이다.

또한, 만약 우리가 작품의 성패를 물어야 한다면 그것은 지시와 표상의 적합성 여부가 아니라, 치안을 무력화시키는 감각적인 것의 재분배의 차원의 문제가 아니라, 그것이 어떻게 내적 실재 안에서 이상적 정합성을 향해 도약하느냐의 문제와 관련이 깊다. 텍스트라는 내적 실재 안에서 세계는 이미 모든 것이다. 형이상학적 실재론의 맥락에서 텍스트 자체가 실재계(R1)를 어림잡는 상징적 구성물일 수 있으되 동시에 텍스트라는 기호와 개념체계 안에서 구성되는 내적 실재(R2) 역시 이미 또 하나의 삶을 살기 시작한다. R1과 R2는 지시와 대응의 관계를 지니지 않는다. R2 역시, 퍼트넘의 표현을 빌리자면, 외부로부터의 제약, 즉 '환경의 기여'로부터 자유롭지 못하지만 R1과 R2는 결코 지시와 대응의 관계를 맺는 것이 아니다. R2를 통해 R1을 추적하는 이는 언어의 바깥을 넘나드는 외적 관점을 취하는 것이다. 그는 실재계에 대해서도 '마술적 지시 이론'을 구사하지만 트릭 이외에 건질 것이 없다. R2가 로두스Rhodus다. 아니, 내적 실재 R2가 시의 알 그 자체이다. 여기로부터 모든 것이 가능하다. 합리적으로, 그리고 이상적으로……

3

이상적인 예를 하나 들고자 한다. 내적 실재의 문법, 즉 합리적인 수용 가능성과 이상적인 정합성의 틀로, 텍스트 내부에서 시를 읽는 것이 왜 필요한 독법인지를 다음에 인용된, 저 유명한 난해시를 통해 살펴볼 수 있을 것이다.[3]

十三人의兒孩가道路로疾走하오.
(길은막달은골목이適當하오.)

第一의兒孩가무섭다고그리오.
第二의兒孩도무섭다고그리오.
第三의兒孩도무섭다고그리오.

---

3) 이하의 시 해석은 졸고, 「이상의 「오감도」 연작에 개진된 알레고리적 태도와 방법 연구」(『현대문학의 연구』 41집, 2010년 6호)에서 「오감도」 시 제1호에 대해 내적 실재의 관점에서 해석을 개진한 부분들을 발췌, 수정한 것이다.

第四의兒孩도무섭다고그리오.

第五의兒孩도무섭다고그리오.

第六의兒孩도무섭다고그리오.

第七의兒孩도무섭다고그리오.

第八의兒孩도무섭다고그리오.

第九의兒孩도무섭다고그리오.

第十의兒孩도무섭다고그리오.

第十一의兒孩가무섭다고그리오.

第十二의兒孩도무섭다고그리오.

第十三의兒孩도무섭다고그리오.

十三人의兒孩는무서운兒孩와무서워하는兒孩와그러케뿐이모혓소.(다른事情은업는것이차라리나앗소)

그中에一人의兒孩가무서운兒孩라도좃소.

그中에二人의兒孩가무서운兒孩라도좃소.

그中에二人의兒孩가무서워하는兒孩라도좃소.

그中에一人의兒孩가무서워하는兒孩라도좃소.

(길은뚤닌골목이라도適當하오.)

十三人의兒孩가道路로疾走하지아니하야도좃소.

　　　　　　　—「烏瞰圖」(詩 弟一號) (이하 설명에서는 현대식 표기법으로 인용)

대표적인 난해시로 꼽히는 이상의 '오감도' 연작 중 제1호이다.

이 시를 읽는 방법은 크게 두 가지이다. 우선, 시의 내적 논리만을 고려하여 읽는 방법, 즉 시에 제시된 연쇄적 사건에 대한 진술과 그 사건을 구성하는 진술의 관계, 다시 말해 기표들 사이의 관계를 중심으로 내적 정합성의 맥락에서 읽는 방식이 있다. 두번째로, 텍스트가 지시하는 의미를 텍스트 외부의 자료들을 통해 추적하는 방식이다. 이런 관점에서는 왜 아이인지, 왜 질주인지, 왜 13인인지, 왜 이들이 무서워하는지 등에 대해 시 외부의 자료에 의존해 기표들이 지시하는 의미를 구성하고 이때 얻어진 개념을 기호체계와 대응시킨다. 이를 외부의 독립적 지시 대상을 전제로 하는 문학 버전의 형이상학적 실재론에 입각한 접근법이라고 말할 수 있을 것이다. 이 시가 대표적 난해시로 알려진 까닭은, 그간 바로 이런 방식의 독해가 승했기 때문이다. 미리 말하자면, 이런 질문들에 대해서 텍스트는 하나도 대답하지 않고 있다. 다시 말해, 두번째 관점에서라면 이 시는 난해시가 아니라 영원히 의미의 미궁에 남겨질 시가 될 수밖에 없다고 하겠다. 설령, 텍스트 외적 조건들에 의해 이런저런 단서가 추적된다 하더라도 그것이 이런 질문들에 대한 확정적 해답은 될 수 없기 때문이다. 그것은 또 다른 불가지를 상정하는 것과도 같다. 분명히 독립적으로 존재하지만 시의 십자말로 명쾌하게 풀리지는 않는 지시 대상들을 나열하는 작업이기 때문이다. 내적 실재의 인도에 따라 다른 경로를 택해보자.

시에 제시된 사건을 우선 보자. 1행에 중심 사건이 명기되어 있다. 13인의 아이가 질주하고 있다는 것이다. 이것은 시의 내부에 주어진 현실이다. 여기서 만약 누군가가 '왜 13인이지? 왜 아이들이 질주하지?' 하고 성급하게 묻는다면 아직 내적 실재와 조응할 준비, 즉 자발적으로 텍스트가 여는 개념체계에 들어가기 위한 준비의 산통을 깨는 것이다. 이 문장은 이를테면 영어로, 'Suppose that'이 맨 앞에 생략된 것이다. 즉 '자, 이런 상황이야'라는 도입부가 생략되어 있다는 것이다.[4] 물론, 그런 말까지 쓴대야 과잉 친절이거나 혹은 시의 형식적 완결성을 해치는 일이 될 것이다.

그 뒤로 정황이 제시되어 있다. 아이들이 막다른 골목에서 질주하고 있다는 것이다. 시적 주체는 '길은 막다른 골목이 적당하오'라고 말하고 있다. 그리고 이 진술은 괄호 속에 들어 있다. 굳이 괄호 속에 진술이 담긴 것은 이 진술이 괄호 바깥의 진술과는 맥을 달리하는 이질적 목소리(v2)라는 것을 의미한다. 13인의 아이가 달려간다고 상황을 진술하는 목소리(v1)와는 달리, '그런데, 아이들이 달려가는 곳은 막다른 골목쯤이 좋겠소'라는 진술, 상황에 대한 지문 역할을 하는 진술이 괄호 안에 제시된 것이라고 할 수 있다. 이를 염두에 두고 2연을 보자.

2연은 1연의 원경을 좀더 클로즈업한 것이면서 동시에 1연에서 암시된 어떤 구조와 운동을 연쇄로 투사한 결과물이다. 즉 1연에서 제시된 어떤 장면이 2연에서는 아이들 각각의 표정이 읽힐 정도까지 좀더 세세하게 모습을 드러내고 있다는 것이다. 진술된 바 그대로 읽어보자. 자세히 들여다보니 막다른 골목을 질주하는 아이들의 표정엔 공포가 가득하다. 1연과 2연에는 13인의 아이들의 질주라는

---

4) 신형철 역시 「시선의 정치학, 거울의 주체론」(『몰락의 에티카』, 문학동네, 2008, p. 469)에서 이 점을 지적하고 있다. 필자는 이 점에서 신형철의 해석에 크게 공감한다. 시의 내적 실재에 주목한다면 자연스러운 귀결이며, 그런 의미에서 이 시가 희곡적 구조를 지니고 있다는 그의 주장에도 전적으로 동의할 수 있다.

형상과 그 세부에 대한 묘사로 이루어지는 사건의 진술이 있고 그 사건에 맥락과 상황을 부여하는 지문이 있다고 할 수 있다. 막다른 골목으로의 질주라는 전체 형상, 그리고 그것을 기표의 연쇄를 통해 투사했을 때 효과적으로 증폭되는 공포의 정조가 1연과 2연을 지배한다.

  3연에서도 중반까지 사정은 변함이 없다. 그런데 13인의 아이들의 질주까지 묘사하고 나서 그다음 행에서는 다시 무대의 설정이 조금 달라진다. 즉 "십삼인의아이는무서운아이와무서워하는아이와 그렇게뿐이모였소(다른사정은없는것이차라리나았소)"라는 진술은 다시 일종의 무대로서의 공간의 설정을 변경하는 목소리(v2)의 개입으로 볼 수 있는데, 이에 따라 사건의 정황은 조금 달라진다. 앞서 2연이 연쇄(10인의 아이 각각의 연쇄 질주 상황)와 설정(막다른 골목)에 의해 공포감을 증폭시켜왔다면, 3연 중반부에서 무대 위의 상황을 지시하는 '지문(v2)'이 변함에 따라 공포감은 이제 증폭이 아니라 확산되는 단계에 이른다는 것이다. 즉 3연의 지문은 아이들의 공포가 증폭되던 단계에서 확산되는 단계로 변하게 되었음을 지시한다. 공포를 느끼며 개별적으로 질주하던 아이들은 이제 서로의 표정을 보고 그 공포를 더욱더 확산시킨다. 무서운 아이를 보고 무서워하던 아이는 이제 그 스스로 무섭게 하는 아이, 즉 무서운 아이가 되어 있다. 이제 아이들은 공포를 체감하기만 하는 것이 아니라 타자를 통해 공포를 확인하고 이를 상호 확산시키는 단계에 진입한다. 이런 식으로 한번 스며든 공포는 사건이 이루어지는 공간에 만연하게 된다. 마치 밀폐된 공간에서 상호 충돌하는 입자들의 운동이 한층 가속되듯 공포는 확산되어 공간을 장악한다.

4연은 이런 정황을 다시 연쇄에 의해 표현한 것이다. 비유적으로 말하자면 밀폐된 공간에서 입자들이 충돌을 거듭함에 따라 속도가 가속되는 형상을 연쇄로 투사한 진술이다. 이제는 무서운 아이와 무서워하는 아이의 구분 자체가 무의미하다. 이미 상호접촉과 충돌을 통해 공포가 이 공간에 만연되었기 때문이다.

마지막 연은 모든 사태의 종결이다. 즉 앞서의 과정에 의해 증폭되고 확산되어 사건의 현장에 만연한 공포는 이제 더 이상의 조건 없이도 이미 어느 곳에나 편재하는 것이 되어 있다. 이제는 더 이상의 세팅이 무의미하다. 공포는 이미 만연해 있으므로 굳이 막다른 골목이 아니어도 문제될 것이 없다. 또한 두려움에 가득한 채 질주하던 초기와 달리 이제 공포는 뿌리칠 수 없는 기정사실이 되어 있다.

이것이 이 시의 전모이다. 즉 이상의 '오감도' 시 제1호는 무엇보다도, 텍스트 내에 원인은 제시되어 있지 않으나 일단 발생한 것으로 간주된 공포가 증폭되고 확산되는 과정이 연극적 무대 설정과 알레고리적 연쇄의 표현 방식에 의해 전경화된 시이다. 이것으로 충분하다. 사람들 사이에 산란된 공포가 어떻게 사람들의 접촉과 충돌, 작용과 반작용을 통해 공간에 만연되고 마침내 그 공간을 지배하게 되는지, 그 과정을 이중의 목소리와 연극적 무대 설정 그리고 알레고리적 수사의 형식을 통해 제시한 것이 '오감도' 제1호인 것이다.

그 이외의 사정, 즉 이 공포가 어디로부터 온 것인지, 13이 의미하는 바가 무엇인지 등은 텍스트 내적으로는 해명될 수 없는 것이다. 그것의 의미는 마치 형이상학적 실재론자들의 진리처럼 텍스트 외부에 독립적으로 존재한다. 단서가 있다면, 이 텍스트 역시 내적 실재가 그러하듯 '경험적 입력'의 흔적을 지니고 있다는 것이다. 그러므로 이 질문의 답을 구하는 것은 불가지를 향한 천로역정에 비견될 수 있다. 이에 답하기 위해서는 세 가지 전제가 필요하다. 그것이 내적 실재에 대한 성실한 탐문을 반드시 수행한 이의 추가적 미션일 것, 또한 이때의 여정은 가능하면 텍스트로부터 너무 멀리 떨어지지 않은 참조틀로의 여정일 것, 그리고 끝으로 저 불가지와의 결정적 대면은 끝내 이루어질 수 없는 것이라는 사실을 승인할 것. 이 세 가지 전제를 수락한 뒤에도 여전히 형이상학적 충동에 이끌리는 구도자가 있다면 그는 가장 가까이에 있는 단서들, 즉 작가와 동시대의 언어라는 참조틀에 접근하는 것을 최소한의 기율로 받아들여야 한다. 예컨대 이때 13이라는 숫자의 의미에 대해서 이상의 다른 글을 참조하여 "나의 방의 시계 별안간 13을 치다"(「1931년 — 작품 제1번」)라는 단서를 발견한다든지, 이를 통해 근대적 시간으로부터의 탈주라는 개념과 짝을 맞추어 '오감도' 제1호의 13이라는 숫자와 포개어본다든지 하는 작업들, 그리고 '오감도' 연작의 다른 작품에 제시된 아버지라는 기호와 이 시의 '아이'를 대비적으로 살펴본다든지 하는 작업들은 가능하나 반드시 사후적인 일이 되어야 할 것이다. 내적 실재와 형이상학적 실재의 관계를 염두에 둘 때, 텍스트를 둘러싼 일의 순서를 그르치면 매사를 그르치게 마련이니까.

4

내적 실재라는 개념을 통해 작품을 들여다보기 위해 이상의 이야기가 길었다. 이것은 방법론이기에 무한한 다수를 낳을 수 있다. 시 해석의 방법으로서 내적 실재를 통한 접근법은 일반론이 될 수 있다. 동시에, 그것은 최근의 시작품을 읽어내는 데 유력한 특수로서도 기능할 수 있을 것이다. 텍스트와 독립적으로 존재하는 외재적 대상과의 대응이 내적 실재의 진리치를 결정할 수 없음을 상기할 때, 퍼트넘의 논의를 문학적으로 수용하여 한 작품의 성패를 결정하기 위해 우리가 요청할 수 있는 기준은 합리적 수용 가능성과 내적 정합성이 된다. 동시대의 시인 중에서 이 문제를 단적으로 보여주는 이들의 시를 한 편씩 살펴보자.

그는 거대한 톱을 들고 숲으로 걸어 들어온다 낡은 점퍼를 입고 흙투성이 장화를 신고 주위를 두리번거린다 미로 같은 나무들, 울창한 나뭇잎 사이로 햇빛은 눈부시고 그는 망연하다 어제 쓰러뜨린 나무들은 사라지고 없다 숲의 나무들은 다시 처음처럼 울창하게 서 있다 이 숲의 나무들을 베고야 말겠다는 벌목공의 야심은 이미 희미해진 지 오래 폭우가 쏟아지는 날도 눈 쌓인 날도 어제도 그는 열심히 나무들을 쓰러뜨렸지만 이내 자신의 등 뒤에서 무서운 속도로 자라나는 나무들이 이 거대한 톱이 원하는 것은 저 나무들이 아닐지도 몰라 그는 처음으로 톱이 두려워졌다 그는 쓰러지는 나무를 피해 다녔지만 톱을 멀리한 적은 없었다 하지만 이 벌목이 끝나려면 내가 스스로 나무가 되어야 하는 걸까 그는 반짝이는 은빛 날로 조심스럽게 자신의 몸을 그었다 스칠 때마다 이상한 소리가 났다 어디서도 들어본 적 없는 묘하고 아름다운 소리 그는 자신의 몸을 더 세게 톱질했다 하나도 아프지 않았다 톱이 이토록 쓸쓸한 말을 하다니 이토록 무서운 말을 하다니 그는 그것이 톱에서 나오는 소리인지 자신의 몸을 베는 소리인지 감각 없는 뼈를 자르는 소리인지 아니면 자신도 모르게 터져 나오는 울음 소리인지 알 수가 없었다 그는 자신의 몸을 더 세게 톱질했다 거대한 톱과 거대한 소리는 숲을 가로질러 그 너머까지 울려퍼졌다

　　내가 듣고 있는 줄 그는 모른다

　　　　　　　　　　　　　　─ 강성은, 「꿈 속의 벌목공」 전문(『문학들』 2011년 겨울호)

　　앞서 언급한 적 있지만 함성호는 강성은에게 '동화연산 시기계장치'라는 애칭(?)을 붙여준 바 있다. 그러니까 함성호는 강성은의 시에서 동화를 산출하는 자동인형을 발견한 듯하다. 흥미로운 비유가 아닐 수 없다. 퍼트넘은 형이상학적 실재론을 비판하기 위해 '통 속의 두뇌brains in a vat'라는 비유를 통한 사고실험을 행한 바 있다. 가정해보라. 우리 모두가 '통 속의 두뇌'이고 이 두뇌들은 어떤 악마적인 과학자에 의해 통 속에 담긴 채 고성능의 컴퓨터에 연결된 상황이고 이 컴퓨터에 의해 모든 감각을 제공받고 있다고 한다면, 그리고 그런 상황에서 이 두뇌들이 생각하고 느끼는 모든 것들이 실제 세계에서 이루어진다고 받아들이고 있다면, 이런 상황에서 통 속에 담긴 두뇌들이 "우리는 통 속의 두뇌이다"라고 말하는 것이 가능할 것인가? 퍼트넘은 그것은 불가능하다고 말한다. 마술적인 힘에 의하지 않고는 그 과학자를 지시할 수 없기 때문이다. 마찬가지로 퍼트넘은 형이상학적 실재론자들 역시 외적 실재라는 존재를 지시하는 것은 불가능하다고 주장한다. 지시 개념 자체가 상황과 전혀 정합적이지 않기 때문이다. 강성은이 동화연산 시기계장치라는 흥미

로운 비유를 계속해서 사용해보자면, 강성은 시의 주체들은 자신들의 세계를 낳은 저 기계장치를 지시할 수 있을까? 그 세계의 모든 정보를 입력하는 이를 지시할 수 있을까? 통 속의 두뇌의 예와 똑같이 그것은 불가능하다. 또한 이 경우, 각별히 문학적 텍스트의 경우라면, 그리고 더욱이 강성은의 시와 같은 작품이라면 그것은 불가능할 뿐더러 불필요하고 무익하다. 강성은의 시에서 강성은을 찾아보라는 명령은 '통 속의 두뇌들'에게 상황의 창조자로서 저 악마적인 과학자를 찾아보라는 말과 같다. 그것은 불가능하다. 또한, 시의 경우라면 거기엔 아무런 실익이 없다. 강성은의 시에서 자동기계 강성은을 지시하는 실마리를 찾으려는 노력은 강성은 시에 등장하는 주체들을 이중으로 혹사시키는 일이다. 지시 대신 저 내적 실재의 합리적 수용 가능성과 정합성만이 그의 시에 등장하는 주체들을 온당하게 대우하는 일이 될 것이다. 인용된 시는 상징적 언어로 벼려진 하나의 세계를 낳았다. 동시에 그 밑으로 빠지는 실재계 역시 텍스트의 내부에서 발생한다. 이 점을 전제하고 읽는 것이 이 시를 읽는 온당한 방법이다.

내적 실재의 관점에서 시를 읽기 위해서는 찬찬한 탐사가 필요하다. 그러나 위에서 말한 전제하에 이 시의 기호 체계 안에서 발생한 세계를 백 퍼센트의 사실세계로 간주하는 태도로 시의 줄기를 취해보자면 이렇다. 한 사내가 톱을 들고 숲으로 온다. 어제 베어낸 나무들은 없고 숲은 다시 처음처럼 울창하다. 애초 벌목공은 이 숲의 나무들을 모두 베고야 말겠다는 야심을 가졌지만 지금은 그 야심조차 희미해졌다. 어쩌면 노동의 주체인 사내와 노동의 수단인 톱이 공동의 목적을 지닌 것이 아닌지 모른다는 생각에 소름이 돋는다. 노동의 주체와 노동수단이 한 편이 아니라 노동의 대상과 수단이 한패라는 상상은 개시되는 즉시 곧 '현실화'된다. 사내는 이제 스스로 노동의 대상이 되어 자신의 몸을 베면서 노동수단의 말을 듣는다. 톱의 소리는 저 너머에까지 울린다. 그리고 이 모든 것을 전해 듣는 텍스트 내부의 '나'가 있다.

이것이 이 시의 전모이다. 이때의 나무는 예찬의 대상인 자연의 일부가 아니라 거대한 꿈으로서의 노동의 대상이다. 그러니까 이 세계에 일어나고 있는 일은 노동의 대상과 수단이 노동의 주체를 대상화하는 사건이다. 그런데 사건은 거기서 완결되는 것이 아니다. 노동의 대상과 수단이 주체를 대상화하는 사건을 '내가' 목도하고 있다는 것이 사건의 완결점이다. 그러니까 이 시의 핵심은 바로 그런 방식으로 타인의 삶이 전복되는 것을, 그 전모를 '내가' 알고 있다는 것에 있다. 사내의 사건은 일종의 프레임 속 프레임이라고 할 수 있으며 흥미로운 것은 그것을 들여다보는 '나'가 작품의 말미에 등장한다는 것이다. 정리하자면 그의 노동이 대상화된다는 것이 문제가 아니고 '나'는 그의 노동이 대상화된다는 것을 알고 있다는 것이 문제다. 노동의 주체와 대상의 운명이 뒤바뀜에 따라 전복된 삶의 전모와 그 씁쓸한 귀결을 알고 있는 이가 스스로에게 삶의 행방을 묻는 것, 그것이 이 시의 비의이다. 여기서 더 나아가 '동화연산 시기계장치'의 자동인형을 호출할 필요가 있는가? 그것은 논리적으로도 실용적으로도 무익하다.

발코니에서는 괜찮아 집이 흔들려도 괜찮아 흔들릴 때마다 괜찮아
발코니에 서면 건축을 잃어버린다. 건축이 없어서 발코니에서는

잠을 잘 수 있다. 발코니에서 겹쳐지는 잠은 인기척이 없다. 몸이
잠을 휘감고 한없이 부풀어가고 몸으로 태어나고 싶어

나는 아무것도 일깨우지 않는다. 고개를 저을까 마음이 아플까 돌
처럼 빈 들판에 박혀있어서 꽃들은 몸을 보인다.

욕이 흘러나온다. 발코니에서 뛰어내려도 괜찮아 두 발을 동시에
들고 조금만 더 동시에 태어나는 거야 여기와 거기로 동시에 뛰어내
리는 거야

바람은 얼마나 단단한가 새들이 날아가 부딪친 바람은 얼마나 부드
러운가 새들을 떨어뜨리는 바람은 얼마나 안전한가

발코니에서는 괜찮아 한 걸음 더 나아가도 괜찮아 어디선가 사람들
이 기우뚱 기울어진다. 나는 어느 모를 곳을 향해 한사코 기울어진다.
건축이 재빨리 지나간 뒤

— 이수명, 「발코니에서」 전문(『서정시학』 2011년 겨울호)[5]

작품 외부의 지시 대상을 개념으로 조형하지 않더라도 우리는 우
선 이 시의 내부에서, 기표들 간의 관계에서 건축과 발코니가 대립
적 긴장관계를 이루고 있음을 알 수 있다. "발코니에서는 괜찮아 집
이 흔들려도 괜찮아"와 같은 진술에서 이미 발코니는 집과 일정한
관계를 형성하고 있다. 이 진술은, 퍼트넘의 표현을 다시 한 번 빌리
자면, 우리의 상식적 '경험에 오염된' 해석과 충돌한다. 그렇다면 우

---

5) 필자는 이 시를 다른 지면에서 다루면서 추후 더 많은 지면이 허용될 때 조금 더 자세히
다루겠다고 말한 바 있다. 참고로 그 글의 제목은 「내적 실재의 다이내믹」이었다. 그러
니까, 내적 실재에 대한 필자의 집필 순서는 고르지 못하다. 말하자면, 이 글은 파편들
의 배후를 위한 것이다.

리가 내적 실재의 권역에서 따라야 할 노선은 바깥의 노선이 아니라 내부의 경로이다.

"발코니에 서면 건축을 잃어버린다. 건축이 없어서 발코니에서 는/잠을 잘 수 있다"라는 진술까지 고스란히 내적 실재의 사실관계에 대한 진술로 간주하면 우리는 대번에 하나의 관계망을 얻는다. 각각의 시어들이 우리의 상식적 경험에서 무엇을 지시하는가에 대한 지식의 주머니를 "잃어버리고" 시에 등장하는 기호들의 관계를 보라. 발코니는 집에서 독립된 무엇이다. 발코니는 건축을 지우는 외부이다. 발코니에서는 건축을 지울 수 있기에 — "건축을 잊어버린다"가 아니라 "건축을 잃어버린다"라는 것에 주목하자 — 휴식을 취할 수 있다. "발코니에서는"에서 조사 "는"의 용도에 관심을 조금 더 기울이면 건축은 잠의 훼방자라는 정보를 추가적으로 기록할 수 있다.

"발코니에서 겹쳐지는 잠은 인기척이 없다"고 하니 발코니에서의 꿈은 분주하지 않다. 물론, 이것이 건축에서의 꿈과 대비적으로 이루어진 진술임은 말할 필요도 없다. 인기척이 없고 분주하지 않은 잠을 얻자 대번 새로 융기하는 기호 하나가 바로 몸이다. 잠이 몸을 감싼다는 상식의 침윤을 외면하고 "몸이 잠을 휘감"는다는 진술을 통해 확인하건대, 몸의 대두는 이처럼 급작스럽고도 전면적이다. 상식적 경험에서 친숙하게 접하는 주어와 목적어의 관계를 여기 내적 실재의 땅에서 뒤집는 것은 물론 저 목적어의 출현이 그만한 사건이기 때문이다. 더욱이 시적 주체는 "몸으로 태어나고 싶"다고까지 말하고 있다. 그러니까 건축이 없는 발코니에서 비로소 청한 잠 속에서 '나'는 몸을 비로소 발견한다.

이제 조금만 더 세밀히 뒷부분을 읽는다면 머리와 몸 역시 건축과 발코니가 이루는 것과 마찬가지의 관계를 이루고 있음을 발견할 수 있다. "나는 아무것도 일깨우지 않는다" 이하에서 습관적으로 해석의 그물을 던지는 사유의 개입 없이 태연하게 진술되는 사태들은, 전술된 "몸으로 태어나고 싶어"와 같은 구절에 담긴 파토스와 전적으로 대비되기 때문이다. 우리는 이 진술에 기대어 이하에서 건축과 발코니, 그리고 머리와 몸의 관계를 다시 계획과 바깥의 관계로 겹쳐 읽을 수 있다. 그리고 바깥으로의 '추락'을 꿈꾸는 이의 내면의 파고는 뒤에 이어지는 '여기/거기' '단단함/부드러움' '충격/안전'이라는 의미의 이항들이 조성하는 긴장에 의해 고조된다. 여기를 벗어나 그곳을 지향하면서도 '거기와 여기'를 동시에 지니고 싶은 마음은 사물에 대해서도 긍정과 부정의 모멘트를 동시에 보게 한다. 새들은 낙하할 때 바람의 벽에 부딪치고, 바람은 날개를 부드럽게 미는 것이니 바람은 새들의 장벽이자 동력이 된다. 건축이 주관하는 계획과 일상을 등지고 바깥을 넘보는 이의 심중의 소용돌이 역시 그와 같음은 두말할 필요도 없을 것이다. 내면의 이런 파고는 마침내 결단으로 치닫는데, 시적 주체는 "발코니에서는 괜찮아"라고 말한다. 다시 조사 "는"을 놓치지 말자. 건축과 머리와 계획과 여기와 단단함과 격추의 계열이 아니라 잠과 몸과 저기와 부드러움과 안전함의 계열로 돌출된 발코니……에서는 괜찮다는 것이다.

반전은 마지막에 있다. 이 구절은 양가적이다. "건축이 재빨리 지나간 뒤"라고 했다. 바깥을 넘보는 이 곁을 계획이 다시 빠르게 스쳐 지나간다. 얼마나 서늘한 구절이며 얼마나 정치한 리얼리즘인가. 건축의 감시를 피해 감행하는 발돋움, 그것이 바깥을 맞을 것인지 혹은 바깥은 없다는 뒤늦은, 그러나 치명적인 깨달음을 안겨줄 것인지 알 수 없다. 발코니란 무엇인가? 발코니란 바로 내부의 외부가 아닌가. 모든 사태는 바로 여기서 비롯된 것이다. 시의 초반에 건축의 외부를 발견한 이의 안도가 있었다. 그리고 그 안도는 곧 새로운 삶에 대한 소망으로 이어지는데 이는 지금까지의 삶에 대한 투척을 전제로 하기에 시의 중반부에서 내적 갈등의 파고는 단연 고조된다. 그리고 스스로를 다독이며 감행하는 결단의 끝에 다시 건축이 얼굴을 내민다. 발코니가 건축을 따돌린 것일까, 건축이 발코니를 방기한 것일까. 내부의 외부에서 묻는다, 바깥은 안녕한가?

　시의 바깥으로 한 발짝도 나가지 않고서도 우리는 지금까지의 그림을 그려낼 수 있다. 그리고 그다음엔 두 가지의 선택지가 남아 있다. 지금까지 우리가 온전히 텍스트의 내부에서 그려낸 이 밑그림이 텍스트 외부의 독립적 대상을 향하게 둘 것인가, 아니면 이제 다시 텍스트로 돌아가 이 밑그림의 음화로 텍스트 내부에 실재하는 세계를 좀더 들여다볼 것인가? 시 텍스트에서 내적 실재의 부름은 이처럼 은근하고 연면하다.

〔2012〕

아는 것에 대한 보는 것의 승리,
혹은 시적 디테일의 문제

1

시절은 봄,

날은 아침,

아침은 일곱 시,

언덕배기엔 영롱한 이슬,

종달새는 날아오르고,

달팽이는 가시덤불 위를 기고,

하느님 하늘에 계시니

세계는 참으로 태평하도다!

인용된 시는 로버트 브라우닝의 「피파의 노래Pippa's Song」이다. 이 노래는 브라우닝의 극시 『피파 지나가다*Pippa Passes*』(1841)의 등장인물인 소녀 피파가 연중 단 하루뿐인 휴일 아침에 거리를 지나

가면서 부르는 노래이다. 봄날 아침의 평화로운 정경을 떠올리게 하는 이 시는 그 경쾌한 어조로 인해 읽는 이를 편안하게 하고 독자에게 마음의 안정을 가져다주는 시로 국내나 영어권 독자들에게 두루 알려져 있다. 물론 우리는 시의 작용과 효과의 측면에 우선적으로 주목하여 이 시가 삶에 대한 낙관적 태도를 활기차게 노래하는 시라고 읽을 수 있다. 이 해석은 각별히 '하느님 하늘에 계시니'라는 구절에 크게 의존한다. 이런 관점에서 「피파의 노래」 전체는, 바로 이 구절을 중심으로, 신이라는 든든한 후견자가 보증하는 삶의 안락함을 지시하는 노래로 파악될 수 있다. 그런데 문제는 가만히 들여다보면 볼수록 시의 내부가 미묘하게 이 지시를 자꾸만 위반한다는 데 있다. 이 시는 지시사항에 대한 내부의 역도들을 품고 있다. 작품 전체의 공영을 도모하는 목소리를 위반하는 내부의 반역도들을 검출하기 위해 불가피하게 시의 원문을 검토하지 않을 수 없다.

> The year's at the spring,
> And day's at the morn;
> Morning's at seven;
> The hill-side's dew-pearl'd;
> The lark's on the wing;
> The snail's on the thorn;
> God's in his heaven —
> All's right with the world!

시의 원문이다. 작품 전체를 '삶에 대한 낙관적 태도'라는 진술과 등가교환하는 대신 그런 방식의 교환관계를 내부에서 한사코 거부하는 디테일들이 있음을 눈여겨볼 필요가 있다. 작품 전체를 단일한 목소리로 이끌려는 경향에 대해 한사코 부당함을 주장하는 소수자들이 이런 단출한 작품의 내부에도 엄연히 존재하고 있다는 것은 흥미롭다. 무엇일까? 원문의 내부에서 작품 전체를 낙관적 전망으로 이끌어가는 것에 저항하고 있는 디테일은 바로 저 전치사들(at, on, in)이다. 이 시는 한 행 한 행이 독립적 진술로 되어 있으면서도 전치사를 중심으로 의미의 단위들이 구획된다. 말하자면, 전반부 3행은 전치사 at을 중심으로 한 문장들이 대등하게 병렬되어 있고 그 뒤의 1행이 전반부의 정황을 포괄하는 구성이다. 후반부 역시 전치사 on과 in을 중심으로 상황을 진술하는 문장들이 이어지고 이런 정황을 최종적으로 포괄하는 것이 시의 마지막 행이 된다. 무슨 말인고하니, 이 시의 구조는 무엇무엇은 어디에at 있고, 무엇무엇은 어디 위에on 있으며 무엇은 이디 안에in 있다는 깃을 마치 보고하듯 진술하는 방식으로 짜여 있다는 것이다. 다시 말해, 이를 테면 '선원들 모두 제 위치에!' '닻은 올려지고!' '깃대는 마스트 위에!' 등의 보고 형식을 갖추고 있다는 것이다. 이렇게 놓고 보면 마지막 행의 'All right with the world!'는 마치 '전원 승선, 출항 준비 완료!'라는 점호처럼 들린다. 즉, 마치 출항을 앞둔 배가 준비 상태를 점검하는 상황처럼 때와 장소와 사물이, 그리고 심지어는 "하느님"조차 각자의 위치에 완벽히 정렬되어 있다는 것을 보여주는 구조가 이 시의 핵심이다. 다시 말해, 이 시에서 중요한 것은 낙관적 태도가 아니라 점호의 형식을 통해 긴장과 기대감을 고조시키는 구조이다. 이 구조는 시 전체가 지시하는 바가 무엇인지를 성급히 좇는 시선이 아니라 시의 디테일(여기서는 전치사들의 쓰임)을 눈여겨보는 시선에 의해서만 파악되는 것이라고 할 수 있다. 전체는 지시하며 정박하고 디테일은 형성하려 유동한다. 바로 이 간극이 시에서는 최우선적으로 값진 것이 된다.

기실, 로버트 브라우닝의 시에서 앞서 살펴본 점호의 구조를 읽어낸 것은 미학자 수잔 K. 랭거Susanne K. Langer였다. 그의 발견을 거들며 여기에 디테일의 맥락을 부여한 것은 수잔 K. 랭거의 다음과 같은 입장을 부연해보기 위함이다.

시적 진술이 현실의 진술이 아닌 것은 정물화에 그려진 복숭아가 실제 복숭아가 아닌 것과 마찬가지이므로 진짜 문제는 시인이 제작하는 것이 무엇인가 하는 것이다. 그것은 말할 것도 없이 시인이 어떻게 제작하는가에 달려 있다. 그리하면 시의 비평 과제는 이용할 수 있는 모든 기록에서 시인의 인생관, 도의감(道議感), 이력(履歷), 또는 정신 상태 등을 알아내어 작품 속에 계시된 시인의 체험을 탐구하는 것은 아니다. 그것은 시인의 창작으로서의 작품, 즉 그가 창조하는 사상, 감정, 또는 외부적인 사건의 가상을 평가하는 일이다.
시의 극치는 진부한 유형을 넘어서서 언어의 새로운 결합에 의해서 작품의 제작이 이루어지는 성과로써 도달된다.[1]

한 편의 시에는 그때그때의 즉감에 의해 창조되는 하나씩의 세계

---

1) 수잔 K. 랭거, 『예술이란 무엇인가』, 박용숙 옮김, 문예출판사, 1984, p. 196.

가 깃든다. 시의 창조는 세계의 창조라는 말은 수사도 과장도 아니다. 시는 지시를 거부하는 내적 실재를 유일한 현실로 창조한다, 아니 구성한다. 우리가 시에서 눈여겨볼 것은, 시가 우리에게 내미는 유일한 대륙은 언어의 내부에서 구성을 통해 융기하는 내적 실재이다. 시의 모든 생업이 바로 이 실재 속에 담겨 있다.

2

디테일은 토호(土豪)다, 군웅(群雄)이다, 게릴라다. 디테일이 작품 전체의 '공식' 메시지에 완강하게 저항하며 수립하는 것은 시적 현실 자체와 그 현실의 내밀함이다. 디테일은 집요하게 작품 전체가 지향하는 의미망과의 간극을 만들어낸다. 회화의 분야에서 디테일의 이 간극 생성 운동에 주목한 다니엘 아라스Daniel Arasse는 참으로 적실하게도 디테일의 중요성에 대해 다음과 같이 지적한 바 있다.

더 심각한 것은 일단 미술사가가 디테일을 해독하고 [이렇게] 통용되는 독해에 대한 디테일의 저항이 극복되고 나면 디테일은 평범한, 거의 진부한 것으로 변해버린다는 것이다. 디테일의 독창성은 사라지고 미술사가가 설정한 설명 체계에 조화롭게 통합된다. 수수께끼는 풀리고 '놀라움'은 사라진다.

이 사이에 '아는 것'이 '보는 것'을 능가해버린다. 이렇게 이루어진 역사적 해석은 독창적인 것에서 진부한 것만을, 알려지지 않은 것에서 알려진 것만을, 엉뚱한 것에서 엉뚱하지 않은 것만을 확인할 뿐이다. [······] 통용되는 관행에 대해 디테일이 만들어낸 간극, 이런 공통의 관행에 익숙한 역사가의 관심을 끌었던 바로 그 간극이 부정되는 것이다. 규범에서 벗어나는 것을 규범으로 환원시키려는 욕망 속에는, 그러니까 한 화가가 당시 통용되는 용법을 존중하지 않을 수 있으며 순간적이나마 의식적으로 간극과 혁신을 만들 수 있고, 아주 단순하게는 통용되는 용법과 유희할 수 있으며 나아가 이 용법 자체를 유희시키고 즐길 수 있다고 가정하기를 거부하는 것 속에는 의심할 여지 없이 어떤 병적인 태도가 있다.[2]

사가들은 예술사에 많은 관심을 기울이지만 작품 자체에는 관심을 덜 기울인다. 범주들, 배경들, 문맥들, 사적인 흐름도와 지형도 등은 차고 넘친다. 작품이 어떤 배경과 문맥 속에 놓여 있는지, 어떤 흐름과 지형 속에 자리 잡는지에 대한 이해는 불필요한 것은 아니지만 불충분하다. 체계의 관행에 익숙한 이들이 작품을 다시 그 체계 속으로 환원시키는 경향 때문에 정작 작품 자체의 수월성에 대한 판단은 유보되는 경우가 많기 때문이다. 다니엘 아라스의 지적처럼 디테일에 조금 더 관심을 기울여야 할 필요가 여기에 있다. 디테일은 간극을 만들어낸다. 그리고 "통용되는 관행에 대해 디테일이 만들어낸 간극"에서 발생하는 것은 "수수께끼"와 "놀라움"이다. 그 간극에서 어리둥절함과 '낯섦'이, 당혹감과 시대착오적anachroism '부조화의 느낌'(피에르 바야르)이 생겨난다. 비규범적인 디테일을

---

2) 다니엘 아라스, 『디테일』, 이윤영 옮김, 숲, 2007, pp. 12~13.

규범화하려는 연역에는 전체에 통합되지 않는 디테일이 형성하는 '낯섦'과 '부조화의 느낌'을 미연에 봉쇄한다. 그럼으로써 이때 연역이 하는 일은 "통용되는 용법과 유희할 수 있"는 가능성을 차단하는 것이다. 전체와 체계의 힘으로, "아는 것"이 "보는 것"을 차단하는 현장에서 "수수께끼는 풀리고 놀라움은 사라진다"고 다니엘 아라스는 비판한다.

　예컨대, 일련의 정신분석적 접근에서도 종종 분석의 대상이 되었던 한스 홀바인의 「대사들」이라는 그림을 생각해보자. 다니엘 아라스는 이 작품만큼 "그림을 구축한 체계 내부에서 이 그림의 파국을 의식적으로 구성해낸 그림은 없을 것이다"(같은 책, p. 273)라고 말하고 있다. 말하자면, 이 그림은 작품 전체 체계에 대한 디테일의 봉기와 할거를 가장 명시적으로 드러내는 작품이 된다는 것이다. 실상이 그러하다. 근대정신의 물리적 실증들인 온갖 도구들이 진열된 — 마치 거실의 세계명작전집처럼 — 선반에 한쪽 팔을 걸치고 근엄하게 정면을 응시하고 있는 두 인물의 구도가 그림 전체의 인상을 결정하려 한다면 그림 안에서 부유하면서도 감상자의 시선을 자꾸만 잡아끄는 하단의 왜상(歪像)과 줄이 끊어진 루트 등은 "그림에 오점을 만들고 시선의 이동을 강요"(다니엘 아라스, 같은 책, p. 274)하는 디테일들이다. 이 그림의 생기는 바로 여기서 발원하는 것이다. 이 그림에서 통상의 지적 배경과 의미망을 벗어나서 우리의 눈을 찔러오는 풍크툼punctum은 바로 이 디테일들이다. 그러니, 디테일은 '아는 것'에 대해 '보는 것'이 모반하는 현장을, 기지(既知)의 치세에 대해 미지(未知)가 할거하는 운동을 감상자와 독자의 눈앞에 펼쳐 보여준다. '창천기사 황천당립'의 기세가 따로 없다. 작품의 내부에서 융기하는 내적 실재는 디테일의 할거에 의해 수립된다. 「피파의 노래」에서 삶에 대한 낙관적 태도와 낭만적 접근이라는 기지에 대해 한사코 저항하면서 긴장 속에서 내적 실재를 수립하는 것은 저 전치사들의 반짝거림이었다.

3

　최근의 시에서 눈에 띄게 증가하고 있는 것은 시적 디테일의 약진이다. 이는 여러 가지 맥락에서 해명될 수 있는데, 무엇보다도 오랫동안 우리의 현대시가 기지의 맥락에 의존하는 방향으로, 즉 엔트로피entropy보다는 리던던시redundancy를 증대시키는 방향으로 전개되어왔다는 반성에 기초한 것이다. 다시 말하자면 불확실성과 운동성과 특이성을 증대시키기보다는 동어반복적 안정성에 의존하는 발화가 만연되어 있다는 것, 즉, 시에서 양식화될 수 있고 전형적인 정보로 되돌려질 수 있는 부분이 확대되는 방향으로, 그리하여 감상자로 하여금 길들이기에 가까운 '평균' 감정 상태에 머물게 하는 방향으로 시가 씌어지고 읽혀지고 이해되어왔다는 인식에 기초한 것이다. 사진에 대한 롤랑 바르트의 표현을 빌리자면 시의 '스투디움studium'이 확장되는 방식에 대한 저항과 간섭의 방편으로 최근의 시에서 눈에 띄는 것은 마치 감상자의 시계(視界)에서 화살처럼 눈을 찔러오는 '풍크툼'과도 같은 디테일들이 자기항변을 전개하기 시작했다는 것이다. 전체에 대한 디테일의 할거 시대가 오고 있음이다. 디테일의 '내란'이 이제 막 시작되었다. 전체와 체계에 대한 이해의 완결성과 자동성을 자꾸만 원인 무효로 돌리려는 작용들이 시의 내부에 자리 잡기 시작했다. 시적 디테일들은 '아는 것'의 스투디움 속에서 '보는 것'의 풍크툼으로 기능하며 비로소 제자리에서 반짝이기 시작했다.

4

이제 전체와의 간극을 확보하는 디테일의 운동에 따라 점차 엔트로피를 증대시키는 흐름을 보여주는 일련의 시들을 읽어보자.

나의 입술의 모든 말
벚꽃이, 다
졌다

벚꽃의 하늘은 포연 자욱했더랬는데
비늘처럼 새들이 떨어져나오는
하늘에, 비수 같은 하늘에
찬란했던 나의 말들은 이제 없다

공중이 터널처럼 둥글게
헐어 있을 뿐
내 입술의 모든 빛,
모든 노래

웃음은

타오르고
폭발하고
날아갔다

대신에 불과한 검은 가지들이
손톱마다 쓰라린 알을 배어

공중이 되기 위해 공중을
뼈 울음으로 건너리라

　　　　　　　　　　　　— 이영광, 「공중」 전문, 『아픈 천국』(창비, 2010)

　이영광은 복잡한 수사나 번잡스런 기교를 사용하는 시인은 아니지만 디테일을 효과적으로 배열할 줄 아는 시인이다. 아니, 그는 얼핏 낡은 형의 시로 보일 수 있는 작품을 특유의 디테일에 의해 전형(轉形)시키는 시인이다. 인용된 시 「공중」의 취의(取義)는 그리 어려운 것이 아니지만 이 시의 매력과 독특함은 전적으로 바로 저 디테일들로부터 비롯되는 것이다. 관념적 표현이나 생경한 개념어의 사용도, 직접적인 정서적 토로도 없이 단정한 기층언어들로 이루어진 이 시를 읽으며 우리는 자연스럽게 시의 전체적 분위기와 의미에 대해 생각하게 된다. 벚꽃이 졌다. 시인은 이를 '나의 입술의 모든 말'이 졌다고 표현하고 있다. 그러니까, 벚꽃이 날려 떨어지는 모습은 말들이 발설되어 허공에 발산되는 것과 나란히 놓이고 있다. 벚꽃이 말에 대한 비유인가 말이 벚꽃에 대한 비유인가? 어느 것이 작품의 핵심인 에르곤ergon이고 어느 것이 작품의 변경인 파레르곤 parergon인가? 아마도 작품 전체의 맥락을 수습하고자 하는 의지를 좇아 우리는 쉽게 이 작품에 대해 공중에 흩어진 말들에 대한 조사(弔辭)라고 단정할 수도 있을 것이다. "찬란했던 나의 말들은 이제/없다"라는 토로는 이런 해석에 대한 가장 강력한 증좌가 되고 "공중이 되기 위해/공중을 건너리라"는 의지의 직접적 표명은 이에 대한 최종 알리바이가 된다. 시에서 정서와 의지를 추려내고야 마는 독자들에게 거개의 수사는 이로서 종결된다. 물론, 한 시절 '타오르고' '폭발하다가' 이제는 '날아가버린' "나의 입술의 모든 말"들에 대한 회한과 아쉬움, 그리고 이미 발생한 소멸에 대한 무념의 승인과 같은 것들을 벚꽃이 모두 진 뒤 나무 끝에 '텅 빈' 허공만 걸리어 있는 정경을 통해 수일하게 표현한 것 자체로도 이 시는 감상에 값한다고 할 수 있다. 그 자체로 빼어난 서경이요, 공감을 북돋는 서정이 아닐 수 없다. 그런데……

디테일은 모반한다. 우리가 시에서 승인할 수 있는 유일한 실재는 시의 내부에서 디테일을 통해 융기하는 내적 실재일 따름이다. 우리에게 주어진 권한은 이 시 전체가 지시하고 있는 혹은 표현하고 있는 정서에 대한 수사권이 아니라 시의 세부들을 고스란히 그 자신의 현실로 승인하는 사후 재가의 권리일 뿐이다. 디테일은 사물들을 해석적으로 환원시켜 정서적으로 마름질해놓은 체계에 맞서 다시 실밥을 터뜨린다. 보라, 구도와 형태 사이사이로 툭툭 불거지는 것들이 있다. '타오르고/폭발하'는 '벚꽃-말들'로 '포연자욱했던' 하늘 한쪽에서 비늘처럼 새들이 떨어져나오고 있다. "비수 같은 하늘"이 대번 우리의 눈을 찔러온다. 이 풍크툼은 시의 의미망을 수습하려는 시선의 행보를 자꾸만 전체로부터 디테일 쪽으로 이끈다. "비수 같은 하늘"을 오래 응시한 이에게만 허공은 심연이 된다. 새들은 하늘로 날아오르는 것이 아니라 심연으로 떨어진다. 마찬가지로 '벚꽃-말들'이 '뻥튀기처럼' 폭발한 현장에 '헐어' 너덜하게 걸려 있는 '터널처럼 둥근' 공중 역시 재차 우리의 시선을 디테일 쪽으로 잡아끈다. 이처럼, 해석의 집에 어서 가지 못하는 시선의 걸음을 자꾸만 시의 내부 어딘가에 머물게 하는 것이 바로 시에서 디테일의 기능이다. 독서를 완결하려는 의지와 디테일에 자꾸만 머무는 시선의 척력이 완결된 해석에 간극을 놓는다. 좋은 시에서 디테일이 하는 일이란 바로 그 간극을 해석의 블랙홀 혹은 감상의 용광로로 만드는 일이다. 앎을 감상에 앞세우는 대신 구석구석 들여다보는 독자만이 발견하는 '놀라움'을 시인은 시의 여러 곳에 노골적으로 비장(秘藏)해 두었다. 이영광의 시가 정서와 의지의 평면으로 압착되지 않고 풍부한 시계(視界)를 확보하게 되는 비결이 바로 여기에 있다.

빨간 자동차를 타고
동물원에 가는 일요일처럼

차의 경적 위에 앉은 새처럼

하늘은 푸른색 칸막이다
좀더 위쪽의 신비를 가려놓은

노래는 곧 날아갈 것이다
민첩한 사람들과
점점 느려져가는 사람들이
사라진 막다른 골목길
풍경의 흐릿한 날개를 달고서

녹색 종양이 자라는 팔월의 나무
뱀처럼 길다란 죽음이 나를 감아오르고 있다
　　　　　　　길 건너
다리 부러진 피아노처럼
세계가 기울어진다

　어둠
유리창 불빛이 레몬처럼 흔들린다

나는 한 번도 진실을 말한 적이 없다
그리고 흰 공책 가득 그것들이 씌어지는 밤이 왔다
　　　　—진은영, 「소멸」 전문, 『우리는 매일매일』(문학과지성사, 2008)

　해석의 엔트로피는 진은영의 시에서 더욱 증가한다. 아니 진은영
의 시는 디테일의 성찬이라고 하는 게 좋겠다. 해석적 환원과 압축
보다 팽창과 발산의 에너지로 가득한 것이 그의 시이기 때문이다.
진은영의 시는 우리를 조금 떨어진 곳에서 화폭 전체를 일람하게 만
들기보다는 한층 더 저 이미지들의 세계에 바짝 붙어 서게 만든다.

조심할 것, 그는 바슐라르의 표현 그대로 다량의 '이미지-폭탄'을 소장하고 있다. 시를 보라. 병과 연관된 불안과 공포가 디테일을 돌보는 힘에 의해 공기적 탄성을 얻고 있다. 이 시인의 기질은 이처럼 공기적이다. 물과 불 혹은 대지적 시인을 우리는 한국의 근현대시사에서 여럿 떠올려볼 수 있다. 그러나, 본성상 상승과 팽창, 고도와 명정함을 지닌 공기적 시인을 우리는 쉽게 떠올리기 어렵다. 단 한 명, '세상의 나무들'로부터 둥글고 둥근 탄력의 샘을 읽고, 두근두근 팽창하는 첫사랑의 기운을 읽는 시인이 있을 따름이고, 단 두 명, 소멸의 기운을 두고 "빨간 자동차"의 휘발성을 떠올리는 시인이 있을 따름이다.

인용된 「소멸」은 시에서 디테일이 하는 일이 무엇인지를 정확히 보여주고 있다. 전체는 소멸의 기운에 휩싸여 있다. 시는 묘한 자진(自盡)의 영기를 전체에 두르고 있다. 시적 발화는 자꾸만 죽음의 기운에 이끌린다. 정서의 흐름은 소멸을 예감한 이가 무덤덤하게 자기 위안을 찾아가는 쪽으로 진행된다. 그런데 바로 이 소멸과 확산의 정조에 구체적인 입방체로 저항하는 것이 이 시의 디테일한 이미지들이요, 이 이미지들의 구상성이다. 디테일은 이 시의 시적 주체가 이끌리는 정서에 대한 항체이자 면역의 거점으로 기능한다. 빨간 자동차, 동물원, 일요일, 차의 경적, 새, 신비를 가림막한 하늘, 노래의 계열이 막다른 골목길, 녹색 종양, 뱀처럼 감아 오는 죽음, 다리 부러진 피아노처럼 기운 세계의 계열과 적백(赤白) 대립하는 현장에서 면역의 혈청을 시에 도포한다. 보라, 마지막 연은 '소멸'이라고 적는 것을 계속해서 지연시키는 이의 여린 심회가 디테일에 호소하는 단단한 밤을 맞고 있음을 적시하고 있다. 그러니, 이 시의 풍크툼은 두

개이다. "막다른 골목길"과 레몬처럼 흔들리는 유리창 불빛이 그것
이다. 시편 전체를 감싸는 소멸의 기운을, 디테일에 대한 집중이 일
산하는 저 묘한 현장을 발견하게 된 것은 근래 독자들의 안복이다.

> 내 죄를 대신 저지르는 사람들에 대해
> 내 병을 대신 앓고 있는 병자들에 대해
> 한없이 맑은 날 나 대신 창문에서 뛰어내리거나
> 알약 한 통을 모두 삼켜버린 사람들에 대해
>
> 나의 가득한 입맞춤을 대신하는 가을 벤치의 연인들
> 나 대신 식물원 화단의 빨간 석류를
> 따고 있는 아이의 불안한 기쁨과, 나 대신
> 구불구불한 동물내장을 가르는 칼처럼 강, 거리, 언덕을
>
> 불어 가는 핏빛 바람에 대해
> 할 말이 있다
>
> 달콤한 술 향기의 전언을
> 빈틈없이 틀어막는 코르크 마개의 단호함과 확신에 대해
> 수음처럼 또다시 은밀해지려는 나의 슬픔에 대해
> 할 말이……
>
> 나 대신 이 세계에 대해 더 많은 것을 희망하는 이들과
> 나 대신 어두워지려는 저녁 하늘

들판에 우두커니 서 있는 검은 묘비들
나 대신 울고 있는 어머니에 대하여

———진은영, 「고백」 전문, 「문장웹진」, 2010년 11월호

최근에 발표된 이 시에서 진은영은 아슬아슬한 경계에 서 있다. 진술과 디테일이 '흐름 위에 보금자리 친' 모순을 감행하고 있기 때문이다. 진술은 한결 곡진해진 반면, 디테일은 약화되어 있다. 세상의 모든 죄가 나의 소행인 것처럼, 세상의 모든 미결행이 나의 유약함 때문인 것처럼, 세상의 모든 가난이 나의 어리석음에서 태어나는 것처럼 느껴지는 저녁이 있다. 슬픔의 대속이 역사 안에서 가능한 것일까? 독자를 뭉클하게 만드는 힘이 이 시에는 있다. 그러나 종합과 체계를 거스르는 디테일들을 작용과 효과의 편에 건네주고 감동의 비술을 넘겨받는 거래란……

이 시의 디테일을 이루고 따라서 이 시계의 풍크툼이 되는 4연은 바로 이 거래에 대한 고백이다. 코르크 마개가 차단하는 것은 달콤함과 단호함의 변주이다. 세상의 모든 슬픔에 대한 대속의 의지 대신 내밀하게 차오르는 것은 '나' 하나에만 귀속되는 슬픔이다. 고백 속에 방백을, 그는 붙여두었다. 숨죽이고 지켜볼 뿐이다.

헤엄을 멈추면 숨을 멎는 회유어(回遊魚)처럼
밥상 앞에서 괜히 먹고 있는 사람처럼
시는
애교가 없어 불행하다

바다를 창틀에 눌려 죽게 하는 관조의 천박으로
시는
물결이 흔들어버린 우리를 책망치 마라 너는 수면에 한 장의 피부
를 씌우고
마지막 하루를 촉점(觸點)이 없는 것에 비유하는 법을 배운다

서서히 낡아가는 것은 자신의 비행이 아니라 허공일 뿐이며
인간의 생각 위를 잘못 내려앉아 부러지는 다리가
철학의 일부일 뿐이라고 착각하며 시는

다급한 변의(便意) 속에
신이 되려는 매일의 나를
물과 함께 내려버렸다

불타는 양떼가 자신의 탈진을 구름에서 애타게 찾고 난 후
눈에서 저녁이 찔끔거렸는데
그건 너의 방귀란다. 은둔은 어느 편의 밤에게도 암흑을 가지지 못
하게 했다

나의 선대는 남의 슬픔을 가져와 그것을 어린애 모양으로 만들어
파는 종족이었다
「우신(牛腎)에 매달려 목가(牧歌)는 청량해지고 있다
나를 향해 찔러버린 눈동자가 처녑 속을 기고 있다
우리가 우는 이유는 우리를 울릴 사람이 가버렸기 때문이다」

그들이 남긴 모든 부분의 강청(強請)엔 지상을 건넌 지하의 굴욕이
있었다

밤을 우려낸 이 검은 침실을
밀밭의 가라지로 덮으며
맞은편 물이 짐승의 샘을 좇아 깨끗케 됨을 보고
가로되 이는 피라, 자신에게 길고 긴 어버이를 꽂았던 것처럼 시는

나 역시 눌러 어둠을 터뜨릴 것이다
타인의 결심에 칼을 꽂아달라던
그날의 박력 있던 병명(病名)들도
이제 다시 묵도(黙禱)로 돌아가고자 한다

— 조연호, 「시」 전문(『신생』 2010년 가을호)

　가브리엘 프랑수아 두아이앙의 「단독(丹毒)에 걸린 자들의 기적」
(1767)이란 그림이 있다. 단독에 걸린 자들의 공포와 불확실성을 여
러 인물들의 파편적 이미지들로 표현한 그림이다. 이 그림은 대단히
강렬한 인상을 감상자에게 준다. 인물들 하나하나가 모두 제각각의
행동으로 파토스를 극적으로 표현하고 있기 때문이다. 그런데, 고전
주의자 디드로는 디테일의 과함이 눈에 걸렸던가 보다. 그는 이 그
림에 대해 한 무더기의 머리, 팔, 다리, 몸이 마구 섞여 나오며 혼돈
이 생겨나고 우리가 그 혼돈 속에서 길을 잃고 그림을 오래 바라보
지 못하게 된다고 비판했다. 그는 두아이앙에게는 열정이 있지만 너
무 작은 효과들에 치중해 전체에 해를 끼친다고 지적하며 세밀한 디

테일 작업이 전체에 큰 손실을 가져오고 있다고 했다. 너무나 이질적인 디테일은 구성을 무너뜨리는 요소가 될 수도 있다는 것이 디드로의 생각이었다. 이런 디드로라면 인용된 「시」에 같은 평가를 내렸을 수도 있겠다. 인용된 작품에서 조연호는 두아이앙을 대신해 시적 자기항변을 하고 있다. 이영광과 진은영의 시를 읽을 때보다 조금만 더 그림에 가까이 다가서보자. 먼발치서 한눈에 감상을 완료하고 그것을 그날의 일기에 적는 이들은 놓치고, 디테일들이 이끄는 시선의 리듬을 따라 천천히 그림을 완주하는 자만이 맛보게 되는 즐거움이 그의 시에는 담겨 있다. 인용된 조연호의 메타시를 디테일의 흐름을 따라 살펴보자.

시는, 시의 언어는 항구적으로 유동한다. "헤엄을 멈추면 숨을 멎는 회유어처럼" 시의 언어는 늘 자가발전 중이다. 이 시의 시적 주체에게 이는 별다른 맹목 없이 여일하게 찾아오는 '밥때'와도 같은 것이어서 유별난 사실이 아니다. 오히려 이렇다 할 기교나 애교도 없이 그처럼 고지식한 것이 불만이라면 불만일까…… 그러니, "바다를 창틀에 눌려 죽게 하는 관조의 천박"을 그가 못마땅해하는 것도 당연하다. 대상을 해석적 프레임에 안장(安葬)시키는, 펄펄 끓는 바다를 창틀에 가두는 관조는 전체를 서둘러 취하고 물결치는 디테일을 "한 장의 피부"와 같이 얄팍한 지혜로 마감함으로써 사물의 촉점(觸點)들을 잠재우는 것에 비견된다. 사물과 세계에 먼 시선의 베일을 덮어씌우는 것으로는 저 "회유어"의 헤엄과 같이 유동하는 언어의 끝자락에도 스치기 어렵다.

시선의 운동을 멈추지 말자. 낡은 건 자신이 품은 언어가 아니라 외부의 현실이라고, "자신의 비행"이 아니라 비행의 장(場)인 "허공"일 뿐이라고 둘러대는 것이 재래의 시의 첫번째 변명, 매양 헛짚는 통찰이 지혜의 일부이며 사유의 숙명이라고 착각하며 관조적 사변으로 구체성을 대신하는 것이 시의 두번째 변명, 그렇게 익숙한 주형(鑄型)에 의해 "다급한 변의"와 함께 출사되는 시는 본래 신적인 것의 소출이었음을 잊은 "매일의 나"를 속성 방출하였다. 헛심드는 일상처럼 헛심 드는 시를 지닌 이에게 시는 어떤 내밀함도 허락하지 않는다. 디테일이 이끄는 리듬대로 화폭을 일람하자면 여기까지가 시의 전반부라고 할 수 있겠다. 눈여겨볼 것은 시에 대한 메타적 진술과 밥 먹고 용변 보는 일상에 대한 구체적 진술이 선후관계가 아니라 음양관계로 겹쳐 있다는 것이다. 다시 말하자면, 비유와 묘사가 마치 한 대상에 대한 추상과 구상처럼 겹쳐져 있다는 것이다. 그러니 우리 역시 이 시를 다만 "관조"해서는 얻을 것이 없다. 한 개인의 일상과 시에 대한 메타적 진술이 겹쳐 있음을 잊지 말고 다시 디테일을 따라가보자.

선대(先代)는 '슬픔 장사'를 해왔다는 판단이 잇따른다. 선대는 "남의 슬픔을 가져와" 천연덕스럽게 가공하여 상품으로 내미는 일을 해왔다. 그들은 목가(牧歌)를 불렀지만 이미 소의 가운데 토막[牛臀]까지 샅샅이 살펴본 이들을 유혹할 수 없다. 선대는 "울릴 사람이 없어도" 울음을 자아내는 식으로 슬픔의 "강청(强請)"을 해왔다. 선대는 흉중의 습한 구석에 고인 서정을 지상의 햇살 아래 내어놓는 굴욕을 거듭하면서도 눅눅한 것들을 파는 "종족"이었다. 선대의 시를 계속할 수는 없는 노릇이다. 이 시에서 우리의 눈길을 가장 강하게 찔러오는 풍크툼은 바로 이에 대한 숙고의 뒤에 제시된다.

검은 침실에 넌출대는 가라지들의 이미지는 밤의 침실에 새어드는 빛에 대한 묘사일 것이되, 이것이 내면의 어둠을 밝히고 정화하는 피라는 강변(强辯)은 "자신에게 길고 긴 어버이를 꽂았던 것처럼 시는/나 역시 눌러 어둠을 터뜨릴 것이다"라는 진술과 나란히 놓여 내밀함의 수위를 지키려는 시적 주체의 갈등을 시각적으로 드러낸다. 길고 긴 어버이, 즉 '아버지의 아버지의 아버지'(이상)의 시적 관습을 수혈한("꽂았던") 시가 언어의 투석을 꾀하듯이 자신의 언어를 갱신하는 것도 하나의 방법, 즉, 전통에 의해 오늘의 '굴욕'을 씻는 것은 언제나 유력한 선택지 중 하나이다. 그리 갈 것인가, 아니면 조금 더 자신만이 품은 어둠, 자신만의 내밀함에 귀를 기울일 것인가, 연도에 늘어선 선대의 시가 '나'의 어둠을 '찔러' 터뜨리도록 둘 것인가, 아니면 '나'의 내밀함을 건사할 것인가…… 발화의 형식 속에 이미 답안이 마련되어 있다. '꽂고'(수혈), '터뜨리라'(해부)는 "강청"에 "묵도(黙禱)"로 응하는 이는 자신의 내밀함 속으로의 귀환을 선택한다. 아마도 조금 더 민 우회와 더 많은 디테일이 조연호의 시에 등장하리라는 예고가 아닐까?

　그런데…… 풀자면 풀리지만 풀면 사라진다. 그것이 조연호의 시이다. 이 글의 숙명 때문에 그의 시를 도해하는 무모함을 감행했지만 기실 그의 시에서 중요한 것은 이런 방식의 조망이 아니라 디테일들의 되새김이다. 디테일은 화면 전체를 포괄하는 "관조"에 맞선다. 그것은 안도와 위안과 환원과 자부심 대신 수수께끼와 놀라움과 귀납을 요구한다. 풍크툼이 되는 순간 디테일은 구성과 유기적 총체를 배반하면서 작품의 내부에서 융기하는 사태에 대한 세심한 재수사를 종용한다. 스스로 고전주의자를 자처하는(「고전주의자의 성」, 『천문』) 조연호의 시는 현재 우리 시단에서 가장 문제적인 디테일의 모험을 감행한다. 그의 시는 이해의 틀, 구체적 사건에 대한 배경, 발화의 문맥 등을 설정하는 정보의 리던던시와 불확실성과 해석의 유동성을 동시적으로 증대시키는 발화의 엔트로피 사이에서 균형추를 잡아보려는 해석자의 시도를 가볍게 무시하고 디테일의 할거시 대로 치닫는다. 그의 시는 사물들에 대한 새로운 규정을 담은 사전이나 새로운 문법을 생성하는 언어의 산해경(山海經)이 된다. 어떤 시인은 빨간 외바퀴 손수레에 천하 대사가 걸려 있다고 썼거니와, 지금 엔트로피와 리던던시, 스투디움과 풍크툼, 전체와 디테일의 경계를 조롱조롱 밀고 가는 조연호의 언어에 우리 시의 향배와 관련된 많은 것이 걸려 있다. 굴려라, 시인!

〔2010〕

'태도가 형식이 되었을 때' 이후의 시[1]

1

1969년, 스위스의 조용한 도시 베른에서 세상을 뒤흔들 만한 전시회가 열렸다. 저 유명한 '대도가 형식이 되었을 때When Attitude Has Become Form'라는 이름의 전시회가 바로 그것이다. 이 전시는 1961년부터 쿤스트할레 디렉터를 맡아오던 하랄트 제만(Harald Szeemann, 1933~2005)에 의해 기획된 것이다. 흥미로운 것은 이 전시회가 일군의 논자들에게는 유럽의 68혁명 정신에 대한 예술적 표현의 일환으로 기억되며 또 다른 논자들에게는 작가들이 기존의 형식을 타파하고 새로운 미학적 태도를 집중적으로 드러낸 전시회로 기억된다는 것이다. 같은 전시회를 두고 방점이 엇갈리는 두 평

---

1) "태도가 형식이 되었을 때"라는 말은 1969년에 하랄트 제만이 1969년 베른의 쿤스트할레Kunsthalle에서 기획했던 전시의 제목에서 따왔다. 본 글의 제목은 본문에서 설명될 티에리 드 뒤브의 제목을 원용했다.

가, 즉 혁명 정신의 표현이라는 평가와 개념 미술이 본격적으로 대
두하게 되는 계기라는 평가는, 2012년이나 된 현재 한국 시단에서의
'문학과 정치'와 '미래파'라는 레테르들처럼 멀어 보이기까지 한다.
그런데, 얼핏 보아 정치와 미학의 이율배반처럼 보이는 이 사태는
실은 현재 시단에서 진행되고 있는 논쟁들을 두고 미처 생각해보지
않던 하나의 매트릭스를 생각해보게 한다. 바로 저 전시회의 제목에
제시된 '태도 - 형식'과 '형식 - 태도'라는 매트릭스 말이다.

2

　티에리 드 뒤브Thierry de Duve는 제만의 전시회 제목을 슬쩍 비
튼 「형식이 태도가 되었을 때 — 그리고 그 너머」에서 제만의 전시
회가 지닌 의의를 전시회 이전의 주요한 두 가지 예술적 모델과 대
비시켜가며 요령 있게 설명하고 있다. 그는 이 전시회 이전의 예술
을 아카데미 모델과 바우하우스 모델로 구분하여 설명한다. 아카데
미는 "자연이 허용하는 한계 내에서 학생들의 재능을 키우고 훈련
시키는 것"[2]을 목표로 하는데 이때 아카데미가 강조하는 것은 재능
과 메티에(metiers, 전문적 기술)와 모방이라고 드 뒤브는 설명한다.
다시 말하자면 아카데미 모델에서는 재능이 불평등하게 분배되었다
는 것을 인정하는 가운데, 예술 생산에 필요한 기술을 훈련하고 이

---

2) 티에리 드 뒤브, 「형식이 태도가 되었을 때 — 그리고 그 너머」, 『1985년 이후의 현대미
　술 이론』, 조야 코커·사이먼 릉 엮음, 서지원 옮김, 두산동아, 2010, p. 24. 이하 본문에
　인용할 때는 쪽수만 밝힌다.

를 통해 외부의 사물과 사태를 모방 혹은 재현하는 것을 강조한다는 것이다. 드 뒤브는 20세기 들어 진행된 산업화, 사회의 격변, 과학의 진보, 이념의 변화 등이 예술의 환경을 뒤바꾸었으며 이에 따라, 모더니즘 예술에 대한 드 뒤브 식 규정인 바우하우스 모델이 예술의 새로운 모델로 등장하게 되었다고 설명한다.

이제 회화와 조각은 외부의 모델을 관찰하고 모방하던 과거의 인습에서 벗어나 점차 **내면을 향했고**, 그들의 표현의 **수단 자체를 관찰하고 모방**하기 시작했다. 모더니즘 예술가들은 상대적으로 고정된 관습 안에서 재능을 발휘하는 대신에 그 **관습들 자체를 미적인 실험대상으로** 삼았으며, 더 이상 구속될 필요가 없다고 느끼는 **관습을 하나씩 폐기**해 나갔다. (p. 24, 강조는 인용자)

그 결과로써 드 뒤브기 재능 - 메티에 - 모방을 주요 범주로 삼는 아카데미 모델과 대비시키며 바우하우스 모델의 주요 범주로 제시하는 것은 창조성creation - 매체 - 창안(invention, 고안)이다. 간단히 정리하자면 재능은 불평등하게 주어지는 반면 창조성은 보편적으로 분배되는 것이며 모방은 재생산인 반면 창안은 생산이라는 것이다. 이는 모더니즘의 특징과 관련하여 많은 논자들에 의해 설명되어온 것이므로 특별할 것까지야 없다고 하겠다. 그런데 흥미로운 것은 메티에와 매체를 대비시키는 그의 관점이다. 드 뒤브는 전문화된 기술과 숙련도, 구성의 규칙과 미의 규범 등이 아카데미 모델에서 메티에의 전통에 속한 것인 반면 매체와 그 개념에 수반되는 모든 것, 즉 재료, 도구, 제스처, 기술적인 절차 등은 모더니즘 예술에 속한 것이라고 규정한다. 아래에 인용된 부분은 아카데미시즘과 바우하우스 모델의 차이점에 대한 것이지만 미술 분야에 관한 언급에 국한시켜 수용할 필요는 없을 듯하다. 조금 길지만 읽어볼 만한 대목이 아닐 수 없다.

그에게(아카데미 전통에 속하는 화가에게 — 인용자 주) 회화의 정의를 물으면 간단히 화가가 직업적으로 하는 일이라고 답변했을 것이다. 반면에 예술가가 화가의 매체로 작업한다는 것은 그가 회화의 본질이 무엇인지, 아직 그것에 대해 말해지지 않은 것이 무엇인지에 의문을 품는다는 뜻이다. 그에게 회화의 정의를 물으면 지금까지 어느 화가도 한 적이 없는 일이라고 답변했을 것이다. 메티에가 실천되는 것이라면 매체는 질문을 받는 것이다. 또한 메티에가 전수되는 것이라면 매체는 소통하거나 소통되는 것이며, 메티에는 학습되는 것인 반면 매체는 발견된다. 메티에는 전통이며 매체는 언어이다. 메티에가 경험에 달려 있다면 매체는 실험에 의지한다. 〔……〕 아카데미 모델에서 회화 교육은 유산을 전수하고 도제들에게 강한 의식을 갖고 추구해야 할 조직의 사슬에서 그 위치를 찾도록 하는 것을 뜻한다. 그와 달리 바우하우스 모델의 경우 회화 교육은 모든 시대로부터 회화에 내재하지만 아직 궁극적으로 계시되지 않은, 회화라 불리는 하나의 존재에 대한 접근을 열어주는 것이다. (p. 30)

전통을 통해 전해지는 기술을 엄격한 훈련에 의해 전수받는 메티에의 예술이 있다. 모더니즘은 이에 대해 예술 활동 자체에 대한 메타적 질문을 던짐으로써 성립된다. 메티에 대신 매체를 문제 삼는다는 것은 대상 대신 방법을 문제 삼음으로써 매체의 새로운 용도를 묻고 발견하는 것이 된다. 언어 자체에 대한 관심을 토대로 실험을 계속하는 것이 매체의 예술이다. 그렇기 때문에 예술은 전수되고 형용되고 구현되는 것이 아니라 마치 자크 라캉의 누빔점point de capiton처럼 질문과 실험에 의해서 사후적으로만 계시되는 것이다. 어느 시대에나 배후와 바탕으로서 존재해왔다는 의미에서 그것은 보편적이며 구체적 실험에 의해서 사후적으로만 계시된다는 의미에서 귀납적인 것이다. 드 뒤브는 스스로 그런 표현을 사용하지 않았지만 이 대목에서 모더니즘은 귀납적 보편 —— 이는 뒤에 살펴볼 보편적 귀납과 다르다 —— 으로서의 예술을 상정한다고 말할 수 있겠다. 이는 무척 흥미로운 대목이 아닐 수 없다. 그러나, 귀납적 보편에 대해서는 잠시 말을 미뤄두고 우선 조금만 더 진도를 나가보자.

3

결론부터 말하자면, 티에리 드 뒤브는 서두에서 언급한 「태도가 형식이 되었을 때」 전시회는 태도라는 개념이 창조성의 자리를 대체하는 계기로서의 의미를 지닌다고 설명한다. 그는 이 전시회 이후의 예술, 1960년대로부터 본격적으로 발원하고 1970년대를 거쳐 1980년대에는 기정사실이 되기에 이른, 모더니즘 이후의 예술에 '태도 - 실천 - 해체'라는 원리를 부여했다. 그러니까, 드 뒤브는 재능과 창조성 대 태도, 메티에와 매체 대 실천, 모방과 창안 대 해체라는 범주쌍들을 통해 아카데미시즘으로부터 바우하우스 모델을 거쳐 모더니즘 이후의 예술에 이르는 과정을 꿰뚫어 설명하고 있는 셈이다. 본고의 목적이 이 정돈의 타당성을 검증하는 것이 아니므로 여기서는 해체라는 골치 아픈 항목에 대한 검토는 보류하고 태도와 실천이라는 범주에 대해서 조금 더 살펴보자.

티에리 드 뒤브 식으로 말하자면, 하랄트 제만의 「태도가 형식이 되었을 때」 전시회는 전통적 대상에 대한 모방과 기술적 재현이나 매체에 대한 메타적 재고를 통한 창조적 구성이 아니라 '태도'가 '실천적'으로 개진된 전시회이다. 이때, 태도는 비판적 태도critical attitude와 미적 태도aesthetic attitude를 아우른다. 그리고 매체를 대신한 실천practice이란 "미술이 개념 속에 있으며, 탈물질화되어 있고, 회화 같은 특정한 매체에 구속되지 않는다"(p. 38)는 의미를 지닌다. 다시 말해, 예술은 이제 도제 작업에 의해 습득되는 전문적 기술이나 매체의 구속력에 의해 제한되지 않고, 따라서 탈물질화된 개념의 실천과 관계 깊은 것이 된다. 그러므로 중요한 것은 기술적 재능이나 매체의 창조적 활용이 아니라 '태도의 실천'이 된다. 바로 그런 맥락에서 제만이 기획한 전시회는 68 정신을 담은 비판적 태도가 매체의 특성과 물질적 구속력을 벗어나는 미적 태도를 통해 실천된 역사적 사례로 꼽히게 된다. 그렇다면 이제 문제는 귀납에 의해서 사후적으로 예술을 구성하는 귀납적 보편이 아니라 모든 실천에 귀납 자체가 보편적으로 요청되는 보편적 귀납이 된다. 귀납적 보편이냐 보편적 귀납이냐, 그것이 문제로다.

4

2000년대 이후 우리 시단은 미래파 논쟁과 미래파 이후에 대한 논쟁, 그리고 정치와 미학의 관련성에 대한 논쟁을 경과해왔다. 그런데, 논의의 경과나 그에 참전한 이들이 이루는 지형도도 의미가 없는 것은 아니지만 정작 중요한 것은 누가 옳고 그르냐가 아니라 논쟁을 경과하면서 어떤 질문들이 가능해졌느냐 하는 것이다. 어쩌면, 결론을 찾아 갑론을박하는 와중에 스스로 불거진 질문들 그 자체가 오히려 가능하고 중요한 답변의 형태로 남게 된 것은 아닌가를 생각해볼 필요가 있다. 그런 종류의 질문은 바로 다음 세 가지이다.

(1) 시에서 세계는 모방되는가, 발생하는가?
(2) 시와 정치의 관계는 우연적인가 필연적인가, 일원적인가 이원적인가?
(3) 시적인 것은 규정될 수 있는가, 시 향수의 보편적 기준은 있는가?

첫번째 질문은 '지나치게' 오래된 물음에 대한 '버전 업된' 정식화이다. 드 뒤브의 개념을 빌리자면 이 질문은 재능 – 메티에 – 모방 계열의 아카데미 모델과 창조성 – 매체 – 창안 계열의 바우하우스 모델 사이의 대립과 관계되는 것이다. 기우를 해소하고자 미리 말해두자면, 이 글은 드 뒤브의 문제틀을 2000년대 이후 한국 시단에 도식적으로, 그리고 비가역적 '진보' 사관에 입각해 적용하고자 하는 것이 아니다. 오히려 이 글의 관심사는 드 뒤브의 범주들을 뒤섞어 위에 제기된 세 가지 문제에 대해 현상학적으로 진단해보는 것이다.

'미래파' 논쟁에 너무나 많은 논의가 있어왔으므로 다시 이것을 상세하게 정리할 필요는 없겠다. 앞서 언급했듯 논쟁이 의미를 지니는 것은 이를 통해 어떤 질문이 가능해졌느냐를 정식화할 수 있게 하기 때문이지 옳고 그름을 가르기 때문이 아니다. 여러 각도에서 접근 가능한 것이나 본질적으로 미래파 논의는 누가 미래파이며 어떤 시가 미래파적 시인가를 가르는 데 의의가 있는 것이 아니라 당대의 시가 재래적 관습의 틀 안에서 보다 용이하게 접근되고 설명되며 교육될 수 있는가 여부를 새삼 묻게 하는 데 있었다. 예컨대, 황병승과 조연호의 시가 재래의 기술과 숙련도, 구성 규칙과 미적 규범 등에 의해 용이하게 설명될 수 있는가 여부를 묻게 하는 것, 그래서 시가 기술과 매체 중 그간 무엇을 소홀히 했는지를 묻게 하는 것, 그리고 궁극적으로는 시가 세계의 개진인지 세계가 시의 개진인지를 묻게 하는 것, 바로 거기에 미래파 논쟁의 의의와 유산이 있다.

세계는 숙련된 기술에 의해—정서적으로든 감각적으로든—재현되고 모방되는 것이 아니라 시 속에서 거듭 발생하는 것이라는 사유를 가능하게 한 것이 바로 미래파 논쟁이었다. 재차 이야기하지만 이는 비가역적 사태가 아니다. 다시 말해, 이것은 미래파 논쟁 이후 모든 시를 전수조사해서 적용해야 하는 미적 규범의 일환이 아니라는 것이다. 조연호와 황병승, 그리고 진은영과 이민하의 시, 또 최근 강성은, 김현, 최예슬 등의 시라면 아카데미 모델을 가장 급진적으로 적용하여, 가장 적극적인 의미에서 세계에 대한 감각적 모방이라고 규정해도 여전히 설명의 여백이 남게 된다는 것이다. 시에서 세계는 모방되는 것이 아니라 발생한다. 시에서 세계는 정서든 감각이든 그 무엇에 의해서건 재창조되는 것이 아니라 창안된다.

미래파 논쟁과 관련된 세부는 시에서 세계는 모방되는가, 발생하는가를 묻는 질문에 의해 포괄된다. 시는 내적 실재의 개진이다.[3] 이와 관련된 사실관계는 두 가지이다. 첫번째는 어떤 시들은 이 명제를 전제로 해야 내부가 들여다보이고 넉넉한 향수가 가능해진다는 것이다. 두번째, 이 질문과 명제를 통해 소위 전통서정시 계열의 시로 분류되어왔던 작품들 역시 대타적으로 혹은 참조적으로, 그 해석과 창조에 있어 한 번 더 전개development될 계기를 얻게 된다는 것이다. 김소월의 「진달래꽃」이 이별의 정한을 다룬 시가 아니라 근대적 연애 감각에 대한 감정교육으로 읽힐 여지와 장석남의 「고대(古代)」(『고요는 도망가지 말아라』, 문학동네, 2012)를 감수성과 지성의 통합 사례로서, 정서의 숙련된 표출이 아니라 세계의 내부를 엑스레이처럼 드러내는 시로 풍부하게 읽어낼 여지를 부여한 것이, 사후적으로 보건대 바로 미래파 논쟁이 남긴 저 첫번째 질문의 의의다. 다시 말하지만 논쟁은 질문들을 가능하게 함으로써 유용하다.

5

물권이 인권보다 한결 승하게 된 이후, 세금과 치안을 위탁했더니 강바닥을 인공적으로 굳히는 일과 일상에 대한 감찰로 '보은'하는

---

3) 이 명제에 대해서는 앞의 글 「내적 실재의 시학」에서 검토한 바 있다.

사건들 이후, 강제보다 자발적 동의로 몰염치를 세탁하는 사태 이후 시에 대해서도 사람들은 묻기 시작했다. 무얼 하느냐고…… 사태가 그만큼 엄중했다. 홀연 랑시에르, 바디우, 아감벤 등이 대리자로 참 전했다. 바우하우스 모델의 계통 중에서 메티에보다 매체에 관심을 기울이고 형식 실험을 중시하는 범주의 시들이 우선적으로 대타적 참조항이 되었을 것이다. 그런데 논의는 원론을 갱신하는 차원에서 거듭되었다. 우리 시가 이미 1980년대 노동시와 같은 방식의 삶을 살아냈기 때문이었을 것이다. 시와 정치는 새로운 근저에서 만나야 했다. 감성의 매트릭스를 교체하는 차원이건, 다른 영역들을 절합시 키는 차원의 것이건, 도래하는 공동체를 위해 경험과 언어의 관계를 재편하려는 차원이건, 양자의 랑데부는 보다 원론적 지평에서 재고 되어야 하는 것이었다. 이 역시 충분히 의의를 지닌다. 우연적이건 필연적이건 시와 정치의 관계에 대한 근본 설정이 새삼 필요했기 때 문이다. 그리고 이는 무엇보다, 동어반복의 오류겠지만, 정치가 시 적이지 않았기 때문이다.

그런데 원론 차원의 논의에서 검토되어야 할 것과는 별개로 현상 적으로 볼 때 이 문제는 태도와 형식의 문제로 재정식화될 수 있다. 다양한 논자들의 입장 표명과 논의 전개에도 불구하고 도착한 시 들에서 우리가 목도할 수 있는 것은 시와 정치의 감성적 일원론이 나 필연적 혈연관계가 아니라 정치적 태도의 개진과 형식의 태도화 였다. 양자를 같은 방에 넣고자 하는 부단한 노력에도 불구하고 시 와 정치의 합방은 물리적으로도 화학적으로도 '로맨틱하게' 이루어 지지 않았다. 논쟁 이후 눈에 띄는 것은 비판적 태도 자체의 개진이 나 비유기적 형식 자체의 태도화를 통한 '실천'일 따름이다. 전자를

'태도 - 형식'이라고 하자면 후자는 '형식 - 태도'라고 할 수 있을 것이다. 전자가 태도가 형식인 경우라면 후자는 형식이 태도인 경우이다. 문제는 양자가 '혁명'을 공유하거나 교환하지 않는다는 것이다. 전자는 여전히 의기양양하고 후자는 여전히 도도하다. 철학과 미학 텍스트 속 귀결에서와는 달리 실상 누구도 누구의 근저가 되려 하지 않는 일이 발생한다. 왜냐하면 이들에게 시는 이미 텍스트 이전에 성립하기 때문이다. 보다 정확히는 텍스트 이전의 태도 차원에서 성립하기 때문이다. 태도 - 형식과 형식 - 태도의 측면에서는 비판적 태도critical attitude와 미적 태도aesthetic attitude가 바로 시이다. 그리고 그런 의미에서 이들은 공히 텍스트의 수습과 이를 통해 사후적으로 상정되는 귀납적 보편을 전제로 한다. 다시 말하자면, 이때 귀납은 사후적이고 보편은 사전적이다. 태도 - 형식과 형식 - 태도의 이원론은 철학과 테제에서가 아니라 텍스트 안에서만 지양이 가능한 것임을 우리는 시와 정치 논쟁과 텍스트에 개진된 두 개의 태도를 통해 확인한다. 시와 정치가, 나아가 미학과 정치가 필연적으로 합방하기 위해서는 개별적 사건이라는 우연의 중매가 필요하다. 언제고 중요한 것은 귀납을 보편화하는 것이기 때문이다.

6

그리하여, 태도 - 형식과 형식 - 태도를 포괄하는 의미에서 '태도가 형식이 되었을 때' 이후 우리는 이제 보다 본원적 질문과 마주 선다. 시는 상정되는 배후인가, 도래하는 현상인가? 시는, 시적인 것은 어디에 있는가? 태도 - 형식의 시들과 형식 - 태도의 시들은 겉으로 보아 노선을 확연히 달리하는 것 같지만 실은 시를 혹은 시적인 것을 배후로 밀어둔다는 점에서 공통점을 지닌다. 일원론은 여기에 있는지도 모른다. 태도 - 형식의 쪽에서 시는 비판적 태도의 개진을 통해 자신을 드러낸다. 직설적인가 알레고리적인가 여부는 상관없다. 비판적이라면 거기 어디에 시는 항시 배후로 존재한다. 반대로 형식 - 태도의 쪽에서 시는 미적 태도의 개진을 통해 자신을 드러낸다. 개념인가 코드인가 등은 상관없다. 실험이라면 거기 어디에 시는 항시 배후로 존재한다. 그런 의미에서 후자는 베른의 전시회에 출품한 바우하우스 모델이다. 양자가 공히 시를, 항시 존재하지만 태도의 개진을 통해서야 불거지는 귀납적 보편의 영역에 둠으로써 시는 이제 텍스트 이전의 태도의 차원에서 감광되어야 하는 것이 된다. 애써, 우리의 현대시는 '태도가 형식이 되었을 때'의 근본 동기 차원에서 시의 존재론과 미학의 랑데부 장소를 지정했다. 데이비드 흄에 따르면 향수와 감식은 언제나 귀납적 경험으로부터 비롯된다. 곤혹스러운 것은 그럼에도 불구하고 취미 기준론을 제시해야 하기 때문이다. 참으로 묘하게도 우리에게는 시적 미래의 거주지 그리고 정치와 미학의 랑데부 지점에 대한 논쟁이 넘쳐나는 동안 도달한 텍스트를 향수하는 취미 기준에 대한 논의가 전무했다. 어쩌면 그것은 불필요한 일이었는지도 모른다. 환원이 무의식적으로 전제된 해답이었기 때문이다. 그러나 다시금 언제고 중요한 것은 환원이 아니라 귀납을 보편화하는 것이다. 태도는 기준을 문제 삼지 않는다. 그것은 함량으로 계량될 뿐이다. 여기서는 비판과 형식의 함량을 검출하는 것이 향수의 전거가 된다. 그러나 어처구니없이 빠져 있던 논의,

철 지난 취미 기준에 대한 백가쟁명과 불가능한 연역을 태도가 형식이 되었을 때 이후 재차 꿈꾸어보는 것은 부당한가?

〔2012〕

시에 대해서 윤리를 물을 때의 몇 가지 전제

1

사람이 하는 모든 일에는 선택이 있고 선택이 있는 모든 곳에는 윤리가 있다는 통념 때문인지, 그도 아니면 미를 위한 행동을 포함한 인간의 모든 행동의 근저에는 윤리적 동기가 바탕이 될 수밖에 없다는 근본주의적 부채 의식 때문인지, 우리는 시에 대해서도 윤리를 묻는 일을 그치지 않고 있다. 물론 시에 대해서도 이 문제는 중요하다. 그러나, 만약 시에 대해서 윤리를 물어야 한다면 조금 더 엄밀하게 윤리라는 보편의 세계와 시라는 구체의 세계성이 관계 맺는 방식에 대해 검토를 거치는 과정이 필요할 수밖에 없다. 그러나 오해를 무릅쓰고 먼저 말해야 할 것은 물어도 실익이 없는 문제도 있기 마련이라는 사실이다. 물었다는 사실은 근사하게 남아도 그 물음에 공들여 마련한 답변의 작용과 효과는 전무한 거대 질문도 있을 수 있다는 것이다. 잘 아는 것처럼 이런 거대 질문들을 아이버 암스트

롱 리처즈는 의사-질문pseudo-question이라 불렀다. 예컨대, 그는 '우리란 무엇인지' '세계란 어떤 것인지' 등을 그 대표적 예로 꼽았는데 이 질문들에 대해 엄밀하게 접근할 때 우리는 실정적인 기술 방식으로 응답할 수 없으며 단지 '이러이러한 것들이 어떻게 작용하는가'에 대해서만 말할 수 있기 때문이다. 하물며 그 작용과 효과에 대한 예상이 구체적 실천에 있어 어떤 효용을 지닐 수 있는가에 대해 갸우뚱하게 되는 경우라면 조금 더 엄밀히 저 질문의 조건들에 대해 검토하는 것이 타당할 것이다.

시에 대해서 윤리를 묻는 일은 어떤 의미에서는 의사-질문을 반복하는 것이다. 왜냐하면 이 질문은 답변의 어떤 실정성도 무효로 만드는 재귀적 성격을 포함하고 있기 때문이다. 또한, 이 질문들에 대한 공들인 답변들이 창작의 주체나 작품의 수용자들에게 실상 어떤 작용과 효과를 수행할 수 있을까가 명료하지 않기 때문이기도 하다. 아마도 이 질문의 작용과 효과가 가장 두루, 그리고 강하게 미치는 곳은 비평의 영역일 것이다. 비평가들은 담론들을 교통시키는 작가들이기 때문이다.

논의를 전개하기 전에 우선, 오해를 방지하기 위해 한 가지 사실을 먼저 언급해야겠다. 시에 대해서 윤리를 묻는 일이 의사-질문의 성격을 지닌다는 것을 말한다고 해서 동시대의 윤리란 무엇인가 하는 것이 중요하지 않다거나 시와 윤리가 어떤 방식으로든 관계를 맺을 수 없다거나 시인이 시대가 요구하는 윤리 의식을 가질 필요가 없다고 말하는 것은 아니라는 사실이다. 우리는 이 문제에 대해 시인의 윤리, 시와 윤리, 시의 윤리 등의 차원에서 충분히 검토할 수 있다. 그러나 다시 한 번, 우리가 시에 대해서 윤리를 물을 때 문제 삼는 것이 시인 개인의 윤리인지, 동시대의 윤리 담론과 시와의 관계 인지를 정식화하고, 시의 윤리가 어떤 특수성을 띠는 것인지 등을 명료하게 정돈할 필요는 있다. 그렇기 때문에 '시에 대해서 윤리를 묻다'라는 언술에서 일차적으로 중요한 것은 어쩌면 '시'도 '윤리'도 아니고 '대해서'일 것이다. 이 의사-질문이 그래도 다음 단계의 논 의를 위해 의미 있는 진술이라도 될 수 있으려면 동시대 시의 특징 이나 동시대 윤리 담론의 성격에 대한 부연이 되기보다는 시라는 구 체성과 윤리라는 보편성이 어떻게 특수한 관계를 형성하는가에 대 한 사유의 계기로 기능하기를 바라야 하기 때문이다. 이 글 역시 동 시대 시의 특징이라든가 동시대의 윤리 담론에 대한 논의를 상세히 전개하는 쪽으로 전개되지는 않을 것이다. 그것은 시에 대해서 윤리 를 묻는 자리가 아닌 다른 자리에서 다른 방식으로 진지하게 논구할 문제이기 때문이다. 그러니 이 글은 저 '대해서'에 대한 주석이 될 것임을 밝혀둔다.

2

우선, 두 가지 문제를 확인할 필요가 있겠다. 아니, 다른 말로 하 자면 이하의 두 가지 진술에 동의하는 입장이라면 '대해서'에 대한 논의를 담고 있는 본고의 문제의식과는 전제를 달리하는 것임을 확 인할 필요가 있겠다.

(1) 시인은 윤리적 존재자여야 한다. 시를 통해 시인의 윤리적 태

도를 검증하는 것은 중요하다.

(2) 시가 언어예술인 한 시는 윤리적 문제와 별개로 존재할 수 없다. 동시대의 중요한 윤리 지표를 통해 시에 드러난 윤리 의식의 순분증명을 행하는 것은 중요한 의무이다.

(1)은 시인의 윤리에 대한 것이다. 시인의 윤리와 관련해서 본고에서는 어떤 문제도 말하지 않을 것이다. 다시 한 번 말하지만 이는 시인에게 윤리 의식이 필요하지 않다거나 중요하지 않다는 것이 아니다. 시인은 윤리적일 수도 있고 비윤리적일 수도 있다. 그러나, 물론 시인이 윤리적이라면 그렇지 않은 경우보다 나쁘지는 않겠지만, 시인의 윤리는 시의 윤리와는 별개의 문제이다. 우리는 '시인에 대해서 윤리를 묻다'를 논하고 있는 것이 아니다.

(2)는 시와 윤리에 대한 것이다. 이 경우, 윤리가 시를 경과하는가, 시가 윤리를 경과하는가를 묻지 않을 수 없다. 예컨대 동일성에 대한 고집이 폭력적으로 행사되는 경우를 비판하거나 타자의 무조건적 절대성에 찬사를 보여주는 시가 있다면 동시대의 윤리가 시를 어떻게 경과하는지를 말해볼 수 있을 것이다. 다만, 이 경우 시에 대한 관심은 왕왕 여타 진술문들에 대한 관심과 크게 다르지 않을 수 있다. 공들여 짜놓은 언어적 그물망 속에서 단지 진술만을 발견하기 위해, 그리고 그 진술을 다시 윤리 담론의 지표들에 의해 계량하기 위해 시를 읽어야 할까? 이 경우라면 차라리 알랭 바디우의 『사도 바울』이 시보다 우월한 진술문이 될 것이다. 진술된 동시대의 윤리를 맛보기 위해서라면, 왜 가까운 바다를 둔 채 마당에 물을 가두고 수영하기를 택하겠는가? 문학 작품을 진술문으로 환원시키려는

태도를 경계한 수전 손택의 말마따나, 구태여 시를 읽는 이들이 시가 진술문으로 축소되고 윤리적 지표들에 의해 순분증명되는 사태를 확인하기 위해 품을 파는 것은 아닐 것이다. 시에 대한 윤리의 순분증명은 무의미한 것은 아니나 효용이 적은 일이다.

우리가 시인의 윤리를 문제 삼는 것이 아니고 시에서 동시대 윤리의 순분증명을 목적으로 하는 것이 아니라면, 그러나 그럼에도 불구하고 여전히 시에 '대해서' 윤리를 물어야 한다면 결국 우리는 시의 윤리에 대해 논할 수밖에 없다. '시인의 윤리'나 '시와 윤리'가 아니라 '시의 윤리'란 무엇인가를 물을 수밖에 없다는 것이다. 그리고 시의 윤리를 물어야 한다면 결국 우리는 다시 특수성에 대해 이야기할 수밖에 없다. 시라는 것의 특수한 사정 때문에 시에서 윤리 문제는 시인에게 윤리를 묻거나 시에서 동시대적 윤리 지표를 계량하는 것과는 사태를 달리하기 때문이다.

3

이상의 논의를 간추리면서 시의 윤리를 통해 시에 대해서 윤리를 묻기 위해서는 다음과 같은 정식화가 요청된다.

정의

1. 시에 대해서 윤리를 묻는 것은 시의 윤리를 묻는 것이다.

공리

1. 시의 세계는 납세와 치안 그리고 영리적 교환관계가 아닌 언어적 관계들로 이루어진 세계이다.

정리

1. 시민의 삶의 장은 제도이며 전장은 정치이다. 시인의 삶의 장은 미학이며 전장은 언어이다.

2. 시는 서정적 자아나 시적 화자의 목소리가 울리는 동굴이 아니라 주체가 발생하는 장소이다.

3. 시는 현실세계를 반영하는 데 그치는 것이 아니라 고유의 내적 실재를 분절시킨다.

4. 내적 실재의 세계에서 시는 윤리적인 것의 목적론적 정지를 통해 시의 윤리를 정립한다.

3-1

시에 대해서 윤리를 묻는 것이 시인의 윤리를 가늠하는 일과는 다른 차원의 문제라는 것은 시의 내적 자질과 외재적 환경이라는 두 가지 관점에서 생각해보아야 한다. 우선 후자의 문제와 관련해서 필자는 졸고 「경험주의자의 시계」(『문예중앙』 2010년 여름호)에서 시인과 시민 사이의 간극을 인정하는 것이 오히려 시의 정치를 가능하게 할 수 있다는 견해를 제출한 바 있다. 같은 맥락에서 윤리의 문제에도 접근해볼 수 있겠다. 당대의 윤리 문제에 대해 관심을 기울이고 그 문제에 대해 사유하는 것은 시민의 삶에도 시인의 삶에도 중요한 것이다. 다만, 이때 시인의 시민적 의식과 미적 실천 사이의 간극은 여전히 유지되어야 한다. 시인의 윤리가 곧바로 시의 윤리가 될 수는 없기 때문이다. 구체적 상황의 구체적 행동 선택과 관련된 판단에 있어 당대의 보편적 윤리 지평 — 사실 이것조차도 연역적으로 구성될 수는 없다. 그러나 만약 그런 것이 두루 합의될 수 있다고 가정한다면 — 의 틀을 어긋나지 않는 시민적 삶을 사는 이의 시는 윤리적이라고 말할 수 있는가? 자신의 윤리적 판단에 부합하는 문제만을 시에서 다루거나 그런 방식의 취미만을 시에 진술하고 이를 검출해주기를 바라는 시인이 설혹 있다면 그의 시는 윤리적이라고 할 수 있는가? 오히려 이는 시인과 시에 대한 모독이 될 것이다. 그는 시를 진술문으로 축소해주기를 열망하는 시인이 되겠기에 말이다.

시민의 삶의 장은 현실 제도이다. 그 제도 속에서 어떤 행동 규약을 지녀야 하는지에 몰두하는 것은 그 자체로 존중받아 마땅하다. 다만, 그것이 시작(詩作)의 윤리성을 자동적으로 보증해주는 것은 아니다. 윤동주의 시는 모든 조건에서 윤리적이라고 말할 수 있겠는가? 그것이 윤동주 시의 윤리성에 대해 무엇을 말해주고 있는 것일까? 거꾸로, 일상적 삶에서 통용되는 언어의 기준에 비추었을 때 지금도 파격적인 것으로 보이는 1990년대 김언희 시인의 시를 준거로 이 시인의 시민 의식에 대해 묻는 것은 얼마나 새퉁맞은 소극일까? 시를 삶의 조건에 의해 규격화하거나 작품의 언어로 시인의 시민적 자질을 판단하는 소극을 피하고 시민적 삶과 시인의 미적 실천 사이의 간극을 인정하는 것이 오히려 생산적인 것이 아닐까? 시민의 삶과 시의 세계는 언어라는 항로를 개통해놓고는 있지만 실은 고유의 문법에 의해 통치되는 세계들이라는 것을 승인하는 것이 생산적이다. 아이로니스트에 대한 리처드 로티의 옹호 논변을 차용하여 말해보자면, 시민적 삶의 세계와 시의 세계의 부정합과 아이러니를 승인하는 것이 두 국가의 독립을 유지하는 방법이라고 할 수 있겠다. 이중국적이 허용되어야 하는 경우가 있다면 바로 이 경우가 아니고 언제겠는가? 마네의 「풀밭 위의 점심」이 비판받거나 찬사를 받아야 하는 까닭이 있다면 그것은 마네의 윤리적 감각이나 「풀밭 위의 점심」의 외설스러움에 기인해서는 안 된다. 마네의 것은 마네에게 「풀밭 위의 점심」의 것은 「풀밭 위의 점심」에게 돌려주는 것이 온당하다. 시에서도 납세와 치안의 문제를 시의 형식미로 무마하거나 시적 취미의 안일함을 시민적 실천의 정당함과 교환하는 일은 시인에게도 시민에게도 바람직한 것이 아니다. 성급하고 성마른 통합보다는 간극을 밀고 가는 것이 생산적이다.

3-2

그렇다면, 시에 대해서 윤리를 묻는 것의 전제 조건들을 검토하는 이 자리에서 우리 시대의 윤리 문제에 대해 따로 이야기를 정리하지는 않아도 좋을 성싶다. 그것은 별도의 관점과 지면을 요하는 일이다. 타자를 대하는 관점의 문제라거나 제국주의와 보편성의 문제라거나 치안과 정치의 문제라고 하는 것 등은 그 자체로 충분히 사유되어야 하고 계속해서 탐색되어야 한다. 그러나 사유의 피로를 문학적 등가물로 생산해서는 안 된다. 시민적 의무의 방기와 정치적 무감각을 시작(詩作)이 대속할 수 없는 것처럼 시적 취미의 안일함에 대해서 정치적 올바름이 관용의 알리바이가 되어서도 곤란하다. 그런데, 대체로 시 작품에 드러난 여러 선택들에 시민적 공준을 적용하는 경우 전제가 되는 것은 시의 목소리를 시인 자신의 것으로 간주하는 태도이다. 그러나 시 작품 내부에 드러나는 태도를 통해 시인의 윤리적 입장을 어림잡거나 거꾸로 시인의 시민적 의식을 시 작품 안에서 계량하려는 것은 범주 착오를 일으킬 수 있다. 왜냐하면 시 작품 안에서 울리는 목소리는 시인의 대리인인 서정적 자아나 화자의 것이 아니라 주체의 것이기 때문이다.

황병승, 강성은, 이제니, 유형진 등 많은 젊은 시인들의 시는 이제 시인 자신의 정서를 토로하거나 가치 판단을 서술하는 것과는 많이 멀어져 있다. 이들의 시에는 서정적 자아나 시적 화자의 목소리가 배후에 있다기보다는 시적 주체가 발생하는 장소들이 산적해 있다고 말하는 게 옳다.

앤터니 이스톱 같은 이는 아예 저자나 시인이라는 표현 대신 '시 속의 주체성'이라는 용어를 제안하며 이는 시 속의 담론 안에서 분절된다고 설명하지 않았던가. 젊은 시인들의 시를 읽기 위해 오래된 그의 발언에 새삼 귀를 기울여볼 여지가 불거지는 까닭은 시가 작가의 정서를 직접적으로 드러내거나 그것을 극적으로 대리하는 발화가 아니라 담론 속에서 주체가 발생하는 현장으로 전화하고 있기 때문이다. 시는 이제 서정적 자아의 동굴이나 시적 화자의 무대가 아니라 개별적인 시적 상황에 긴박된 주체들이 분절되는 장소로 자신을 개방한다. 그리고 본 논의의 맥락에서, 시 내부의 목소리가 시인의 그것이라거나 단일한 화자의 것이 아니라 시 내부의 담론 속에서 분절되는 주체의 것임을 전제했을 때, 이제 시의 윤리는 시인의 윤리와 결정적으로 결별하게 된다고 할 수 있다.

3-3

황병승, 이제니, 강성은 같은 시인들의 작품은 시 속에 단형 서사를 만들어냄으로써 작품 내에 설정된 상황 속으로 독자들을 끌어들이는 편이지 시인 자신의 정서적 태도를 직접 전달하거나 시인 자신의 정서를 극적으로 전경화시키는 쪽은 아니다. 이 시인들의 작품을 읽고 그 작품 내에 제시된 상황과 그 상황 속에서의 정서 그리고 행동을 위한 선택 등을 곧바로 시인 자신의 것으로 환원시킨다면 얻는 것보다 잃는 것이 더 많을 것이다. 이들의 시편들은 자아의 목소리 조각들이 아니며 작품 배후의 어떤 단일한 존재자의 태도를 구성하는 퍼즐의 일부가 아니기 때문이다. 오히려 개별 작품들은 구체적인 맥락에서 구체적인 세계 하나씩을 분절시킨다. 즉, 개별 작품들은 매번 해당 작품 내부에서 내적 실재를 발생시킨다. 작품들은 작가의 문법적 대리인의 목소리를 담고 있는 것이 아니라 내적 실재의 정황에 따라 주체가 구성되는 처소이다. 시에 대해서 윤리를 물을 때 시인의 윤리 문제가 우선 고려 대상이 아닌 이유는 시인의 윤리가 중요하지 않아서가 아니라 작품이 작품 외적 현실에 대한 시인의 태도를 반영하는 데 그치지 않고 오히려 그 내부에 내적 실재를 분절시키기 때문이다. 내적 실재는 고유의 존재론을 갖는다. 최근의 시 작품은 자신을 외적 현실의 맥락과 패러프레이즈시키거나 자신의 언어를 기어이 현실의 지시 대상과 매번 짝지어주는 관습의 테두리를 스스로 벗어나 자신이 발생시킨 내적 실재의 마당 안에서 발생하는 고유의 의미들과의 자유연애를 구가하게 되었다. 이제 중요한 것은 작품과 현실 사이의 등가성이나 평행에 의해 계량되는 것이 아니라 내적 실재의 조건들 속에서 스스로를 분절시키는 선택들이 된다. 시의 윤리를 기어이 논해야 한다면 이런 전제들, 즉 '작품은 고유의 내적 실재를 분절시키며 내적 실재는 시적 주체성이 태어나는 장소이다'라는 전제들이 검토된 후에야 가능한 것이다.

3-4

내적 실재의 세계에서 윤리 문제는 현실의 윤리적 성격을 반영할 수도, 변형할 수도, 모반할 수도 있다. 작품 내부의 미적 논리를 정합적으로 따르기만 한다면 말이다. 그러니, 한 논자의 다음과 같은 진술에 우리는 실상 이미 충분히 동의할 준비를 갖춘 셈이다.

비도덕적인 작품들은 그것이 우리의 이해를 깊게 해주는 경우에 그것 때문에 더 나쁜 작품이 되기보다는 더 좋은 작품이 될 수 있다. 가장 위대한 예술작품들 중 일부는 단지 악을 다루는 정도가 아니라 도덕적으로 문제 있는 생각, 태도, 반응들을 유발하여 충격을 준다. 이는 우연이 아니다. 사실 훌륭한 예술이 충격적인 것은 당연한 일이다. 왜냐하면 우리는 그 작품이 아니었다면 알 수 없었을 우리 자신에 대한 무언가를 그 작품에 의해서 깨닫게 되기 때문이다.

— 매튜 키이란, 『예술과 그 가치』, 이해완 옮김, 북코리아, 2010, pp. 238~39.

매튜 키이란은 그 작품이 아니었으면 알 수 없었을 가치 판단, 행동 규약, 선택의 의미에 대해 말하고 있는데 우리의 맥락에서 이는 내적 실재를 통해 드러난 윤리의 문제로 고쳐 써볼 수 있을 것이다. 그러니까, 시작(詩作)은 외재적 윤리의 문제를 시라는 형식을 통해 거듭 확인하는 반복적인 여분의redundant 행위가 아니라 내적 실재의 분절을 통해, 시가 아니라면 알 수 없었을 것들에 대해 인지적 충격을 주는 행위라고 할 수 있다. 보편적인 것을 거듭 확인하는 것이 아니라 기성의 보편을 괄호 친 채 형성되는 실재를 통해 새로운 보편을 구체로부터 어림잡도록 하는 것이 시의 윤리라고 할 수 있다. 필자는 바로 이것이 — 이미 다른 글*에서 키르케고르의 논의를 차용하여 한 번 정식화한 바 있는 것처럼 — 시에 있어서 윤리적인 것의 목적론적 정지의 의미라고 말하고자 한다. 만약, 시의 윤리라는 문제의식하에 시와 윤리를, 작품의 내부와 외부를 잇는 '이상한 고리'를 발견해야 한다면 그것은 바로 이 지점이 될 것이다. 시는 구체성을 핵으로 삼는다. 작품들은 세계의 거울로 존재하는 것이 아니며 작품 외적 가치의 언어적 집약체가 아니다. 하나의 작품은 하나씩의 세계라는 점에서 그것은 구체성을 특징으로 한다. 주지하듯, 윤리는 보편적인 것을 정립하고 일반화하는 것을 자신의 과제로 삼

---

* 조강석, 「시에 있어서 윤리적인 것의 목적론적 정지에 관하여」, 『아포리아의 별자리들』, 랜덤하우스, 2008.

는다. 그렇기에 구체적인 미적 작업을 통해 보편을 정립하는 것은 이미 형용모순적 과제에 가깝다. 그러나 만약 우리가 이 형용모순을 순치시키는 고리를 한사코 발견해야만 한다면, 그것은 다름 아니라 아직 없는 세계를 내적 실재로 부상시키는 시 언어의 힘과, 기성의 가치가 포괄하는 영역은 물론 미답의 영역까지도 답사할 수 있게 하는 시 언어의 권리능력과, 비도덕과 몰가치조차 압도적 미의 현상으로 순치시키는 취미의 세공을 통해 가능한 것이다. 시인의 윤리를 묻거나 시와 윤리를 접속시키는 데 그치지 않고 시에 대해서 윤리를 물어야 한다면, 먼저 모든 시작에서 내적 실재의 독립과 취미의 민주 정부를 허하라. 그러면, 시작과 더불어 거듭 탄생하는 독립은 모든 선택과 가치를 제헌적 태도로 대하리라. 시의 윤리에 대한 내용증명은 내적 실재의 광복 이후에 제출되어도 늦지 않다.

〔2011〕

사건이 되는 이미지들

1

시에서 이미지가 하나의 사건이 될 수 있다는 말은 그저 비유적 표현이 아니다. 형이상학의 역사에서 이미지가 본질이나 실체라는 항목과의 대립항으로서 '내리깔린' 시선을 감내해야만 하는 시간이 길었음은 주지의 사실이지만, 시의 경우라면 사정이 좀 달라진다. 시적 이미지는 한편으로는 진술이나 논리와 대비되는 개념으로서 로고스적 편향에 가치의 우선권을 내어주기도 했으며 또 한편으로는 재현의 효력에 있어 시각예술의 이미지와 오래 대비되어오기도 했다. 말하자면, 시적 이미지는 논리적 전언과도, 지시적 도상과도 오래 등을 마주해야만 했던 셈이다. 물론 시에는 논리적 전언도 있고 상징적 도상도 있다. 인지 충격을 수반하는 논리적 진술들이 시의 주조가 되지 말라는 법이 없으며 이미지들이 작품 외적 대상과 굳게 결착하는 상징의 일환으로 사용되는 경우도 드문 것은 아니다. 그러나 그것이 시예술의 변별적 특질이라고 할 수는 없을 것이다. 부적절하지 않으나 적격이 아닌 경우는 배제되지 않으나 권장되지도 않는다.

시가 지평적 사유의 논리적 전개를 통해 전언을 전달하는 것을 주된 목적으로 삼는 대신 오히려 이미지와 더불어 '태어나는 상태의 의미'(가스통 바슐라르)에 대한 사유를 담는 것이라면, 또한 대상의 존재와 재현된 이미지의 관계가 시간적 선후관계가 아니라 동시적 생성의 관계라고 할 수 있다면 시에서 이미지는 대상이나 사유와 더불어 동시적으로 맺어지는 하나의 사건이 될 수 있다. 어떤 좋은 시들은 바로 그러한 의미에서의 '이미지-사건'을 단적으로 보여준다.

2

> 과녁에 박힌 화살이 꼬리를 흔들고 있다
> 찬 두부 속을 파고 들어가는 뜨거운 미꾸라지처럼
> 머리통을 과녁판에 묻고 온몸을 흔들고 있다
> 여전히 멈추지 않은 속도로 나무판 두께를 밀고 있다
> 과녁을 뚫고 날아가려고 꼬리가 몸통을 밀고 있다
> 더 나아가지 않는 속도를 나무 속에 우겨넣고 있다
> 긴 포물선의 길을 깜깜한 나무 속에 들이붓고 있다
> 속도는 흐르고 흘러 녹이 다 슬었는데
> 과녁판에는 아직도 화살이 퍼덕거려서
> 출렁이는 파문이 나이테를 밀며 퍼져나가고 있다
> ─김기택, 「화살」 전문(『문학동네』 2014년 봄호)

어떤 이미지를 그것이 지시하는 내용으로 환원하는 것은 어쩌면 용이한 일일 수 있으나 그것은 대상과 이미지의 관계에서 한쪽에 선불리 선편을 쥐여주는 일이 된다. 공들여 품을 들인 조각을 환원하면 돌이나 청동이 되고 말 것이고 터치 하나하나가 생의 구체적 은유일 수 있는 그림을 구태여 극단적으로 환원하면 몇 종류의 기름과 안료가 남을 뿐이다. 같은 이치로 사랑을 환원하면 리비도와 호르몬이요, 시간을 환원하면 기껏해야 삶이나 죽음이 되고 말 것인데 이와 같은 약분을 무엇의 순분증명으로 삼고자 우리는 시를 쓰고 읽는 것일까? 만약 그것이 하나의 기억할 만한 사건들이 아니라면 말이다.

그런 의미에서 '이미지―사건'들을 풀어야 하는 지면의 말들은 참으로 외설적일 수밖에 없다. 그러나 감수해야 할 일은 감수하기로 하고 인용된 시를 보자. 가장 먼저 눈에 띄는 것은 시의 앞부분에 선명하게 제시되어 있는 화살의 이미지이다. 과녁에 박힌 채 날아온 속도와 운동을 아직 꼬리에 보유하고 흔들리는 저 화살의 이미지는 너무나 또렷하다. 이 화살을 다른 무엇의 은유로 풀고자 하는 수사 의지를 버리고 그저 화살의 이력을 읽어보라고 시는 분명히 말하고 있다.

뜨거운 물을 피해 찬 두부 속을 파고드는, 삶을 찾아 정확히 죽음 속을 파고든 미꾸라지처럼 과녁에 박힌 화살의 아이러니와, 머리를 묻고 몸은 남긴 채 아직 운동의 여진으로 떨고 있는 몸의 정직한 노동이 시에서 가장 먼저 접하는 사건들이다. 그리고 목적에 도달하고도 계속해서 그 목적을 밀고 가려는 막무가내와 곡선의 굴곡을 모두

직선의 힘으로만 변환하려는 시속의 맹목이 다음에 도래하는 사건
이다. 또, 과녁으로 살을 몰고 가는 힘조차 과녁의 굳은살로 전화된
시점에서도 남은 힘으로 꼬리를 움직이는 미련과 속도를 두께로 마
감하려는 한 생에 파문과 넓이를 전도하려는 물리적·심적 희망이
그다음에 도래하는 사건이다. 이 모두를 인생의 말로 풀어 화살의
이솝우화나 과녁의 탈무드를 챙겨가는 것도 독자의 몫일 게다. 그러
나 지금 읽은 사건들만으로도 화살은, 그리고 과녁은 얼마나 놀라운
사건의 진원지인가?

3

박쥐들이 속눈썹 없는 지평선에서
돌아오는 저녁,

지금 막 떨어지는 앵두들아,
항구를 떠나는 배들아,
요람에서 옹알이를 하는 아기들아,

들어라, 목청 없는 목들이 부르는
황혼의 노래를,

지금 막 아버지는 잠들었으니,
쉿, 조용해라, 함부로 나뒹구는 소규모 불행들아,

늬들도 이제는 좀 쉬렴,

발굽도 없는 늬들,
부를 이름도 갖지 못한 늬들,
장미가 아니어서 불행한 늬들,

돌들아, 누가 늬들에게
밤의 깊이를 재는 일을 맡겼느냐?

곧 어두워질 테니,
늬들에게 푸른 지붕을 마련해주마.

— 장석주 「돌」 전문(『현대시』 2014년 3월호)

그러니까, 이 시에서도 '일개의' 시적 대상으로부터 지혜나 교훈으로 우화등선하려는 우화allegory적 이미지를 추리는 것이 가능하다는 것은 자명하다. 또 그것이 시가 관장해온 오래된 업무임도 주지의 사실이다. 그러나 이 시를 그런 업무를 담당하는 부서에 이관하는 것은 해석적 편의주의의 일환일 따름이다. 중요한 것은 사건이다. 그리고 사건은 그 사건을 낳는 이미지의 요청에 따라 순정하게 처리하면 그뿐인 게다.

어렵지 않게 확인할 수 있듯이 이 시에서 사건의 중심에는 돌들이 놓여 있다. 이 돌들이 관장하는 업무는 하루의 온갖 소리와 내력을 모으는 일이다. 어느 명료한 저녁, 즉 돌들은 색과 밀도에서 가장 농밀할 때 마지막 탄성을 발하는 앵두가 부풀어 자신의 삶을 놓는 소리와, 간다니 온다니 하는 뭐라는 말들도 다 뒤로하고 배들이 예정대로 항구를 떠나는 소리와, 그런 낙하와 항해의 내력조차 알게 모르게 이제 막 시작하고 있는 어린 입들의 무해한 소리들을 저 돌들은 오래 들어온 것이다. 그러니 소리 없는 것들이 목청 없이 부르는 노래를 듣게 된 것은 실은 정작 돌이 지닌 내력으로 이 시에서는 사건 중 사건이 된다. 저 파문들을 죄다 소리로 번역해 들어야 하는 뒹구는 돌들의 전전반측은 그 자체로 소규모 불행이지만 날마다 피할수 없이 반복되는 사건이다. 발도 입도 없고 눈을 끄는 색도 지니지못한 까닭에 발설도 주목도 이들에게는 없으니 돌들의 유일한 노동은 저 숱한 내력을 지닌 소리들을 밤마다 깊이의 눈금에 새기는 일이 될 것인바, 이를 불행의 사건이라고 할 것인지, 신성한 노동이라할 것인지. 소리의 내력과 밤의 깊이를 변환하는 '도란스'를 자처하는 저 돌들에게 수여되는 푸른 지붕은 그러니 산업훈장이 아니고 무엇이겠는가? 이것이야말로 참으로 사건이다, 사건!

너는 왔고 이 세기의 어느 비닐영혼인 나는 말한다, 빌딩 유리 벽면은 낮이면 소금사막처럼 희고 밤이면 소금이 든 입처럼 침묵했다 심장의 지도로 위장한 스카이라인 위로 식욕을 잃어버린 바람은 날아갔다

너는 왔고 이 세기의 모든 비닐영혼은 말한다, 너, 없이 나는 찻집에 앉아 일금 삼 유로 이십 센트의 희망 한 잔을 마셨다, 구겨진 비닐영혼은 나부꼈다, 축축한 반쯤의 태양 속으로

너는 왔는데도 없구나, 새롭고도 낡은 세계 속으로 나는 이미 잃어
버린 것을 다시 잃었고 아버지의 기일에 돋는 태양은 너무나 무서웠다

너는 왔고 이 세기의 비닐영혼은 말한다, 네 손에서는 손금이 비처
럼 내렸지 네가 왔을 때 왜 나는 그때 주먹을 쥐지 않았을까, 손가락
관절 마디마다 돋아드는 그림자로 저 완강한 손금비를 후려치지 않았
을까

너는 왔고 이 세기에 생존한 비닐영혼은 손금에서 내리는 비를 피
하려 우산을 편다 너, 없이 희망이여 몇백 년 동안 되풀이된 항의였던
희망이여 비닐영혼은 억울하다,

너, 없이 희망과 함께
　　　　　　— 허수경, 「너, 없이 희망과 함께」 전문(『시인수첩』 2014년 봄호)

이 시는 전체 구도를 형성하는 사유의 전개와 디테일에 해당하는
이미지의 스타카토가 묘한 리듬감을 형성하는 시이다. 당연히 전언
을 취할 수도 있겠지만 그러기엔, 회화에 사용되는 용어를 사용하자
면, 디테일로서의 '부속물accessory forms'들이 시선을 끄는 힘이
무시할 수 없는 정도로 상당하다.

우선 시 전체의 구도에 대해서 먼저 말해보자. 처음부터 끝까지
시적 상황을 부여하는 "너는 왔고"라는 말은 "비닐영혼은 말한다"
라는 진술과 계속 병치된다. 그런데 시의 중심 구도를 형성하는 이
와 같은 대구와 병치는 시에서 두 번 예외적으로 변주된다. 3연에 나

타난 "너는 왔는데도 없구나"와 마지막 부분에서 "너, 없이 희망과 함께"라는 부분이 그것이다. 그런가 하면 "너는 왔고"와 대구를 이루는 "비닐영혼은 말한다" 역시 처음에는 "이 세기의 비닐영혼인 나는 말한다"라는 개별 발화의 형태였다가 다음에는 "이 세기의 모든 비닐영혼은 말한다"로 비닐영혼의 주체가 전칭으로 변주되고 다시 "이 세기의 비닐영혼은 말한다"로 일반화되었다가 "이 세기에 생존한 비닐영혼은"으로 특칭된다. 다시 말하자면 '너'가 왔다는 상황하에서 진술하는 주체는 '개별 – 보편 – 일반 – 특수'의 형태로 변주된다는 것이다. 이것이 의도적인지 아닌지를 판별할 필요는 없다. 다만 이 시의 기본 구도가 '너'는 이미 왔고, 이미 왔는데도 없으며, 없으니 '너' 없이 희망과 함께 무언가를 도모할 수밖에 없다는 기본 상황에 기초하고 그렇게 상황이 변화함에 따라 대응하는 주체 역시 '나' – 전부 – 일반 – 특수한 몇몇으로 변주됨으로써 이루어지고 있다는 것은, 우리의 눈길을 이끄는 이미지의 디테일들에 주목하기 전에 먼저 참조될 필요가 있다고 하겠다.

이 시에서 '너'가 무엇인지에 대해 물을 권리는 우리에게 없다. 또 그것을 작품 바깥의 참조틀을 통해 추적하는 것도 번거로울 따름이다. 그러니 우리는 다만 '너'라고 호명된 대상이 시적 현실 안에서 허락하는 실정성만을 성실하게 귀납할 수 있을 뿐이다. 마찬가지로 '너'와 '비닐영혼'의 관계가 지니는 실정성 역시 시가 제시하는 내적 현실 안에서만 귀납될 따름이다. '너'는 왔고, 찢기고 구겨지기 쉬운 '비닐영혼'인 '나'는 낮과 밤으로 마천루의 표정이 변하고 스카이라인 위로 바람이 불어가는 것을 지켜본다. 그것은 비단 '나'만의 일은 아니어서 구겨지고 찢기기 쉬운 영혼을 가진 모든 이들은 해가 가려지고 습하게 부는 바람에 쉽게 마음이 흔들리면서도 차 한 잔을 마시며 희망을 떠올린다. 여기서 '모든'은 상상적 일반화의 산물일 것이다.

3연의 변주는 시적 상황에 또 다른 실정성을 부여한다. '너'는 왔는데도 없다. 그렇기에 세계는 새롭고도 낡은 것이며 '나'는 이미 잃어버렸던 것을 다시 잃는 것이다. '너'가 텍스트 바깥의 무언가의 상징이 아니라면 문맥상 '너'는 '나'의 세계를 전변시킬 수 있으며 이미 한 번 잃어진 대상이자 새로 도래하여도 부재하는 대상이다. "아버지의 기일에 돋는 태양"이 '너'의 이미지와 중첩되는 까닭은 바로 그것일 것이다. 죽음을 상기하는 이의 목전에 도래한 강렬한 빛이 두려운 까닭은 죽음의 기억을 환하게 비추기 때문이기도 하고 상실의 경험을 다시 겪게 될 것이라는 예감 때문이기도 할 것이다. '나'의 세계를 전변시킬 수 있는 '너'는 "아버지의 기일에 돋는 태양"처럼 양가적인 의미를 지닌다.

이런 사정은 다음 연에서 "네 손에서는 손금이 비처럼 내렸지" 하는 회상과 "네가 왔을 때 왜 나는 그때" "저 완강한 손금비를 후려치지 않았을까" 하는 후회와도 연관된다. 여기서 '너'는 다시 태양을 가리고 내리는 비라는 이미지와 동궤에 놓임으로써 하나의 실정성을 획득한다. '비닐영혼인 나'와 '모든 비닐영혼'과 '이 세기의 비닐영혼'이 변주되면서도 동시에 하나로 포개어질 수 있었던 까닭은 태양을 가리고 비를 뿌리는 '너'를 초래한 책임이 '나'에게 귀속되기 때문이다. '나'의 책임이 모든 이의 책임이 된다.

다음 연에 제시된, "이 세기에 생존한 비닐영혼"이 "손금에서 내리는 비를 피하여 우산을 편다"는 진술은 보편과 특수가 중첩되는 사정을 조금 더 선명히 목전까지 끌고 온다. 비를 피하려 우산을 펴는 것은 "희망"을 건사하기 위함이다. 그런데 그 희망은 지금 바로 여기에 주어진 상황에만 관련된 것이 아니라 "몇백 년 동안 되풀이된 항의"였던 것, 즉, 희망으로 전화되지 못한 항의였다는 새로운 실정성을 얻는다. 시의 기본 구조에서 "이 세기"가 거듭 등장했던 까닭이 여기서 드러난다. "몇백 년" 동안 희망으로 전화되지 못한 항의 때문에 "이 세기"의 "비닐영혼"은 구름을 가리고 비를 내리는 '너'의 도래를 맞지만 그 완력을 잘라내려는 희망은 다시 관철되지 못한 항의가 된다. 그러니 "비닐영혼은 억울하다"라는 말은 일종의 이중적 진술이다. 기실 '비닐영혼'은 '억울'할 일이 없다. '너'의 도래와 흔들리고 찢기기 쉬운 '비닐영혼'의 침잠과 후회는 실은 어떤 결단을 결여한 채 "몇백 년 동안" 같은 패턴으로 반복되어왔기 때문이다. 그렇기 때문에 "너, 없이 희망과 함께"는 또다시 '비닐영혼'으로 '너'의 도래를 기다리는 시간 속의 희망과 갈등과 염려를 동시에 품고 있는 말이다.

아마도 상징을 통한 독해에서라면 조금 다른 양상들이 도출될 수 있을지 모른다. 그러나 디테일이자 움직이는 부속물로서의 이미지들에 관심을 기울이면 그것이 구도와 관련된 구체적이고 실정적인 사건들을 파생기키고 있음을 확인할 수 있다. 상징의 논리가 아니라 이미지의 논리를 따르는 독해가 요긴한 건 그 때문이다.

되어야 할 일이 있다면 네가 작아지는 일
네가 작아지고 작아져서 세상이 깜짝 놀라고
여기에, 생략처럼 아찔한 것이 있구나

없는 줄 알았구나

하얗게 조심스러워지는 것

작아지고 작아져서 네가 부는 바람에도

아직 불어오지 않은 바람에도 철없이 흔들려

지워져버릴 것 같아서

용약(勇躍) 큰 걸음들이 그만 서버리고

없음인 줄 알았구나

숨 멈추는 일

되어야 할 일이 있다면, 단 하나인 네가 막무가내로

여럿이 되는 일

황야의 연록 홑이불,

골목의 이글대는 거웃이 되는 일

없음이란 것이 무수히 생길 뻔했구나

없음을 목격할 뻔했던 가슴들이

도처에서 막힌 숨을 토하고

여기에, 생략처럼 무시무시한 것들이 있었구나

있음이란 것이 정말 있구나

종아리만 하고 허벅지만 한 나무로 멈추는 일

백 년 이백 년 된 아름드리 나무들로 함께 걷는 일

한없이 작은 걸음으로

도처에서 커다랗게 활보하는 일

— 이영광, 「새로 돋는 풀잎들에 부쳐」 전문(『유심』 2014년 3월호)

풀잎 이미지 역시 상징으로의 도약을 쉽게 감행할 수 있는 이미지이다. 아마도 이에 대해서는 군말이 필요 없을 것이다. 그러나 이 시역시 그 이미지와 더불어 생성되는 구체적 사건의 자장 안에서 읽혀야 한다. 시의 전반부에서 눈에 띄는 사건은 작은 풀잎이 작아져야만 한다는 동어반복과 역설이다. 풀잎은 작고 적은 것인데 만약, 이치가 정히 그리 되어야 하는 일이 하나 있다면 작고 적은 풀잎이 작아지는 일이라고 하니 새삼스러운 일을 당위로 바꾸는 데 까닭이 없을 수 없다. 그것은 생략처럼 무위한 있음을 용약처럼 큰 몸놀림들의 행보와 견주기 위한 것이다. 생략은 없음을 가장한 있음이라 끝내 없을 수 없는 것이다. 그것은 무위가 행하지 않음을 행하는 것으로서 결코 운동이 아닐 수 없음과 같다. 풀잎 한 마디조차 이처럼 "아찔한 것"이니 풀잎을 대하기 "하얗게 조심스러워지는 것"은 당연하다. 이 역시 사건이 아닐 수 없다.

사태가 정히 그렇게 되기로 한 일 중에 유난한 일이 또 하나 있다. 옅은 풀이 짙어지는 일, 자수성가한 풀 한 포기가 골목 어귀에서 음영의 일가를 이루는 일 모두 마땅히 그리 정해진 일이니 어떤 고승의 예언이 여기에 비길까? 그뿐이 아니다. 새로 돋는 풀잎들은 없음에 급체한 마음들의 숨을 틔우고 모든 없음의 후배지에 있음이 있다는 비범한 사태를 환기시키니 "생략처럼 무시무시한 것들"이 또 있겠는가? 이것은 그야말로 하나의 사건이다, 새로 돋는 풀잎들에 부치는 선명한 이미지─사건!

〔2014〕

2부 내적 실재의 문법

생성변형문법으로부터 시계 세공으로
― 이준규의 시세계

1. 실패의 생성변형문법과 어긋난 축차

이준규가 첫 시집에서 "나는 세상의 모든 시를 시작하리라"(「이글거리는」,『흑백』, 문학과지성사, 2006)는 선언을 했을 때 이 선언의 지향점과 선언에 담긴 야심의 공시적 구조는 이미 한 논자에 의해 상세히 밝혀진 바 있다. 그에 따르면 세상의 모든 시를 기저로부터 재구축하겠다는 야심이 지향하는 바는, 시인 스스로가 첫 시집과 두 번째 시집에 실린 시들 속에서 직접적으로 표방한바 "실패의 구축"이라고 간명하게 요약될 수 있다. 또한, 실패의 구축의 공시적 구조는 다음과 같다.

이준규의 시들은 거의 서시 「향기」가 포함하고 있는 '기본 구조'를 공유하고 있다. 실체의 붕괴와 기미의 탄생, 혹은 무의미를, 무의미가 확증되는 방식으로, 의미 있게 하기.(정과리, 「해설」,『흑백』)

이준규의 저 선언은 실패의 구축이라는 형용모순적 사태를 지향하는 것이었으며 첫 시집 『흑백』에 묶인 시들이 실패를 구축하는 시작 기제에 의해 구조화되어 있다는 분석에는 더 이상의 부연이 불필요하다. 실제로 이준규의 『흑백』은 실패를 구축하는 언어적 기제에 의해 공시적으로 구축된 시집이라고 할 수 있다. 이를 달리 말하자면, 『흑백』은 주부와 술부를 형성하는 구성 요소들의 관계에 의해 문장을 산출하는 법, 즉 일종의 생성변형문법generative-transformational grammar을 기저에 안고 있는 시집이라고 할 수 있다. 『흑백』에 실린 시들은 실패의 기저 형태를 생성변형문법에 의해 외화시키는 규칙들로 만들어진 것이라고 할 수 있다. 이때, 그의 시가 '만들어졌다'고 하는 것은 그의 시에 작위성이 엿보인다는 의미가 아니라 이준규의 시가 '쓰는 시'와 '짓는 시'의 전통 가운데 '짓는 시' 쪽에 놓였음을 의미한다 ─ 주지하듯, 실상 시인poeta라는 말도 애초에 '만들다poiein'에서 온 것이다. 여기에는 세세한 설명이 좀더 필요하겠지만 원론적 논의를 피하고 이준규의 시에 집중하면서 이를 재진술하자면, 『흑백』은 공들여 실패의 블록을 쌓는 데 성공한 경우가 될 수 있다는 것이다.

그런데, 여기서 『흑백』에 실린 시편들의 공시적 구조에 대한 불필요한 첨언을 피하되, 보충적으로 『흑백』에 통시적 맥락을 부여하자면 이 시집이 한국 현대시에서 예정된 실패의 계보를 잇고 있다는 것을 말해야 할 것이다. 예컨대,

나는 영향받고 있었다

총체적으로

갈매기살과 가브리살에 네온에 녹는 눈에 일본 활자에 정육점에
찻집에 이발소에 안마에 클럽에 야구방망이에 클럽 데이에 디제이 모
모에

—「누런 해」 부분

와 같은 시에서

나는 타락해 있는 것이 아닌가. 나는 마비되어 있는 것이 아닌가.
이 극장에, 이 거리에, 저 자동차에, 저 텔레비전에, 이 내 아내에, 이
내 아들놈에, 이 안락에, 이 무사에, 이 타협에, 이 체념에

— 김수영, 「삼동(三冬)유감」 부분

와 같은 산문에 나타난 태도와 통사법의 흔적을 어림잡고, 다름도
아닌 「시」라는 제목의 시에 엿보이는 "어제의 詩와 나비는 잘 어울
린다"는 문장을 통해 김수영에 대한 자의식을 검출하는 것은 어려
운 일이 아니다. 또한,

베고니아 베네치아 베도라치 베짱이
해가 많이 떴다
여러 해
산다화 목련 개나리 진달래
비가 내리지 않았다
치통과 말의 궁둥이

까치의 꽁지와 꽁치의 눈깔
눈이 내리지 않았다

　　　　　　　　　　　　　　　　　—「베고니아……」부분

같은 대목이 무의미시의 구축에 몰두한 한 선배 시인의 시적 미장센
에 대한 오마주라는 혐의(혹은 기대)를 품고, 무엇보다 「김춘수」라
는 제목의 시를 통해 이를 확증하는 것 역시 전혀 어려운 일이 아니
다. 그리고 덧붙여, 논의의 순서상 좀더 뒤에 두번째 시집『토마토가
익어가는 계절』(문학과지성사, 2010)에 대해 살펴보며 사후적으로
확증되어야 할 것이지만 다소 미리 이야기하자면, 오규원 시인의 필
치 역시 이 시집의 전반에서 목도된다는 것 역시 어렵지 않게 확인
되는 바이다.

　그러니까, 첫 시집『흑백』에서 실패의 공시적 구조를 구축하고 있
는 이준규는 시집 사이사이로 내비치는 '영향에 대한 불안'(헤럴드
블룸)을 통해 자신의 시적 비전에 대한 통시적 맥락을 구축하고 있
다는 것이다. 그리고 물론, 헤럴드 블룸의 맥락에서처럼 이 불안 역
시 두려움이나 회피와는 거리가 멀다. 오히려 그것은 상관적 관계에
대한 예민한 의식의 다른 표현이라고 할 수 있다. 김수영, 김춘수,
오규원이 누구인가? 이 시인들이 시집『흑백』에서 직간접적으로 동
시에 출현한 이유는 그들이 바로 실패의 대가들이기 때문이다. 김
수영은 부정을 부정하는 방식으로 기성의 시 언어를 연속적으로 전
복하면서 축성과 해체를 거듭하며 방법적으로 실패를 밀고 간 시인
이며 김춘수는 언어와 대상 혹은 언어와 의미 간의 낙차를 최대한으
로 벌려놓은 뒤 종내에는 「처용단장」이라는 완고한 주제의 세계로

의 수렴을 감행하고야 만 시인이다. 그리고 오규원은 시 언어에서 '인간적 이해관계'의 흔적을 말소시키려는 최대한의 노력을 경주하고도 시계(視界)만은 버릴 수 없음을 역설적으로 보여준 시인이다. 그러니, 이 시인들이야말로 각자 고유의 방식으로 실패를 경과함으로써 한국의 현대시를 끌어올린 실패의 대가들이 아닐 수 없다. 이준규는 『흑백』에서 구조를 통해 무량의 실패를 구축하는 생성변형문법을 공시적으로 시전했을 뿐만 아니라 실패의 대가들을 계승함으로써 실패의 계보를 통시적으로 구축하는 것에도 성공했다. 그런데⋯⋯

이 시집에는 저 계획의 스투디움 속에서 하나의 풍크툼처럼 눈을 찔러오는 '불온한' 시가 하나 도사리고 있다.

자정이 지났을 것이다
서러움을 닮은 수증기가
유리처럼 침묵하고 있다
웅크리고 숨죽이는 우울한
들숨 너머 저기로
매끄럽고 물컹한 것이
솟아오르고 있다
그것은 휴식을 바라고 있다
익숙한 입김처럼
빗줄기의 습한 냉기가
몸으로 스민다
골목이 얼음의 빛을

밟고 맨발로 서 있다

있음이 떨고 있다

—「흑백 9」 전문

이 시에서 떨고 있는 것이 "있음"인가 실패인가? 이준규의 렉시콘lexicon에서 가장 빈번하게 작품 속으로 차출되는 시어 중 하나인 "그것"이 이 시에도 어김없이 등장한다. 이준규의 시에서 인격적 인칭이 사용되어야 할 자리에 "그것"이 사용되는 예를 찾는 것은 가장 간단한 일 중 하나일 것인데 — 아예「그것」이라는 제목의 작품도 있거니와 — 그가 "그것"을 즐겨 사용하는 까닭 역시 의미와 무의미 사이에서 실패를 구축하는 데 유용하기 때문이다. 그런데, 인용된 시에서 이준규는 그만 '그것'의 신분을 노출하고 말았다. 그는 이 시에서 실패하는 데 실패했다. 사태의 기미들 배후에 "있음"이 몸을 숨긴 채 '떨고 있음'을 들켰기 때문이다. 그러니 여기서 '그것'은 자꾸만 의미화하려는 기운을 이기지 못하고 무의미와 의미의 임계에까지 자신을 밀어 올려놓고 있다. 이 일을 어쩌랴, 실패하랴, 실기하랴. 그는 결정적인critical 지점에 서 있다. 이준규의 시적 오디세이는 바로 이 지점에서 개시된다. 『토마토가 익어가는 계절』에 실린, 거의 통상의 시집 한 권 분량을 넘는 길이를 지닌 장시「문」이 필요했던 까닭이 이것이다. 그는 『흑백』에서 구조를 구축했지만 동시에 심복인 '그것'의 반역으로 인해 시적 진로의 한 임계점에 봉착했다. 이것이 '시적인 것'으로의 '문들'을 통과하는 오디세이가 필요했던 까닭이다.

2. 실패의 통시적 구축과 예외의 정규화

『토마토가 익어가는 계절』에 실린 장시 「문」은 일종의 오디세이에 비견된다. 방대한 규모를 지닌 「문」의 '서사 구조'를 간단하게 요약하면 책상으로부터 문들을 경과하여 다시 책상으로 귀환하는 이의 이야기라고 할 수 있다. 이 시에는 중간중간에 다음과 같은 대목이 반복된다.

다시 책상 앞이다

—「문」 부분(이하 별도 언급이 없는 한 같은 시에서 인용)

그리고 저 구절은 이런 구절들과 더불어 파악되어야 한다.

(1)
책상 위에는 실패의 구축이라는 좌우명이 유리 밑에 깔려 있었다.

(2)
거기엔 실패의 구축이라는 커다란 글자가 거친 서체로 쓰여 있었다. 여기저기 정체를 알 수 없는 얼룩이 있었고 책 몇 권이 흩어져 있었다. 그는 그의 방에서 아직 나가지 않은 것이다.

이런 '방안퉁수'가 따로 없다. 숱한 문들을 열고 닫으며 '모험'을 감행한 그가 매번 다다르는 곳은 '실패의 구축'이라는 "좌우명"이 놓인 책상이다. 그러나, 책상으로부터 책상으로 향하는 이 운동이 결코 무익한 것은 아니다. 본래 모든 변용된 오디세이란 귀환의 형식을 근간에 지니기 때문이다. 제임스 조이스의 『율리시즈』가 그렇고 최인훈의 『서유기』가 그렇다. 이 장편들이 담고 있는 것이 단지 하루의 여정이며 계단 위의 사색일 따름이라고 폄하될 수 없다는 것은 자명하다. 중요한 것은 이 귀환이 애초의 무엇으로부터 나중의 무엇으로의 귀환인가 하는 것이다. 오디세우스의 귀환이 그렇듯이 책상과 방 주위의 일상적 사물과 사건 들 속에서 '시적인 것들'을 탐사하는 이 '실패의 지장' 율리시즈 역시 험난한 유혹자와 방해자 들을 '문들'의 사이에 두고 있다. 그렇다면 이때 문이란 무엇인가? 다음과 같은 구절은 그에 대한 해답의 단초를 제시한다.

나는 아직 어떤 문도 열지 못했다. 실패의 지리멸렬한 구축

문을 경계로 실패와 구축 사이에 지리멸렬이 끼어들었다. 이준규가 『흑백』에서 열망했던 것이 실패의 구축이었음을 염두에 두고 이 문장을 다시 분석해보자면, 문은 실패의 구축이 지리멸렬한 소극으로 남느냐 하나의 사건이 될 것이냐를 가름하는 통과점이라고 할 수 있다. 그러니, 실패의 성공적 구축을 위해서는 반드시 문을 열어젖혀야 한다. 그러나 이 문은 홑문이 아니라 겹겹의 문이다.

(1)
문을 열고 그를 맞이한다. 문을 닫는다. 문이 아쉽다. 실패다. 문을 열고 들어가 다시 갇힌다. 문을 본다. 실패한 문들

(2)

문이 있다. 지겨운 문. 문을 열었다.

실패를 성공적으로 구축하기 위해 문을 열지만 "그"는 항상 실패의 구축에 실패한다. 거듭 목전에 나타나는 문은 실패의 열쇠가 아니라 실패의 실존이다. 문을 열 때마다 "그"는 실패를 완성하는 것에 대한 실패를 거듭한다. 실패의 오관돌파는 이처럼 험난하다. 그렇다면, "그"가 실패의 구축을 위해 돌파해야 할 저 오관들은 무엇인가? 장시의 곳곳에 그 이정표들이 놓여 있음을 우리는 확인할 수 있다.

(1)

모든 과거의 형태가 싫었다.

(2)

이야기가 너무 많아 이야기 때문에 죽어야겠어, 이야기는 사라져야 해, 이미지와 나란히, 나란히 멸종해야 해.

(3)

수없이 많은 껍데기로 이루어진 그 속을 그는 표면화시킬 수 있을까. 재현과 죽음과 미끄러짐 사이에서.

(4)

생각이 침투하면 시는 사라진다.

(5)

부용을 좋아하던 처용 얼굴을 떠올려 보았다. 죽은 시인은 죽은 시인이다.

그러니까, 이런 맥락에서라면 장시 「문」은 시 쓰기에 대한 시 쓰기라는 면에서 예컨대, 오규원의 「안락의자와 시」라든가 장정일의 「길 안에서의 택시잡기」에 비견된다. 진술하고 반성하고 재진술하고 낙담하고 거듭 진술하고 길을 찾는 — 문을 찾는? — 형식의 시의 계보에 놓인다는 얘기다. 아마도, 이 시집의 표제작인 「토마토가 익어가는 계절」과 같은 시 역시 같은 계열에 놓인다고 말할 수 있을 것이다.

토마토가 익어가는 계절

모국어를 잊고 문학을 버리는 계절

토마토가 익어가는 계절

그러나 결국 아무것도 버릴 수 없는 계절

토마토가 익어가는 계절

서러운 헬리콥터가 비행운을 남기지 않는 계절

토마토가 익어가는 계절

그의 시를 다시 읽는 계절

—「토마토가 익어가는 계절」부분

대번, 「토마토는 붉다 아니 달콤하다」(오규원)를 떠올리게 하는 또 하나의 장시에서 이준규는 오규원이 토마토라는 대상에 대해 선보인 다각도의 현상학적 관찰을, 행과 행 사이의 여백 자체를 시각화하고 "토마토가 익어가는 계절"이라는 일종의 기저 동기 사이사이로 다양한 사태들이 의식에 현상하는 양상을 배치함으로써 오규원이라는 "문"을 열어보고 있다. 저 앞에 인용한 다섯 개의 '문들' 역시 같은 맥락에서 궁극적으로는 실패의 성공적 구축이라는 목표를 위해 돌파해내야만 하는 오관들이라고 할 수 있겠다. 그리고 제시된 이 오관들의 면모를 통해 생각해보건대, 시가 사건의 재현이나 표상적 이미지에만 그쳐서도 안 되며 사유의 당의정이 되어서도 안 된다는 태도가 메타적으로 드러나고 있다고 하겠다. 나아가, "모든 과거의 형태가 싫었다"라는 진술을 통해 "기정사실은 그의 적이다" "시인은 영원한 배반자다"라고 일갈하던 김수영을 불러내고 "부용을 좋아하던 처용"을 통해 김춘수를 환기시킨 뒤 "죽은 시인은 죽은 시인이다"라고 '영향의 불안'을 드러내는 장면들을 보며 우리는 결국 이 '문들'이 실패의 구축을 위해 정면으로 마주해야 할 시적 선례들이라는 것을 확증할 수 있게 된다. 이런 맥락에서 볼 때 결국 장시 「문」은, 한국 현대시의 사이렌과 스킬라를 넘어서 실패의 구축이라는 항해를 전개하는 의식의 여로를 베일 벗긴 것이라고 할 수 있겠다. 이 시의 마지막 부분인 다음과 같은 대목은 이를 재차 확인할 수 있게 해준다.

나는 처용을 죽이고 싶었으나 시의 전부인 처용을 죽이면 나는 시를 쓸 수 없겠다라는 생각을 했다. 나는 다시 책상 위에 엎드려 흐느끼기 시작하는 처용을 뒤로 하고 문을 열고 밖으로 나왔다. 밖은 안이었다. 나는 곧 처용을 잊었다.

책상으로부터 책상으로의 귀환을 기다리고 있었던 것은 페넬로페가 아니라 처용이다. '죽은 시인은 죽은 시인일 뿐'이기에 처용을 만나면 처용을 죽이기로 마음먹었던 '율리시즈'가 여정의 끝에서 차마 죽이지 못한 것은 바로 무의미와 의미의 간극에서 기억할 만한 실패를 살고 간 김춘수이다. "실체의 붕괴와 기미의 탄생, 혹은 무의미를, 무의미가 확증되는 방식으로, 의미 있게 하기"(정과리)라는 문법의 틀 안에서, 무의미를 통해 의미를 경과한 김춘수의 경로는 규범적으로 배제되어야 할 것이 아니라 기술적(記述的)으로 포함되어야 할 구조의 일부였다. 동시에 그것은 이미 새로운 문장을 위해 다시 잊혀져야 할 범례이기도 했다. 작품 「문」은 모험과 예외를 기술적으로 포용하고 다시 그것을 범사로 만드는 시적 여정의 비포장도로다.

3. 시적인 것의 시계

복도는 복도다, 복도에는 어떤 것들이 흐른다. 나는 복도에서 무언
가 망설였다. 창을 열면서, 너를 사랑했다, 창을 닫으면서, 너를 사랑
했다, 복도는 망설이는 곳이다, 우주처럼, 복도는 우선 복도다, 복도
는 하나의 지평을 가지며, 복도는 두 개의 지평을 가지며, 복도는 세
개의 지평을 가진다, 복도 말고는 아무것도 없다, 복도에 신문이 떨어
질 때, 복도에 아이들이 뛰어나갈 때, 복도에 세탁부가 지나갈 때, 복
도에 손님이 지나갈 때, 복도는 여전히 복도다, 복도는 우울하다, 복
도는 조금 휘어 있다, 복도는 정확히 직선이 아니다, 복도는 조금 미
쳐 있다, 조금 미치고 있는 내가 바라보는 복도는 조금 비친 복도다,
복도는 깨끗하지 않다, 복도에서 벗어나야 한다, 복도에서 벗어나 문
을 열고 마루로 진입해야 한다, 나는 복도에 문득, 서 있었다, 복도의
다른 끝에 당신이 있었다, 내가 있었다, 복도는 너를 사랑한다, 사랑
하는 복도, 우리의 시.

———「복도」 부분(『문학동네』 2011년 봄호)

공원이 있다. 한 공원이 있다. 공원은 작다. 한 공원은 작다. 작은
한 공원에는 벤치가 있다. 작은 공원의 벤치 위에는 손수건이 있다.
작은 공원의 벤치 위에 있는 손수건 위에는 사과가 한 알 있다. 작은
공원의 벤치 위에 있는 손수건 위에 있는 사과에는 흠집이 있다. 작은
공원의 벤치 위에 있는 손수건 위의 사과에는 흠집이 있고 그 흠집 위
로 파리가 와서 앉았다. 작은 공원에 있는 벤치 위의 손수건 위의 사

과의 흠집에 앉은 파리의 몸은 햇빛을 받아 반짝였다. 작은 공원에 있는 벤치 위의 손수건 위의 사과에 난 흠집 위에 앉은 파리는 햇빛을 받아 반짝이고 한 소년이 파리가 앉은 사과가 손수건 위에 놓인 벤치로 다가간다. 작은 공원에 있는 파리가 앉아 몸을 빛내고 있는 흠 있는 사과가 놓인 손수건이 있는 벤치로 다가서는 소년의 뒷모습을 바라보고 있는 노파가 파리가 앉아 몸을 빛내고 있는 사과가 놓인 벤치의 맞은편에 있는 벤치 위에 앉아 있다. 작은 공원에는 두 개의 벤치가 있는데 한 벤치 위에는 노파가 앉아 맞은편 벤치 위에 놓인 손수건 위의 사과로 다가서고 있는 소년을 바라본다. 노파의 눈에 파리는 보이지 않는다. 노파의 눈에는 사과의 흠집도 보이지 않는다. 소년의 눈에 사과의 흠집과 그 위에 앉은 파리의 모습이 보이는지 안 보이는지 나는 알지 못한다. 공원이 있다. 공원에는 많은 것이 있다. 공원은 무한을 닮았다.

—「공원벤치」 전문(『문예중앙』 2011년 봄호)

그리하여 최근 이준규는 여기까지 와 있다. 그는 이미 『흑백』의 세계로부터는 상당한 거리가 느껴지는 세계에 와 있다. 「문」을 통해 현대시의 오관들을 헤쳐 나오고 '처용'마저 수용한 그는 부정형의 사고실험 대신 이제 생성변형문법 본연의 생산적 효과에 관심을 기울이고 있다. '시적인 것은 어디에나 있다'는 황지우의 선언이, 예술의 방계에 놓이거나 비예술적인 것으로 간주되었던 소품들을 예술의 일환으로 만들었지만 그 선언이 삶과 예술을 통합시키는 아방가르드적 경로를 통해서만 실증되었다면 이준규는 그런 아쉬움을 대담하게 극복하려 하고 있다. 시적인 것의 편재성을 소재나 형식의 차원이 아니라 시계(視界) 차원의 문제로 변경함으로써 그는 모든 장소와 사건이 언어적 시계의 적용에 따라 시의 처소가 될 수 있음을 시연해 보이고 있다. 비유컨대, 거리와 술집이 아방가르드의 일원이 되기 위해 필요로 하는 것은 벤치와 변기 같은 오브제들이지만 예컨대, 드가의 「콩코르드 광장」(1875)이나 마네의 「폴리 베르제르의 술집」(1882)에서처럼 미적인 것의 처소가 되기 위해서는 바로 시계가 필요하다. 시계는 '시적인 것은 어디에나 있다는' 르포르타주의 렌즈로 기능하기 때문이다. 인용된 최근의 작품에서 이준규는 '시적인 것'이 시계의 활용법과 절대적 상관관계를 지님을 실연해 보이고 있다.

첫번째 시 「복도」에서 복도는 건물의 일부여서가 아니라 시선의 이동의 연속선상에서 고정된 위치를 점하며 시계를 확정짓기 때문에 시적인 것의 목록에 편입된다. 시의 문장이 계속해서 쉼표로 이어지다 마지막 문장에야 비로소 마침표가 찍혀 있다는 사실을 주목하라. 이는 방법을 시연한 것과 다르지 않다. 연속된 것들 중에서 일부를 취했다는 사실을 방법적으로 드러내 보인 것이라는 얘기다. 시적인 것은 어디에서나 무량 무량 발생하지만 한 편의 시가 완성되기 위해서는 시계가 필요했음을 이보다 더 여실히 증명해 보이는 예는 그다지 흔치 않다. 고정된 시계 내에 시간과 공간을 달리해 유동하는 물리적·심리적·감각적 사실이 포개어짐으로써 '복도'는 '시적인 것'의 처소가 된다. 사정은 뒤에 인용된 「공원벤치」에서도 마찬가지이다. 대상을 응시하며 대상과의 인간적 이해관계를 일소하고 대상의 면모를 현상학적으로 거듭 재진술하는 필치에서 오규원의 터치를 여전히 느끼게 하는 이 시는 사물과 사건이 심리적으로 즉감되는 양상을 다중적으로 보여주고 있다. 그 결과 "공원이 있다. 공원에는 많은 것이 있다. 공원은 무한을 닮았다"라는 시의 결구는 "시적인 것은 어디에나 있다"로 패러프레이즈될 수 있다. '시적인 것은 어디에나 있다'는 선언의 비아방가르드적 용례를 찾기 위해서는, 아니 보다 더 적극적으로 말해 세계를 시적인 것의 연속으로 분광하기 위해서는 언어의 고개를 서서히, '그런 느림은 처음 볼 만큼 느리게' 돌리기만 하면 그만이다. 실패를 구축하는 생성변형문법의 구조는 이제 '시적인 것'을 무량으로 발생시키는 시계로 변형된다. 이준규, 실패의 문법학자로부터 시계의 세공업자로 전업하다, 욕심쟁이.

[2010]

불면증자의 언어에 감광된 실재계

── 김중일 시집, 『아무튼 씨 미안해요』(창비, 2012)

1. 자정의 맹견

이 시집은 자정의 시집이다. 시집에 "자정"이라는 시어가 빈번하게 등장한다는 사실 때문이 아니라 이 시집의 시적 주체가 자정에야 가능한 언어로 사물과 세계를 현상해 보이는 일에 온 힘을 쏟고 있기 때문이다. 자정이란 묘한 시간이다. 전구와 인터넷의 발명 덕분에 밤의 심장이던 '자시(子時)'는 밤의 경계가 된 지 오래다. 김중일식으로 말을 한번 '놀게 한다면' 자정은 이제 밤의 심장이 아니라 경계의 심연이다. 그러니 김중일의 시집『아무튼 씨 미안해요』가 자정의 시집이라면 이는 밤의 경계를 일주하는 운동 때문이라고 하겠다.

경계를 일주하기 때문에 이 시집은 밤에 속하지 않는다. 밤은 소리로 세계를 모으는 몽상의 시간의 일부이다. 또한 밤은 낮 동안 안막(眼膜)에 기록된 사실의 유빙들이 검증과 단속을 벗어나 활개를 펴는 시간이다. 밤은 집중과 탈주의 배후여서 우리는 밤에 마음을 둘로 쓴다. 잠에 어서 들거나 아직 못 드는 지대에 밤이 밤새 놓여 있다. 김중일은 바로 그 밤의 경계를 뜬 눈으로 일주한다. 자정의 시인은 바로 이 경계에서 노동과 유희, 반성과 몽상을 가늠한다.

> 자정과 정오
> 하루에 단 두번, 약 일초간
> 이번 생의 나와 다음 생의 내가
> 우리가 정말 하나가 되어
> 서로를 그림자처럼 깔고 덮고 눕는다
>
> ──「초의 시간」 부분

페데리코 가르시아 로르카는 「발란사Balanza」라는 시에서 밤과 낮의 대칭성에 대해 "밤은, 언제나, 고요하고,/낮은 가고 또 오고//밤은, 키가 크고, 죽었고,//낮은 날개를 가졌고,//밤은 거울 위에/그리고 낮은 바람 아래"(『강의 백일몽』, 정현종 옮김, 민음사, 1994)라고 노래한 바 있다. '발란사'라는 것 자체가 천칭이나 저울이라는 것에서부터 균형에 따라 움직이는 운동이라는 것에 이르기까지의 의미역을 지니는 어휘이므로 로르카의 이 시를 밤과 낮의 표상들이 지니는 대칭적 운동성에 대한 것으로 읽는 데에는 무리가 없을 것이다. 로르카가 간파했듯, 밤과 낮은 다중적으로 대칭적이다. 그리고 그 대칭성은 오랫동안 시인들의 상상계 속에서 언어를 운동시키는 한 힘점으로 작용해왔다.

인용한 시에도 이 대칭성은 선명하게 부각되어 있다. 보라, 인용된 부분에는 밤과 낮의 대칭성에 대한 예민한 인식을 바탕으로 밤과 낮의 심장인 자정과 정오가 대칭되는 것들의 배꼽으로 제시되어 있다. 이것이 얼마나 명료한 감각인지는 자정과 정오의 짧은 순간에, 대칭되는 것들의 대표로서 현생과 내생의 '나'가 포개어진다는 극적 발화를 통해 영민하게 드러난다. 즉 실존적 존재로서 여러 가지 조건에 구속되어 '이렇게 살고 있는 나'와 이와 같은 방식이 아니어도 다른 형식의 삶을 지닐 수 있는 '가능성 혹은 기투로서의 나'가 찰나적으로 한 겹이 되는 단 두 시각이 자정과 정오라는 것이다.

그런데 이 시집에 실린 시들이 양자를 공평하게 다루지 않는다는 데 주목하자. 앞서 언급했듯, 이 시집의 관심사는 자정 쪽이지 정오가 아니다. 정오의 수납장에 자정을 개어두는 대신 자정의 한가운데에 정오를 펴놓는 방식으로 시들이 쓰였기 때문이다. 즉, 정오의 언어로 자정을 마름질하는 대신 자정의 언어로 정오를 감광(感光)하는 것이 이 시집에서 득의만면하는 시적 주체의 주업이기 때문이다.

> 자정에 찾아오는 주름투성이 맹견 한마리
> 땅에 떨어진 흙투성이 아이스크림을 핥아올리듯
> 자정에 찾아오는 상처투성이 맹견 한마리
> 매일 밤 조금씩 주름져 흘러내리는 내 얼굴을 핥는다
> 혀처럼 떨어지는 나뭇잎 하나 잽싸게 긴 바람을 핥듯
>
> ―「맹견」전문

이와 같은 시도 이 시적 주체의 감각적 맹성(猛省)이 오롯이 자정의 시간 어름에서 비롯된 것임을 단적으로 보여준다. 자정이 밤의 심장으로서의 자시가 아니라 밤의 경계로 전화됨에 따라 시적 주

체는 자시의 깊은 고요와 몽상 속으로 빠져드는 대신 낮 시간의 생활이 남긴 흔적들이 채 심연 속으로 사라지지 않고 안막에 난분분한 이미지들로 보존됨을 알아챈다. 이 시집에 담긴 많은 수일한 이미지 중 하나일 '자정의 맹견'은 바로 이런 연유로 출몰한다. 그것은 자시에 이르러서도, 아니 오히려 자시가 되어서 조용히 들끓는 감각과 상념의 파수견이 아니고 무엇이겠는가. 불면은 바로 그렇게 찾아온다.

2. 불면증자의 미농지

이 시집은 불면증자의 시집이다. 낭만주의자나 상징주의자가 아니어도, 바슐라르나 알베르 베갱을 인용하지 않아도 시가 낮보다 밤에 한층 더 속하는 것임은 새삼 다시 일러둘 필요가 없을 것이다. 밤은 몽상에 특화된 시간이기 때문이며 꿈은 이미지의 보고이기 때문이다. 우리는 20세기와 21세기의 한국 시인들 중에서도 몽상의 언어를 유려하게 펼쳐 보이는 이들의 이름을 여럿 꼽을 수 있다. 그런가 하면, 꿈속에서 봄직한 이미지를 자동적으로 유출하는 시인들의 이름도 여럿 떠올려볼 수 있다. 그런데, 불면증자라면? 몽상과 꿈속이 아니라, 상상의 유희와 이미지의 미필적 방목이 아니라 불면증자의 안막에 꿈틀대는 '자연산' 이미지들로 이루어지는 시라면? 얘기는 달라진다.

그러니 한편의 긴 시를 여기서 언급해보는 것이 좋겠다. 「내 꿈은 불면이 휩쓸고 간 폐허」는 『아무튼 씨 미안해요』 전체가 어떻게 발성되는지 그 음운론적 규칙을 방법적으로 드러내 보이는 시라고 할 수 있겠다. 긴 시이기 때문에 한정된 지면에 전문을 모두 인용할 수는 없다. 사실, 이 시집에 실린 시 대부분이 장시이다. 그 말은 시 전편을 인용하고 낱낱의 작품들에 대해 설명하고 검토하는 작업을 맡은 이가 작업의 능률을 꾀하기는 이미 틀렸다는 이야기가 된다는 것이나, 각설하고 이 시집의 음운론적 규칙이 되는 이 시를 살펴보자.

거대한 태풍 '불면'이 1899년 이후 니이가따현 쪽으로
하루에 일 센티미터씩 북상 중이다
북상 중인 달팽이……
태풍의 이동경로를 따라 장거리주자인 나는
불면의 중심에 가건물로 세워진 재해대책본부가 있는
결승점을 향해 오늘 밤도 달리는 중이다

누군가 내게 묻는다
이봐, 힘들게 너는 왜 하필 지금 잠을 청하려 하지?

오늘 밤엔 재밌는 일도 많은데
나는 적요한 불면의 눈을 향해 줄곧 달리는 중이다

몽상 계열의 시와 자동기술 계열의 시도 마찬가지지만 '불면 계열'의 시를 읽는 데에도 제1원칙은 시 안의 현실을 백 퍼센트의 내적 실재로 간주하라는 것이다. 시는 반영하거나 되비추거나 재구성하지 않는다. 시는 자신의 내부에서 내적 실재가 불거지게 하는 상

징적 언어들로 이루어져 있다. 이를 기억하며 인용된 부분을 보라. '불면'이라는 태풍이 서서히 북상 중인데 이 밤에 다시 불면과 엎치락뒤치락해야 하는 "장거리주자인 나"는 "불면의 중심"이라는 결승점, 즉 "적요한 불면의 눈"을 향해 레이스를 시작한다.

　나는 달린다 잠이 비 오듯 쏟아진다
　양 겨드랑이에 손바닥 발바닥에 기분 나쁘고
　나쁜 기분이 들고 미끌하고 뭉클한 뱀 같은 잠이 자꾸 내 발목을 휘감는다

　이 역전에 속지 말아야 한다. 불면증자가 애면글면 욕망하는 바는 바로 숙면이다. 그런데, 불면증자는 시시각각 숙면을 욕망함으로써 숙면으로부터 멀어진다. 이는 망각을 욕망하는 자가 시시각각 망각의 대상을 상기함으로써 망각을 밀어놓는 역설과 같다. 그런데 인용된 부분에서 '나'는 비 오듯 쏟아지는 잠을 이기고, 기분 나쁜 뱀처럼 자꾸만 발목을 휘감으며 레이스를 방해하는 잠을 떨치고 불면의 핵심에 이르고자 한다고 말하고 있다. 물론 이는 역설이다. 도저히 떨구어지지 않는 잠을 이겨가며 한사코 불면에 이르고자 하는 이의 진술이 아니라는 것이다. 그것은 표면에 불과하다. 기실 이 발화는 아무리 청해도 숙면에 들지 못하는 이가 간헐적으로만 뱀처럼 찾아오는 잠을 오히려 이물감과 더불어 대면하는 현장을 지시한다. 그렇기에 '나'는 오히려 숙면의 심연이 아니라 '불면이라는 태풍의 눈'을 찾고 있다고 말하고 있다. 이 말의 이면을 헤아려야 한다. 이 발화의 문법은 욕망과 망각의 역설과 같은 문법이다. 이 역설을 발화하

는 이의 바로 그런 필사적 속내를 읽어야 다음과 같은 또 하나의 역
설이 '불면의 눈을 향하는 이'의 시적 창조의 비밀이 된다는 것을 읽
을 수 있다.

　　아직도 나는 미농지보다 얇은 꿈속을 달린다
　　내 꿈은 불면이 휩쓸고 간 폐허

　　(사이)

　　보고 싶다

　'불면'의 이동경로를 따라 레이스를 펼치는 "장거리주자인 나"는
미끌미끌하고 실눈을 지닌 뱀과 같은 잠을 발에 매달고 "미농지보
다 얇은 꿈속을 달린다". 이 대목에서 역설의 틈새로 이 시에서 가장
곡진한 진술이 하나 발화된다. "내 꿈은 불면이 휩쓸고 간 폐허".
　이 아름다운 발설의 본의를 놓치고 저 폐허를 단지 불면증자의 이
미지 하치장으로 읽는다면 그는 21세기 한국시사의 벽두에 축복처
럼 던져진 하나의 내적 실재와 더불어 움트는 한 세계를 잃게 된다.
저 폐허란 자정의 불면증자만이 볼 수 있는 '발란사', 바로 두 세계
의 병첩이라는 창조적 사태가 무량무량 생겨나는 언어의 운동장이
아니고 무엇일까. "보고 싶다"는 간절한 소망은 바로 그런 창조적
열망의 간절함이 담긴 진술이 아니고 무엇일까. 그렇다면, 이 시집
은 낮의 현실론자들이 핍진하게 진술하는 그럴듯함의 세계나 밤의
몽상가들이 임의로 부리는 이미지들의 놀이터가 아니라 자정의 불

면증자의 얇은 미농지 같은 언어에 감광되는 실재계의 기록이 아니고 무엇이겠는가. 다음과 같은 구절들은 꿈속의 언어나 명정한 인식만으로는 단독적으로 닿기 어려운 어느 지점에서 발설되는 것이다.

죽음이란 빗장뼈 안에 넣어둔 거울을, 밖으로 꺼내놓는 일(「천문학자 안의 밖에 대한 매우 단순한 감정」)

사상사고로 정체된 도로에서 우리는 고철이 된 거대한 괘종시계 한 대를 견인해가는 낡은 수레를 보았지(「대망(大望)」)

물속에서 온몸을 비틀어/물의 금고를 열었던/열쇠의 형상을 한 물고기(「물고기」)

눈물의 숱이 적은 평범한 사람(「눈물이라는 긴 털 — 용산, 천안함 그리고」)

그림자는 필요 이상으로 비대해진 내장기관(「외과의사 늘의 긴 그림자」)

내 손목시계 속으로 도주한 열두명의 악당들(「十二 총잡이들의 몽따주」)

그리하여, 다음과 같은 대목은 몽상과 인식의 경계에선 불면증자의 언어만이 도달할 수 있는 하나의 진경이 아닐 수 없다.

매일매일 출소해서
세상 모든 열쇠를 뒷주머니의 열기 속으로 다 삼켜버린
매단 별이 몇개인지 셀 수도 없는 태양이란 탕아를
다시 독방 속에 가둔

붉게 녹슨 저녁의 철문

그 찬 손잡이 잡고 비트는

검은 수염 덥수룩한 달의 열쇠구멍 속에

오직 검게 뭉개진 자물쇠의 표정 속에

오늘 밤은 어떤 리듬의 열쇠를 밀어넣어야 하나

—「식어버린 마음」부분

태양을 가둔 철문 같은 저녁을 비추는 달빛, 그 달빛의 자물쇠를 풀어내기 위해 필요한 리듬의 열쇠, '식어버린 마음'엔 식어버린 마음의 리듬이, 불면의 눈 속엔 불면의 리듬이 필요하다. 그리고 태양에 달빛이, 몽상에 사유가, 불면에 꿈이 포개어지듯이, 상징들로 가득한 불면증자의 미농지에는 상징계의 언어에 포개어졌던 실재계가 감광된다.

3. 자정의 실재계

그런데 불면증자의 언어를 통해 현상하는 내적 실재에는 다소 이질적인 단층이 하나 포함되어 있다. 바로 '역사'를 알레고리화하고 있는 몇 편의 시가 그것인데 「늙은 역사와의 인터뷰」 같은 시가 이 계열의 대표작이라고 할 수 있겠다. 역시 긴 시이므로 발췌해서 읽어보자.

혼자 남은 새벽. 트랜지스터라디오에서는 낯선 내레이터의 익숙한 목소리가 흘러나온다. 역사의 백태 낀 눈앞으로 뿌옇고 황량한 국경지대가 펼쳐진다.

폭탄테러가 있던 어느 맑은 정오. 열여덟의 이라크 병사는 폭음과 함께 십년 동안 짝사랑했던 소녀의 머리통이 긴 생머리를 찰랑거리며 자신에게 빠른 속도로 날아오는 것을 분명히 볼 수 있었습니다. 그런데 이상하게도 소녀의 머리통은 어느 순간부터 눈을 부릅뜬 채 공중에 번쩍 떠 있을 뿐, 더이상 병사 쪽으로 날아오지 않았지요. 병사의 머리통도 함께 날아가는 중이었던 것입니다.
　같은 방향으로 함께 날아가는 것
　그건 끝내 이루지 못한 사랑의 힘이었을까요?

역사의 한자에 유의하자. 그것은 역사(歷史)가 아니라 역사(力士)로 표기되어 있다. 다시 말해, 그것은 이성적으로 개념화되지 않고 구상적으로 알레고리화되어 있다는 것이다. 이 시의 효과는 상당 부분 바로 이 편pun으로부터 발생한다. 이것이 불면증자의 미농지에 인화된 언어의 두번째 국면이다. 즉, 몽상과 현실을 '발란사'의 중재에 의해 등을 맞대고 공존하는 감각적 실재로 제시하는 것이 그 첫번째 국면이라면, 낮 시간의 사실관계로 인유될 수 있는 역사를 편을 통해 밤의 놀이에 등을 대어놓는 것이 그 두번째 국면이라고 할 수 있다. 우리는 이 시집의 도처에서 편이 빈번하게 사용되었음을 확인할 수 있다. 다음은 그 대표적인 예이다.

오리는 융커튼 같은 폭설에 가려져 보이지도 않는

오리(五里) 앞의 강을 보고 있었다

—「새벽의 후렴」부분

그럼에도 불구하고 그럼에도 불구처럼 불가피하게

—「새들의 직업」부분

구름의 주름 속에서 우리 잃어버렸던 여름을
구름의 주름 속에서 우리 잃어버렸던 이름을
구름의 주름 속에서 우리 잃어버렸던 시름을

—「구름의 주름」부분

위에서 편은 현실감각보다는 유희를 위해 사용되었다고 말할 수 있을 것이다. 즉, 우리는 이 편을 통해 발화주체의 상상력의 계열을 가늠해볼 수 있다. 말실수를 통해 무의식에 의해 분절되는 실재계의 일단이 드러나듯, 동음이의어 놀이를 통해 결정적 차이 때문에 표면의 음성을 분절시키는 이면의 음운론적 규칙이 실재함이 증명된다. 그리고 앞서 인용한 「늙은 역사와의 인터뷰」에서 보듯, 불면증자의 말놀이는 온갖 상징적 체계들이 애써 미장한 역사의 맨얼굴이라는 실재계를 다시 고스란히 우리 앞에 드러내 보여준다. 우리는 이 시에서 '요염한 구상성'(김수영의 표현)을 띠고 미농지의 문면에 자태를 드러낸 역사와 마주할 수 있다. 다만, 낮 시간에 수레바퀴를 돌리는 노동에 비유되는 국면에서처럼 역사와 마주하는 것이 아니라 자정의 감광지에 현상하는 바로서의 역사와 마주하게 된다. 이 시에서 시적 주체는 직핍과 권유 대신 구체적 인명들의 구체적 고통을 완롱

(玩弄)하는 역사(歷史/力士)의 맨얼굴을 상상적으로 부감하는 방식을 택했다. 시에 제시된 역사와의 인터뷰란 태연하게 폭력을 휘두르는 역사라는 맨얼굴과의 대면을 뜻한다.

> 얼굴 없는 내레이터는 역사에게 마이크를 들이댄다.
> 어떻게 생각하세요? 생각보다 왜소하시군요?
> 역사는 코앞까지 내려온 둥근 달을 멀뚱히 바라본다.
>
> 올해 백열여덟이 된 역사의 등은 꼽추처럼 굽어 있습니다. 오랫동안 방방곡곡 방랑하며 마을에서 가장 무겁다는 것만 골라 들어왔기 때문이죠. 사실 그는 평생을 붙어다니며 고락을 함께했던 근육들에게도 버림받은 지 오래입니다.
>
> ─「늙은 역사와의 인터뷰」부분(이하 같은 시)

자신의 실력 행사 때문에 상처받는 사랑의 수효가 얼마이건 간에 역사는 등이 굽고 왜소하다, 라고 이 시의 시적 주체는 말하고 있다. 이런 태도는 같은 계열의 시의 한 구절, 즉 "역사라는 빈처(貧妻) 앞에서 예보관은 예보를 그만두었습니다"(「바람으로부터의 보호」)와 같은 구절에서도 단적으로 드러난다. 직선적 시간 의식에 기초한 근대의 역사철학을 들먹일 필요도 없다. 미래를 등지고 폐허를 바라보는 벤야민의 '역사의 천사'를 떠올릴 필요도 없다. 역사와 진보를 자동적으로 짝지어주던 낮 시간의 꿀잠은 시효를 다했다. 이제 역사의 맨얼굴과 대면해야 할 차례이기 때문이다. 평생 무거운 것만을 드는 힘자랑에, 그 서슬에 고통받는 개별자들의 이름에 무심한 채 일생을 다 산, 그리고 이제는 버림받고 등 굽고 왜소해진 역사라는 것의 맨 얼굴을 자정의 불면증자는 하얀 몽상 속에서 끄집어낸다.

　난 꼬리를 다오 난 꿈의 꼬리가 좋더구나
　깨어나면 아무 기억도 안 나는 깜깜한 그 맛

의인화된 역사의 대사이다. 역사는 꿈을 먹고 꿈을 배설함으로써 신진대사를 이루고 노화를 재촉한다. 이는 꿈속에 들기 전, 밤의 경계인 자정에서의 불면이 역사의 맨얼굴과 대면하는 데 요긴한 까닭이기도 하다.

　나는 할 말이 없으니 부탁인데 이제 그만 그 달 좀 치워줘
　내 그림자와 함께 안전하게 사라질 수 있도록

급기야 이 인터뷰는, 역사라는 맨얼굴과의 대면이 역사 스스로가 자신의 그림자와 더불어 퇴장하기를 희망하는 것으로 끝을 맺는다. 불면증자의 정신승리법이라고 흠잡기 전에 이 시집의 시간은 자정에 걸려 있음을 한번 더 기억하자. 수레바퀴를 돌리는 낮의 노동이나 꿈속에 그리는 미래의 비전 대신 자정의 미농지에 감광된 맨얼굴로서의 역사는 주름투성이 곱사등이의 노추를 고스란히 드러내 보이고 만다. 역사의 맨얼굴에 가위눌리는 대신, 굽은 등을 펼쳐 그것을 곧추세우겠다는 주의주의적 희망을 낙타의 길잡이 등불로 들어 보이는 대신, 우선 곱사등이의 허세를 간파하는 시간, 바로 하얀 자정이 아닌가.

4. '발란사'의 시집

그러니 이 시집을 '발란사'의 시집이라 칭하자. 노동에도 몽상에
도, 리얼에도 마술에도, 진술에도 유희에도, 정치에도 문화에도 기
울지 않는 단 두 시각인 자정과 정오 중 자정에만 허락된 '발란사'의
시집이라 칭하자. 나아가 정오에만 허락된 '발란사'의 시집이 음영
의 형태로 등을 맞댄 자정의 시집이라고 칭하자. 그의 불면의 자정
은 독자들의 풍성한 실재계다.

바로 입으면 밤이고 뒤집어 입으면 낮이다

―「고독의 셔츠」 부분

〔2012〕

생활세계와 기호계의 시적 동기화
— 권혁웅 시집, 『소문들』(문학과지성사, 2010)

1. 해석복합체로서의 세계

모던 철학자들의 성과와 더불어 우리에게 두루 알려진 논제 하나
는 세계가 베일에 가려진 신부가 아니라 애타게 해석을 구하는 구혼
자라는 것이다. 이 관점에서 세계는 객관적 실재의 덩어리라기보다
는 해석복합체로서 거듭 발견되고 탄생하는 구성체이다. 그리고 바
로 그런 맥락에서 세계는 비의의 간파와 더불어 재로 변할 책으로
존재하는 것이 아니라 텍스트, 언어, 기호 그리고 문화들을 서로 관
련짓는 체계 즉 기호계semiosphere로 구성된다고 말할 수 있다. 유
리 로트만은 기호계를 '체계들의 체계'로 규정한 바 있는데, 흥미롭
게도 그는 각각의 체계들은 삼투 가능한 '기호학적 세포막'에 의해
구획된다고 설명한다. 이 설명에 따르면 세계는 이제 교섭 가능한
체계들의 관계와 구성에 의해 발생한다. 그러니 만약 우리가 바슐라
르를 따라 시적 이미지를 '태어나는 상태의 의미'라고 말할 수 있다

면, 시적 이미지야말로 저 기호체계들 사이의 삼투막이 되어줄 것이 아닌가?

바로 저 기호체계들의 삼투막, 거기서 모든 사태가 비롯된다. 생활 세계와 기호계 사이의 상호침투, 비동기적 기호체계들 간의 시적 동기화 그리고 기호의 베일 사이로 배어나는 멜랑콜리 등이 모두 막 착상된 의미를 수태한 시적 이미지의 자장 안에서 발생한다. 두말할 것 없이, 해석복합체로서의 세계에 의미의 포자를 심어놓는 것이 바로 좋은 시의 이미지들이 하는 일이기 때문이다.

지금 여기 우리 앞에 놓인 시집에서 권혁웅은 의미의 포자를 기호체계들의 그물망에 맺히는 매듭들 위에 심어놓느라 분주하다. 단적인 예로 '기록보관소' 연작에서 추려본 다음과 같은 대목들에서 우리는 그가 태어나는 상태의 의미를 배양하고 있는 현장을 들여다볼 수 있을 것이다.

(1)
내게는 인명색인으로만 된 책이 한 권 있지
어떤 이는 모자라고 말하고
다른 이는 헐거운 구두라고 말하는 것은
그들이 급히 이곳을 떠났기 때문

(2)
나는 평생 화혼과 수연과 부의를 왕복하였다
네가 오면 입을 열고
네가 가면 입을 닫았다

너의 일생을 이렇게 요약하였으니

그래서 이토록 뚱뚱해졌으니

　사태를 거꾸로 풀어내보자. 사물과 이름의 교통에 있어 전후관계를 역전시키고 생각해보면 여간 흥미로운 일이 생겨나는 것이 아니다. 인용된 구절들에는 각기 부제들이 달려 있다. 무엇이겠는가? 우선 첫번째 시, 여기에는 그나마 힌트가 많이 제시된 편이다. "인명색인으로만 된 책"이라고 명기되어 있으니 말이다. 우리는 통상, 여러 사람들이 자신의 이름을 적으며 특정한 장소에 방문의 흔적을 남긴 것을 방명록이라고 부른다. 이때 방명록은 보통명사이다. 즉, '방명록은 방문객들이 이름을 적어놓은 책이다'라는 진술에서 주부와 술부는 모종의 상응관계를 이룬다. 로트만의 설명을 원용하면 이때 모종의 상응관계를 이루는 양자 중 후자는 메타언어의 층위에 속한다. 즉, 후자는 상응관계에 의해 전자를 풀어낸 것이 된다. 대개 보통명사가 하는 일은 그런 것들이다. 그러나, 만약 인용된 것처럼 — 물론 인용된 대목의 부제는 '방명록'이다 — '방명록'을 "모자"와 "헐거운 구두" 그리고 '누군가 급히 떠난 흔적'으로 풀면 이것은 사건이다. '이러저러한 것을 방명록이라고 이름 붙인다'가 아니고 '방명록이란 모자이다' '방명록은 헐거운 구두이다'라는 방식의 진술이 성립하면 이제 '방명록'은 보통명사가 아니라 고유명사가 된다. 즉, 이때 후자는, 다시 말해 인용된 (2)의 내용 전부는 '방명록'을 규정하는 언어가 아니라 '방명록'과 대응하는 "대상 – 언어"(로트만)가 되며 양자는 "이질동상성"의 관계를 지니게 된다. 이 말을 풀자면, '방명록'은 자신의 속성과 용도에 상응하는 메타언어로 풀리는 대신,

모자와 헐거운 구두를 통해, 즉 가벼운 인사와 서둘러 떠나는 행위들을 환기하는 '대상 - 언어'를 통해 이 세상에는 없던 의미론적 자질을 지닌 '방명록', 곧 고유명사로 태어난다. '기록보관소' 연작은 바로 이와 같은 파종 작업들의 현장 기록이다. 그러니까, 시인이 이 연작을 시집의 가장 뒷부분에 둔 것은 아마도 일종의 '영업 비밀'을 마지막에 부기한 것이라고 할 수 있겠는데 태어나는 상태의 의미들을 파종하는 시인의 작업실을 시집의 끝머리에 이렇게 공공연하게 개방하는 것은 한번 완료된 독서 행위 뒤에 다시 한 번 독자들을 이 질동상성의 놀이에 기꺼이 초대하기 위함이 아니겠는가?

그렇다면 그가 제안하는 이 이질동상성 놀이에 기꺼이 참여하며 한 의미의 탄생을 지켜보자. (2)에서 새로 태어나는 고유명사는 무엇이겠는가? 수수께끼야말로 바로 이런 의미에서 고유명사의 자궁이 아니겠는가. 보라, '너'의 오고감에 따라 입을 열고 닫는 것을 반복하며 화혼과 수연과 부의의 한 생을 살고 종내는 둘레가 가득 찬 자루로 남게 되는 것은? '종량제 봉투'라고 파종자는 답하고 있으니 이는 '종량제 봉투'가 고유명사로 환생하며 누리는 호사가 아니고 무엇이겠는가? 물론, 여기에는 또 하나의 사태가 연루되어 있다. '종량제 봉투'가 누군가의 삶에 대한 비유로 펼쳐지는 국면이 그것이다. 과연 그러고 보니, 여기에는 두 단계가 설정되어 있다. 하나는 '종량제 봉투'가 화혼과 수연 그리고 부의의 생이라는 이질동상성에 의해 고유명사로 태어나는 국면이며 두번째는 그렇게 일단락된 하나의 기호체계가 한 사람의 사생활의 내력과 맞물리는 국면이다. 그러니까, 앞의 국면을 기호계의 성립과 운용 과정으로 풀 수 있다면 뒤의 국면은 사생활의 재구성 과정으로 풀 수 있을 것이다. 여기 담긴 '영업비밀'은 바로 기호계와 생활세계의 연동을 위한 시적 동기화synchronization라고 할 수 있다. 비동기적인 두 개의 계(界)가 의미를 파종하는 시적 작업에 의해 동기화되는 현장을 우리는 이 시집의 곳곳에서 다채롭게 경험할 수 있다.

2. 비동기적 기호체계들의 시적 동기화

(1)

파라과이의 사막에 사는 풍선개구리(Lepidobatrachus laevis)는 쓰고 버린 개짐이나 퍼질러놓은 똥처럼 생겼다 짧은 우기가 왔을 때 물을 빨아들이기 위해서다 미안하지만 버려진 것은 눈물을 삼켜도 버려진 것이다 생리나 설사를 기록해둔 첫날밤이란 없다 그는 가끔 뒷발로 서서 몸을 부풀리며 소리를 지른다 변심한 애인의 집을 찾아가…… 운운하는 주인공을 따라하는 것이다 미안하지만 그것은 운명극이 아니라 풍선 터뜨리기 놀이다 한 번 터진 풍선은 다시는 터지지 않는다

(2)

나미브 사막의 웰위치아 미라빌리스(Welwitschia mirabilis)는 혀뿌리 같은 밑동에서 달랑 두 장의 잎을 내는데 잎 하나의 길이가 9미터에 이른다 가닥가닥 해진 누비이불 같고 먼지 앉고 찢어진 리본 조각 같은데, 자기들끼리 엉겨서 1,500년을 산다 대서양에서 밀려오는 안개를 받아먹기 위해 그렇게 길어진 거다 비가 오지 않아도 간절한

잎은 서로의 침샘을 찾아간다 '함께'라는 말의 어원에는 혼자가 있다
너덜너덜해진 잎 끝은 1,500년 동안 닳아서 없어진다 너무 오래도록
그는 제 자신을 탐한 것이다

권혁웅은 이 시집에서 여러 형태의 연작시를 선보인다. 만약 시작
(詩作)이 상식과 자명함의 베일이 덮어둔 토양 속으로 의미의 파종
을 하는 행위라면 그렇게 탄생된 시편들은 기호와 의미의 나무라고
할 수 있으며 그런 시편들로 묶인 연작시들은 기호들의 숲을 이룬다
고 할 수 있을 것이다. 이 시집에 실린 여러 형태의 연작시들은 바로
이 기호와 의미 들의 울창한 숲을 우리 눈앞에 펼쳐 보이고 있다. 그
리고 파종이 나무의 생육으로 그리고 숲의 생장으로 전개되는 원리
는 기호체계들 간의 동기화에 따른 연동이다.

권혁웅이 일련의 연작시들에서 보여주고 있는 것은 각기 독립적
인 코드를 지닌 기호계의 동기화와 그에 따른 의미의 수태(受胎)이
다. 그러니 각기 독립적인 기호계들의 동기화가 목적하는 바란 바로
날것인 의미들의 수태고지라고 할 수 있겠다. 인용 (1)을 보자. 다시
한 번 일부러 제목을 생략했다. 이것은 무엇이라는 고유명사일까?
'풍선개구리 – 몸을 부풀림 – 터져버림 – 돌이킬 수 없음'이라는 의
미연쇄의 끝에서 착상되는 고유명사는 무엇일까? 뜻밖에도 그것은
'첫사랑'이다. 이 시의 제목은 「첫사랑 —— 야생동물보호구역 2」이
다. 주의할 것은 이때 우리가 시적 이미지의 역능에 의해 얻은 고유
명사가 '풍선개구리 같은 첫사랑'이 아니라 '풍선개구리 – 첫사랑'이
라는 사실이다. 다시 유리 로트만을 원용하면 전자에서 첫사랑은 보
통명사이며 후자에서야 비로소 그것은 고유명사가 된다고 할 수 있

다. 왜냐하면 전자가 특정한 부분적 자질에 의해 설명되는 언술체계라면 후자는 이질동상성에 의해 관계 맺는 명명의 과정을 통하기 때문이다. 즉, 이때 풍선개구리는 첫사랑을 비유하기 위해 동원된 것이 아니라 당당히 하나의 기호체계의 대표자로 이질동상성의 협상 테이블에 마주 앉아 있는 것이다. 물론 상대 테이블에는 '첫사랑'이 마주 앉는다. 그리고 협상의 타결에 따라 동물의 생태를 구성하는 기호계와 생활 세계의 일단을 구성하는 기호계가 동기화된다. 바로 이때 탄생하는 것이 '풍선개구리 - 첫사랑'이라는 고유명사이다. 두 말할 것 없이, "한 번 터진 풍선은 다시는 터지지 않는다"는 진술은 바로 이 고유명사의 의미론적 실정성을 규정한다.

바로 이런 의미에서 볼 때 권혁웅의 '야생동물보호구역' 연작은 기호계의 동기화에 따른 고유명사들의 탄생 설화에 비견될 수 있다. 예컨대, 이런 방식으로 우리는 인용 (2)에서처럼 '미라빌리스 - 입맞춤'을 얻을 수 있다. 그리고 같은 방식의 협상과정과 고유명사 산출공정(?)에 의해 '인더스강돌고래 - 회상' '가시복어 - 기다림' '시모토아 엑시구아 - 고백' '텍사스뿔도마뱀 - 이별' 등의 참으로 고유한 명사를 갖게 된다. 만약 그래도 여전히 '미라빌리스 같은 입맞춤'과 같은 형식의 비유를 굳이 얻으려는 독자가 있다면 물론 그에게도 권혁웅의 '야생동물보호구역' 연작은 또 하나의 사전과 용례를 제공해줄 수는 있을 것이다. 그러나 또 하나의 고유명사를 얻으려는 독자에게 이 연작은 한눈에 하나씩 들어온 이질적 기호계들이 한 화면에 동기화되는 장면에서 발생하는 의미의 3D를 체험하게 해준다.

(1)

막간극의 앞뒤는 도덕극이다 일곱 가지 대죄가 둘을 괴롭히지만 둘에겐 시간이 많지 않다 양의 아버지 차례다 바르르 떨던 어머니와 사위로 찍어둔 사내는 생략하자 이루 말할 수 없는…… 필설이란 그런 것이다

장인의 배려로 연 콘서트에서 오는 재기하게 된다 하지만 광고도 막간도 본편을 대신하지는 못했다 그녀의 미래는 푸르지도 않고 이편한 세상도 아니다 그녀에겐 시한이 있다 9시 뉴스가 그녀를 기다리고 있다

기침이 잦아들고 우루사가 힘을 냈다 해도 결론은 백혈병이다

(2)

몸이 허공에 뜬 후에야 윤(尹)은 도를 알았다 첫번째 걸음에 고장난 브레이크와 생명보험의 관계를, 두번째 걸음에 자기 앞에 어동육서, 좌포우혜를 펼칠 안(安)의 심모원려를,

그리고 마지막 걸음에 조강지처인 자기 대신에 들어설 현모양처의 어렴풋한 윤곽을 알았다 윤은 허공답보의 초식을 깨쳤으나 그것을 시전하기에는 시간이 너무 없었다 〔……〕

윤이 안과 동귀어진 하려는 순간, 만년인형설삼을 닮은 아이 하나가 들어온다 엄마 없는 하늘 아래가 거기다 때아닌 경극이지만, 윤의

단전에는 뜨겁게 치미는 게 있다 물론 안의 눈에서도

만천화우와 행운유수는 암기와 독수지만 엔딩 신으로도 상관은 없
다 꽃비 아래서 윤과 안과 아이는 가부좌를 틀고 앉아 염화미소를 짓
는다 남비와 넘비 사이에서, 다들 비위도 좋다 참 좋다

인용된 두 편의 시는 또 다른 연작인 '드라마' 연작의 일부이다.
우선 인용 (1)을 보자. 일일 드라마의 보편문법(?)을 재기로 풀어
쓴 이 작품의 제목은 무엇일까? 이 작품의 제목은 「예고된 죽음의
기록」이다. 누구나 짐작할 수 있는 플롯에 의해 사랑과 음모, 배신과
애증의 행보가 지리멸렬하게 펼쳐지다가 마치 예정된 것처럼 항상
불치병으로 마무리되는 통속극에 '예고된 죽음의 기록'이라는 제목
을 붙였으니 그 자체로도 재기 넘치는 것이되 시인이 이 작품의 제
목을 가브리엘 가르시아 마르케스의 소설 원작으로부터 취했다는
것 역시 흥미롭다. 마르케스의 소설과 통속극 사이의 낙차가 아득하
기 때문이다. 그러나 시인은 패러디를 목적으로 작품의 제목을 취한
것이 아니라 이 낙차를 전경화하기 위해 바로 그 제목을 취했다고
할 수 있다. 이는 비슷한 구조로 이루어진 '드라마' 연작을 살펴보면
확연히 드러난다. 다른 '드라마' 연작들 역시 대개 이 기호계 사이의
낙차를 정확히 겨냥하고 있다. 예컨대, 인용 (2)를 보라. 이 작품의
제목은 「소오강호 ── 드라마 7」이다. 무협의 세계야말로 마치 경극
과도 같은 '코드'의 세계이니 이 시 역시 코드와 코드의 교통이 문제
되는 작품이 아닐 수 없다. 군말을 붙일 필요 없이 여기서도 역시 두
기호계 사이의 낙차가 전경화된다.

이처럼 배신과 치정의 통속극을 대의를 중히 여기는 무협지의 문법으로 풀어낸 「소오강호」나 역시 치정과 복수의 드라마에 반어적 제목을 붙인 「순수의 시대」 등의 예에서 다시 한 번 단적으로 확인되듯이, 약속된 기호체계가 다른 기호체계와 만나서 표리부동함으로써 발생하는 낙차를 겨냥한 것이 바로 '드라마' 연작이라고 할 수 있다. 그런 맥락에서 볼 때 여기서도 역시 문제는 기호체계 사이의 동기화라고 할 수 있을 것이다. '야생동물보호구역' 연작이 좌우의 시야에 각기 달리 포착된 기호계들이 한 시점에 동기화될 때 발생하는 의미의 입체화 효과를 보여준다면 '드라마' 연작은 두 기호계가 동기화되지 않고 서걱거릴 때 발생하는 의미의 낙차를 보여준다고 할 수 있다. 권혁웅은 이 연작들에서 부지런하게 기호계를 넘나들며 통상의 시적 비유와 아이러니 너머를 엿보고 있다.

3. 생활세계의 탈신화화

다음의 항목들로부터 무엇을 떠올릴 수 있는가? 가루비누와 합성세제, 장난감, 포도주와 우유, 비프스테이크와 감자튀김, 장식적 요리, 배우 그레타 가르보의 얼굴, 스트립쇼, 플라스틱, 양비론, 인간 가족 등. 이 예들은 롤랑 바르트가 그의 저서 『신화론』에서 현대세계의 신화가 된 기호들의 예로 든 것이다. 이 기호들이 생활 세계에서 신화로 간주되는 까닭은 그것들이 자연을 가장하며 세계를 부동화하기 때문이다. 어떤 기호들은 우리의 일상을 자신들의 품 안에 고착시킨다. 종종 우리의 일상은 바로 그 신화들에 대한 소문들로 이루어지며 이때 삶은 부동이다. 지금까지의 삶이 본래적 삶이며 영원한 삶으로 간주되기 때문이다. 그런데 만약 시인의 언어가 현실을 재현하는 것이 아니라 의미화해야 한다면 그의 언어는 이 신화들로 굳어진 세계를 자명하지 않은 것으로 드러내 보여야 한다. 예컨대, 이미 녹색과 서민을 신화의 볼모로 잡힌 마당에, 급기야 공정과 소통이라는 기호마저 당위를 현실로 뒤바꾸는 술어로 사용되는 지경이라면 기호계의 역습은 한 치도 늦출 수 없는 노릇이다. 재현 대신 의미화 작업이 언어를 양 손에 든 시인의 일이라면 말이다.

그럼, 다음의 항목들로부터 무엇을 떠올릴 수 있는가? 외설(猥褻), 청승(青蠅), 덕후(德侯), 기독(氣毒), 후다마진(後多馬陳), 단죽진(斷竹陳)……등. 인용된 항목들은 모두 '소문들' 연작에서 가져온 것이다. 이 연작에서도 시인은 생활 세계와 기호계의 연동을 위해 동기화를 꾀한다. 그러니까, 한쪽에는 다양한 인간군상들의 행태가 또 다른 한쪽에는 주로 한자의 독음을 통해 익숙한 어휘를 음차한 기표들이 자리한다. 예컨대, '진법(陳法)'이라는 부제가 붙은 작품의 한 대목은 이런 식이다.

묘탁번진(妙卓番陳)
양익이 나서면 학익진이고 중군이 앞서면 추형진이다 묘탁번진은 이 두 진을 합쳐 적을 포위하는 동시에 돌파하는 진이다 이 진을 위해서는 일사불란한 지휘체계가 관건이므로 전장에서 잔뼈가 굵은 고참병들을 활용해야 한다 혹자는 탁번을 학번(虐番: 교대로 학살함)이라고도 부른다

— 「소문들 — 진법」부분

이 시는 일종의 '논쟁의 기술'에 대한 풍자라고 할 수 있겠는데 인용된 부분 역시 대학 입학연도의 순번이 논리의 궁색함을 타개하는 방편이 되곤 하는 상황에 대한 풍자라고 할 수 있다. 한자 독음을 활용하여 능청을 부리는 이런 예들을 우리는 '소문들' 연작 전체에서 확인할 수 있다. 그런데 이때 한자 독음을 통해 일종의 펀pun을 사용한 풍자가 단순히 언어유희에만 그치는 것은 아니다. '소문들'연작이 겨냥하고 있는 것은 단순한 말놀이만은 아니다. 익숙한 어휘에 한자 독음을 붙여 일종의 '낯설게하기'를 수행함으로써 그는 일상적으로 행해지는 여러 행태들을 일종의 관습적 규약으로 받아들이는 행태에 대해 (독음 차원에서) 익숙하면서도 (한자의 의미와 시각적 효과의 차원에서) 생경한 기호체계를 적용해봄으로써 일종의 관습적 의사소통의 재의미화 작업을 꾀하고 있다고 할 수 있다. 다시 말해 그는 약속된 기호의 자리에, 귀에는 익숙하지만 시각적으로는 생경한 기호를 던져놓음으로써 삶의 자동성을 슬쩍 비틀어본다고 할수 있다. 즉, 그는 익숙한 기호에 대한 청각적 동일시와 시각적 일탈을 동시에 수행함으로써 자동적 '소통'을 일시 단속하고 제도적이고 관습적인 의미망들에 대한 평균적인 감정상태(스투디움, studium)를 꼬집어 비트는 일을 수행한다. 예컨대, 일상의 여러 관행에 대한 풍자로 이루어진 '소문들' 연작의 스투디움 어딘가에서 유독 우리의 눈을 찔러오는 다음과 같은 대목은 이 연작 전체에 일종의 풍크툼으로 기능한다고 말할 수 있다.

용역(龍笏)

용산에서 발흥했으며 우면산의 검경(劍京), 발치산의 공산(恐汕)과 함께 3대 조폭이었으나 동이와 오환의 대살육 때에 ─ 이를 육이오(戮夷烏)라 부른다 ─ 검경과 연합, 공산을 궤멸하여 장안을 장악했다 정직한 자를 잡아가고 가난한 자를 태워 죽이며 속이는 자에게 쌀을 주고 부유한 자의 곳간을 지켜, 그 악명이 자자하다 최루탄지공, 개발이익조, 아수라권, 물대포신장, 소요진압진 등의 연합 무공을 쓴다

─「소문들 ─ 유파」 부분

용역(龍屴)은 '용이 높이 솟는다'는 뜻이다. 그러나 인용된 시에서 이를 글자 그대로의 의미로 받아들이는 것은 말 그대로 난센스 nonsense이다. 소리는 유지하면서 '用役'을 '龍屴'으로 고쳐 씀으로써 발생하는 효과는 '용역'이라는 기호에 대한 초점화이다. 그러니까, 인용된 부분은 단지 풍자의 효과만 거두는 것이 아니라 독자로 하여금 말 자체의 쓰임에 대해서도 관심을 기울이게 한다. 예컨대, 만약 누군가가 엄정한 절차를 무시하고 친족을 중히 쓰는 것을 '公正'이라 명하고 이를 '공정'이라고 읽음으로써 저 기호의 실정성을 당위의 차원에서 현재의 관행을 정당화하는 술어의 차원으로 변경한다면, 우리는 그야말로 "민족자결주의처럼 / 어리둥절하게"(「사생활의 역사」) 될 것이 아니겠는가? 과연 저 기호 내부에서 감행되는 '반역'을 어떤 방식으로 수습할 수 있을 것인가? 기호 자체에 대한 재초점화가 그 방편이 될 수 있는 것은 아닐까? '空庭'이라고 쓰고 '공정'이라고 읽으며 이를 '엄정한 절차를 무시하고 친족을 중히 쓰는 관행'이라고 풀면 우리의 관심은 '공정'이라는 기호의 표리부

동에 맞춰지게 된다. 권혁웅의 '소문들' 연작은 바로 그런 의미에서 우리에게 기호들의 의미 연관에 대해 다시 생각해보게 만드는 효과를 거두고 있다. 기호 자체에 다시 주목하게 함으로써 저 기호의 자동적 인지와 관행의 암묵적 용인에 대해 새삼 묻게 하는 것, 그렇게 일상의 세목들을 기호의 상황적 용례에 따라 탈신화화하는 것이 이 작업의 전말이다. 예컨대, 다음 작품은 재기와 말놀이를 통해 일상에 대한 자동적 인식을 멈추게 하고 그 자리에 새로운 의미들을 기입해나가는 예를 공간적으로 보여준다.

빅뱅 이후 별들이 무서운 속도로 이동하고 있다는 거 아시죠? 그래서 별자리들도 바뀌죠 새로 자리 잡은 황도 십이궁을 소개해드립니다 지금 하늘에서 으뜸가는 별자리는 예전에 오리온자리였던 삼성입니다 혹자는 이를 삼대로 잘못 읽기도 하는데, 나란히 빛나는 세 별을 일가족이라 여기기 때문입니다 (……) 지금은 빛을 많이 잃었으나 아직도 아랫동네에서는 쳐주는 별자리가 육사입니다 이곳의 정기를 타고나면 머리가 벗겨지거나 보통사람이 되지만 힘은 무지 세지거든요 (……) 철거와 토목공사를 좋아하는 이들의 별이 금성입니다 사실 금성은 행성이니까 별이 아니지만, 워낙 밝아서 (혹자는 이들이 그냥 무식해서라고도 합니다만) 별자리로 착각한 것이지요 여기저기 끼어들어서 다른 자리를 어지럽히는 이 별의 운행을 그들은 하는 일 없이 끌어당긴다 하여 적수공권의 중력, 줄여서 공권력이라 부릅니다 마지막으로 이름 없는 이들의 별자리가 방성인데요, 어떤 이는 이를 방성대곡의 준말이라고도 하고 다른 이는 시일야방성대곡의 준말이라고도 합니다 아무리 크게 눈을 떠도 지금 세상에서는 보이지 않는

오등성, 육등성들의 별자리죠 짐작하셨겠지만 그들의 숨죽인 눈물이
유성입니다 유성우가 쏟아지는, 지금은 별이 빛나는 밤입니다
—「소문들 ― 성좌」 부분

이 시 역시 양상은 앞서 살펴본 시에서와 유사하다. 즉 이 시는 말
놀이가 주는 재미 이외에도 기호의 지시 대상과 기의의 실정성 사이
의 표리부동을 시의 전면에 노정함으로써 삶의 운행이 별자리의 진
행처럼 자명하고 이치에 닿는 것이 아니라는 사실을 부각시키는 효
과를 낳고 있다. 즉, 이 시는 삶의 자동성을 목적으로 삼는 '신화적'
기호들의 운행에 대해 어깃장을 놓으며 별의 운행과 관련된 기호체
계와 그것의 (새로운) 실정성을 구성하는 부박한 삶의 양상을 나란
히 놓음으로써 기호의 삶과 삶의 기호 양자의 자동적 연관성을 문제
삼는 시라고 할 수 있다. 이윤 추구와 일방적 권력 행사로 점철되는
생활세계의 행태를 별자리의 운행과 관계된 기호체계로 일별함으로
써 간극을 드러내는 작업이 기호의 별자리 속에서 이루어지고 있으
니, 이를 시인의 방식 그대로, 생활세계의 내재적 탈신화화라고 거
창하게 이름 붙이고 매양 풍자시로 읽는다.

4. 멜랑콜리 혹은 기호의 여백

이 시집에 실린 상당수의 시들이 이처럼 생활세계와 기호계의 연
동과 동기화 문제를 중심으로 흥미롭게 읽히지만 때로 어떤 장면들
은 기호계의 장폭이 미처 생활세계를 커버하지 못한 흔적을 남긴다.

이 시집의 또 다른 배음인 멜랑콜리는 바로 여기서 발원한다. 본래 멜랑콜리란 상징의 베일에 미처 포괄되지 않는 실재가 상징이 비어 있는 자리에 역습을 감행할 때 이를 메우지 못한 대가로 생활세계에 배어드는 것이 아닌가.

아파트처럼 외로워졌을 때 어머니는 아파트를 잃었다

그 집은 오래도록 골다공증과 협착증을 키워왔다

마다가스카르는 9,000만 년 전에 인도와 헤어졌고

1억 6,500만 년 전에는 아프리카와 갈라섰다

추간판 하나를 떼어내자 대륙이 찢어지며

탕가니카, 말라위, 빅토리아 호가 생겨났다

호수들은 마다가스카르가 두고 온 체액이기도 하다

바오바브나무, 여우원숭이, 텐렉, 잘못 선 보증이

죄다 어머니 슬하다 마다가스카르가 떠다닌다

— 「마다가스카르가 떠다닌다」 전문

아마 '야생동물보호구역' 연작과 같은 경우라면 이 시 역시 '마다가스카르 – 멜랑콜리'로 읽혔을 것이다. 그러나 육친의 일에 대해 그렇게까지 거리를 유지하며 엄정하기는 쉽지 않은 법이다. 그러니 이 시는 기호의 장폭에 포괄되지 않는 여백을 드러낸다. 이 시에서 시인은 생활세계와 기호계를 연동시키는 대신 '마다가스카르'를 중심으로 구성되는 기호체계를 생활의 한 비유로 삼는다. 그러니까, 어떤 의미에서는 이 시에서 '마다가스카르'를 중심으로 한 의미망과 삶의 단면은 동기화되는 대신 오히려 맹렬하게 상응한다고 할 수 있다.

우리는 이 시에서 두 가지 정황이 나란히 놓여 있는 것을 발견할 수 있다. 마다가스카르가 인도와 아프리카로부터 갈라져 나와 섬이 되는 정황이 그 하나이다. 또 하나의 정황은 어머니가 아파트를 읽고 떠나게 되는 내력이다. 이 두 장면은 시의 중반부까지 병렬적으로 놓여 있다. 두 장면을 한 지점에서 봉합하는 누빔점은 시의 뒷부분에 있다. "바오바브나무, 여우 원숭이, 텐렉, 잘못 선 보증이 / 죄다 어머니 슬하다"라는 대목이 바로 그것이되 더 정확히는 마다가스카르에 속한 것들의 세목 속에 이질적으로 자리 잡은 "잘못 선 보증"이라는 구절이 바로 이 시의 풍크툼이 된다. 마다가스카르가 제 동식물을 품듯 "어머니"는 "잘못 선 보증"을 "슬하에" 두고 있었다는 표현은 참으로 생생하다. 그러니까 이 시에서 마다가스카르와 관련된 기호들은 '어머니의 삶'과 관련되었을 상처를 잘 품고 있다가 저 "잘못 선 보증"이라는 대목에서 봉합을 완결시키지 못하고 그 상처를 기호의 여백에 도로 토해낸다. 바로 그 구멍에서 새어 나오는 것이 멜랑콜리이다. 그러니, "호수들"이 "마다가스카르가 두고 온

체액"이라면, 멜랑콜리는 그 기호계가 채 메우지 못한 구멍으로 새어나오는 담즙이다. 기호가 채 메우지 못한 즉자적 슬픔이 마다가스카르의 '허파'에 고여 있다.

먹은 밥과 마신 물은 구절양장으로 가지만 눈물이 가는 길은 그쪽이 아니더라 그늘의 네 귀퉁이를 싸매고 거기에 사금파리를 보냈다 한들 그 물빛을 설명할 수 있을까 수위야 암만암만이지만 속에 자잘한 것들이 모두 조약돌 력(礫)이라, 오래 닳은 즐거움이 있다는 것도 거기서 알았다 연골이란 게 녹아서 눈물이 되어가는 뼈가 아니고 무엇이겠니? 이제는 곳곳이 누수로구나 나는 더 가벼워져야 하겠지 네 아버지는 염색만 하면 아직도 청화(靑花)일 텐데, 나는 울창한 수목에 다 가려진 혼행이겠구나 날 알아나 볼까, 하는 물음표가 족두리하님처럼 조그맣게 달라붙었다 떨어진다 16년을 혼자서 사행(蛇行)했다 나는 몇 년을 더 구불구불 지나가야 하는 걸까

—「노모 1」 전문

역시 육친은 가장 기호화되기 어려운 대상이 아닌가 싶다. 이 시에서도 시인은 다양한 비유를 사용하고 있지만 그 양상은 메타-언어적 사용 방식에 준한다. 이때, 시편 자체의 두께는 대상-언어 쪽으로 향한 언어에서와는 달리 조금 더 압착되지만 시의 전언 자체는 보다 곡진해진다. 이 시는 물 이미지와 길 이미지에 크게 기대고 있는 시이다. 시인의 전언은 물 이미지를 중심으로 변주되고 길 이미지를 중심으로 관철된다.
전반부는 물 이미지에 기대고 있다. 어머니의 눈물이 그늘 한켠

에서 반짝 빛을 내는 사금파리와도 같은 것이며 그 빛은 오래 닳아서 반들거리는 것만이 내는 빛과 한 종류라는 것, 그리고 빛을 내고 있는 그 연마된 몸에 대한 환유를 이끄는 연골은 처음에 돌이었다가 차차 물이 되어가는 물질이라는 것 등이 시의 앞부분에 제시되어 있다. 요컨대, 닳아 물이 된 돌의 이미지와 구절양장인 삶의 신산함을 겪은 어머니의 모습이 시의 전반부에 동시에 제시되어 있으되 전자는 후자 쪽으로 자연스럽게 포개어진다. 전자가 후자의 메타-언어이기 때문이다. 즉, 비유이기 때문이다.

시의 후반부 역시 자연스럽다. 앞부분의 "구절양장"과 상응하여 어머니의 삶이 "구절양장"의 천로역정이라는 것, 앞으로의 삶도 "구불구불 지나가야" 하리라는 함의가 "사행(蛇行)"이라는 비유 속에 압축적으로 제시되고 있다. 그러니, 전반부와 후반부에 사용된, "닳아 물이 된 돌"과 "사행"이라는 이미지 안에 이미 시인이 말하고자 하는 모든 것이 다 담겨 있다. 그러나 이것은 객관적 상관물도 무엇도 아니다. 왜냐하면 저 비유들 아래로 비유로 포괄되지 않는 육친에 대한 애틋함이 흥건하기 때문이다. 본래 멜랑콜리란 또한 그런 것이다. 생활세계와 기호계가 조화와 반목을 거듭하는 것으로도 미처 메우지 못한 저 깊은 상징의 공동(空洞)에는 멜랑콜리가 고여 있다. 그리고 그 멜랑콜리는 '기호학적 세포막'에 자꾸만 삼투된다. 흔적은 흔적대로 어쩌랴……

권혁웅의 이번 시집의 대종은 생활세계와 기호계를 동기화하여 양자의 연동 과정에서 발생하는 여러 사태를 제시해 보이는 쪽에 있을 것이다. 생활세계와 기호계가 각기 다른 경로를 통해 지각될 때

두 눈의 시차(視差)가 형성되는데 이 시차가 한 초점에서 적절히 조율될 때 한편으로는 언어에 입체감을 조성하면서도 또 한편으로는 우리의 생활세계에 대해 새로운 각도에서 새삼 다시 바라보기를 종용하는 성과를 거둔다. 그런가 하면 양자가 자연스럽게 한 초점에서 정렬되지 못하고 자꾸만 어긋나게 되는, 글자 그대로 표리부동한 상황을 보여주는 시에서는 생활세계와 기호계의 아득한 낙차가 전경화된다. 그리고 그 과정을 통해 시는 기호의 실정성을 자문하게 하고 생활세계로부터 자명한 기호들의 베일을 벗기고unveil 이를 탈신화화한다. 그리고 생활세계와 기호계가 조화와 반목을 거듭하는 것으로도 미처 메우지 못한 저 깊은 공동(空洞)에는 멜랑콜리가 고여 있다. 그러니 이 시집 전체를 우리의 생활세계에 던져진 기호의 세포막이라 부른들 기호가 섭하랴, 세계가 섭하랴. 끝으로 이 시집 원고를 가장 먼저 읽는 호사를 누린 독자의 눈을 찌르는 풍크툼 하나를 덧붙인다.

집으로 가는데도 여전히 집으로 가는 그런 길이 있다

—「집으로 가는 길」 부분

〔2010〕

일상의 표면, 취미taste의 심연

— 이근화 시집, 『차가운 잠』(문학과지성사, 2012)

1. 표면의 바리스타

표면은 두 가지 힘이 있다. 표면은 내적으로는 굴신에 능하고 외적으로는 팽팽하다. 그렇기 때문에 표면은 제 안의 곡예에 대한 최초의 감상자이다. 아슬아슬한 임계를 지키기 때문에 표면에는 여분이 없다. 갈등과 드라마가 없기 때문이 아니라 모멘트가 다른 에너지들을 모두 정산해 표면에서 소진시키는 영점을 필사적으로 지키고 있기 때문에 그것은 표면이다. 표면은 투수전이다. 그것이 수면 위로 드러나지 않은 에너지들을 엄하게 단속하고 있음을 알아채는 이에게만 표면은 감상을 허락한다.

표면을 감상하기 위해서는, 우선 표면의 내부에 욕망과 갈등이 들끓고 있다는 것을 알아채야 하고 다음으로 표면 스스로가 바로 그 내적 갈등의 드라마에 대한 최초의 감상자로서 자신을 객관화하는 정산자임도 알아야 한다. 돌올함에 대한 예찬자는 스스로 고양될 수 있지만 표면의 침묵을 음미하는 표면의 바리스타는 바로 이 다양한 종류의 팽팽함을 가려내는 까다로운 입맛taste의 소유자여야 한다. 이근화의 새 시집『차가운 잠』은 표면에 대한 우리의 입맛을 북돋우는 시집이다. 한때 취미의 결사로 이루어진 공동체의 대표였던 이근화는 이 시집에서 우리 일상에서 검출되는 여러 가지 평면들에 대한 바리스타를 자처한다. 아니, 그가 사태를 애써 표면에서 부리고 있다고 하는 편이 적절하다고 말하는 것이 좋을지도 모르겠다. 취미의 날랜 제사장이었던 그는 이제 표면의 단단한 수호자가 되어 있다. 틀림없이, 표면장력을 수습하게끔 단련시키는 사태들이 있었을 게다. 그러나 인과관계를 추적하는 것이 아니라 도달한 표면을 함께 음미하는 것으로 그의 시적 변모에 대해 말해보는 것이 좋겠다.

2. 일상의 표면

『차가운 잠』에서 가장 먼저 눈에 띄는 것은 여기 실린 시들이 표면의 '열렬한 절도'를 지키고 있다는 것이다. 그리고 이 말의 의미는 정확히 앞서 이야기한 바와 같다. 우선, 이 시집에는 극적인 사건이나 파토스를 향한 내면의 정념이 감지되지 않는다. 아니, 정확히 말하자면 그것은 표면화되어 있지 않다. 물론, 주로 시집의 1부에 실린 시들에서 우리는 아픈 어머니에 대해 마음을 쓰거나, 물과 물고기라는 상징적 관계를 통해 얼핏 엿보이는 정황을 헤아려볼 수 있을 것이다. 그러나 이 경우에도 정념은 엄격하게 그리고 의도적으로 단속되어 있다. 정념을 토로하고 이해와 공감을 구하는 대신 표면의 절도를 유지하는 것이 이 시집의 시들에 나타난 시적 언술의 특징이라고 할 수 있다. 글자 그대로의 의미에서 이 시집은 정념과 성격이 표면화되지 않음으로써 성립되는 표면의 집이다. 그리고 그것은 하루동안의 생활 반경 안에서 일어나는 일들과 쉽게 결부된다. 이 시집에 가장 빈번하게 등장하는 시어가 바로 "하루"와 "오늘"이라는 것은 이를 단적으로 보여준다.

단순 사실 관계를 확인하고 심증의 알리바이를 구하기 위해 문서편집기의 검색 기능에 의존해본 결과 이 시집에는 "오늘"이라는 어휘가 40여 차례 등장하고 "하루"라는 어휘가 30여 차례 나타난다. 물론, 한 시집에 특정 어휘가 빈번하게 나타난다는 것이 곧 시집의 문제의식과 직결되는 것은 아니다. 그러나 "오늘"과 "하루"라는 어휘가 비록 기저어휘에 속하는 명사이긴 하지만 이 시집에서처럼 이례적으로 다수를 이루는 것이 흔한 일은 아니라 하겠다. 심상치 않다고까지 말할 수는 없는지 몰라도 심상하다고도 말할 수 없는 경우라면 거기에는 까닭이 있을 법하다. 기실, 이 두 어휘가 반복적으로 자주 등장하는 것은 시집 전체의 특징에 비추어 충분한 개연성을 지닌다. 단적으로 말하자면 "하루"와 "오늘"은 흐름과 서사 그리고 파토스로 표상되곤 하는 시간의 흐름을 단속하는 시간의 단면이기 때문이다. 감정의 파고가 결부되기 마련인 일련의 서사적 사태를 '오늘 하루' 쪽으로 초점을 좁혀 예각화하는 것은 심리적 깊이를 평면화하는 것과 다르지 않다. 예컨대, 사소한 에피소드를 심상하게 다룬 것처럼 보이는 다음과 같은 시가 단적인 예가 될 것이다.

내게도 금은 있다

동전보다 빛나고 지폐보다 무거운 금이 있다
서랍에 처박혀 무거운 목소리를 내는 금이 있다
금값이 치솟고 고가매입 전단지와 안내판이 걸리니
공연히 그걸 꺼내보았다
집안 경제도 못 챙기는 나는
유럽 경제나 미국 증시 같은 건 알 수 없다
동네 금방 아저씨 얼굴도 가물가물
가물치처럼 길쭉하고 기름졌던가
쌀을 안치기도 귀찮은 날
동네 칼국숫집에 들렀다가 가물치와 마주쳤다
이십이만 오천 원
한때는 이십오만 원까지 쳐줬단다
미끈한 정보 사이로 그의 눈빛이 빛났던가
나의 눈빛이 가물치처럼 찢어졌던가
철저한 계획을 가지고 설렁설렁 살고 싶은데
여행을 갈까 적금을 들까 코트를 살까
비스듬히 내리는 비가 오늘 내 서랍을 적신다
칼국수 속 드문드문 박힌 조개도
아까 잠깐 웃었던 것 같다

—「금 팔러 간 이야기」 전문

    사소하다면 사소한 에피소드라고 할 수 있는 이야기인데, 그렇기 때문에 오히려 이 이야기는 요염하다. 애초 이야기가 가진 구상성의 요염함을 지적하면서도 이를 통해 한몫 건사한 것은 김수영이었다. 이 시 역시 이야기의 구상성이 지니는 매끈함과 명료함을 보이고 있다. 그러나 여기서 우리가 주목해볼 것은, 사태가 심리적 깊이를 낳게 되는 지점까지 이르러 일상의 심리적 협곡이 패게 만드는 것을 미연에 방지하려는 표면의 팽팽함이 유지되고 있다는 것이다. 즉, 시에 성찰이 개입되어 굴곡이 생기는 것을 막고 표면을 펴는 힘점이 되는 지점, 김수영 식으로 말하자면, 시에 긴장tension이 형성된 지점이 있다는 것이다. 물론, 이때의 긴장은 심리적 심연에 일상을 내어주지 않도록 표면장력을 벼리는 데 소용된다. 심상하게 찔러둔 "철저한 계획을 가지고 설렁설렁 살고 싶은데"와 같은 구절이 바로 그 긴장의 처소이다.

금값이 치솟는다는 뉴스를 듣고 서랍 한쪽에 묻은 금 한 돈가량의 기념물을 떠올려보는 것은 인지상정이다. 슬쩍 시세를 엿본 바, 2만 5천 원의 시세 차 때문에 씁쓸한 입맛을 다시는 것 역시 자연스럽다. 그런데, "칼국수 속 드문드문 박힌 조개"처럼 예사롭게 실한 것은 긴장이 맺힌 바로 그 한 줄이다. 철저한 계획을 가지고 설렁설렁 살고 싶다는 것은 표면의 정산자에게 얼마나 적확한 태도인가. 그는 생활이 고절(孤節)과 비애의 심연 쪽으로 몸을 구부리려는 찰나에 그 몸을 곧추세우는 반사작용을 익힌 고수이다. 예사로운 태도로 간소한 이야기를 별스러울 것 없는 말투에 실어 부려보고 있지만 실상 그는 범상한 계획을 철저하고 심각한 행보에 옮기는 이보다 분주하다. 저 일상의 표면 위에 태도의 영점을 잡기 위해 힘들의 벡터를 정산하는 마음의 운동이 수면 아래에서 자동기계automation처럼 진행되기 때문이다. 이 시의 어조에 나타난 표면은 실상 공들여 마련된 것이라는 얘기다.

인용한 시가 이 시집에 실린 최상의 시편에 속하지는 않을 것이다. 그러나 생활의 표면 위에서 태도의 영점을 가누는 운동의 기본 구도가 이 시에 고스란히 드러나 있다. 이것이 이 시집의 기본 스탠스임은 거꾸로, 통상 시에 직접 노출되기는 쉽지 않은 시어임에도 불구하고 "감정"이라는 시어가 이 시집에서 여러 번 직접적으로 등장한다는 사실관계를 통해 귀류법적으로 증명된다. 개별 작품에 대한 향수를 저해할 위험을 무릅쓰고 잠시 그런 구절들을 인용해보자.

감정에도 원료라는 게 있겠지요(「곰팡이 외롭지 않은 이야기」)
감정을 생산하느라 오늘은 열쇠 다이어리 지갑을 잃어버렸다(「디어초콜릿」)
골목길마다 새로운 감정이 고개를 들겠지만(「한 마리는 죽고 한 마리는 살고」)
월요일 아침 우리들은 감정이 없어서 좋다(「주말의 명화」)
고목나무에 관을 매달면 식물들의 감정 체계가 술술 빠져나오나(「천변 자전거 클럽」)
맘껏 담배 연기를 품었는데 / 나는 왜 빠져나가지 않나(「차가운 잠」)

각각의 구절들이 속한 시 전체의 맥락에 대한 독해를 완료하지 않았으므로 이 구절들을 하나의 새로운 전체로 재구성하는 것은 거의 전적으로 해설자의 판타지에 지나지 않을 것이다. 그러나, 태도의 측면에서 보자면 수확이 아예 없는 것도 아니다. 마음의 각도를 조절하는 차원에서 이 구절들은 해당 시편들에 대한 방향타가 될 수도 있기 때문이다. 다시 말하자면, 표면은 감정의 범람과 그로 인한 정념의 파토스라는 사태를 미연에 방지하고 일상 속에서 정념의 치안을 유지하기 위해 요청되는 것이라고 할 수 있다.

3. 입맛의 심연

지금까지 살펴본 맥락에서 볼 때, 이 시집에서 표면의 치안은 대체로 잘 유지된다고 할 수 있다. 그러나 기실, 전장은 따로 있다. 일상의 세목들을 감정의 파국과 정념의 유출이라는 사태 발생에 필요한 원료로서 제공하는 것을 단호히 거부함으로써 애써 봉합되었던 내면의 심연은 표면에 전시된 취미taste의 차원에서 노출된다. 이 시집이 표면의 시집일 뿐만 아니라 입맛(취미)의 시집이라는 사실은 다음과 같은 구절들에 단적으로 나타난다.

오늘은 고무줄 맛이다(「너무 늦게 온 사람」)

미래는 이런 맛이 아니지 아니지 중얼거린다(「디어 초콜릿」)

집을 먹어본 적 있니 신기한 맛이야 하루의 비밀이야(「나의 하루는」)

나는 빵 이외의 것은 믿지 않아(「빵 이외의 것」)

밀가루를 탐험하느라 나는 내 인생을 허비하고야 말았지만!(「나의 밀가루 여행」)

그러니, 이 경우라면 '취미'라는 포괄적 용어대신 'taste'라는 말이 지닌 본원적 의미에서 '입맛'이라고 말하는 것이 더 적절하겠다.

이 시집에는 직접적으로 입맛과 관계된 소재들이 다채롭게 등장할 뿐더러 '오늘의 맛' '미래의 맛' 등과 같은 비유 역시 새삼 등장하기 때문이다. 그런데, 이런 표현들이 단순히 비유 차원에 그치는 문제가 아님은 동일한 소재를 다른 각도에서 다루고 있는 「김밥에 관한 시」와 「김밥에 관한 시 2」를 통해 확인할 수 있다. 우선 전자를 보자.

> 어쩌다 김밥에 관한 시를 쓰게 되었다
> 〔……〕
>
> 김밥에 관한 시보다 김밥이 나는 더 좋다
> 〔……〕
>
> 김밥이 그립듯 엄마가 그리우면
> 속이 정말 아플 것이다
> 그럴 것이다
>
> ──「김밥에 관한 시」 부분

이 시는 입맛과 관계된 내력을 열거한 시이다. 단적으로 이를 보여주는 부분만을 인용했지만, 이 시에는 김밥과 관련된 인상과 경험이 담겨 있다. 김밥 하면 떠오르는 친구 현숙이, 김밥 마는 여자를 좋아했던 평론가 형, 첫아이를 갖고 앉은자리에서 김밥을 여러 줄 먹은 일화, 생애 처음으로 김밥을 싸줬던 일, 새벽에 일어나 김밥을 싸던 엄마에 대한 기억 등이 시에 파노라마처럼 제시되고 있다. 그러니까, 김밥에 관한 시는 입맛에 관한 것이면서 동시에 기억에 관한 것이다. 김밥에 관한 시를 써야 한다면 입맛과 기억의 병기로 충분할 것이다. 그런데 입맛은 그렇게 단순히 취급될 문제가 아니다. 기억은 정념과 결부되기 마련이기 때문이다. 인용된 부분에서 엄마를 떠올리는 대목은 그 단적인 예이다. 그렇기 때문에 "김밥에 관한 시보다 김밥이 나는 더 좋다"라는 말은 다시 표면에 대한 정산자 특유의 태도를 수습하는 힘점이 된다. 입맛에 관한 시는 기억과 정념과 쉽게 결부되지만 입맛 그 자체는 정념을 함유하고 있지 않기 때문이다. 그러므로 지면 때문에 전문을 인용하지 못했지만, 김밥에 관한 것이라고 하더라도 이 시는 취미와 정념, 기억과 표면에 대한 시로 읽힐 수 있다. 그런데, 같은 제목의 연작으로 씌어진 「김밥에 관한 시 2」에서는 사정이 조금 달라진다. 우선, 시작부터가 이렇다.

> 김밥에 관한 시는 다시 씌어져야 한다

앞서 김밥에 관한 시가 한 편 씌어졌음을 우리는 보았다. 그리고 그것은 김밥을 통해 환기된 기억과 그로부터 비롯된 정념들을 다루되 그것을 차분하게 재차 표면으로 환원하고자 하는 태도로 씌어졌음을 확인할 수 있다. 그런데 여기서는 시의 앞머리에서 김밥에 관한 시가 다시 씌어져야 한다는 '선언'이 먼저 제시되고 있다. 그도 그럴 것이 이 시는 입맛의 보편성과 관계된 오랜 논쟁을 생각하게 하기 때문이다.

> 열두 명을 위한 김밥 한 줄은 어떻게 배달되었을까
> 주머니 속에서 가슴 속에서 얼마나 차갑고 딱딱했을까

여덟아홉 조각이었다면 어떡해
씹고 굴리고 씹고 굴리고 그걸 어떡해

오늘은 다행히 열두 줄의 김밥이 배달되었다는데
나란히 앉아 한 줄 먹고 고소당하고
차가운 바닥에서 낮잠 자고 고소당하고
마스크에 더러운 냄새가 배고 고소당하고
막내가 보고 싶고 고소당하고
그러니 김밥에 관한 시는 다시 씌어져야 한다
김밥은 어렵다
씌어지지 않는다

김밥에 대한 시가 다시 씌어져야 하는 까닭은 그것이 단지 개인의 기억에만 결부되지 않기 때문이다. 인용된 부분이 지시하는 바가 어떤 사태인지는 명시되어 있지 않지만 우리는 차가운 바닥에서 마스크를 쓰고, 막내가 보고 싶지만 그마저 뒤로한 채 차가운 바닥에서의 하루를 이어가야만 하는 이들의 생존권이, 한 개인에게 기억과 정념의 연쇄를 작동시킨 김밥에 대한 입맛과 관계됨을 확인할 수 있다. 입맛은 개인의 기억과 결부될뿐더러 공동의 생존과도 직결된다. 김밥에 관한 시가 다시 씌어져야 하는 이유이다. 그러나, 이는 쉽지 않은 문제이다. 김밥이 단지 김밥이 아니게 되었기 때문이다. 그것은 이제 개인의 소소한 기억과 공동의 생존 영역에 두루 걸쳐서 작동하는 표상이 된다. 다음에 이어지는 오버랩 역시 이와 관계 깊다.

도발
김밥
대응
김밥
응징
김밥

오늘은 김밥 대신에 김밥이 자꾸 터진다
도시락 폭탄처럼
김밥 폭탄이 자꾸 터진다
골목길이 담장이 갈라지고
김장 배추가 지붕과 함께 날아오른다
전봇대가 거꾸러지면서 허리가 생긴다

택시 안에서 구역질이 나는데
뉴스 때문인지
기사 아저씨의 담배 냄새 때문인지
호르몬 난조 때문인지
허기 때문인지 모르겠다
창문을 열고 찬바람을 한 컵 마셨다
맵다
차고 맵다
〔……〕

그러니까, '김밥 옆구리 터지는 일'이라는 비유와 포연(砲煙)이라는 비유가 중첩되어 사용되고 있다고 할 수 있을 것이다. 두 가지 사건이 오버랩되어 있다. 하나는 국가의 일이요 하나는 개인사이다. 하나는 새 생명의 탄생과 관계된 호르몬이 주관하는 일이요, 또 하나는 국가 단위의 삶과 결부된 이데올로기가 작동하는 일이다. 양자를 중계하듯 포연은 TV 안에도 택시 안에도 있다. 하나는 공분을 하나는 침묵을 불러온다. 도발로 인해 공분한 이가 주변의 타자에게 포연에 가까운 연기를 피울 수도 있다는 것이 삶의 표면이 품은 아이러니이다. 지극히 개인적이면서 지극히 공적인 포연은 공히 "맵다".

그 전에 김밥에 관한 시를 써야 하는데
꿈속에 김밥은 전봇대만 하고
나눠 먹기 좋고
영원히 부드럽고
내가 원한다면 김은 하얗고 순결해서
이 사이에 껴도 우습지 않다

*

우습지 않다
두려울 때마다 웃음이 나고 배가 고프니
김밥에 관한 시는 쓸 수 없을 것도 같다

210

시의 마지막 부분이다. 시의 전반부에서 김밥은 생존의 최소 수단이었다. 거기서 그것은 기억과 정념이 아니라 생존과 질량의 문제로 범주를 달리해 출현한 기표였다. 시의 말미에서 이제 그 기표는, 꿈속에서 그것은 나눠먹기 좋고 영원히 부드러운 어떤 것, 즉 결여를 충분히 충족시켜줄 기표로 상상된다. 기억 속에서 김밥은 추억과 정념의 기표였고 TV에 비친 현실에서 그것은 생존과 모순의 기표였으며 꿈속에서 그것은 공동체의 기표였다. 시의 마지막 부분은 바로 김밥이라는 이 기표의 일인다역에 대한 것일 터이다.

김밥에 대한 시가 쉽게 씌어지기 어려운 것은 이처럼 입맛이 가장 원초적인 층위에서 가장 정치적인 층위에까지 '위력'을 행사하기 때문이다. 입맛에 대해서라면 논쟁할 수 없다는 영국 속담을 지금 맥락에서 변용하자면 입맛에 대해서는 공과 사를 구분할 수 없다고도 말할 수 있겠다. 김밥에 관한 시는 개인적 경험과 사회적 현실과 공동체의 이상이라는 층위에서 세 번 씌어질 수도 있으며 그저 단 한 번 씌어질 수도 있다. 비유를 완전히 제거하고 다시 한 번 말하건대, 입맛이 만드는 심연이라는 것은 바로 이를 칭함이다. 이근화의 시는 생활의 표면 아래로 입맛의 심연을 판다. 이는 두 가지 힘이 같이 작용해야 가능한 일이다. 정념의 파토스 대신 영점에서 감정의 팽팽함을 유지하려는 힘과 옳고 그른 것 대신 좋은 것과 싫은 것을 통해 입맛의 심연을 파려는 힘이 그것이다. 이근화의 시에서 취미는 표면과 심연의 힘점이다.

4. 취미의 천라지망

그러니까 오늘 당신의 까만 양복 아래
빛나는 양말은 무슨 색깔인가
당신은 누구의 땅을 밟고 있는가
네버랜드
에버랜드
내 땅은 없다
(내 땅의 시작과 끝이 없다)
내 땅에 내릴 눈은 없는데
발자국을 남기는 용감한 이의 입술은?

가난한 내 땅에 비행기가 뜨고
남의 땅을 함부로 가로지른다
당신의 감색 재킷이나 회색 넥타이 같은 건
보지 않아도 (뻔하다)
양말은 (모르겠다)
주의 깊게 살펴야겠지만

고부라진 발가락이 하나쯤 눈치 없이 새지는 않았는지
눈이 펑펑 내린다
(질문과 답을) 지우면서
마치 그것이 하나라는 듯이

각설탕처럼 뾰족하게 내린다

———「까만 양복엔 어떤 양말을 신어야 하는가」 부분

유심히 보라. 앞서 취미가 힘점으로 표상되었다면 여기서 취미는
영토로 표상된다. 앞서 김밥이라는 표상과 결부된 입맛의 문제가 사
적인 것과 공적인 것이라는 수위에 수직적으로 걸쳐 있다면, 이 시
에서 두 개의 취미는 두 개의 영토로 수평적으로 표상된다. 즉, 여기
서 취미는 상승과 하강이 아니라 표면을 넓히는 힘과 결부된다.
　까만 양복 아래 무슨 색깔의 양말을 신어야 하는가 하는 질문과
그에 대한 응답들은 친교가 아니라 타인의 영지에 대한 월경에 비견
된다. 그도 그럴 것이, 당신의 취미를 양보하지 말라는 정언명령을
부과하기는 쉽지만 그것을 온전히 개인적 영역에서 이행하기는 어
렵다. 취미의 영지라는 것은 명료하게 구획되는 것이 아니기 때문이
다. 어쩌면, 취미의 문제야말로 '민족자결주의'가 실현되기 가장 어
려운 조차지일지 모른다.
　그런데, 이렇듯 조심스럽게 취미의 주권이 미치는 범위를 가늠하
는 이가 있는가 하면 첨단의 (악)취미로 남들의 취미를 횡단하는 이
도 있기 마련이다. 대개 그런 이들의 의복 취향에는 감색 재킷이나
회색 넥타이가 제격이다. 타인의 취미라는 영공을 무단횡단하는 이
는 타인의 취미를 포획하고 강점하는 취미를 지닌 또 하나의 속물
에 불과할지도 모른다. 이근화의 시가 번뜩이는 지점은 바로 여기이
다. 취미를 양보하지 않는 것과 취미를 강권하는 것, 내수를 진작하
고 내실을 다지는 것과 영토를 확장하는 것, 취미의 민족주의와 제
국주의 문제 등이 죄다 사소한 일상에서 불거진다는 것을 그는 영

민하게 포착하고 심상하게 제시한다. 그런데, 바로 그 지점에서 이근화의 스탠스는 이전과 조금 달라져 있다고 하겠다.

취미의 문제에서 중요한 것은 설득과 강변이 아니라 공감이다. 그간 많은 논자들이 언급했듯, 이근화의 시에 '우리'라는 어휘가 자주 등장했던 것은 그의 시적 진술이 취미를 공유하고 공감하는 취미의 공동체를 전제로 했기 때문이다. 그런데, 이 시집에서 이근화의 문제의식은 지금까지와는 조금 달라져 있다.

이국이라는 말
이방인이라는 말
식민지라는 말
환절기 감기에 걸려 그런 말들을 생각해본다
[……]

도저한 낙관과 엔틱풍의 의자는 관계가 있을까
우리가 똑같이 노을을 보고 있는 것일까

너의 사람을 해방하라
너의 사람을 해방하라
사람들이 많으니 해방에도 이유와 목적이 있겠지만

환절기 감기가 정치적이라면 좋겠어
철학적으로도 옳고 정치적으로도 바른 사람들에게 손수건과 시럽 같은 게 필요 없어진다면 우리에게도 미래가 의미 있겠지

"우리가 똑같이 노을을 보고 있는 것일까"를 묻는 이는 취미의 공동체를 전제로 하는 이와 같을 수 없다. 이 시에는 공감과 동의가 사전에 전제되는 대신 사후적으로 요청되는 것으로 제시되어 있다. '우리'라는 취미 공동체가 전제되는 대신 요청되고 있다는 것이다. "도저한 낙관"과 "엔틱풍의 의자"는 취미의 공동체 안에서 논쟁 없이 상관적으로 검토될 수 있는 대상이었다. 전제된 취미의 공동체가 단호한 결사체인 이유는 바로 그런 식으로 호오(好惡)를 선악(善惡)과 교환할 수 있기 때문이었다.

그런데, 문제는 상당히 미묘하게 달라져 있다. "너의 사람을 해방하라"라는 말이 두 번 반복되는 까닭은 '우리'의 공감이 자명한 것이기보다는 각자에게 고유한 이유와 목적을 지닌 '해방'이 따로 있기 때문이다. 그리고 이런 사정은 다시 이근화 고유의 방식으로, "환절기 감기"라는 일상의 사건과 결부되어 적실한 표현을 얻는다. 환절기 감기가 정치적인 이유는 그것이 "이국"과 "이방인"과 "식민지"를 발견하게 하기 때문이다. 그것은 차이에 대한 사후적 발견과 관계 깊다. 환절기 감기는 이질적인 시간을 한 몸에 받아들일 때 발생하는 몸의 탈남이기 때문이다. 그것이 직접적 체험의 표현이든, 비유의 차원이든 환절기 감기는 성격이 다른 두 시간대가 한 몸 안에서 접촉함에 따라 몸이 앓는 진통이다. "철학적으로도 옳고 정치적으로도 바른 사람들에게 손수건과 시럽 같은 게 필요 없어진다면" 즉, 철학적 타당함과 정치적 올바름으로 무장한 이들이 더 이상 타자와의 대면을 통해 감기를 앓게 되지 않을 때 성립되는 공동체는 취미의 공동체가 가 닿을 수 있는 가장 창백한 공화국이 될 수도 있다. 그렇기 때문에, 유예된 미래, 다시 말해 미래로 미뤄진 공감의 '정치'는 갈수록 더욱 절실해진다는 것이다. 그러니 이근화의 시세계는 참으로 미묘하게 달라지고 있다고 하겠다.

> 피부를 통해 치즈나 마늘 냄새가 증발해서
> 우리는 오늘의 식사가 즐겁다
> 빵과 빵 사이에
> 토마토와 양파를 끼워 넣고 입을 벌린다
>
> 미세한 구멍들이
> 서로를 향한 호감과 증오로 서로 다른 크기로 벌어지고
> 서로 다른 질문들을 쏟아낸다
>
> 오렌지 농장 근처에서 실종된 유학생에 대해
> 점거 농성 중인 노동자의 마스크에 대해
> 남편을 잃은 베트남 여인에 대해
> 그녀의 사라진 팔십만 원에 대해
>
> 빵과 빵 사이에 끼워 넣을 것이 많았다
> 우리는 입술을 오물거렸으며
> 눈시울을 붉혔으며
> 그리고 잠시 후 한쪽 입술을 실룩거리며 웃었다

할 수 없는 일 가운데 할 수 있는 일이 있는 것처럼
피부 위로 물 같은 것이 잔인한 방향으로 흘렀다
너의 얼굴을 걸고 밥을 먹는다

그럴 때 내 구멍은 조금 아픈 것 같다
그럴 때 네 구멍도 조금 벌어진 것 같다
네 구멍은 조금 어두워진 것 같다

늙으면 머리가 커지고 엉덩이가 퍼지고 다리가 가늘어져
그럴 때 내 구멍이 내 구멍이……
너를 향해 인사를 하고

—「그물의 미학」 전문

시의 전반부는 이근화 특유의 것이라고 할 만한, 입맛의 발견으로
부터 시작된다. "우리는 오늘의 식사가 즐겁다"라는 말 역시 어찌
보면 지금까지 우리가 익숙하게 봐온 취미공동체를 떠올려보게 한
다. 그런데, 사태는 그렇게 순조롭게 진행되지 않는다. 시의 첫대목
에서 이미 취미공동체 내부에 공동(空洞)이 있음이 목도된다. "서로
를 향한 호감과 증오"를 통해 조절되는 구멍이 "빵과 빵 사이"에서
자라나는 동안, 글자 그대로 눈물을 쏙 빼며 웃고 우는 동안에도 공
동은 떠날 줄 모른다. 취미가 연대하고 공감이 차오르는 대신 공동
이 병립하고 차이가 불거진다.
　시의 후반부는 중의적으로 읽힌다. '너'는 한편으로는 시집 곳곳
에서 정념의 원천이 되는 대상으로 등장하곤 하는 존재자로 읽힌다.

이때 후반부는 평면과 결부된다. 다시 말해, 이때 '너'는 정념의 근원이자 마음이 다시 정념의 영점을 향해 운동하게 만드는 동기이다. 평면의 시는 이 무정형의 '너'와 파국 없이 교섭하기 위한 간절한 열망으로부터 잉태된다. 한편, '너'가 더 이상 '우리'가 자명하게 취미 공동체에 속하지 않음을 알게 하는 존재자라면 그는 공동의 인격화를 촉진하는 상대자이다. 이 맥락에서 후반부는 공동이 파놓은 취미의 심연과 관계 깊다. 그러니 계속해서 문제는 평면이 아니면 심연이다. 이근화가 새로 벼리는 그물의 미학은 이전의 시에 나타난, 공감과 연대가 가득한 공휴일의 미학과는 조금 다른 지점을 향하고 있다. 이근화가 짜는 새로운 그물은 평면상의 표면장력과 심연의 위치에너지로 얽는 복잡한 그물이되, 일상의 사건에서 한 치도 벗어남 없이 태연하게 당대의 미학을 건사하고 있다. 거기 어찌 기꺼이 낚이지 않을 수 있겠는가. 취미의 천라지망이 따로 없다.

〔2012〕

현실의 심리적 구조물과 을의 노래
── 박강 시집, 『박카스 만세』(민음사, 2013)

1

시가 반영과 재현의 예술인가 아닌가에 대해서는 아직 갑론을박의 여지가 있지만 적어도 서사 양식이나 극 양식과 같은 방식으로 현실을 재구성하지는 않는다고 말할 수 있겠다. 시는 인물과 사건과 성격의 층위에서가 아니라 시적 주체가 접하게 되는 사태에 대한 내감의 형성 방식 혹은 사태의 표현 방식이라는 층위에서 현실을 재구성한다. 예컨대 현실의 경제적 조건에서 갑과 을의 관계가 권한과 권리의 실질적 한계 조건에 기반한 것이며 또한 그로 인해 파생되는 구체적 불평등이 계약서 이상의 심리 효과를 낳는 것이라면 통상 소설에서 이 관계는 사건의 전개를 통해 독자의 포괄적 이해를 구하는 반면, 시에서는 직접적으로 나타나지 않고 상징적 대립관계의 심리적 구조물들을 통해 나타난다.

'IMF 세대'의 삶의 조건을 다룬 소설들이 2000년대 이후 문학에서 현실의 재귀환이라는 쟁점을 부각시키며 조명을 받았던 것에 비하면 같은 시대적 환경 속에서 문학을 삶의 방향으로 삼았다는 공통조건을 지닌 세대의 시인들의 작품은 새로운 세계의 감각적 수용이라는 관점에서 부각되고는 했다. 물론, 감각의 차원에서 2000년대 이후 시인들의 시세계를 재조명하는 것은 그 나름대로 충분한 의의를 지닌다. 인식과 윤리의 조건이자 마당으로서의 세계라는 조건의 변화는, 시인들로 하여금 인식의 결과보다는 지각의 조건을 근본적으로 재검토하게 만들었다. 소설가들이 변화된 세계의 구체적 상황을 제시하고 그 상황 속에서의 선택의 모럴을 화두로 삼는 반면 시인들은 세계라는 광범위한 감각자료를 수용하는 조건이라는 차원에서 시적 주체의 개변을 화두로 삼게 되었던 것이 저간의 사정이다. 말하자면 젊은 소설가들이 변화된 조건에 의해 성립되는 세계를 서사적으로 재구성하고 그 속에서의 인물들의 선택과 윤리를 통해 변화된 세계상을 비로소 말할 수 있게 되었다면, 시인들은 세계가 표상되는 조건들과 오래 씨름해왔다고 할 수 있다. 박강의 첫 시집은 바로 그 양자의 간극에 놓여 있다는 데 독특함이 있다. 그간 경험의 조건인 지각장의 변화를 막 생성되는 이미지의 차원에서 즉물적으로 제시하는 시들은 많았지만 박강의 경우처럼 지각의 조건과 재현의 양상 사이에서 간극을 수사적으로 아이러니화하는 시인은 드물었다고 할 수 있을 것이다.

2

우선 다음과 같은 이미지들이 재현의 상상력과 함께 부풀면 각기 한 편씩의 소설이 될 수도 있었다는 것을 생각해보자.

파견직입니까. 당신의 유통기한은 이 년.

―「우루사를 먹는 밤」 부분

염료가 해직통보서처럼 이리저리 튄다구

―「이상한 염색」 부분

이력서 한 줄처럼
각자의 땅만 내려다보고 묵묵히 걸어간 동안

―「너와 나의 국토 대장정」 부분

아파? 괜찮아 애야, 노동은 유연성이라더구나
발라봐, 발라봐, 오일이란다, 쇼크는 없단다

―「국지성」 부분

인용된 구절들은 이 시집에서 최상의 것은 물론 아니다. 그러나 그럼에도 불구하고 이 시집에서 구사된 상상력의 일단을 단적으로 보여준다. 파견 근무와 해직, 이력서와 노동 유연성 등의 시어는 즉각적으로 서사를 형성할 수 있는 구체적 사건들을 연상시키지만 이 시집에서 그것들은 하나의 심적 상태를 지시하는 방편으로 구사되고 있다. 인용된 부분에 나타나듯이, 이들 시어와 관련된 사건들은 직접 지시되는 대신 시적 주체의 상상력 속에서 변용되면서 심리적 지평의 일단 속으로 잠복한다. 파견직 근무와 예고 없는 해고, 노동의 유연성과 수시로 업데이트되어야 할 이력서 등이 재현이 아니라 심리적 지평의 차원에서 출몰하는 것은 그와 관련된 오래되고 강한 경험이 이 지평을 수시로 변경하면서 마음의 움직임을 조타할 만큼 결정적이었기 때문이다. 청년에게는 아직 현실화되지 않은 불명료한 삶의 한계조건이 이들 시어에서처럼 뚜렷하게 마음의 구조물의 일단으로 자리 잡기까지 어떤 일이 이 세대에게 있었는지가 궁금해지지 않을 수 없는데 소설과 달리 시는 구조물들 자체의 논리로 이를 전경화한다. 예컨대 다음과 시는 그 구조물의 첫번째 얼개를 시각적으로 선명하게 보여준다.

동결된 월급과 기한 연장의 은행들로
거리는 서점보다 한산했다, 비전타워 공사로
도로 폭은 자꾸 좁아지고
가변에는 주가 변동선처럼 굽은 등의 노파가
식은 붕어빵을 팔았다, 저 붕어들은
한 줌 예치금의 팥을 끌어안고 죽어갔을지 모른다
발톱 잃은 새들이 팥알을 얻으려 모여들었다
폭설에 시야가 묻히는 중이었다
나는 자라야 할 손금의 방향을 묻지 않았다
희미해진 손금처럼 부리 닳은 새들

쿡쿡 내 발등을 찍는 것이 느껴질 뿐이었다

—「폭설」 부분

　관찰자의 입장에서 '한겨울, 마음의 거리'라는 직설적 제목으로
풀고 싶게 만드는 이 시는 '폭설'이라는 제목을 달고 있다. 그런데
이 시에서 묘사된 눈 내리는 거리가 비단 현실의 어느 거리일 뿐만
아니라 마음의 구조의 일환이라는 것은 비교적 분명해 보인다. 거
리가 서점보다 한산한 것이 월급이 동결되고 은행의 상환 기한 연장
이 걸려 있는 마음의 상태와 관계 깊다는 것은 설명이 아니라 비유
적 진술에 의해 암시되어 있다. 그런데 이 시는 생활을 심리로 변환
하는 두 개의 수일한 이미지를 지니고 있다. 말을 바꾸자면 바로 그
이미지로 인해 이 시는 고단한 현실의 재현이 아니라 그것의 심리적
구조물 자체가 된다.

　첫번째, 월급 동결과 상환 기한 연장 문제로 경제적으로 구조화
된 마음의 눈에 비친 붕어빵이 "한 줌 예치금의 팥"으로 속을 채우
고 있다는 것은 참으로 리얼한 관찰이요 적실한 이미지가 아닐 수
없다. 이 이미지는 대번 기형도의 "칼국수처럼 풀어지는 어둠"(「폭
풍의 언덕」)이나 "튀밥 같은 별"(「위험한 가계」)을 떠올리게 한다.
시적 이미지가 지닌 이러한 힘은 원관념인 가난을 지시하고 독자로
하여금 그것을 생각해보게 하는 것이 아니라 가난을 즉물적으로 체
험해보게 하는 데서 나온다. 시가 이미지를 통해 할 수 있는 일이란
바로 그런 것이되 그런 방식으로 이미지를 활용할 수 있는 시인은
드물다.

　두번째로 눈에 띄는 이미지는 "희미해진 손금처럼 부리 닳은 새

들"이다. 가난과 부채로 가득한 마음에 자꾸만 좁아드는 거리가 있다. 그리고 그것의 관찰자이기는커녕 온전히 그 풍경의 일환인 '나'의 발등에는 눈발이 떨어진다. 그런데 여기서 또 한 번 예사롭지 않은 변환이 일어난다. 폭설에 시야가 가려 걷는 이의 전도를 헤아리는 것이 무망한 상황에서, "자라야 할 손금의 방향을 묻지 않"는 '나'의 발등 위로 떨어지는 눈은 부리 닳은 고단한 새가 먹이를 구해 팥을 쪼듯 발등을 "쿡쿡" 찍는 것으로 비유되고 있다. 동어반복이지만 연명은 필사적인 것이다. 이 풍경을 어찌하랴. 과장을 피하고 묘사로 일관된 이 난망한 풍경을, 고단한 청춘의 마음의 거리를 어찌랴.

3

현실이 심리적으로 구조화되는 과정을 단순하게 생각해서는 안 된다. 왜냐하면 대개의 경우 앞서 살펴본 것처럼 공고하게 구성된 현실 추수의 비관적 구조물들은 실은 대개 불연소된 희망의 결과이기 십상이기 때문이다. 그리고 이는 저 구조물들이 은폐하고 있는 또 한 겹의 내적 구조가 시의 어딘가에 자리하고 있음을 의미한다. 단적인 예로 다음과 같은 구절들은 불연소된 찌끼들이 절망과 순응의 내적 구조물들의 한 켠을 여전히 배회하고 있음을 보여주기 때문이다.

(1)

이봐, 당신 아직도 小蓮과 한가하게 고궁을 산책 중인가? 정신 차
려. 에스토니아 라트비아 혹 당신이 묻힐 이역은 벨라루스의 황야가
될 수도 있다.

—「우루사를 먹는 밤」 부분

(2)

하느님, 당신조차 이제는 시력이 나빠지셨습니까
골고루 비를 나누소서

—「국지성」 부분

"시민에서 민중에서/이제 나는 서민이 되어 외친다"(「위생의 제
국」)는 말로 단적으로 요약될 어떤 사회적 신분 변동의 '이력서'를
이 시집은 품고 있다. "정신 차려"라고 실은 스스로 다잡아보려는
호령에는, 한가하게 '소련(小蓮)'을 찾아 미음완보(微吟緩步)하기에
는 부채와 리스크가 너무 크다는 현실의 논리가 담겨 있다. 태양의
바퀴를 매일 굴려본들(「베이루트 독서」) 삶이 나아지리라는 보장도
없는 판에 미음완보로 해결되는 물적·심적 부채는 없다. 또한 이제
야 새삼 무언가에 모든 것을 걸기에는 리스크가 너무 크다. 한 번 실
책으로 추락은 끝이 없어질 것(「로프공」)이기 때문이다. 현재를 미
래에 내어주는 것이 시민으로부터 민중 쪽으로의 삶의 벡터였다면
미래를 징발하여 현재의 필요를 가불하는 것이 민중으로부터 서민
쪽으로의 삶의 벡터이다. 그것이 모든 희망을 담지한 주체인 갑으로
부터 국지성 혜택의 한계 조건에 연연할 수밖에 없는 을로 바뀐 삶

의 내력이다. 마음의 진자운동이 발생하는 지점도 여기이다.

4

 앞서 이 시집의 첫인상을 이루는 것은 즉자적 시민에서 대자적 민중으로, 다시 대자적 민중에서 즉물적 서민으로 전락한 을의 심리적 구조물임을 살펴보았다. 그런데 비슷한 방식의 구조물 중 하나일 다음과 같은 대목에서 미묘한 균열의 움직임이 감지된다.

 우리는 주말의 개수를 하나둘 지워야 했다
 일력의 마지막 장을 넘기기까지
 노래할 날이 며칠이나 남았냐고 누이는 묻고 있었다
 자전거 바퀴가 헛돌던 무렵
 그건 우리의 발목뼈가 양서류의 꽈리처럼 일 밀리씩
 혁명으로 부풀던 우기에서야 가능했던 것

 동화에서 봤을 법한 그건
 마지막 장대비가 올 거라던 우리의 신호
                                          ―「건기」 부분

 일력의 마지막 장을 넘길 때까지 주말의 수효를 지워나가는 삶이 있다. 그리고 그것은 "혁명으로 부풀던 우기"에나 가능했던 노래를 상실한 건기의 삶에 비유되고 있다. 그러나 대자적 상태로부터 즉물적 상태로 전락함으로써 그런 일상을 앞당긴 것은 역사의 간계가 아니다. 그것은 자발적 동의에 기초하지 않고는 이처럼 집요하게 뿌리내릴 수 없다. 장대비를 예정하던 '마지막 신호'는 놓친 것이 아니라 놓은 것이다. 그러나 묻고 회고하는 한, 건기의 근저는 바로 그 물음들의 습지에 가 닿는다. 망매해갈(望梅解渴)이라 했던가? 그것은 없는 미래를 빌려 현재의 결핍을 채우는 책략이다. "마지막 장대비가 올 거라던" 신호는 예정된 조화가 도래한다는 징표가 아니라 당대의 갈망을 해갈하려는, 부재현실의 책략임이 백일하에 드러났다. 그러나 건기에서는, 건기의 한가운데에서는 없는 매실이 다시 그리운 법이다.

이 시에는 "혁명으로 부풀던" 우기에 대한 포한이 담겨 있다. "노래할 날이 며칠이나 남았"느냐는 물음은 이미 동화에서나 있을 법한 세계에 대한 비현실적인 기대를 담고 있었던 것으로 술회되고 있지만 실상 그런 질문은 회고됨으로써 다시 차오르는 열망을 품고 있기 마련이다. 이제는 돌이킬 수 없는 없는 기대를 품던 시절을 질문의 형식으로 회고하는 것은 희망하던 세계의 문이 완전히 폐쇄되었음을 비관하는 정신과는 거리가 있다.

주지하듯, 불가능한 것을 희망하며 실패와 좌절을 거듭해서 되풀이하는 것이 바로 낭만적 아이러니이다. 박강의 첫 시집에도 낭만적 아이러니가 있다. 반복해 말했듯이, 이 시집에 실린 많은 작품들은 '민중으로부터 서민으로' 전락하여 을의 처지에 놓인 자의 심리적 축조물이라고 말할 수 있다. 그런데 이는 두 단계의 아이러니를 품는다. 첫번째는 현실의 견고한 구조를 비유의 차원에서 전용함으로써 그 견고함에 어깃장을 놓아보려는 심리로부터 발원하는 아이러니이다. 이는 겉말과 속뜻의 묘한 대립관계를 통해 새로운 의미를 탄생시키거나 의미를 풍부하게 만드는 기법 차원의 아이러니이다. 이 글의 서두에서 살펴본 비유들은 그 자체로 갑을의 경제학에서 을의 처지에 놓이게 된 이의 상태가 내면화되어 수사의 차원에서 빈번하고 자유롭게 구사될 정도로 고착된 것임을 보여주지만 동시에 그 관계를 재차 수사적으로 희화하면서 비트는 방식으로 균열이 싹틀 수 있다는 것을 문장 단위의 아이러니를 통해 보여준다.

두번째로 「건기」에서와 같이 현재의 부정적 상태와 좋았던 옛날, 혹은 좋도록 예정된 먼 훗날을 대비시키면서 소망과 좌절 사이의 간극을 오히려 넓혀가는 낭만적 아이러니를 이 시집의 여러 곳에서 발견할 수 있다. 소망과 비관 사이의 심리적 진자운동이 오히려 메마른 현실의 확장이 될 수 있다는 점에서 이런 방식의 아이러니는 수사라기보다는 운동에 가깝다. 예컨대 현실의 건기를 지시하는 여러 시와 젊은 날의 음악적 치기와 열정을 다룬 시들이 어조와 소재 차원에서 대조를 보이지만 실은 그다지 이질적이지 않은 까닭은 이 대립이 낭만적 아이러니의 필수요소로서 현실의 결핍과 현실과는 다른 시간에서의 충만이라는 두 항을 효과적으로 구조화하기 때문이다. 제약회사 외판원의 일상을 통해 갑을 경제학에서 을에 속한 이의 목소리를 담고 있는 「박 대리는 어디에」 같은 시가 있는가 하면 노래에 대한 꿈으로 가득한 날들의 에피소드와 오디션이라는 상황을 비유적으로 잘 활용한 시들이 함께 있는 것이 박강의 첫 시집이다. 박강의 시가 '젊은 날의 꿈이 나를 밀고 간다'는 낙관론이나 역사 시대의 종말 이후 건기가 영속되리라는 비관론에 쉽게 기울지 않고, 때로는 희화적 태도로 자신의 삶을 대상화하고 때로는 건기의 삶을 건조하게 묘사하기를 반복하는 것은 그의 시가 낭만적 아이러 니라는 심리적 진자운동을 거듭하고 있기 때문이다. 예컨대 앞서 인 용한 「걷기」와 마주 보고 있는 다음과 같은 시를 보라.

신풍 헥사 나이트 즐비한 주안역에서
주윤발이니 백장미니 명함 돌리는 자들은 짝퉁이다
[……] 대학 때 따라나선 가투에선
무서워 돌 한번 던지지 못했다 비디오 가게로 도망쳐
영웅본색 쓰리를 빌려 나왔다 위장이었다 신 나게 나 혼자
잡혀가지 않았다 집에서 비비탄을 닦으며 히죽히죽
영화를 즐겼다 변함없이 그는 쌍권총으로 적들을 무찔렀고
몇 년 뒤 홀연 아메리카로 떠났다 배신이었다 사기였다
킬러 정신의 변절이라며 나는 그를 매도했다 그의 라이플은
얼음처럼 식어갔고 탄창엔 켜켜이 먼지가 장전되었다
비겁하게 사라진 영웅은 잊으리라 그랬던 그가
소문에 따르면 며칠 전 인천 공항에 입국한 모양이다
사진을 꺼내 보이며 누굴 찾아다닌 모양이다
어제는 인근 야시장에서 이태리제 나이프가 팔려나갔다
바바리 걸친 사내라면 그뿐이다 방금 맞은편 아파트
옥상 물탱크에서 옷깃이 펄럭였다 한 줄기 반사광이 번뜩인다

(날 겨누는 신호일까? 곧 저격탄 한 발이 날아오려나?)
　　　　　　　　　　　　　　　—「누아르에 대한 짤막한 질문」 부분

위선이 거짓이듯, 위악도 거짓이다. 그리고 위선이 성격이 아니라 태도이듯 위악도 성품이 아니라 태도이다. 이 시에는 주윤발이라는 과거의 영웅과, 가투에서 돌 한 번 던지지 못한 '나'가 극적으로 대비되고 있다. 그러나 우리가 간파하듯 후자의 나를 '비겁한 나'로 부르기보다 과거의 삶을 극적으로 희화화시켜 창출한 '위악의 나'로 부를 수 있다면 이는 비단 가투에 나서지 못하고 누아르 비디오나 빌려 보면서 물리력 행사의 대리 만족을 구하는 소인배에만 국한되는 것이 아니라 시민의 방에서 민중의 마당으로 불려 나왔다가 다시 서민의 면접장을 전전하는 현실의 외판원인 그 어떤 을에게도 해당되는 것이리라. 만약, 이 시의 풍크툼이 되는 마지막 부분이 없었다면 이 시는 위악을 통해 자신의 얘기를 남 얘기하듯 하는 소위 '유체이탈 화법'의 전형이 될 수도 있었을 것이다. '그렇고 그런 속악한 한 인간이 있었으니……'가 시의 전말이기 때문이다. 그런데 마지막 부분에서 반전이 이루어진다. 이 대목을 통해 시는 '그 시절은 그렇고 그렇게 지나간 것'이라는 을의 자위를 '이렇게 살아도 될 것인가' 하는 질문으로 바꿔놓는다. 그러니 앞서 인용한 「걷기」와 「느와르에 대한 짤막한 질문」은 여러 층위에서 을의 현재를 구성하는 이항대립을 품고 있다고 하겠다. 진지한 고백 투와 장난기 어린 어조가 겉으로 눈에 띄는 대립을 이루고 있거니와 미래로부터의 신호와 과거의 역습이라는 설정 또한 그러하다. 결정적으로 미래는 폐색되었다는 전언과 과거는 흘러갔다는 전언을 자체적으로 위반하는 서사를 각기 시의 내부에 품고 있다는 점에서 두 작품의 이항대립적 성격은 더욱 자명해지며 효과적이 된다.

물론 두 시가 여러 층위에서 이항대립을 이루고 있다는 사실 자체가 중요한 것은 아니다. 박강의 첫 시집이 시민에서 민중으로 고양되었다가 다시 서민으로 심리적 강등을 겪은 이의 내적 구조물이라는 것과 동시에 그의 시집이 그 비관의 구조물들을 스스로 허무는 '노래'를 품고 있다는 것이 중요하다. 비관의 건조한 결기도 과거로부터 연면히 흐르는 노래의 습기도 그 자체로는 이 시집의 주조를 형성하지 못한다. 다만 단단히 굳은 심리적 구조와 부단히 과거로부터 유입되는 노래가 진자운동을 하는 현장을 우리가 보고 있다는 것이 중요하다. 지각의 차원이나 재현의 차원이 아니라 운동의 차원에서 구조와 흐름을 넘나드는 시의 현장을 우리가 보고 있다는 것이 중요하다. 천칭자리인가가 궁금해지는 시인 박강의 이 진자운동은 지각을 재현으로 풀거나 재현에서 지각을 추출하려는 시도들을 아랑곳하지 않고 다음과 같이 태연하다. 짧은 이 두 줄 어디에선가 2000년대 시의 한 이력서가 완성되어가고 있다.

불협화음으로 떠난 자들의
노래여, 이제는 안녕.

—「낭만이여 안녕」 부분

〔2013〕

내적 실재의 다이내믹
─ 이수명의 시세계

이수명의 시를 설명하는 술부는 실험이나 파격 혹은 소통 가능성 등의 용어로부터 자유로워질 충분한 이유를 지닌다. 이수명의 시는, 그의 시적 언어는 가리키는 데 의의가 있는 것이 아니라 자립하는 데 의의가 있기 때문이다. 미리 오해를 피하고자 말해두건대, 이는 작품 바깥의 다양한 사실관계에 대한 관심을 치지도외하고 작품이 구성되는 방식에만 관심을 기울이던 재래의 형식주의자들의 태도로 그의 시를 살펴야 한다는 말과는 전연 다른 것이다. 작가나 독자의 의도와 관심과 달리 오히려 작품은 자신과 이웃을 두루 살피는 속성을 절로 지니기 마련이다. 세상에 생겨나 '피부'를 지닌 것 중에 바깥을 지니지 않는 것이 어디 있으랴. 그러나 또 한편 생각건대, 마찬가지 이유로 바깥만을 돌보는 '유기물'이 또 어디 있으랴. 작품 저 자신은 그저 두루 섭생하고 교섭하고 작용하기 마련이다.

바로 이런 점을 전후의 사정으로 고려하면서 이수명의 시를 들여다볼 때야, 그의 작품이 스스로의 삶을 유지하기 위해 에너지를 생산하고 이를 통해 외부자들과 교섭하는 다이내믹이 시야에 들어온다. 만약 우리가, 시가 지시하는 바를 추적하고 그 지시 대상을 수집하려는 태도를 시 문맥의 만사형통의 교사로 삼지 않을 단출한 의지만 갖춘다면 우리는 비생산적인 수사의지로 전전긍긍하는 대신 또한 생의 다이내믹을, 특히 동시대 언어의 그물이 펼쳐낼 수 있는 한 진경의 다이내믹을 건사할 수 있을 것이다. 다시 말하지만 작품은 지시할 수도 운동할 수도 있다. 아니, 거의 모든 작품은 실상 지시하며 운동하고 운동하며 지시한다. 그러나 때로 우리는 정서적 실익과 사유의 팽창을 위해 지시를 부차적 소득으로, 망외(望外)와 무상(無相)의 부산물로 간주해야 할 때가 있는 법이다. 저 독립한 운동 자체가 너무나 값지기 때문이다. 작품은 현실과 교섭하고 작용하게 생긴 것이 틀림없지만 스스로 '우량한' 내적 실재를 생성시키는 운동을 그치지 않는다. 그것은 작가의 의도나 독자의 오독에도 아랑곳하지 않는 언어의 본성이다. 좋은 시에서라면 그렇게 생겨먹었다. 언어라는, 특히 시적 언어라는 것의 도량과 섭생은……

대부분의 그는 음영이 없다. 당분간 그를 세워두는 게 좋겠다. 그를 거리에 한 줄로 늘어뜨려 놓는 게 좋겠다.

대부분의 그는 다른 사람에게 밀려들어간다. 들어가서 휘어진다. 대부분의 그는 아무 생각 없이 제 목을 자른다. 그는 우두커니 바닥나 있다.

자신도 모르게 손을 들고 대부분의 그는 자신을 잊어버린다. 잊어버리려고 손을 들고 있다. 이제 그는 나을 것이다. 손이 굳어질 것이다. 범죄를 저지를 것이다.

그는 한꺼번에 발견된다. 위치를 표시하기 위해
그는 아랑곳하지 않는다. 입천장을 두드려본다. 키득거리는 소리
가 한데 뒤얽힌다.

대부분의 이동하는 그는 이동을 주장하지 않는다. 이동하는 그는
이동이 식어 있다. 그는 땅 속에 묻혀 있는 것인가. 대부분의 그는 대
부분의 그에 지나지 않아서 대부분 부서진 한복판에서

잊어버린 것을 잊어버리려고 그는 서 있다.

—「대부분의 그는」 전문

'그는 누구인가?' 하고 묻는 순간 우리는 이 시를 미궁에 내어준
다. '그'를 추적하는 이는 자진해서 미노타우르스의 제물이 되기 십
상이다. 한사코 '그'의 정체를 밝혀내려는 수사의지로는 이 언어가
어떻게 스스로 섭생하는지를 이해할 수 없다. 우리가 이 시를 읽기
위해 전제해야 할 것은 이 시 전체가 지시하는 인물이나 사건이나
정황이나 정념이나 관념이 무엇인가에 대해 부질없이 솟아나는 호
기심을 잠시 길들여야 한다는 것이다. 그리고 시에 제시된 관계들과
조건들을 백 퍼센트의 현실로 받아들이면 비로소 사태는 순치된다.
외적 현실을 내어주고, 아니면 최소한 유보하고 작품이 구성하는,
언어가 생성하는 '그것'을 내적 실재로 간주함으로써 우리는 이 작

품의 맨살을 보게 된다. 어쩌면 이토록 순정한 실재일까?

"대부분의 그"는 '그의 대부분의 시간 혹은 모습'으로도 혹은 '대부분 익명의 그들'로 읽힐 수도 있다. 이것은 시어 스스로의 구문론이 만드는 의미의 자장이다. 특정인이거나 익명의 그들이거나를 한정 짓지 말고 우리는 이 양자의 의미를 수합하며 시를 읽어나가면 된다. '대부분의 그'에게 어떤 조건과 작용이 주어지고 어떤 사건이 발생하며 결국 어떤 사태가 시의 내부에서 융기하는가를 지켜보면 될 것이다. 이수명의 경우라면 그의 개별 시에서 개별적으로 생성되는 내적 실재에 대해서 한 줄 한 줄 빠짐없이 관찰하고 기록하는 것이 좋을 것이나, 지면의 한계 때문에 여기서는 이 시의 내적 실재와 관계된 주요 사건만 간추리기로 한다.

'대부분의 그'는 음영이, 곧 실감과 굴곡과 입체감이 없다. 그렇기에 거리에 평면상의 한 줄로 늘어뜨려 펴놓는 편이 그를 지켜보기에 합낭한 일이다. 입체적 면모를 지니지 못한 그는 다른 사람 속으로 쉽게 떠밀려 들어가고 떠밀려 들어가서는 마치 본래의 저는 없었던 듯이 타인의 방침대로 굴신한다. 목이 없이, 글자 그대로 체면도 면목도 없이 우두커니 바닥난 그는 자신조차 잊어버린다. 입체 없는 익명에겐 소신도 도덕도 없다. 범죄와 선행은 그에게 내면의 음영을 생성시키지 못한다. 범죄는 문제없이 행해지고, 아마도 시에는 없지만 그렇기에 이것은 저 내적 실재에 대한 기록이 아니라 온전한 추정이지만, 한 건 한 건의 선행조차 범죄와 대립각을 만드는 사건이 아니다. 대부분의 그에게 범죄와 선행은 내면의 음영과 파장을 낳는 계기들이 되지 못한다. 음영을 낳는 각도가 없으므로 파국과 파토스가 문제가 아니라 획일과 집체mass가 문제다. 한꺼번에 대량으로 발생하고 발견되는 대부분의 집체적 그에겐 성격과 운명을 건 개성과 결정적 사건이 없다. 따라서 음영과 입체와 내면이 없는 이에겐 운동과 전개development가 없다. 그에게 이동이 식어 있는 까닭은 그 때문이다. 누구라도 누구가 될 수 있는 대부분의 그는 마찬가지로 그저 대부분의 그에 지나지 않고 잊은 것과 잊어야 할 것을, 과거와 미래를, 사건과 파국을 모두 잊고 방향 없는 흐름의 한복판에 우두커니 서 있을 따름이다.

그러니, 이쯤 되면 서서히 고개를 드는 집요한 수사 의지 하나, '그'는 누구인가? 답할 이유도 필요도 없다. 그는 이미 저 언어가 부상시킨 내적 실재 속에 있다. 그리고 그의 전모를 우리는 이미 살펴보았다. 그는 누구인가를 작품 밖 현실의 세계 속에서 특칭할 수 없고, 그럴 까닭도 없다. 그러나 이것만은 확실하다. 오늘 아니면 내일 당신과 나는 틀림없이 거리에서 '대부분의 그'를 만나게 될 것이다.

(1)
내가 알지 못하는 것이
다가온다. 다가오지 못하는 것이 온다.
바깥에 섰을 때 바깥은 단칼에 베어진다.
바깥을 모두 잃었다.
다시 여기로 떨어져 내리는 중이다. 다시 여기저기 메마른 입이 있다.
지나가는 숨을 쉬어봐 숨 쉴 필요가 없는 곳이기에
우리의 시소가 놓여 있기에
우리는 난데없이 놓여 있다.
아주 천천히 흐르는 시소여서 나는 사이좋게 깨어진다.

사방으로 피부가 확고해질 것이다.

사방으로 피부가 도착할 것이다.

구별을 얻고자 했기에 구별이 더러웠다.

숨을 쉬어봐 숨을 잃고 울어봐

바깥을 모두 잃었다. 다시 시소는

시선이 없다.

―「시소의 시선」 부분

(2)

발코니에서는 괜찮아 집이 흔들려도 괜찮아 흔들릴 때마다 괜찮아 발코니에 서면 건축을 잃어버린다. 건축이 없어서 발코니에서는

잠을 잘 수 있다. 발코니에서 겹쳐지는 잠은 인기척이 없다. 몸이 잠을 휘감고 한없이 부풀어가고 몸으로 태어나고 싶어

나는 아무 것도 일깨우지 않는다. 고개를 저을까 마음이 아플까 돌처럼 빈 들판에 박혀있어서 꽃들은 몸을 보인다.

욕이 흘러나온다. 발코니에서 뛰어내려도 괜찮아 두 발을 동시에 들고 조금만 더 동시에 태어나는 거야 여기와 거기로 동시에 뛰어내리는 거야

바람은 얼마나 단단한가 새들이 날아가 부딪친 바람은 얼마나 부드러운가 새들을 떨어뜨리는 바람은 얼마나 안전한가

발코니에서는 괜찮아 한 걸음 더 나아가도 괜찮아 어디선가 사람들이 기우뚱 기울어진다. 나는 어느 모를 곳을 향해 한사코 기울어진다. 건축이 재빨리 지나간 뒤

―「발코니에서」 전문

그러니, 이수명의 시를 읽는 즐거움과 그의 시를 설명하는 이의 괴로움은 완전히 반비례한다고 말할 수 있겠다. 앞서 살펴본 것처럼 시 언어 자체가 발생시키는 내적 실재의 현장들에서 사태가 만드는 다이내믹을 그 자체로 즐기는 것은 얼마나 즐거운 긴장인가. 그러나 그의 시를 독자에게 설명해야 하는 것은 마치 장인이 한 땀 한 땀 짜놓은 직물을 다시 한 땀 한 땀 풀어헤쳐 결국은 허공을 손에 쥐게 되는 것과 같은 일일 것이다. 이수명의 시를 읽는 가장 좋은 방법은 앞서의 경우처럼 시 자체가 생성하는 세계를 백 퍼센트의 실재로 받아들이는 것이다. 그렇게 하기로 생각하면 위에 인용된 시들 역시 이수명에 대한 저간의 오해가 그의 시를 즐기는 데 얼마나 불필요한 장막이 되고 있는지 알게 될 것이다.

인용된 두 시는 그때그때 즉감되는 것을 사후적으로 조직하는 언어에 의해 각기 독자적인 실재를 생성시키고 있지만 그 취의(趣意)에 있어 관계를 지니고 있는 작품들이라 할 수 있겠다. 역시 시의 내적 사실관계에 입각해 우선 인용 (1)을 보자. 시소는 월담의 동경을 단순화한 장치다. 월담은 바깥에 대한 열망이 아니고 무엇이겠는가. 시소는 우리가 상습적으로 품는 바깥에 대한 동경을, 일상적으로 월담하지 못하는 이들의 은근한 소망을 안전하게 순치시킨 놀이기구이다. 시소는 'See-Saw'다. 시소의 원리는 보고 싶다, 다가온다, 차오른다, 보인다, 보았다, 사라졌다의 운동이다. 다른 말로 하자면 시소는 내면의 소망이 차고 기우는 것에 대한 물리적 알리바이라고 할 수 있겠다. 더군다나 이 시에서 그것은 미지의 바깥을 이끌고 오는 무엇이다. "내가 알지 못하는 것이 다가온다"는 것은 바로 이 두근

거리며 육박하는 바깥에 대한 직접한 진술이다. 그러나, 시소의 운명은 다가오면 보이고 보이면 멀어진다는 것이다. 그것은 바깥의 운명과 같다. 바깥을 동경하는 이가 차차 내부에 압착되는 바깥에 실망하고 그 바깥조차 다시 단단한 피부로, 경계로 전화하는 것을 볼 때의 심회를 우리는 이 시를 읽으며 충분히 '내적으로' 유추할 수 있다. 그것이 무엇을 지시하는가 하는 질문을 완전히 무시하고도 우리는 이 시에서 시소의 운동과 같은 내면의 운동을 충분히 감지할 수 있다는 것이다. 무엇이냐고 묻지 말고 들여다보라, 당신 내면의 시소를.

인용 (2) 역시 바로 그런 방식으로 절박하게 읽히는 시이다. 역시 한 줄 한 줄 새겨야 좋을 시이나 지면과 독자의 권리를 핑계 삼아 여기서는 시의 대략을 취해보자. 틀림없이, 작품 외부의 지시 대상을 검거하지 않더라도 우리는 이 시에서 건축과 발코니가 대립적 긴장 관계를 이루고 있음을 알 수 있다. 그리고 조금 더 세밀히 읽는다면 머리와 몸 역시 마찬가지 관계를 이루고 있음도 내적 실재의 지형으로부터 읽어낼 수 있다. "나는 아무것도 일깨우지 않는다"와 "몸으로 태어나고 싶어"와 같은 구절은 바로 그 관계의 복심을 친절하게 일러준다. 우리는 이 진술에 기대어 건축과 발코니, 그리고 머리와 몸의 관계를 계획과 바깥의 관계로 겹쳐 읽을 수 있다 ─ 물론, 이렇게 패러프레이즈되는 순간 이 시의 매력은 반감된다. 그러나 어쩌랴, 설명하는 것이 일인 자의 사정을……

계속해서 작품 후반부를 눈여겨본다면 후반부에 드러난 탈주 의지는 계획과 바깥의 역관계가 심리적으로 전개하는 내적 드라마의 절정과 파국이 아닐 수 없다. 그러나 성급히 결론짓지 말고 작품의 마지막 구절을 다시 보시라, "건축이 재빨리 지나간 뒤"라고 했다. 바깥을 넘보는 이 곁을 계획이 다시 빠르게 스쳐 지나간다. 얼마나 서늘한 구절이며 얼마나 정치한 리얼리즘인가. 발코니, 그렇다, 발코니란 바로 내부의 외부 아닌가. 모든 사태는 바로 여기서 비롯되는 것이다. 한 걸음도 밖으로 나가지 않아도 우리는 작품의 내적 실재 안에서 이 다이내믹을 고스란히 읽어내고 즐길 수 있다. 그리고 이 시를 읽은 당신은 지시 대상을 찾으려는 헛소동을 아랑곳하지 않는 대신 틀림없이 이제부터 발코니에 서는 순간, 내부의 외부를 가늠하게 될 것이다.

(1)
부러진 나뭇가지가 좋아 방향을 줄이면서

부러져 기어 다니는 나뭇가지들이 좋아
기어 다니다가 다시 나뭇가지가 되지 못하는 것이 좋아
우리는 오늘의 방향을 줄이면서

방향이 고여 드는 식탁을 차린다.

―「우리는 조용히 생각한다」 부분

(2)
나의 거리의 한편에서 나는 잠에서 비롯되는 잠이다. 변두리를 뒤덮지 못하는 변두리이다. 그렇게 하여 나는 문득 까닭 없이 뒤덮인다. 내가 무엇이든 간에 하나의 모습을 닮고 싶어 똑같은 모습을 하고 모

습들이여 단결하라 나는 무서워서 무서움에 일치시켜나가는 날들이
라 말한다. 나의 거리의 한편에서 나는 나를 보여주는 모습을 가리지
않는다. 오늘 내 모습이 좋다. 모습이 터무니없이 나와 함께 있어서
좋다. 신발을 털어본다. 모든 사람의 모습으로 나는 기억나지 않는다.

—「모습처럼」부분

앞서 설명한 이유로 이수명의 시는 전문으로 읽어야 한다. 이수명
의 시를 부분 인용하는 것은 축척을 오용하는 것이다. 그러나, 지면
의 한계 조건을 면피 삼아 내적 실재를 여행하는 독자들의 권리를 침
해하지 않으면서, 개별적인 시작(詩作)에서 매번 개별적으로 융기
하는 대륙을 먼저 답사한 이의 흔적만을 새겨보자면 우선 인용 (1)
은 부러져 어지러이 방향 없이 놓인 가지들의 인상과 식탁에 정연하
게 놓인 것들의 인상이 포개지며 낳는 다중의 이미지들 안에서 모든
사태가 발생한다고 말할 수 있겠다. 난분분한 것들과 정연한 것들
사이에서 "오늘의 방향을 줄이면서" 시간과 형태에 대해, 후회와 상
처에 대해 또 하나의 대륙을 융기시키는 작업을 작품의 전문에서 이
시의 언어는 행하고 있다. 보다 찬찬한 답사는 전문을 읽는 독자들
에게 맡겨두기로 한다.

인용 (2) 역시 매양 같은 전제하에 읽어야 그 진가를 볼 수 있다.
잠에서 비롯되는 잠, 변두리를 뒤덮지 못하는 변두리, 하나의 규정
적 모습과 다양한 이본격의 모습들 사이의 알력과 길항 등을 작품
내부의 사건들을 중심으로 정돈하면 동화와 이화의 연속으로서의
삶에 대한 성찰의 줄기를 만날 수 있다. 그리고 물론 이때에도 당연
히 모든 것은 시 안에서 순조롭게 언어의 결을 따라 정돈된다. 지시

대상을 지목하려는 수사의지를 유보하고 내적 실재의 다이내믹을
온전한 백 퍼센트의 현실로 받아들이는 이만이 이수명이라는 실재
계의 에너지를 건사할 수 있다. 시는 온전히 자신을 살아서 남을 살
게 한다.

〔2011〕

3부 시적 풍크툼

시적 풍크툼

여기 하나의 사진이 있다. 한눈에 보기에도 젊고 아름다운 한 청년이 정면을 응시하고 있다. 마치 세상에 길들여지는 일에 관련된 것과는 절대 가까울 수 없다는 듯한 인상을 지닌 이 청년의 눈빛은 예사롭지 않다. 우뚝 솟은 코와 굳게 다문 입술을 가진 이 청년의 눈빛은 보는 이로 하여금 여러 가지 생각을 갖게 한다. 더욱이 도도한 얼굴 표정과는 다른 양상으로 늘어뜨린 두 팔에 수갑이 채워져 있는 것에 시선이 다다르면 이 사진을 바라보고 있는 이들의 마음에는 여러 가지 복잡한 상념이 떠오른다. 여기에 구체적 사실과 관련된 정보 한 가지가 더 주어지면 사진을 바라보는 시선에는 일말의 동요가 생길 수밖에 없다. 이 꽃다운 청년은 루이스 페인이라는 청년이며 미국의 국무장관을 암살하려다 실패한 암살 미수범이다. 롤랑 바르트가 1865년 알렉산더 가드너가 찍은 것으로 되어 있는 이 사진에 저 유명한 설명을 덧붙이며 여러 가지 문제를 환기시킨 덕에 이 사진은 찍힌 지 한참이 지나고서야 유명세를 타게 되었다.

『카메라 루시다』에서 롤랑 바르트는 사진의 예를 들어 시각장을 구성하는 두 가지 요소를 설명한 바 있다. 지금은 예술의 여러 영역에서 널리 사용되고 있는 스투디움studium과 풍크툼punctum이라는 개념쌍이 그것이다. 스투디움이란 우리가 지식과 교양에 따라 쉽게 알아볼 수 있는 영역으로, 양식화될 수 있고 전형적인 정보로 되돌려질 수 있는 부분이다. 롤랑 바르트는 이 스투디움의 영역에서 감상자는 거의 길들이기에 가까운 '평균' 감정 상태를 얻게 된다고 설명한다. 다시 말해 그림이나 사진 등이 구성하는 시각장에는 보통의 상식과 교양을 통해 맥락과 의미가 해석될 수 있는 영역이 있고 감상자는 이와 같이 평균적 정보로 환원될 수 있는 영역을 인지하고 이를 감상하게 된다는 말이다.

그런가 하면 어떤 그림과 사진의 경우, 작품을 들여다보고 있자면 작품이 구성하는 시각장의 어느 영역에서 갑자기 감상자의 눈을 찔러 오는 부분도 있다. 롤랑 바르트는 바로 이것을 풍크툼이라고 지칭했다. 어원상으로 상처, 찌름, 상흔 등의 의미를 지니는 이 풍크툼은 평균적 교양과 상식으로 이해되는 스투디움의 영역을 깨뜨리며 마치 화살처럼 감상자를 찌르는 어떤 것이라고 설명될 수 있다. 그러니까 시각장은 평균적 교양을 통해 이해되는 영역과 그것을 허물면서 감상자의 눈을 찔러오는 지점으로 구성된다는 것이다. 그리고 이때 감상자의 시선이 작품에 오래 머물게 되는 것은 바로 그 풍크툼 때문이다.

예컨대 위에서 예를 든, 알렉산더 가드너가 찍은 「루이스 페인의 초상」에서 우리가 사진을 보는 즉시 해석할 수 있는 영역들, 즉 청년의 아름다움이나 반항적 시선과 결부된 것들이 이 사진의 스투디움의 영역에 속하는 것이라면 묘하게 우리의 시선을 찔러오는 어떤 지점, 즉 이 꽃다운 청년의 죽음이 곧 실현될 것이며 실제로 실현되었다는 사실이 환기시키는 것들이 이 사진의 풍크툼이 된다. 청년의 아름다움과 죽음의 대비는 감상자의 마음을 움직인다. 이처럼 한 장의 사진이 보는 이의 마음을 사로잡고 감상자로 하여금 거기에 오래 머뭇거리게 만드는 것은 바로 그 시각장에 내장된 풍크툼 때문이라고 롤랑 바르트는 설명한다.

시가 시각예술에 속한다고 보기는 어렵지만 좋은 시에도 풍크툼은 있기 마련이다. 그것은 세 가지 의미에서 그렇다. 첫째, 어떤 좋은 시들은 언어로서 고스란히 다채로운 시각장을 구성해낸다. 그리고 그렇게 언어에 의해 환기된 시각장에는 스투디움과 풍크툼이 존재한다. 이 말에 대한 부연은 필요하지 않을 것이다. 그것이 풍경이든 일상적 삽화이든 어떤 좋은 시들은 감상자로 하여금 상상적 시각상을 그려보게 한다. 더욱이 수일한 이미지를 품고 있는 시라면 두말할 필요가 없을 것이다. 이때 어떤 방식으로든 그 시각장 안에는 시적 풍크툼이 도사리고 있다.

둘째, 어떤 좋은 시들은 우리의 상식적 인지를 뒤흔드는 전언들을 품고 있기 마련이다. 시각이 인식과 밀접한 관련을 지니고 있다는 여러 격언들을 굳이 인용할 필요는 없을 것이다. 시(詩)는 곧 보는 것[視]이며 이는 삶을 새롭게 인식하는 것을 의미한다는 맥락의 시론들도 물론 많다. 어떤 좋은 시들은 인식의 스투디움을 깨뜨리며 인지 충격을 안겨주는 풍크툼들을 품고 있기 마련이다. 소위 사물을 새롭게 보게 하고 기존의 인식을 뒤흔드는 효과 역시 시적 풍크툼의 영역에 속하는 것이라고 할 수 있다.

셋째, 어떤 좋은 시들은 긴장이 맺힌 지점들을 품고 있다. 김수영은 「생활현실과 시」에서 진정한 시를 식별하는 가장 손쉬운 첩경으로 작품에서 힘이 맺힌 곳, 긴장이 맺힌 곳이 있는가를 꼽은 바 있다. 힘이 맺힌 곳, 비유적으로 말하자면 조금 더 눌러서 원고지 위를 지나간 흔적이 있는가를 헤아려보는 것은 시에서 풍크툼을 찾아보는 일과 일맥상통한다. 예컨대, 김수영이 한 월평에서 김광섭의 「심부름 가는……」이라는 시를 꼽으며 이 시에서 "웬 엿장수의 가위질 소리냐 모이는 아이들 / 서울이란 델 언제 이렇게 나도 왔나부다"라는 구절을 힘이 맺힌 곳, 시적 긴장이 조성된 예로 꼽았을 때 이는 상경(上京)에 대한 일반적 인식과 상식적 이해를 뒤흔드는 어떤 발견의 힘을 이 구절에서 보았기 때문일 것이다. 달리 말하자면, 이 시의 스투디움에서 유독 바로 이 부분이 그의 눈을 찔러왔기 때문일 것이다. 시에서 풍크툼이 하는 일이란 바로 그런 것이다.

　맞은편 4층 창문 밑에서 식물이 자라고 있다 아무도 심지 않았는데, 창문 안의 늙은 사람은 그것을 알지 못한 채, 멍든 등을 긁는다 이불을 끌어당겨 정수리를 덮는다 밖에서 창 안을 보다가 생장의 비밀을 본, 아주 사소한 나는 밤마다 낭떠러지로 떨어진다 왜 자꾸 세상이 알 수도 없는 평화를 향해 계속해서 추락하는지, 푸른 잎이 손가락을 쫙쫙 펴서 수액을 떨어뜨린다 식물의 피, 악몽의 피, 누군가 떠난다는 사실 누구나 떠난다는 사실

　장마가 지나가고 나면 악몽의 키는 커지고 이 고립은 무엇일까 너무나 사소해서 아무도 심지 않은 사람의 고립은, 창문 안에서 소리 죽

여 울음을 감추던 이불 같은 사람은, 밤이면 서로를 마주보고 사소한
격차로 떨어진다 흰 피를 흘리며 지붕이 들뜨고 창틀에 금이 갈 때 밤
이 말을 하려고 한다 고요한 노력이 우리를 빛나게 하는가 이 끝나지
않은, 고되고 비밀 같은 노력이⋯⋯

　　　　　　　　— 이영주, 「생장의 방식」 전문(『포지션』 2013년 가을호)

　이 시는 첫번째 방식의 풍크툼을 품고 있다. 다시 말해 이 시는 구
체적인 시각장을 구성하고 있으며 그 안에 풍크툼을 내장하고 있다.
시를 보라. 맞은편 4층 창문 밑에 식물이 하나 자라고 있다. 누가 심
었는지, 누가 돌보고 가꾸는지 확실하지 않지만 이 식물이 생장하고
있다는 것은 확실하다. 4층 창문 안에서 등을 긁고 이불을 끌어당겨
자리에 눕는 안온한, 무심한 이들의 시간 바깥에서 그러나 이를 다
른 건물에서 관찰하는 이의 시계(視界) 안에서 이 식물은 생장하고
있다. 그런데 이 식물은 바로 그 관찰자의 시계 안에서 재발견된 것
이라고 말할 수 있다. 사태는 바로 이로부터 비롯된다. 이때 발견된
것은 관심 밖에서도 자신의 계획대로 어김없이 생장의 일정을 지킬
수밖에 없는 산 것의 숙명이라고 말할 수 있기 때문이다. 이 시의 풍
크툼은 바로 거기에 있다. 누구의 돌봄이나 애정이 없이도 한 데서
홀로 생장의 일정을 지키는 것이 생명의 계획인바, 어쩌면 그렇게
인간적 배려와는 무관한 계획과 추이를 발견한 이는, 즉 이 사태를
바로 그런 방식으로 발견한 이는 꼭 그만한 방식으로 하루씩 자신의
생장의 켜를 늘려가는 중인지 모른다. 그러니 이 시가 품고 있는 쓸
쓸함은 인정이 닿지 않는 생장의 계획, 바로 거기서 배태된다고 하
겠다.

그러니 사태는 이 발견으로 인해 여러 방식으로 전개된다. 안온한, 무심한 창 안의 사람이 홀연 소리 죽여 울음을 감추기 위해 이불을 덮는 사람과 다르지 않다는 발견은 저렇게 홀로 생장의 계획을 지켜가는 노역을 발견한 이의 눈 안에서만 발생하는 일이다. 창밖을 모르고 창 안에서 슬픔을 삭이는 삶, 삭임을 모르고 창밖에서 외따로 생장하는 일의 고역, 슬픔과 삭임을 바라보면서도 도리 없이 함께 비밀의 노역 같은 생장을 어찌할 수 없는 시선, 이런 것들이 이 시의 시각장을 구성한다. "고요한 노역이 우리를 빛나게 하는가 이 끝나지 않은, 고되고 비밀 같은 노역이……"와 같은 구절이 선연하게 우리의 눈을 끄는 것은 바로 그 때문이다.

사람들은 다 죽는다

죽음과 만나기로
약속이 되어 있다
가능한 한 죽음과의 약속 시간을 늦추고 싶어
간헐적 다이어트를 하고
대장내시경을 하고
태반주사를 맞고
뒤로 걷고
곰쓸개를 먹고
위장전입을 하고
부동산투기를 하고
강을 파헤치고

원자력발전소를 만들고
부정선거를 하고
독재를 하고
무기를 팔아먹고
전쟁을 하고
난리를 치다가
약속을 어기고 싶어
약속은 없었다고
죽음은 없고
천국과 극락은 있다고
'고'들을 끼고
영혼을 달래러 나가기도 한다

그러나 죽음은 약속을 지킨다
—— 함민복, 「무신론자」전문(『애지』 2013년 가을호)

이 시는 두번째 방식의 풍크툼을 품고 있다. 그런데 이 풍크툼은 묘하다. 겉으로 보아 상식적인 진술들로 가득 차 있는 이 시는 곰곰 생각해볼수록 묘한 의미들을 되새기게 만들기 때문이다. 사람들이 결국은 모두 죽는다는 것은 상식의 영역에 속한다. '죽음을 기억하라Memento Mori'는 전언은 상식을 새삼 일깨움으로써 일차적 풍크툼이 된다. 그러나 이것이라면 우리는 이 전언을 '메멘토 모리'라는 모티프를 지닌 많은 예술 작품의 스투디움 안으로 다시 편입시킬수 있을 것이다. 예컨대, 저 유명한 한스 홀바인의 「대사들」(1533)

을 떠올려볼 수 있다. 고귀한 신분과 재산 그리고 열렬한 지식욕을 과시하는 시각장 안에 해골이라는 '왜상'을 찔러둠으로써 한스 홀바인은 죽음을 잊은 세속의 영욕에 경고장을 발부했다. 그것이 '메멘토 모리'라는 모티프의 정수일 것이다. 그런데 인용된 시는 이를 다시 한 번 비틀었다. '죽음을 기억하라'는 전언은 같은 것이지만 이 전언의 효과가 다른 것이기 때문이다.

이 시에서 죽음을 환기시키는 까닭은 죽음을 잊은 이들에게 죽음을 기억하게 하기 위함이 아니라 죽음과의 약속을 너무나 잘 알고 있는 이들이 최대한 죽음을 지연시키기 위해 행하는 모든 것들이 실은 그 약속이 엄정하게 살아 있다는 것을 계속해서 반증하는 것임을 말하기 위함이다. 간헐적 다이어트를 하거나 태반주사를 맞고 곰쓸개를 먹는 일에서부터 위장 전입과 부동산 투기에 이르기까지, 그리고 그뿐만 아니라 강을 파헤치고 부정선거를 하고 독재를 하는 것도 모두 죽음과의 계약이 이행되는 것을 한사코 연기시키기 위한 것이라면 죽음은 망각된 것이 아니라 오히려 가장 생생하게 살아 있는 것이 된다. 저 웰빙 열풍과 보신과 독재는 죽음과의 약속을 연장하기 위한 '몸부림'의 가장 극적인 예가 된다. 그러나 계약 연장을 위해 접촉하는 이들이 가장 명료하게 부각시키는 것은 계약의 유효함이다. 연장을 통해 무화를 꾀하는 이들이야말로 계약의 실효성을 거듭 확인하며 죽음을 초대하는 이들에 가깝다는 섬뜩한 전언은 인식의 측면에서 이 시의 풍크툼이다. 독재, 함부로 할 것이 못 된다. 태반주사, 함부로 맞을 것이 못 된다. 부정선거, 함부로 할 것이 못 된다. 간헐적 다이어트, 함부로 할 것이 못 된다. 죽음과의 계약을 연장하기 위해 강을 파헤치고 사회계약을 위반하는 것은 죽음을 신으

로 모신 이들의 자기기만이다. 그들에겐 죽음이 신이다. 그것이 바
로 제목이 무신론자인 까닭일 것이다.

가령 이런 상상,
내가 버린 음식물 쓰레기가 돼지 사료가 되고
돼지들이 내 쓰레기 속에 있던 유리 조각을 삼키는.

가령 이런 말,
— 나는 인생에는 관심이 없지만 돈은 좀 많았으면 좋겠다 같은.

선망이란 언제나 현실의 반대편을 가리키는 나침반이라서
욕망이란 가질 수 없는 것을 향해 자라나는 손가락이라서
밤마다 이가 자라는 쥐처럼
손끝이 가렵다.
가려워서 부끄럽다.

세상엔 죄 안 지은 자들이 더 많이 회개하고
그래서 가난한 사람들이 더 많이 기부하고
상처 많은 사람들이 남의 고통에 더 아파한다.

두 개 남은 사과 조각을 향해 모여든
세 개의 손처럼 생각이 많아진다.
                    — 이현승, 「일생일대의 상상」 전문(『21세기문학』 2013년 겨울호)

찬찬히 읽어보면 크게 어려운 대목 없이 잘 읽히는 시이다. 그런데 우리가 만약 시를 직접적으로건 비유적으로건 시각장을 통해 읽고자 할 경우 고려해야 할 것들 중 하나는 바로 시의 제목이다. 주지하듯 시에서 제목의 기능은 단순히 시의 내용을 요약하거나 혹은 시의 소재를 지정하는 것에 그치지 않는다. 오히려 어떤 경우에는 시의 제목이 시 전체의 성패를 좌우하는 경우도 적지 않다. 그런 의미에서 보자면 시에서 제목과 본문은 단순히 간판과 내용의 관계를 지니는 것은 아니라고 할 수 있다. 오히려 시에서 제목과 본문은 액자의 틀과 액자 안에 있는 그림의 관계에 유비될 수 있다. 그런데 이때 중요한 것은 시에서의 액자와 그림이 단순히 틀과 내용물의 관계를 넘어선다는 것이다. 데리다 식으로 다른 말로 표현하자면 파레르곤 parergon과 에르곤ergon의 관계와도 같다고 할 수 있겠다. 에르곤에 대해서 파레르곤이 그러하듯 시에서 제목은 단순히 본문을 치장하기 위한 것도 아니고 본문을 설명하는 가이드라인에 그치는 것도 아닐뿐더러 그저 본문과 나란히 놓여 있는 것도 아니다. 제목은 작품의 본문과 거리를 유지하고 있지만 동시에 작품의 구성에 관여할 뿐만 아니라 작품의 구성 요소 자체가 되기도 한다. 시에서 제목이 중요한 이유는 바로 그 때문이다.

인용된 시를 읽으면서 시에 담긴 사상(事象)을 따라가는 것은 무리가 없다. 시에 제시된 별개의 사태들은 일상에서 발견되는 갖가지 모순들이 결국 그 시원(始原)으로 귀결된다거나 그리하여 결국 그 모순의 근원이 바로 자기 자신임을 수시로 발견하는 이의 내면에 이는 부끄러움이 상시적이라는 전언들을 자연스럽게 예시하고 있다.

그런데 두 가지 대목에서 이 시는 예사로움의 방식으로 범상함을 넘어서고 있다. 우선 이 시에서는 힘이 맺힌 곳이 눈에 띈다. 시를 쓰다가 조금 더 힘을 주어 원고지를 누른 흔적이 마지막 연에서 포착된다는 것이다. 앞서 열거한 사태들은 바로 그 마지막 부분에 맺힌 긴장을 통해 수렴된다. 대수롭지 않은 말투로 슬쩍 찔러두었지만 시를 다 읽고 다시 한 번 생각해보게 되는 대목이 바로 마지막 연이다. 그리고 그런 전개 양상은 대번 시의 제목을 다시 환기시킨다.

어째서 죄지은 일 없는 이들이 더 많이 회개하고 가난한 사람들이 더 많이 기부하고 상처받은 사람들이 더 많이 아파하는가를 묻는 일은, 누군가에게는 조금도 잔고를 늘리는 일이 못 되는 상상이지만 선망과 욕망의 크기가 자라는 만큼 부끄러움이 커지는 것을 감지하는 예민한 정신에게는 일생일대의 물음이다. 가난의 순환에 대한 정치경제학적 정리도 욕망의 대물림에 대한 사회학적 해답도 결핍에 대한 정신분석적 도해도 모두 가능하지만 그것은 시에서 풍크툼이 되지 못한다. 담론은 시의 변방이다. 해석과 규명으로 상처를 대신하려는 방패로서의 담론들과 그것이 주는 자학적 쾌감은 명쾌하나 감상자로 하여금 평균적 감정 상태를 뛰어넘게 하지 못하므로 시의 스투디움에 속한다. 아마도 마지막 연에 문제를 정돈하는 두 행을 찔러둔 것은 바로 그 때문이리라. 범상하게 말하고 예사롭지 않은 사태를 지목하는 것이야말로 시의 풍크툼에 해당한다. 원고지 위로 살짝 더 파인 흔적이 남는다면 바로 여기다. 둘과 결부된 셋의 문제는 산수로는 영원히 풀리지 않기에 대화를, 곧 사유를 요청한다. 난감함도, 양보도, 폭력도, 타협도, 협상도, 파국도, 안보도 양심도, 부정도 철면피도, 자책도 부끄러움도, 진보도 보수도 둘을 셋으로 나누는 일에 걸려 있다. 테네시 윌리엄스의 시 구절을 원용하여 말해

보자면, 천하 대사가 바로 둘을 셋으로 나누는 일에 걸려 있다. 그러니 이것이 어찌 일생일대의 상상이 아닐 수 있겠는가? 맞아떨어지지 않고 영원히 미결인 저 나머지 자리가 계속해서 눈을 찔러온다. 시의 풍크툼이 하는 일이다.

[2013]

적막을 장전한 키메라
─ 강정 시집, 『활』(문예중앙, 2011)

1

강정의 시집 『활』은 시적 언어의 혁신을 모티프로 한 트릴로지의 완결판이자 새로운 자유의 시작이다. 그러니까, 이 시집은 두 개의 모멘트를 동시에 지니고 있다고 하겠다. 다시 말하자면 이 시집의 언어는 한 정념이 완결될 때의 적막과 새로운 자유가 꿈틀댈 때의 카오스적 에너지를 동시에 지닌 키메라에 비견될 수 있다. 상실의 언어 속에서 생성을 싹틔우는 단성생식을 종족 보존의 원리로 삼는 이 키메라의 표정을 들여다보기 위해 잠시, 이 시집의 전사(前事)를 더듬어볼 필요가 있겠다.

첫 시집 『처형극장』(문학과지성사, 1996)을 발표한 지 10여 년 만에 등장한 시집 『들려주려니 말이라 했지만』(문학동네, 2006)은 기성의 세계에 대한 피로감과 새로운 언어에 대한 열망을 동시에 담고 있다. 그리고 그런 양가적 정념은 새로운 우주와 인간의 새로운 종족의 탄생을 희망하는 수사를 통해 표출된다. 예컨대, 눈에 띄는 표현만 간추려도 우리는 이 시집에서, "이제 다른 인간이 태어나야 한다" "새로운 인간"(「우주괴물」), "세계의 무거운 시신"(「거미인간의 시」), "시간 밖의 사물, 외계에서 귀환한 나의 후손"(「한밤의 모터사이클」), "우주의 새로운 개벽"(「거꾸로」) 등과 같은 구절들을 쉽게 추려낼 수 있다. 예를 든 것만 이런 정도이되 이와 비슷한 구절들은 이 시집에서 그야말로 다량으로 검출된다. 이런 구절들을 축자적으로 받아들인다면 외계 종교를 믿는 이의 변설로나 간주될 것이나, 시 언어를 어찌 그렇게 읽으랴. 기성세계에 대한 피로감과 새로운 세계에 대한 열망, 그리고 잠재된 세계를 포착하는 감각은 이 시집에서 중첩되어 나타나는데 이런 구절들은 이 혼재된 정념이 궁극적으로 열망하는 바가 무엇인지를 표현한 것이라고 하겠다. 그리고 바로 그런 맥락에서, 이 시집을 압축하는 축도와 같은 구절은 "온몸에서 천체가 뽑혀나왔지요"(「거미인간의 시」)라고 할 수 있다. 거미와 몸의 비유에 주목할 때, 이 구절은 감각을 통한 세계의 새로운 직조를 의미하는 것으로 간주된다. 시의 언어가 하는 일이란 바로 그것이 아니고 무엇이겠는가.

첫 시집과 두번째 시집 사이의 간격이 10여 년이었던 것과는 달리 2년 남짓한 시간 뒤에 발표된 세번째 시집 『키스』는 바로 그와 같은 열망을 고스란히 반영한 시집이다. 앞서 두번째 시집에서의 수사를 상기하면서 『키스』에 넘쳐나는 다음과 같은 구절들을 보라.

지구 밖의 시간을 떨어뜨렸다(「고등어 연인」)

어느덧 세상 밖이 발아래 놓였다(「한낮, 정사는 푸르러」)

대기권 밖의 기별들을 생중계해줄 핏줄의 신선도만 믿어볼 뿐(「티브이 시저caesar」)

먼 바다가 뒤척이는 건 내 마음이 이미 지구 밑동을 서성대며 세상의 모든 풍경을 바꾸려 했기 때문이다.(「풍경 속의 비명」)

먼 곳의 사연들로 가득한 이 몸은 곧 폭발할 것이다(「텔리비전」)

홀연히 한 세계가 닫힌 문 뒤로 사라졌다(「침입자」)

거꾸로 조감하는 세상의 또 다른 바깥(「무덤이 떠올라 별이 되니 세상은 한참이나 적막하더라」)

푸르스름한 공기의 결마다/지구밖의 기별이 지문처럼 묻어 있거늘(「血便을 보며」)

이 표현들이 감각을 통한 새로운 세계의 생성, 그리고 그것을 산출하는 시적 언어에 대한 열망의 반영임을 다시 설명하는 것은 불필요할 것이다. 눈여겨볼 것은 『들려주려니 말이라 했지만』이 기미와 예감으로 가득한, 새로운 말을 기다리는 고양의 느낌 즉, 사전(事前)의 느낌을 준다면 『키스』는 폭발과 파국의 현장에 대한 사후(事後) 술회의 인상을 준다는 것이다. "오래전 한 편의 詩가 끝나고 바람이 불었다"라는 구절로 시집이 시작된다는 것, 그리고 "펄럭이는 파도 끝자락에 마지막 詩가 불붙는다"라는 구절로 시집이 마무리된다는 것, 그리고 그 두 작품의 제목이 공히 「死後의 바람」이라는 것은 저간의 사정을 충분히 압축적으로 보여준다. 말하자면 두 시집은 별개로 읽히기보다는 드라마적 구성을 지닌 연작으로 읽힌다는 것이다. 기성세계의 지리멸렬함에 대한 포착, 몸의 구체적 감각을 통해 새로운 세계를 직조하려는 열망, 그것을 가능하게 할 새로운 언어에 대한 비원이라는 모티프가 이 연작을 관통하고 있음을 두 시집을 통해 우리는 상정해볼 수 있다. 요약하면, '들려주려니 말이라 했지……키스'라 이 말이다.

2

그로부터 다시 2년여의 간격을 지니고 묶인 『활』에서 우선 우리는 작품들 속에서 빈번하게 사용되는 용언이 우리말에는 없는 현재완료형의 의미론적 계기를 지니고 있음을 눈여겨볼 필요가 있다.

전 생애가 불시에 사라졌다/한바탕 피가 휘날리고 바람이 불었다(「폭파 직전」)

내가 사랑했던 것들이/빗방울에 용해되어 천지에 난사된다(「단 한 차례의 멸종」)

손가락을 버린 담뱃불이 목젖을 뽑아 올린다/어두운 저승길, 편자로 삼을 지난 광태의 오욕들이여(「남쪽 끝」)

가능하면, 시집 전체에 드라마적 구조를 부여하는 해석을 피하자는 게 시 해설의 불문율임을 모르는 바는 아니나, 이처럼 자꾸만 제 내력을 목전에 들이미는 팩트를 굳이 피하는 것도 도리는 아닐 듯하다. 지난 시집이 "펄럭이는 파도 끝 자락에 마지막 詩가 불붙는다"로 끝났음을 기억한다면, 즉 지난 시집이 『들려주려니 말이라 했지만』에서부터 점차 고양된 파토스의 정점에서 그 하강을 예비하며 마무리되었다는 것을 기억한다면, 발췌된 구절들이 일종의 회고로서의 대단원을 떠올리게 하는 것임을 생각해보는 것은 무리가 아니다. 그런데 피바람 부는 정념의 격전이 벌어지고 그와 더불어 어인 일인지 사랑했던 것들은 흔적도 없이 허공으로 흩어진다. 한바탕의 격전이 잦아진 뒤, 그것을 돌아보는 이의 심중 한편엔 회한이, 또 한편에는 적막이 깃든다. 이처럼 한바탕의 꿈이 사그라진 뒤 절정과 하강, 정념과 사념, 회한과 적막이 서로를 침투하면서 벌어지는 운동은 이 시집에서 일식과 월식의 이미지로 선명하게 전경화되어 나타난다. 여기서는 그 양상을 보다 단적으로 잘 드러내는 일식 이미지에 대해 살펴보자.

울고 웃고 성질부리던 날들이
병든 유령들처럼 지나갔다
한낮에도 창밖은 몇억 광년 동안이나 까맣다
땀 흘리고 지친 밤이 눈물로 풀을 먹인 액자에 갇혀 있다
목젖 깊숙이 휘말린 혀가
썩은 내장들을 발라낸다
이 선홍빛 입김에 상처 입은 사람들이
차디찬 별이 되어
밤의 장막 뒤에서
소리 나지 않는 비명을 흘려보낸다
몸을 관통해 나간 바람이
생의 먼 지점에 우뚝 선 채

과거의 이끼들을 불러 모은다

달의 뒤편에선 멀고 먼 어제가 다시 오지 않을

다음날을 기약한다

다시 만날 사람들은 이미 죽었던 사람들이다

울긋불긋 재미난 탈을 쓰고

서로의 얼굴에 침을 뱉는다

달은 참 깨끗한 오욕이요,

태양이 스스로에게 퍼붓는

다디단 모욕이다

피 흥건한 침묵 때문에 이 밤이 끝도 없다

나는 나의 뒷면에서

나의 정면을 삼킨다

나라는 탈을 쓰고 몇억 광년 이녁의 몸을 덮친다

지구는 태양의 기생

제 몸을 녹여 우주의 빈 잔을 채운다

―「日蝕」 전문

　일식, 말 그대로 달이 태양과 지구 사이에 위치하여 달그림자로
태양을 가리는 현상이다. 자연현상으로서의 일식은 그 자체로 신비
롭고 상징적인 사건이어서 많은 이들의 영감을 자극하는 소재로 사
용되어왔음을 우리는 알고 있다. 그런데, 이 시에서 일식은 신비나
관조의 대상이 아니라 간섭과 침식의 관점에서 불거진 이미지로 기
능한다. 일식이 해가림으로 간주되면 신비로운 관조의 대상이 되지
만 그것이 차가운 달이 뜨거운 해를 삼키는 사건으로 간주되면 일식

은 불을 삼킨 몸이 반응하는 사태의 후속을 낳는다.

이 시는 정황과 구조로 되어 있다. 즉, 이 시의 전반부는 정황을, 그리고 후반부는 구조를 보여준다 하겠다. 시의 전반부에서 우리는 하나의 드라마가 완결되었음을 알 수 있다. "울고 웃고 성질부리던 날들이/병든 유령들처럼 지나갔다"는 진술이 이 정황의 중심을 구성한다. 정황을 보라. 모든 것이 지나갔다. 모든 것이 지나가서 멀어져갔다passed away. 따라서, 이 경과의 결과는 죽음에 가깝다. 땀흘려 애쓰던 모든 일들이 눈물로 각을 낸 액자 속에 '안장'되었다. 소리를 발설하지 못하고 "목젖 깊숙이 휘말린 혀"는 제 안을 더듬을 뿐이다. 땀흘려 애쓰던 자리는 이제 상처 입은 사람들로 가득하다. 그러니 이런 정황으로부터 우리는 이미 한 사태의 뜻하지 않은 종결에 따른 후일의 회고가 뒤따름을 짐작해볼 수 있다. 그런데 나아가서, 바로 이 지점에서 우리는 시의 전반부의 정황을 관통하는 수일한 이미지 하나를 얻을 수 있다. 다시 적어본다.

몸을 관통해 나간 바람이
생의 먼 지점에 우뚝 선 채
과거의 이끼들을 불러 모은다

몸을 관통해간 치명적인 바람이 멀리서 과거의 기억을 패잔병처럼 불러 모은다. 수일하되, 한 사태의 종결을 어림잡는 이라면 누구나 동감할 수 있는 적확한 이미지가 아닐 수 없다. 이제 남겨진 것은 힐난과 오욕이 아닐 수 없는데 이 지점에서 시는 다시 정황 대신 구조를 부각시키며 몸을 살짝 튼다. 전반부에서 사태 종결의 정황에 대한 이미지였던 일식은 후반부에서 주체가 스스로에게 부과하는 모욕의 이미지로 전화한다. 그리고 그것은 이제 시에서 중요한 것을 정황으로부터 구조로 변모시킨다.

후반부의 핵심은 "나는 나의 뒷면에서/나의 정면을 삼킨다"는 것이다. 일식은 다름이 아니라 '나'로부터 비롯된 '나'의 잠식이다. 그것은 한 개체의 정면을 삼킨 뒷면의 반동에 비유되고 있다. 그러니까, 이 진술은 도모와 좌절의 정황을 두 개의 '나' 사이의 인력과 척력의 구조로 뒤바꾸는 진술이다. 이제 사태는 계획의 정밀함과 책임 소재의 문제가 아니라 '내' 안의 정념들과 사념들의 쟁투의 문제로 바뀐다. "나라는 탈을 쓰고 몇 억 광년 이녁의 몸을 덮친다"는 표현이 적시하고 있듯, 이것은 바람이 몸을 관통해간 후 '내' 몸 안에서 전면과 후면을 뒤집으며 엎치락뒤치락 하는 것들 사이의 문제이다. 그러니 이때 일식은 글자 그대로 대우주macrocosm에서 벌어지는 일의 소우주microcosm 안에서의 재현이 아닐 수 없다. 강정이 앞선 두 시집에서 '우주'와 '개벽'의 비유를 종종 사용했음을 상기한다면, 이 시에서의 일식이 대우주의 일을 몸 안의 소우주 안으로 끌어들이는 이미지임을 쉽게 생각해볼 수 있다. 웬일인지 사태는 이미 종결되었지만 '내 몸' 안의 소우주는 들끓고 있다. 그러니, 이제 바로 이 시점에서 이 시집의 가장 앞머리에 놓인 시의 제목이 「고별사」라는 것을 다시 확인해볼 필요가 있다. 시집의 첫 작품을 아무렇게나 선택하지는 않았으리라. 까닭이 있기 마련이다. 시 전문을 살펴보아야 마땅할 것이나 지면의 한계상, 시의 흐름과 문맥에 크게 해가 되지 않는 선에서 발췌하며 읽어보자.

두 개의 내가 있다고 합니다
둘은 하나의 상대어일 뿐,
알고 있는 모든 수의 무한 제곱일 수도 있습니다

고별사의 첫머리에 이중의 '나' 혹은 다중과 무한 겹의 '나'를 끌어들인 까닭은 위에서 살펴본 바와 같다.

허기가 폭발할 땐 쇠든 돌이든 턱없이 삼켜
스스로 불이 되려고도 한답니다
주여, 이 씹새끼여, 외치며
호방하게 술잔을 비운 다음
어두운 괄호 같은 게 되고 싶어도 한답니다

때론, 세상 모든 것을 소화시킬 수 있다는 의지로 들끓고 나아가 독신(瀆神)의 독기로 자신을 소진시키기를 자처하기도 하는 '나'가 있다.

몸 안의 모든 욕구를 비워
풀잎의 살랑임에도 바스라지는
깨끗한 적막이 되려고도 한답니다

때론, 정념과 열망의 흔적까지 모두 비워 최소심장으로, "적막"만을 감득하려는 '나'도 있다. 두 개의 '나'가 있다는 것이 아니다. 둘은 하나의 상대어일 뿐, 이와 같은 예는 무한 제곱이 될 수도 있다.

당신은 아무것도 선택하지 않으셔도 됩니다

　그러나, 이것은 온전히 '내' 안에서 일어나는 일이다. 이 모든 일의 귀결이 '당신'에게 귀책사유가 있는 것은 아니다.

　전쟁의 포성 아래에서도 풀이나 뜯는 노루 같은 게 되어
　이 세상과는 사뭇 다른 흙 속의 비밀로
　순한 문신을 새기고도 싶어집니다
　내겐 예쁜 무늬만 보면 늘 마음 아파지는 착한 소녀도 살고 있습니다

　당신은 계속 멀리 눈감고 계셔도 됩니다

　당신이 그리울 때면 길게 목을 빼고
　하늘만 바라봅니다
　넋 나간 기린처럼 이 세계에서 지워져
　순결한 아이들의 장난감으로나 다시 태어날지 모를 일입니다

　이 구절은 설명이 따로 필요 없을 것이다. 다만, "내겐 예쁜 무늬만 보면 늘 마음 아파지는 착한 소녀도 살고 있습니다" "순결한 아이들의 장난감으로나 다시 태어날지 모를 일입니다"와 같은 순한 고백으로 시가 마무리될 일이 아니라는 것을 우리는 이미 이 시의 첫 연에서부터 짐작할 수 있다. 더군다나 이 시집은 "나는 언제든 험악한 아이로 돌아갈 수 있다"(「그의 화장술」)와 같은 구절을 품고 있

다. 그러니 과연……

나는 불을 보면 환장하는 방화범의 후손입니다
아무리 서글프게 물을 들이켜도 뿜어져 나오는 건
방향도 없이 나부끼는 불길뿐입니다
검게 탄 시신이 되어 나는 오늘도 내가 흘린 모든 이름과
내가 벗어던진 모든 가면의 표정들을 오래도록 되새깁니다
당신이 누구였냐고 묻거나 묻지 않습니다
당신이 존재하였기에 당신을 부르는 건 아닙니다
다만, 당신이라 부를 수 있는
무언가를 믿고 싶었을 따름입니다

물이 불의 연료가 되는 삶은 얼마나 피로한 것일지. 내부를 단속하려는 적요(寂寥)가 보이는 것들을 모두 연소시키는 응전(應戰)의 형태로 표출되는 것을 알고도 변명하고 싶지 않은 삶, 그리고 그 때문에 더 깊어지는 간극과 그럴수록 양산되는 가면들, 어쩌면 이 구조야말로 게오르크 지멜이 수줍은 도시생활자의 정신 축도로 제시한 바와 가장 잘 부합하는 것이라고 할 수 있을지 모른다. 진정한 '나'와 지금 타인들과 악수하고 있는 '나' 사이에 수습하기 어려운 격차가 발생하고 있다는 것, 지멜이 도시생활자의 삶에서 수줍음이라는 것이 어떻게 치명적인 것이 되는가를 살핀 것은 이런 맥락이 아니었던가. 정신분석을 가져오자면 바로 그런 상태의 '나'가 "당신이라 부를 수 있는/무언가를 믿고 싶었을 따름"이라고 고백하는 것은 그럴 만한 충분한 이유가 있다고 하겠다. '당신'이야말로 실정적

이건 정황적이건, 정언적이건 가언적이건, 물리적이건 심리적이건 간에 잠재적으로 임재함으로써 '나'를 실재케 하는 존재이기 때문이다. 주지하듯, 이때 '나'는 환유한다. 첫 연에서 무한 제곱으로 표상된 '나'의 가면들 중 정확히 '내' 것인 것은 애초 있을 수 없기 때문이다.

별들이 무한 제곱으로 밤길을 새로 가설합니다
나는 걷습니다
내 걸음의 시작과 끝에는 아무도 없습니다
나는 걷습니다
무한 제곱으로 찢어지는 발걸음들이 각자의 몸을 찾을 때까지
이 정처 없음은 나의 유일한 정처일 뿐,

나는 없습니다
그러니 당신은 오래도록 나를 향유하셔도 됩니다
버리거나 즐기는 것도 당신의 몫입니다
나는 짓밟히는 게 천분이 된, 그저 하나의 길일 뿐입니다
단 하나의 어두운 길로 영원히 불타오르길 바랄 따름입니다

천둥이 치고 비가 쏟아집니다
벼락은 내가 기억하는 유일한 내 종족의 눈빛,
천공이 제 몸을 열어 나를 받습니다
나는 나를 기억하지 않을 작정입니다
긴 울음의 엄밀한 정도(正道)만 흙 속에 새겨놓을 것입니다

이처럼 적막한 카오스가 또 있을까? 강정은 지난 시집의 말미에서 사후(死後)를 언급했지만 이제 죽음 이후는 다시 사후(事後)가 되어 삶을 재촉한다. 어쩌면 이 시집에 "적막" "적멸" "적요" 등의 시어가 함께 등장하는 것은 우연이 아니다. 또한, 그가 "상처를 천 년 정도 문지르면 꽃이 필까/이 몸이 만 년을 견디는 나무가 될까"(「선인장 입구」) 하고 묻는 것도 까닭 모를 일이 아니다. 이미 내면에서 한 사태를 — 그것이 구체적으로 무엇이든 간에 — 완결지은 이가 '죽음 이후'를 '그 일 이후'로 맞고 있다면 그의 심중에 적요가 깃들지 않을 수 없기 때문이다. 그러나, 한 사태의 완결 이후에 찾아오는 이 적요는 에너지의 소멸이 아니라 오히려 카오스의 전야가 된다. 정처 없음을 유일한 정처로 받아들이는 심중은 적막을 카오스로 벼리는 시적 데미우르고스와 현실의 디오게네스가 함께 사는 공간이다. '여름의 광대' 연작에서 이렇게 말할 때 그는 이 모든 사태에 직면하여 비로소 카오스의 창조주요 적막의 현인으로서의 시인으로 사는 법을 발견한 것이라고 할 수 있다.

중심을 고수하기 위해서가 아닌,
중심이라 믿었던 것들의 비틀림을 고발하기 위해
목발은 단련된다

— 「여름의 광대 — 달」 부분

중심이 아니라 중심의 난분분을 고발하기 위해 중심을 짚는 것이란 적막 속에서 카오스를 부리는 법이 아니고 무엇이겠는가. 그것이 강정이 감각을 통해 탄생하는 우주를 지을 새로운 시어라는 모티프로 관철된 트릴로지의 대단원에서 얻은 결론이 아닌가 한다. 이제야 비로소 말을 하건대 이 모든 내면의 드라마야말로 바로 시의 관할 구역이 아닐 수 없다: "모든 문자는 몸속 비추는 거울 아닌가"(「그의 화장술」).

3

햇빛이
느린 걸음으로
다가와
창가에
부서지다

창틀 아래 탁자 위,

잿더미가
새하얗다

원래
이 탁자는

이곳에

없던 것이다

―「그것의 정체」전문

사태의 곡절은 아랑곳하지 않고 수수께끼와 미스터리 하나가 불현듯 시집에 제시된다. 서두에서 이 시집이 완결과 자유를 동시에 지니고 있다고 했다. 지금까지의 사정이 완결의 내력을 보여준다면 이 시는 사태를 완주한 이에게만 부여되는 자유의 움을 품고 있다. 그리고 그 자유는 적막과 카오스가 한 곳에 깃드는 현장에서, 가시계와 비가시계가 접점을 만드는 순간을 향해 장전된 언어를 통해서만 표현 가능한 것이다. 세심하게 들여다본다면 창작된 순서와 상관없이, 우리는 이 시집에서 이미 그런 기미를 품고 있는 아름다운 시 한 편을 주목할 수 있을 것이다. 바로 「지나간, 그리운 오열」이 그것이다.

연민에 사무쳐 흙을 퍼먹으며 울던 시절

길 가던 아이가 무슨 못된 생물을 살피듯
눈동자를 떨어뜨리고 지나갔다

구르는 눈알 속에서
새 한 마리 흙을 쪼며 퍼득퍼득 기어 나와
지구 뒤편 숨은 그림자를 펼칠 때,
먼 곳의 높은 탑이 기우뚱, 스스로를 의심한다

식도를 넘어선 흙알갱이들이 반죽한

붉은 별들의 끝없는 행렬

슬픔의 도돌이표인 양,

신의 항문에서 흘러나오는 설사인 양,

물오른 저녁의 헛것들 사이로

내가 퍼먹은 흙 자리에 피어난 검은 꽃

꽃의 뿌리에서부터 사선으로 갈라지는 대지

연방 새가 몸 안에서

먹빛이 된 하늘을 꺼내는 동안,

한 식경 전에 바라본 세계가 내 안에서 빠르게 곪고 있다

— 「지나간, 그리운 오열」 전문

인용된 시는 이 시집에서 가장 아름다운 시 한 편을 꼽으라면 우선적으로 검토되어야 할 작품이 아닐 수 없다. 지면의 성격과 한계상 여기서 이 시에 대해 자세히 분석하지는 않겠지만 이 시에서 우리가 확인할 수 있는 것은 생의 조건 속에서의 유한자의 슬픔을 무한이 체득되는 소우주인 몸과 결부된 이미지들을 통해 수일하게 표현하고 있다는 것이다. 이것은 후일담 형식의 상념의 진술이나 토로의 경향과는 흐름을 달리하는 것이라고 하겠다. 창작의 순서가 정확히 어떻게 되는지 확인할 수 없지만 이것은 사태를 대단원으로 이끈이의 심중에서만 생성 가능한 이미지들이 아닐 수 없다. 적막한 이도 카오스적인 불을 내뿜는 이도 이미지의 왕좌에 앉을 수 없다. 적

막한 카오스 혹은 카오스적인 적막을 겨냥하는 언어를 장전한 이만이 자신의 슬픔을 이런 방식으로 들여다볼 수 있기 때문이다. 이 시에 나타난 이런 미묘한 변화를 염두에 두고 앞서 인용한 시를 다시 살펴보자. 이것은 확실히 대단원 이후의 시다.

'그것의 정체'라는 제목이 이미 넌지시 겨누고 있는 것처럼 이 시는 기미와 운동 그리고 인식의 주체에 대한 것이다. 서구어의 문법을 설명하는 용어 중 흥미로운 것의 하나인 '비인칭가주어'라는 말을 떠올리게도 하는 '그것'이라는 말이 여기서는 낯설면서도 적확하다. 비인칭가주어를 사용한 서구어의 표현에 의하면 '그것'은 주체이기도 하고('It snows'), 기미이자 기운이기도 하고('It's getting dark'), 무정형의 실체이기도 하다('Who's it?'). 그리고 흥미롭게도 레비나스가 주목한 것처럼, 어떤 용례에서는 존재의 존재자로의 발현Il y a이자 존재의 은총Es gibt에 대한 표현이기도 하다. 참으로 다재다능한 '그것'이 아닐 수 없으되, 시 「그것의 정체」에서는 가시계와 비가시계의 누빔점으로서의 기능을 목록에 추가한다.

자세한 설명이 필요하겠으나 요지를 간추리자면, 창가에 부서지는 햇빛의 잿더미가 쌓이는 탁자는 사물의 관계(햇빛, 창살, 탁자)와 운동(쏟아짐, 부서짐, 받침)을, 즉 적막한 가운데 벌어지는 저 카오스적 관계와 운동의 전모를 겨냥하며 장전된 시어에 의해서 비로소 가시계에 얼굴을 내민다. 시 언어는 사물의 관계와 운동을, 정적인 것과 동적인 것을, 적막과 카오스를 가시적으로 틀 잡기 위해 장전된 무형의 화살이다. 이것은 트릴로지의 완결 국면에서는 없던 자유이다. 오호라, 트릴로지의 연출가였던 강정은 이제 자유를 위해 활을 들었구나.

시간이 이 세상 밖으로 구부러졌다
시여, 등을 굽혀라

고양이 새끼가 운다
어미 고양이를 삼키고 사람이 되려고 운다

급류를 삼킨 노을이
노을이 아빠가 되려고 운다

떠돌다 지친 다리가
다른 인간의 눈이 되려고
멀고 먼 샅으로 기어 올라온다

빛이 어디 있는가
뒤집어진 어둠의 골상을 판독하려
한나절의 시름이 그다지 깊었다

못 나눈 정을 전염시키려
낮 동안 오줌보는 그토록 뾰로통했다

혈관에 흐르는 오래된 문자들을
고양이의 꿈이 딛고 지나는 이마 위에 처발라라

팔다리는 공기가 멈춘 나무
낭심 아래엔 죽은 별 무더기

구부러진 어깨를 펴라
갈빗대에 힘줄을 얹어
마지막 숨을 길게 당겨라

발끝으로 세계의 끝을 밀어내고
이승 바깥에서 돌아 나오는
흰 새벽의 눈알을 찔러라

터져 나오는 세계의 명치에 구름을 띄워
이면이 없는 幻을 쳐라, 고요히 실명하라

실명하라

—「활」 전문

　부연 설명이 필요할까? 화살을 메기기 위해 등을 굽힌 시, 그 시
에 장전된 언어가 겨냥하고 있는 온갖 카오스와 카오스를 응시하는
적막을 헤아려보라. 시의 전반부와 중반부에 걸쳐 묘사된 다채로운
카오스적 사태는 그것을 관통하기 위해 화살을 메기는 이의 눈가를
어지럽히지 않는다. 난분분한 현상의 미혹에 "실명"한 이만이 "터
져 나오는 세계의 명치"를 겨냥할 수 있다. 감각을 통해 생성되는 우
주를 설명할 새 언어를 찾는 과정의 트릴로지를 완결 지은 이가 장

전한 언어가 이제 겨냥하는 것은 무엇일까. 자, 새로운 자유를 향해,
시인 강정, 준비하시고……

〔2011〕

실존과 이미지의 푸가

— 장승리 시집, 『무표정』(문예중앙, 2012)

1

삶의 자명한 진실 중 하나는 우리가 돌이킬 수 없을 정도로 스스로를 깎아가며 살아나간다는 것이다. 리처드 로티의 말마따나 마치 코일이 허물 벗듯 하나씩 벗겨지며 세워지는 것이 자아라는, 끊임없이 유동하는 허상이라면, 오늘의 나는 한 코일 벗겨낸 어제의 나일 뿐인데 실상 그것이 플러스 쪽인지 마이너스 쪽인지도 확신할 수는 없다. 예컨대, 170센티미터 남짓한 이 신체 어디에 자아의 알맹이가 들어 있을까? 어제의 나는 사령탑도 옥탑방도 아니다. 그리고 당연히 오늘의 나는 새마을의 나도 갱생의 화신도 아니다. 삶은 무(無)라는 일란성 쌍생아와 벌이는 잔여와 잉여의 싸움이어서 '나'는 차며 기울며 애써보는 것이다.

2

해 저물녘 나와 네 그림자를 어떻게 구분할 수 있을까 어둠을 발치
에 두고 괄호 밖으로 나가지 못하는 하늘이 구부러진다 죽었으면 좋
겠다고 생각했던 네가 죽었고 죽은 네가 또 죽었으면 좋겠다고 생각
한다 드라이버를 꺼내 들고 돌린다, 돌린다, 돌린다 조여지지 않는 너
의 죽음

나를 둘러싼 풍경이 폭삭, 주저앉는다 내 발자국이 밤으로 찍히는
양각 판화 속에서 네가 숨어 있는 집을 찾지 못한다 내가 서 있는 곳은
어딘가 이제 내가 서 있는 곳을 누구에게 알려야 하나 울먹이며 두리
번거리는데 바람이 얼굴을 치고 간다 바람을 붙잡는 바람은 없다

구름장이 흰자위까지 몰려왔다 유턴을 하면서 내게 묻는다 너는 몇
번째 너니 눈을 깜박이는 사이 방문이 저 혼자 삐거덕거리고 네 옷장
속에 내 눈물이 차곡차곡 개켜져 있다 눈물로 마지막 눈동자를 만들
순 없을까 나는 너를 볼 수 있지만 나는 너를 엿볼 수 없다

　　　　　　　　　　　　　　　　　　　　　　—「(1974~)」전문

노스럽 프라이는 서정시를 '엿듣는 발화'로 규정한 바 있다. 장승
리(1974~) 시인의 두번째 시집을 읽기 위해서는 그의 말에 잠시 귀
를 기울여보는 것도 해가 되지 않을 것이다.

서정시는 무엇보다도 엿듣는 발화인 것이다. 보통 서정시인은 자기 자신에게 혹은 그밖의 누구 — 자연의 정령, 시의 신, 개인적인 친구, 연인, 신, 의인화된 추상 개념, 또는 자연물 등 — 에게 말을 거는 척한다. [……]

말하자면 시인은 가령 그가 청중의 대변자가 되거나 또는 청중이 그의 말의 일부를 복창하는 일이 있다 하더라도 청중에게 등을 돌리는 것이다. (노스럽 프라이, 『비평의 해부』, 임철규 옮김, 한길사, 2000, p. 474)

말하자면, 노스럽 프라이는 청중에게 살짝 등을 돌리고 누군가에게 말을 거는 형식으로 발화하는 것이 서정시라고 정의하고 있는 것이다. 그의 견해에 따르면 서정시의 언어는 분절되는 순간 무대와 청중을 소환한다. 물론, 이 견해에 대해서는 비평적 극복이 필요하다. 최근의 시들을 요령 있게 설명하자면 화자를 주체로 무대를 세계로 재편해야 할 절실한 이유들이 있기 때문이다. 그러나 오늘은 날이 아니다. 그리고 장승리 시인의 두번째 시집을 읽기 위해서는 노스럽 프라이의 청중이 되어주는 것도 나쁘지 않아 보인다. 아니, 그런 정도가 아니라 어쩌면 프라이의 저 유명한 언명은 이 시집에 대한 맞춤형 설명이 될 수도 있어 보인다. 이 시집에 실린 시의 상당수가 그야말로 엿듣는 청중을 등지고 누군가에게 건네는 말들이기 때문이다. 그리고 그 방백은 다정하며 아프다.

이 시집에서 중심적으로 말 건넴의 대상으로 상정되는 것은 '너'라는 인칭대명사로 지칭되는 누군가이다. 어쩌면 이 시집의 제목은 사회화된 해석을 덜어내고 글자 그대로 '너를 부르마'가 될 수도 있었을 것이다. 시집에는 '너'를 부르는 목소리가 가득하다.

그런데, 모든 시에서 '너'가 동일한 대상인지 아닌지는 삼자인 독자의 편에서 단정할 수 없는 것이지만 우리는 두 가지 방향으로 '너'에 다가갈 수 있다. 하나는 시인 스스로가 작품 속에서 던져주는 단서들을 통해서이고, 또 하나는 '나'가 개별 작품 속에서 '너'를 부르는 방식 그리고 그것에 대해 '너'가 응답하고 재차 '나'에 대해 화답하는 양상을 통해서이다.

인용된 시를 보라. 제목과 구체적 사실관계가 부합한다는 느슨한 알리바이가 하나 주어져 있다. 이것을 전제로 우리는 이 시를 읽을 수 있을 것이다. 그러나 그것을 확정하는 것이 시를 읽는 주요 관심사가 되어서는 안 될 것이다. 우리는 그저 시가 생성시킨 저 내적 실재의 공간에서 무슨 일이 일어나는지를 음미하면 된다.

시의 문장 중에서 키가 되고 있는 "너는 몇번째 너니"가 가장 아프다. 1연의 첫머리에 주어져 있듯이 '너'는 '나'와 구분되지 않는다. 자신과 구분되지 않는 어떤 존재자에게 동경과 공격성을 동시에 느끼게 된다는 저 유명한 정신분석의 정식을 떠올려보면 '나'와 구분되지 않는 '너'의 죽음을 요구하는 까닭을 이해하게 된다. 해 질 녘의 귀가는 이처럼 치명적이어서 결코 바람직하지 않다.

시를 논리로 읽어야 하는 해설자의 업무를 수행하며 2연을 보자면, 2연은 1연의 정황이 무엇인지를 잘 보여주고 있다고 하겠다. 2연은 역설이다. '너'의 죽음을 그토록 갈망했던 까닭은 그것이 두려웠기 때문이다. "내 발자국이 밤으로 찍히는 양각 판화" 즉, 저물녘이 지나 더 이상 '내 그림자'의 형상과 행방을 찾지 못하게 되는 시간이 되자 '내 그림자'와도 같은 '너'의 죽음이 확정되는 대신 '너'가 유실

된다. 그리고 그림자의 유실 속에서 '너'의 죽음이 환기되자 오히려 '나'의 삶이 흔들린다. "나를 둘러싼 풍경이 폭삭, 주저앉는다"는 말은 금기가 갈망이었음을 확정하는 말이다. 그림자가 유실되고 '네가 숨어 있는 곳'이 좌표에서 사라지자 그와 동시에 발생하는 사태는 '내'가 서 있는 곳의 좌표가 흔들린다는 것이다. '너'의 망실 앞에서 시의 주체는 자신의 좌표에 대한 확신을 잃는다. '나'의 좌표는 '너'의 보증으로 성립된다. '너' 없이는 두리번거리는 삶일 뿐임이 자명해진다; "이제 내가 서 있는 곳을 누구에게 알려야 하나 울먹이며 두리번거리는데."

그러니 모든 귀가는 "너는 몇번째 너니" 하는 질문 앞에 서는 행동이다. 해 질 녘 귀가는 이처럼 위험천만한 일이다. 시시각각 유실되는 것이 자아라면 어떤 자아망실도 실은 자아의 구축 과정이다. "나는 너를 볼 수 있지만 나는 너를 엿볼 수 없"는 까닭은 '너'에게 들키지 않고 '너'를 볼 수는 없음을 의미한다. 그리고 이는 마치 망각을 말함으로써 망각의 대상을 매순간 호출하듯 '너'의 죽음을 갈망함으로써 '너'를 등에 업게 되는 것과 같다. 사투가 시작되고 있음이다.

3

눈이 내린다 반투명 유리를 사이에 두고 눈의 그림자가 내린다 그림자 무늬를 두른 이 시간이 온통 낯선 얼굴뿐인 빈 방 같다 앉을 자리를 찾지 못하고 귀 끝까지 빨개진 나에게 옆자리를 내어주지 않는 그

림자여 너는 왜 모르는가 내가 너의 가장 차가운 피부라는 걸 내가 막
눈송이 하나가 되어 떨고 있다는 걸 서로의 몸속으로 파고들 수 없는
우리는 덩그러니 마주 보며 서 있는 골대들 같다 타고나기를 그라운
드가 무서운데 승부가 무슨 소용인가 네 표정으로 스코어를 짐작하다
승패가 갈리기 전에 벨벳 커튼을 친다 승자와 패자의 온도 차로 이슬
이 맺힌다 몸 위로 주르륵 물이 흐른다 몸에 모서리가 생기고 모서리
에 곰팡이가 핀다 너와 나 사이의 거리가 얼마나 더 두꺼워야 이 추위
가 끝나나 오줌이 마렵다 어젯밤 꿈에서 나는 깨끗한 화장실을 찾지
못했다

─「직사각형 위에 정사각형」 전문

　　우리는 장승리 시인의 첫 시집의 제목이 『습관성 겨울』임을 기억
한다. 그리고 그에게 겨울이 왜 습관성인지는 비로소 이 시를 통해
확실해진다. 앞서 읽은 시를 염두에 둘 때, "너와 나 사이의 거리가
얼마나 더 두꺼워야 이 추위가 끝나나"라는 말에 부연이 필요할까?
해설은 필요할 것이다.

　　대개 시적 관심이 자아 표상의 내감에 대한 것인 경우 우리가 가
장 먼저 확인하게 되는 것은 집요함과 피로이다. 그리고 그 집요함
이 왜 독자에게까지 전달되어야 하는지를 곰곰 생각해보게 하는 경
우도 많다. 그러나, 장승리 시인의 시는 머리를 울리는 것이 아니라
가슴에 먼저 박힌다. 인용된 시는 집요한 대신 아름답다. 이 시인은
진술하지 않고 이미지로 말하기 때문이다. "직사각형 위에 정사각
형"이라는 시집 제목은 그의 기예에 대한 확실한 알리바이가 된다.
축구장의 "골대" 이미지가 시에 사용되었음을 알기에 이 제목은 승

부와 거리에 대한 명료한 이미지로 선명하게 눈에 밟힌다.

눈이 내리는 까닭, 다시 '습관성 겨울'이 찾아오는 까닭은 '너와 나 사이의 거리' 때문이다. 그러니 이 추위는 습관성일뿐더러 실존적이다. '너'가 환기되는 시간의 온도가 간극의 바로미터이다.

네 꿈속에서 나는 옷이 참 많았지 옷을 껴입을수록 앙상해지는 널 보며 너무 추웠지 옷이 부족했지 꿈이 더 필요했지

—「다른 시간」 부분

이 시집에서 추위가 환기되거나 눈이 내리는 계절이 거듭 찾아오는 정황을 여러 번 인용할 수 있지만 대표적으로 하나만 더 부기하자면 아마 이런 대목이 될 것이다. 이 짧은 구절은 '직사각형 위에 정사각형'의 반복만큼이나 에셔M.C. Escher적이다. 추위는 '네 꿈'속에 등장하는 '나'에게 꿈이 더 필요하기 때문에 찾아온다. 그러니 다시 「직사각형 위에 정사각형」으로 돌아가자면 "마주 보며 서 있는 골대들"처럼 거리를 좁히지 못한 채, 그라운드를 무서워하는 이에게 중요한 것은 승부가 아니라 꿈이다. '너'는 추위의 표상이자 꿈의 표상이다. "너와 나 사이의 거리가 얼마나 더 두꺼워야 이 추위가 끝나나" 하고 묻지만 '너'와의 거리는 꿈이 파놓은 심연의 깊이에 비견된다. "내가 너의 가장 차가운 피부"라는 구절이 서늘한 까닭은 '너'를 호출함으로써만 마음이 차갑게 풀리는 '나'의 실존적 추위가 대번 실감되면서 동시에 아름답기 때문이다.

4

살펴본 것처럼 이 시집의 기본 기조는 '나와 너 사이의 거리' 그리고 그 거리에서 불어오는 실존적 바람과 추위이다. 그렇기 때문일까? 이와 더불어 역시 빈번하게 읽어낼 수 있는 것은 균형과 밸런스에 대한 요청이다. 서두에 언급했듯, 오늘의 나는 고정된 장소가 아니라 어제의 나로부터 잔여와 잉여를 거듭해가는 과정일 뿐이라고 했을 때, 어제의 나인 '너'와 오늘의 나 사이에서 중심을 지탱하려는 열망은 양자 사이의 거리에서 환기되는 추위만큼이나 강렬하다.

> 지나간 봄이 뒷걸음쳐 낳은 밤
> 네 얼굴들을 네 얼굴에서 씻어 내야 하는 계절
> 전깃줄에 매달린 빗방울들 일제히 왼쪽으로 쏠린다
> 빨래집게에 집힌 채 나 비바람에 뒤집힌다
> 마저 죽을 수 있도록
> 옆으로 몇 발짝이라도 움직일 수 있도록
> 자다 말고 밸런스, 라 외친다
>
> ─「모르고 하는 슬픈 일」 부분

"네 얼굴들을 네 얼굴에서 씻어 내야 하는" 것은 시간의 숙명이다. 그리고 잔여에 대한 이 감각은 정확히 잉여에 대한 감각과 합동이다. "마저 죽을 수 있도록" "밸런스"를 외치는 까닭이 바로 그것이다. 이 시의 앞부분은 다음과 같다.

몸이 닳아 사라질 때까지
내 꿈속에서 목욕을 해야 하는 벌을 받고 있다 넌
온몸에 비누칠을 하고 있다
비누 거품에 파묻혀
끝끝내 나와 눈을 마주치지 못하는 네가 너무 그립지만
영영 닳지 않는 지옥 속에서 난
더럽게 깨끗하다

'너'는 '내' 꿈속에서 '나'의 잉여와 과잉을 덜고 씻어내는 시시포스의 형벌을 대리 수행하고 있고 앞서 보았듯, 그런 '너'의 꿈속에서 '나'는 '너'와의 거리가 만드는 추위 속에서 꿈을 꾼다. 그런 의미에서 볼 때, 이 에셔적 순환 구조 안에서 '너'는 바로 내 욕망의 잔여물이다. 다시 말해, '너'는 '내' 꿈속에서 잉여와 과잉을 정돈하는 잔여이다. 그리고 그 잔여의 꿈속에서 '나'는 다시 욕망과 잉여의 새살을 불린다. 이 물레질은 끝이 없다. 삶 자체가 잔여와 잉여의 연속이다. 그러니, 무의식중에 "밸런스"를 외치는 것은 너무나 합당한 일이다. 비록, 무의식중에도 평온에 대한 갈망을 멈출 수 없다는 것은 또 다른 슬픔일지언정 ; "밸런스가 절실했지만 한쪽 귀는 열 수 없는 문이 되었고 다른 쪽 귀는 가라앉는 돌멩이의 침묵 쪽으로 계속 자라는 중"(「강물」 부분).

5

그런데 밸런스에 대한 요청과 더불어 눈에 띄는 것은 그것이 시집의 여러 곳에서 이렇게 변주된다는 것이다.

> 두 개의 혓바닥
> 하나는 울며
> 하나는 내리치며
> 정확하게 사랑받고 싶었어
>
> ——「말」 부분

> 두 개로 갈라진 그녀의 혓바닥 중 왼쪽은 모래성일지도 모른다 나는 왜 파도를 음미할 줄 모르는가 오른쪽을 사랑할 수 없는가
>
> ——「콤플렉스 산책」 부분

> 왼쪽은 아카시아뿐인 산
> 오른쪽은 길게 이어진 야자수
> 포개질 수 없는 풍경 속
> 포개지는 길 위로
>
> ——「머리카락 타는 냄새가 난다」 부분

그러니까, 밸런스에 대한 요청은 왼쪽과 오른쪽의 차이에 대한 감각으로 변주된다. 처음 인용된 시를 보라. 차이가 말이 될 때는 두 개

286

의 혓바닥이 되고 이때 두 개의 혓바닥이 각기 발설하는 것은 슬픔과 책망의 말들이다. 그리고 두번째 인용된 시에서 보듯 이 양자는 슬픔으로 쌓는 모래성과 질책의 노도에 비견된다. 그러므로 인용된 첫 시의 마지막 행은 절창이다. 슬픔과 책망 양쪽의 균형점을 "정확하게" 지킴으로써 사랑은 태동한다. 다시 말해 반성적 성찰과 욕망이 배를 맞추고 부동하는 지점에서 사랑이 태동한다는 것을 그는 알고 있다.

밸런스에 대한 요청이 풍경의 옷을 입을 경우 세번째 인용된 시에서와 같은 구절을 얻을 수 있다. 여기에서도 시각장의 중심은 한 기후 속에서 포개어질 수 없는 왼쪽과 오른쪽의 풍경이 에셔의 그림에서처럼 환영적으로 포개어지는 길의 소실점이다. 물론, 이 환영 역시 욕망의 소산이다. 그리고 다시 한 번 이 욕망은 이런 식으로 재변주된다.

오늘은 느리게 슬프고
내일은 더 빠르게 슬펐다

정렬된 묘비는 왜 봐도 봐도
질리지 않는가

죽음이 흰 악보를 연주한다
빛의 건반 위로 어둠의 변주가 되풀이된다

회전목마를 타고 싶다

어지러운 걸 좋아하는 어제 어쩌면 어머니

우주라는 단어가 공전한다
땅을 뚫고 하늘이 쏟아진다

—「푸가의 기법을 들으며」 전문

'나'와 '너'의 끊임없는 회전이 파는 심연은 추위의 근원이지만 또 다른 한편으로 그것은 아니러니하게도 욕망과 삶의 근원이 된다. 회전의 정지는 곧 평온과 균형을 의미하지만 그것은 도플갱어의 만남에서만 성립되는 죽음과 무를 지시하는 것과 다르지 않다. 인용된 시에서 푸가의 현란한 변주가 정렬된 묘비와 나란히 놓이게 되는 까닭은 바로 그 때문이다. '푸가의 기법'은 복잡한 화성들이 실상 대단히 정밀하게 균형을 이루는 대위법을 의미한다. 대위법이 무엇인가? 그것이야말로 완벽한 음악적 밸런스의 천상적 집약이 아닌가? 바로 그 정밀하고 아슬아슬한 밸런스의 중심에서 정렬된 묘비를 보는 것은 비유에 그치지 않는다. 흰 건반과 검은 건반이 벌이는 푸가의 향연은 회전목마처럼 아찔하고 땅과 하늘이 상호침투하며 우주가 공전하는 절기에 가까운데 그 한 중심에 놓여 있는 것은 엄연하게도 정지와 고요 그리고 죽음이다. 푸가에서 죽음을 보는 자는 시인이요, 그 죽음을 집행하는 자는 한 치도 어김없는 밸런스의 날개를 지닌 사신이다. 밸런스가 욕망의 대상이지만 동시에 손에 쥐어서는 안 되는 치명적 물건처럼 언제나 유예되어야 하는 것은 이 때문이다. 그러니 '나'와 '너'의 회전의 동력은 삶 그 자체가 아닐 것인가.

월요일이 비처럼 내리는 밤 일요일 밤 여관 같은 밤 화요일이 엿보
는 밤 눈과 시선이 겹도는 밤 0과 1 사이에 세워진 정신병원을 세는
밤 그림자가 피의 성분으로 느껴지는 밤 따질 수 없는 밤 산 잠자리를
흙 속에 묻고 물을 주는 밤 눈물 대신 혓바닥을 삼키는 밤 훔친 메모지
와 훔친 연필이 서로를 노려보는 밤 떠나는 기차 대신 떠나온 금요일
을 응시하는 목요일 밤 버림받은 수요일 밤 수태되기 전날 밤 기억나
지 않는 밤 구운 쥐가 밥상 위에 오른 밤 앙상한 토요일 밤의 이마를
관통한 총탄 자국 웃는 밤

—「무표정」 전문

제목은 '무표정'이지만 우리는 이 시에서 '너'를 대하는 표정이 조
금은 달라져 있음을 알 수 있다. 이 시 역시 푸가의 변주이기 때문이
다. 여기서 무표정은 원인이 아니라 결과이다. 무가 요청되는 까닭
은 인용된 시에서 다채롭게 변주되는 이미지들을 대위법적으로 정
돈할 진공이 있어야 하기 때문이다. 대칭을 자세히 푸는 것은 해설
의 월권이므로 생략하되 그 중심에 "그림자가 피의 성분으로 느껴
지는 밤"과 같은 구절이 있음은 말해두는 것이 좋겠다. 앞서 '너'가
'나'의 그림자로 종종 비유되었다는 것을 다시 상기한다면 이 구절
은 '나'와 '너'의 회전의 동력이 삶 그 자체임을 재확인하는 것에 가
깝다고 할 수 있다. 푸가의 한가운데 죽음이 있듯이 이미지 대위법
의 한가운데에 무가 있다. 그리고 그 무로 인해 비로소 '너'와 '나'의
회전은 견뎌지되 견뎌야 하는 견딜 만한 사태가 될 수 있다.

나와 너의 손을 잡는다 창문이 열린다 눈이 내린다 풍경이 느려진
다 완벽해라고 말하는 네 얼굴이 불편해 보인다 너의 왼쪽 눈은 돌멩
이 같고 오른쪽 눈은 수초 같다 다른 색깔의 눈물이 네 양 볼을 타고
내려온다 내가 집중하는 것은 못내 울어버린다 꿈이 물이 되고 물이
꿈이 되는 시간 자유롭게 헤엄치는 내 옆에 강보에 싸인 너는 도무지
울지 않는 완벽한 아가 안거나 등에 업고 헤엄칠 필요가 없다 죄의식
도 놀이가 되는 곳 마음과 인연이 분리되는 곳 위로 다시 눈이 내린다
pardon pardon 눈 위를 걷는 내 발자국 소리에 잠이 깼다 벌떡 일어
나 외친다 임금님 귀는 당나귀 귀 당나귀 귀 당나귀 귀 베어내지 못하
는 되새김질 지축이 흔들린다 계속 누설되는데 왜 너는 무너지지 않
는가

—「밸런스」 전문

죽음을 갈망하던 대상과는 어떻게 손을 잡는가? 그 죽음이 스스
로의 소멸과 대위법을 구성한다는 발견을 통해 가능하다. 그러나 그
렇다고 해서 인용된 시에 해피엔딩과 미봉이 있는 것은 아니다. 해
피엔딩과 미봉은 틀림없는 과잉이기 때문이다. 잔여와 잉여의 대위
법에 어긋나는 화해는 애써 창조한 푸가를 망친다.

시의 앞부분에서 '나'와 '너'가 손을 잡자 이내 눈이 내리는 것, 중
심에 서자 회전의 풍경이 느려지는 것에 대해서는 이제 다시 설명이
필요할 것 같지 않다. 다만, '나'와 '너'가 손을 잡는다고 해서 곧바
로 사태가 밸런스의 완성으로 귀결되지는 않는다는 것을 기억하자.
죽음과 무는 원리로서 중심이지만 생으로서는 종결이다. 이 오래된
해후가 다시 생산하는 것은 비대칭과 불균형이다. '완벽해'라고 말

하는 순간 완벽은 사라진다. 영점에 도달할수록 비대칭과 불균형이 커 보인다. "꿈이 물이 되고 물이 꿈이 되는 순간"이 반복되듯이, 유영하는 이와 강보에 싸인 이, 울고 있는 이와 우는 것을 지켜보는 이가 상호침투하고 죄의식과 놀이가 상호변환되는 것은 필연이다. 그리고 '너'가 환기될 때 어김없이 엄습하는 추위와 용서가 교차하는 것 역시 필연이다. 눈 밝는 소리에 대한 음차로, 그리고 '너'와의 불화를 포용하는 용서라는 의미의 시어로 사용된 'pardon'이 꿈에서 현실로 돌아오는 주문이 된 것에는 바로 그런 사정이 있다. "임금님 귀는 당나귀 귀"를 외치는 것은 꿈속에서 대면한 '너'를 고발하며 소환하고 싶은, 그리하여 아이러니하게도 환영의 현존을 연장시키고 픈 발설이 되고 그런 누설(漏泄)은 현실에서 다시 누설(累雪)이 된다. 그리하여, "왜 너는 무너지지 않는가"를 동시대의 다른 시들에서 흔히 보이는 집요한 자의식과 확연히 달라 보이게 하는 것은 이 영탄이 내치며 끄는 호소이기 때문이다. 그리고 이미지의 푸가를 통해 '나'의 현실에서 '너'의 꿈이 시작되기 때문이다. 바흐에게 푸가가, 에셔에게 무한 공간의 수수께끼가 있다면 장승리에게는 바로 이와 같은 이미지 회전의 기예가 있다.

〔2012〕

사이를 듣는 귀와 견딤의 가설
─ 이은규 시집, 『다정한 호칭』(문학동네, 2012)

1

이은규 첫 시집의 부제는 '21세기의 서풍부(西風賦)'라고 붙일 법하다. 이 시집은 그야말로 바람에 부치는 앨범이라고 해도 과언이 아닐 정도로 바람에 대한 노래들로 넘쳐난다. 바람뿐이랴, 바람 있는 곳에 따르기 마련인 꽃과 구름 그리고 나무들 역시 이 젊은 시인의 시계(視界)를 가득 메우고 있다. 그런데, 서둘러 단언하고 급히 오해를 막자면 이 시는 바람과 구름에 바치는 노래가 아니라 그들에게 부치는 노래라는 것을 우선적으로 말해야겠다. 틀림없이 자연물과 자연 현상을 빈번하게 다루고 있는 시들 속에서 우리가 주요하게 읽어낼 수 있는 것은 대상으로서의 자연이나 본성으로서의 자연이 아니라 운동과 작용 그리고 효과로서의 자연이라고 할 수 있겠다. 아니, 좀더 정확히 말하자면 이 시집은 자연을 다루고 있다기보다는 자연의 산물들이 만들어내는 장(場)을 우리의 눈앞에 드러내 보이고 있다고 하는 게 좋겠다. 다시 말해, 이 시집에 실린 노래들은 대상을 기리는 송(頌)이 아니라 대상에 대한 사유를 장중하게 드러내는 부(賦)에 가깝다는 것이다. 바람과 구름은 상찬의 대상이거나 위로의 기능물이 아니라 그 자체로 친교의 주체이며 밀어의 궁륭이다. 실상 이 시집의 모든 것은 자연의 주인공들이 서로 당겨안고 밀어내는 리듬에 관한 것이다. 자연 앞에서 이은규는 호소하고 하소연하는 입이 아니고 태연함과 무사함의 기미를 맡는 코도 아니며 구원을 갈구하는 손도 아니다. 그는 나무, 바람, 구름 같은 것들이 나누는 친교의 밀어를 듣는 귀다.

2

그러니, 우선, 귀 얘기를 먼저 하지 않을 수 없다.

누가, 두 귀를 잘라 걸어놓았을까

유리창 너머 금속성의 귀
노을을 흘리며 허공을 듣고 있는 청진기였다
의료에 쓰이기보다 헤드셋에 가까운

당신을 듣기 위해 항상 열어두었던 내 귀
채집된 음을 기억의 서랍 속에 숨겨놓은 날이 길다
귀는 깊어 슬픈 기관일 거라는 문장

말더듬이였던 당신
마음을 따라가지 못한 말들이 몸을 떠도는 거라는 소견이 있었다
함께 받은 처방은
구름의 운율에 따라 문장 읽기를 하라는 것
혹은 가슴에 귀를 대고 기다려주기

청진, 듣는 것으로 보다 [……]

이제 당신은 멀리 있고
청진할 수 있는 날이 오지 않을 것이므로
두 귀는 고요한 서랍이다

그때의 구름만 내재율로 흐르는 창

—「청진의 기억」 부분

　가장 고귀한 감각은 시각이라고 말했던 한 근대 철학자의 말마따나 종종 보는 것이 으뜸인 까닭인지 듣는 것은 항상 다른 감각에 부속되거나 적어도 수동적인 것으로 인식되어온 것이 보통이다. 물론 백 번 듣는 것이 한 번 보는 것과 동등하게 교환되지 못하는 일상의 세계에 우리는 살고 있다. 그런데, 듣지 않으면 안 되는 일들이 있다. 들어야만 하는 일들도 있고 들을 수밖에 없는 일들도 있다. 인용된 시의 말마따나 청진(聽診)은 듣는 것으로 보는 것일 터이다. 들리지 않는 것을 보려고 할 때 상상력은 종종 의혹과 인과에 휩쓸린다.

그러나 보이지 않는 것을 듣고자 할 때는 얼마나 다른가. 들을 때, 우리는 대상과 함께 중심을 맞든다. 빛의 미궁이 지닌 비정보화의 영역보다 소리의 중심이 지은 불명(不明)의 미궁이 듣는 상상력의 거처로 알맞다. 보면 거머쥐고 들으면 밀교한다. 그것이 청진의 운명이다. "귀는 깊어 슬픈 기관일 거라는 문장", 그것은 관계의 미궁에 관한 문장이다.

이은규가 전하는 또 하나의 문장, 말을 더듬는 이가 전하지 못한 말이 몸을 떠돈다는 문장은 아름답다. 그러니까, 두 개의 말이 떠돈다. 말을 더듬는 '당신'이 전하지 못하는 말의 일부는 당신의 몸 안을 떠돌고 일부는 '음을 채집하는 나'의 "기억의 서랍" 속에 유폐된다. 말더듬이와 소리 더듬이가 한 소리를 둘로 나누어 지닌다. 하나는 몸속에 또 하나는 기억 속에. 지시 대상의 과녁으로 화살처럼 날아가지 못하는 말, 그 말의 이중적 삶 ─ 소리의 도플갱어랄까 ─ 이 있기에 청진은 항시 지연된 도달이며 미만한 소통이다. 짝패를 찾기 위해, 말의 조각을 찾기 위해 듣는 이의 귀가 여기 있다.

3

모든 소리들이 죽지 않는 건 귀가 있기 때문이다

귀는 당신의 말들로 붐비고
이미 듣지 않거나, 돌려보낼 수 없는 약속들의 절기
화색(花色)의 속도가 바람으로 질 때

꽃을 잃어버린 나무는 서둘러 푸른 잎들을 틔운다
잎은 꽃에게로 열린 나무의 귀

일렁이는 잎들은 허공의 소관일 것
바람을 동경해 바람으로 흩어진 사람이 있다
들리는 순간 약속이 되어버린 말들
오래전 들었던, 그러나 돌려보낼 곳을 잃은

나무는 봄 내내 난청을 앓다
꽃이 보이는 순간, 제 그림자로 지는 화색을 듣게 될 것이다

착란의 봄이 꽃을 따라가면
남겨진 나무의 계절이란 꽃 진 자리의 허공을 견디는 일
귀는 한 목소리를 가진 말들로 붐비고
나무의 난청은 꽃에게서 와서 꽃에게로 가는 중이다

누워서도 아직 흔들리고 있을까
땅 밑을 흐르고 있을 추운 바람

서서히 청력을 잃는 방법, 미로성(迷路性) 난청을 소원하다
길을 잃어버린 그해 꽃이 다시 들려올까
몇 잎의 귀를 떨어뜨리며 묻는 나무에게
추운 바람을 빌려 잎들을 거둘 뿐이다
언젠가 난청의 소원이 이뤄질 때

꽃, 닫힌 귀의 나무 그림자로 지는

—「꽃은 나무의 난청이다」 전문

난청이란 무엇인가? 소리의 영역에서 그것은 들음의 어둠이다. 다시 말해 그것은 결여의 표지이다. 시가 결여로 숨쉰다는 현자들의 잠언을 귀담아 듣자. 난청을 초점화함으로써 이은규는 벌써 시의 핵심에 다가가고 있다. 그의 시를 움직이는 것은 바로 이런 방식의 결여다. 미리 말해두건대, 그가 사이와 허공에 그토록 예민한 것은 그것이 바로 결여의 중심이기 때문이다. 그러나, 우리는 그 중심에 가 닿기 전에 청진이 자연에 대해 어떤 사태를 낳는지를 조금 더 보기로 하자.

자연을 다룬 이은규 시의 중요한 특징은 듣기 때문에 세팅되는 ─이 어설픈 외래어로 표현할 수밖에 없는 게 아쉽다 ─ 관계와 운동을 대상물 대신 늘 시의 중심에 둔다는 것이다. 꽃이 바람이 구름이 나무가 초점을 받는 것이 아니고 이들의 밀교가 그 중심에 놓인다는 것이다. 달리 말해 그는 그 관계의 밀어를 시로 발설하고 있다는 것이다.

인용된 시에서 꽃과 나무의 관계는 앞서 살펴본 시에서 말더듬이의 말을 온전히 지니지 못하고 일부만 서랍에 지니며 그것이 정말 저 말더듬이의 것인지를 항상 궁금해한다는 귀머거리와 말더듬이의 관계와 조금도 다르지 않다. 자연에 대한 이런 통찰이, 젊은 시인들에게 있었는가? 꽃 진 나무가 허무와 상실의 메타포가 아니라 발화를 분절시키고, 못 들어 '미치는' 귀로 실존한다는 말을 들어본 일이 있는가? 잠시 눈앞에 반짝였던 발화 때문에 귀는 내내 난청을 앓는다. "들리는 순간 약속이 되어버린 말들/오래전 들었던, 그러나 돌려보낼 곳을 잃은" 말들, 현재의 발설이 바로 미래의 퍼즐이 되는, 제 난 곳 모르는 말들을 섞는 것이 꽃과 나무의 주업이라니.

그러니 "나무의 난청은 꽃에게서 와서 꽃에게로 가는 중이다"라는 문장은 예사롭지 않다. 이 문장은 "마음을 따라가지 못한 말들이 몸을 떠도는 거"(「청진의 기억」)라는 문장의 패러프레이즈이다. 꽃과 나무를 말더듬이와 귀머거리로 듣는 귀가 있다는 말이 사실이잖은가?

그러니, "미로성(迷路性) 난청"을 소원한다는 것은 '부재를 휩싸고 도는 침묵의 노래'를 갈구한다는 바로 그것과 전혀 다르지 않다.

4

그렇다면 그는 무엇을 듣는가? 그의 경청의 시선은 침묵과 사이와 허공을 향한다.

펼쳐놓은 책장에 숨어 있는 길
문장보다 즐겨 읽는 행간 사이, 그늘이 고인다

책을 읽다 바라본 하늘
새 한 마리 허공에 곡선을 그리며 지나갈 뿐
그때 구름은 흩어지며 아플까, 아프지 않을까

묵독이 알맞은 절기

한 목소리의 부재가 없는 목소리로 이어지고
길 위를 서성이는 그림자 한 뼘씩 길어진다
행간의 그늘에 물들어버린 동공
이제 동공은 활자들의 리듬에 따라 움직일 것

음독(音讀)이 전부였던 시간이 있었다
인간의 목소리가 잠든 활자를 깨워준다고 믿었던 때
믿음은 깨지는 순간 비로소 믿음이다
묵독의 기원은 경전을 동공에 새기려 했던
어느 불온한 수도사에게 있다
기록되는 순간, 잠들어버릴 문장보다
행간 사이를 헤매는 것으로 길을 찾고 싶었을
그는 동공에 고인 그늘이 무거웠을까, 무겁지 않았을까
이단의 독법이라며 수군거렸을 입들
얼마 후 그를 봤다는 사람을 찾을 수 없었다

부재하는 목소리의 그림자가 길어질수록
내내, 묵독의 절기를 건너야 할 동공
기록되지 않을 새의 날갯짓이 사라지고
허공의 밑줄 아래로 흩어졌다 모이는, 한 점 구름

—「묵독(默讀)」 전문

이 시에서 주목해야 할 것은 침묵과 사이 그리고 허공이라고 할 수 있다. 물론 이들의 공통점은 비어 있음이며 중요한 것은 그것이 단지 아무것도 없음을 의미하는 것이 아니라는 것이다. 이 공동(空洞)은 실체들의 좌석이 아니라 사물들이 운동하고 작용하는 공간이라는 의미를 지닌다. 다시 말해 그것은 실체의 공간이 아니라 관계의 공간이다. 침묵이란 목소리와 목소리의 사이지만 다른 식으로 말하자면 "한 목소리의 부재가 없는 목소리로 이어지"는 시간의 공동이라고 할 수 있다. 그러니까 침묵은 소리의 길 잃음이 아니라 "행간 사이를 헤매는 것으로 길을 찾고 싶었"던 이가 운동하는 영역이다. "부재하는 이의 목소리의 그림자가 길어질수록" 침묵은 더욱더 간절한 운동이 된다. 음독(音讀)은 실체를 일일이 호명하는 일이다. 반면 묵독은 실체들 사이를 해독하는 행위이다. 그렇기에 그것은 "사이"이자 "허공"과 결연된 행위이다. 이 시인은 이처럼 부재와 결여로부터 사이로 이동한다.

눈썹과 눈썹 사이
미간이라 부르는 곳에 눈이 하나 더 있다면
나무와 나무 사이
고인 그늘에 햇빛 한줄기 허공의 뼈로 서 있을 것

최초의 방랑은 그 눈을 심안(心眼)이라 불렀다
왜 떠도는 발자국들은 그늘만 골라 디딜까
나무 그늘, 그의 미간 사이로 자라던 허공의 뼈

먼 눈빛보다 미간이 좋아
바라보며 서성이는 동안 모든 꽃이 오고 간다

나무가 편애하는 건 꽃이 아니라 허공
허공의 뼈가 흔들릴 때 나무는 더 이상 직립이 아니다
그늘마다 떠도는 발자국이 길고

———「미간(眉間)」 부분

이 시의 제목은 "미간"이다. 음독에서 글자가 아니라 글자 사이를 읽는 이가 있듯이 여기에는 눈썹을 바라보는 것이 아니라 눈썹 사이를 보는 이가 있다. 그리고 미간에 대한 응시는 이내 "나무와 나무 사이"에 대한 상상력으로 확장되며 사이는 곧 "허공"으로 팽창한다. 이 시인의 "심안"이 무엇을 지향하는지는 바로 이 구절, "나무가 편애하는 건 꽃이 아니라 허공"이라는 구절에 집약되어 있다. 그러니까, 관심사를 꽃으로부터 나무로 옮겨온 귀는 다시 허공을 향한다. 이것은 꽃과 나무에 대한 형태적 상상력만으로는 어림없는 일, 이은규의 상상력은 자연을 주요 소재로 삼아 전개되지만 이처럼 개별 사물들에 대한 형태적 상상력에 그치는 것이 아니라 사이와 허공 즉 운동과 관계를 중심으로 한 역동적 상상력에 기반해 있음을 이제 확인할 수 있다. 다음과 같은 시는 그 단적인 예라고 할 수 있다.

문득 놓치고, 알은 깨진다

깨지는 순간 혈흔의 기억을 풀어놓는 것들이 있다
점점의 붉음
어느 철학자는 그 흔적을
날개를 갖지 못한 새의 심장이 아닐까 물었다
이미 흔적인 몇 점의 혈흔에서 심장 소리를 듣다니
모든 가설은 시적일 수밖에 없고
시간은 어떻게 그 가설들로 추상을 견디길 요구할까
시적인 철학자의 귀는 밝고, 밝고

날개를 갖지 못한 알 속의 새는 새일까, 새의 지나간 후생(後生)일까

경계도 없이 수많은 가설들이 붐비고
깨져버린 알이나 지난봄처럼
문득 있다가, 문득 없는 것들을 뭐라 불러야 하나

깨진 알에서 혈흔의 기억을 보거나
혹은 가는 봄날의 등에 얼굴을 묻거나
없는 새에게서 심장 소리 들려올 때
없는 봄에게서 꽃의 목소리 들려올 때
그 시간을 살기 위해 견딤의 가설을 세우다

새가 되어보지 못한 저 알의 미지는 바람일 것
허공에 스민 적 없는 날개는 다스릴 바람이 없다
이음새가 없는 새의 몸

바람으로 머물던 흔적이 곧 몸이다
너무 멀리 날아가서 다스릴 수 없는 기억처럼
새, 바람이 되지 못한 것들의 배후는 허공이 알맞다

새의 심장이 보내온
먼 곳의 안부를 깨진 알의 혈흔에서 듣는다
———「허공에 스민 적 없는 날개는 다스릴 바람이 없다」 전문

　그토록 예민하게 사이를 들여다보는 일, 아니 보다 정확히는 사이를 듣는 일이 무엇으로부터 발원하는가를 이 시에서 확인해볼 수 있다. 한순간의 부주의로 깨어진 알이 있다. 본래 삶이란 돌이킬 수 없는 한순간의 치명적 부주의들을 품고 있기 마련이다. 문제는 돌이킬 수 없다는 것이다. 그리고 돌이킬 수 없다면 잊거나 지워야 하고 잊을 수 없다면 견뎌야 한다는 것이다. 알의 깨어짐을 있음과 없음의 틀로만 설명하려 한다면 존재는 배타적인 0과 1로 단속적으로만 모습을 드러낼 뿐이다. 그러나, 듣는 이들에게, '귀가 밝은' 이들에게 존재는 비존재와의 관계 속에서 사이와 허공으로 자신을 현상한다. "문득 있다가, 문득 없는 것들을 뭐라 불러야 하나"
　그러나 중요한 것은 호명이 아니다. 중요한 것은 실체로서의 이름을 부여하는 작업이 아니라 없음이 있음의 결여가 아니라 미만이라는 사실에 대한 인지이다. 형태가 아니라 운동 속에서 "없는 새에게서 심장 소리 들려올 때" 그것을 듣는 이들은 어떻게 자신을 허망으로부터 구제하는가? 바로 이 문제를 위해 "견딤의 가설"이 필요하다. 즉, 사이와 허공의 발견은 없는 새에게서 심장 소리를 듣는 이가

세운 견딤의 가설로 기능한다. 어떻게? "너무 멀리 날아가서 다스릴
수 없는 기억처럼/새, 바람이 되지 못한 것들의 배후는 허공이 알맞
다"는 구절이 그 대답이다. 그러니까, 바로 사이와 허공을 배후로 요
청함으로써 그건 가능해진다. 다시 말하자면 사이와 허공은 지나간
것들, 사라진 것들을 단지 삭제된 것으로부터 구제하기 위해 있음의
배후로 요청된 것이다. 그렇게 해야 깨진 알 속에 있던 새의 심장을
소생시킬 수 있다. "새의 심장이 보내온/먼 곳의 안부를 깨진 알의
혈흔에서 듣는다"는 문장은 절실하고, 절실하여 아름답다. 사이와
허공을 요청하는 것으로, 삭제된 것은 복원되고 부재는 견딜 만해지
기 때문이다.

5

　따라서 이 시집의 주된 표정들 속에서 순간적으로 스쳐가는 다음
과 같은 구절은 부재와 견딤 그리고 요청이라는 맥락에서 언급되어
야 할 것이다.

　　시가 존재하지 않는다면
　　나는 혁명을 과거사라고 믿는 당신에 불과할 것이다
　　아직 별들의 몸에선 운율이 내리고
　　당신과 나의 정체는 우리 자신을 앞지르며 밝혀질 것
　　　　　　　　　　　　　—「아직 별들의 몸에선 운율이 내리고」 부분

시가 혁명의 대안이 될 수는 없다. 그러나, 시는 부재하는 것들의 사이가 될 수 있고 과거를 그저 과거로, 상실과 삭제를 그저 0의 사건으로 봉인하는 대신 계속해서 깨진 알 속의 심장 소리를 듣는 이에게 '견딤의 가설'이 될 수 있다. 이 시집에 실린 좋은 시들 중에서도 유독 눈에 띄는 다음과 같은 시는 굳세고 아름답다.

그가 음독(飮毒)하며 중얼거렸다는 말
인간은 원하는 것을 진실이라고 상상한다

천문학자가 아니었으며
심지어 정치를 했다는 이력으로 한 죽음을 이해할 필요는 없고

눈이 아프도록 흩뿌려진 별 아래
당신의 몸속 세포와
궤도를 도는 행성의 수가 일치할 거라는 상상이 길다

저 별이 보입니까
저기 붉은 별 말입니까

조용한 물음과 되물음의
시차 아래
점점 수축되어 핵으로만 반짝이던
한 점 별이 하얗게 사라지는 중이다

어둠을 찢느라 지쳐버린 별빛은

우리의 눈꺼풀 위로 불시착한 소식들

뒤늦게 도착한 전언처럼

우리는 별의 지금이 아니라 지나온 시간을 마주할 수 있을 뿐

어떤 죽음은 이력을 지우면서 완성되고

사라지는 별들이 꼬리를 그리는 건

그 속에 담긴 질문이 너무 무거워서일지도 모른다

불가능하게 무거운 저 별, 별들

—「별들의 시차」 전문

　인간은 원하는 것을 진실이라고 상상한다는 말은 목표와 성과라는 좌표 속에서는 실패와 위로의 말로 풀이될 수 있다. 그러나, 있음과 없음의 사이를 들어본 이에게 그것은 시차의 문제가 된다.

　한 삶이 소진되고 있다. 하마터면 소멸에 닿을 죽음은 견딤의 가설을 통해 시차의 문제로 환생한다. 죽음이 환생한다는 아이러니. 별빛은 항시 "뒤늦게 도착한 전언", 별빛을 마주할 때 우리는 이력을 마주한다. 별빛이 그렇듯 죽음은 시차와의 대면이다. 견딤의 가설을 통해 우리는 죽음 앞에서 0으로부터 1로의 현현이 1과 0사이의 거리를 물리적으로 환산시켜주는 현장과 대면한다. 어떤 죽음은 이루어지지 않은 소망과 가 닿지 못한 진실을 실패의 내력으로 새기는 것이 아니라 사이의 물리적 현현으로 기억하게 한다. 어떤 죽음 앞에서 소망은 허공이고 진실은 사이이다. 그것은 비어 있음이 아니라

운동함의 흔적이다. 불가능하게 무거운 별처럼. 죽음의 시차 역시
견딤의 내력을 통해 가벼움의 무게를 단다. 시가 주관하는 일이다.

〔2012〕

달리기의 정서와 지하의 감각
그리고 이행의 아포리아
─박시하 시집, 『눈사람의 사회』(문예중앙, 2012)

1. 검은, 새와 오로라

시인이란 누구인가? 대뜸 이런 질문을 던지면 아마도 많은 이들은 당황할 것이다. 이 질문에는 너무나 많은 함의가 있고 또 너무나 근사한 정답들이 이미 두루 허용되었기 때문이다. 그렇기 때문에 이 질문에 대한 답안은 항상 문제의 입사각을 규정하는 부가 설명을 전제로 하기 마련이다. 여기서 가능한 답변들을 모두 열거할 필요는 없겠다. 그러나, 그중에 틀림없이 들어 있음 직한 답변임에도 불구하고 종종 우리가 소홀히 여기는 사실 하나를 다시 상기시키는 것으로 첫 시집을 상자하는 시인에게 다가서는 첫번째 지점을 상정하고자 한다. 시인이란, 이미지의 갑주를 두른 불꽃이다.

대개 첫 시집을 상자하는 시인들에 대해서는 형식 속에 미처 소진되지 않은 열기조차 관대하게 허용하기 마련이다. 성장담의 요염함이라든가 특기할 만한 체험을 시인의 자격증과 맞바꾸려는 조급함이라든가 서투름을 솔직함과 교환하려는 의뭉스러움이 모두 그가 지닌 질료적 열기에 대한 판단 착오의 불안을 숨기는 방편으로 두루 통용된다. 그러나 박시하의 첫 시집에는, 없다. 그의 첫 시집에는 성장담도 특이 체험에 대한 과장도 서투른 고백도 없다. 왜냐하면 그가 이미 이미지의 보궁을 여는 열쇠를 지니고 있기 때문이다. 단적인 예를 먼저 보여야 할 것이니 한 편의 시에서 아무렇게나 건진 다음과 같은 두 구절을 보자. 어차피 어디를 펼쳐도 물 반 이미지 반이다.

책을 뜯어 상처에 바르고

—「어느날」 부분

천변에 은행나무 더 푸르고
흑맥주를 마시면 별은 더 빛나고

— 같은 시에서

설명이 더 필요하지 않을 것이다. 진술로 풀자면 풀 수 있으나 풀면 날아가는 촉매가 담긴 구절들이다. 해설자의 의무감으로 한두 마디 덧붙이자면, 몸에 난 상처엔 마데카솔이지만 마음의 상처엔 책이 소용되기 마련이라는 것이 이미지의 처방이며 흑맥주를 마시고 칠흑의 농도를 더한 이에게 별은 한층 명도를 높인다는 것이 이미지의 과학이다.

그러니, 아차 하며 이미지의 힘에 매혹된 이는 이미 질료적 열기를 고스란히 노출하며 고유성과 진정성을 웅변하는 치기를 넘어서 본론에 직접 진입한다. 그는 '이 시집은 저의 첫 시집입니다'라고 말하는 대신 그냥 시를 쓰고 있다. 다른 지면에서 인용한 것처럼 말을 잘 그려가는 화가는 자신이 지금 말을 그리고 있음을 고지할 필요가 없다. 박시하의 시편들이 그렇다. 따라서 독자 역시 첫 시집과 대면하는 번거로운 상견례를 치르지 않아도 그의 시에 곧장 입사할 수 있다. 삶의 중력과 미적인 것의 가벼움을 간취하는 본론의 첫 챕터로 우리도 곧장 내닫자.

검은 새 한 마리 날아가며
아름답니? 묻는다
나는 웃는다,
희멀건 저녁을 밟고서
발밑을 내려다본다
전동차 속에 가득한 사람들은
직립을 후회하는 걸까?
손톱만큼만 확연히 자라고 싶지만
짓눌린 구두 굽들은
거꾸로 자란다
전동차가 덜컹댈 때
나와 너는 함께 덜컹댄다
오로라
오로라, 오로라
검은 새 한 마리 돌아오며 묻는다
아름답지 않니?

나는 어느새 울고 있다
오로라를 본 적이 없습니다
발밑으로
검은 오로라가 흘러간다

— 「오로라를 보았니?」 전문

이 시에 나타난 이미지들은 시인의 두 삶을 대표한다. 말할 것도 없이 그것은 일상과 몽상으로서의 두 겹의 삶을 의미하는데 여기서 는 두 가지 계열의 이미지로 표상된다. 우선 그것은 전동차 속에 가 득한 사람들 누구에게나 주어진 직립의 조건과 새들이라면 숙명을 의식하지 않고 행하는 비상이라는 운동에 의해 주어진다. "손톱만 큼만 확연히 자라고 싶"은 소망에도 불구하고 발이 무거운 이들의 "구두 굽들은" 다만 거꾸로 자라날 뿐이다. 손톱만큼의 비상도 허용 되지 않는다는 것과 직립과 중력이 불가피한 조건이라는 간명한 인 식이 시의 근저에 놓여 있다. 기실 호흡 곤란을 예민하게 인지하는 이의 호흡이 더 가파른 법인데 바로 이 대목에서 근사한 이미지 하 나가 숨 고르기를 가능하게 한다. 전동차의 덜컹거리는 소리와 불규 칙한 리듬을 "오로라/오로라, 오로라"라는 정형과 반복의 호출로 파생시키는 발견은 단지 재기에 그치지 않는, 예사롭지 않은 예민함 으로부터 비롯된 것이다. 불규칙과 격발을 숨 고르기의 갈망으로 발 견하게 하는 것이 이미지의 힘이다. 성마른 진술이 필요 없다. 삶에 대한 일체의 엄살과 소망에 대한 날렵한 스케치 같은 것이 별무소용 이다. 검은 새와 소리의 오로라, 그리고 직립의 한계 조건을 정확히 지정하며 근저에 깔린 발밑의 오로라라는 세 이미지를 한 화면에 담음으로써 부가 진술은 구차한 것이 된다. 삶의 중력과 소망의 기원 그리고 엄중하게 높은 값의 탈출 속도를 지정하는 발밑의 오로라, 이것의 북위 37도 도시의 삶에 대한 이미지 스스로의 증언이다. 물론 이 증언에 이미지 스스로 말하게 하는 이의 상상력이 일조했음은 두말할 필요가 없다. 그리고 그가, 파랑새가 아니라 검은 새를, 칠보의 오로라가 아니라 검은 오로라를 저 이미지의 자장에 새겨 넣은 이라는 것 역시 되풀이해 말할 필요가 없는 일이다. 새와 오로라의 검정은 미적인 것이 중력에 구애받은 상흔이기 때문이다.

2. 푸른, 지팡이와 심장

아마도, 지금부터 살펴볼 두 편의 시를 바로 그 상흔들의 주석으로 붙여둘 수 있을 것이다. 우선 간명한 첫번째 주석부터 눈여겨보자.

그럭저럭 배가 고파옵니다.
사는 일이 그렇습니다.
나는 갈매기처럼 편안합니다.
나는 나의 길을 가졌습니다.
나는 죽음에 관한 아마추어입니다.
죽어가며 다시 살아나고 있는 중이라고도 생각합니다.

당신은 바다를 보고 있는 중이라고 하셨지요.
당신은 지금도 푸른 지팡이처럼 단단하신가요?

당신의 사막에는 아직도 찢어진 바위들이

너덜대며

흩날리고 있습니까?

──「픽션들」 부분

뒤에 살펴볼 「검은 새 ── 두 편의 영화에 관한 데자뷰」와 더불어 이 시를 상흔의 각주라고 칭한 까닭은 삶과 꿈, 직립과 비상, 일상과 미적인 것에 대한 인식의 구도를 잘 드러내면서 동시에, 박시하의 시가 생성되는 지점의 이정표를 잘 보여주기 때문이다. 「픽션들」이 전자라면, 「검은 새 ── 두 편의 영화에 관한 데자뷰」가 후자이다. 첫 번째 경우부터 살펴보자.

시적 실재 속에 "나"와 "당신"이 대립자로 등장한다. '나'는 어떤 의미에서건 넉넉하고 풍족한 삶을 살고 있지 못하지만 "나의 길"을 지녔기에 궁극적으로 죽음을 향해 나아가는 길을 다시 살아나는 길로 변환시킬 수 있다. 한편 "당신"은 바다로 표상되는 당신의 지향점을 부동의 자세로 지키고 있다. 그 삶은 침식은 될지언정 흔들리거나 쉽게 타지로 전출되지 않는다. 구태여 말하자면 단단한 채 깎여가는 삶이라고 할 수 있다. 그리고 그런 삶을 지키는 태도는 "푸른 지팡이"라는 선명한 이미지로 표상된다. 그리고 바야흐로 그런 이미지에 비추어서야 비로소 '검은 새'의 이미지가 또 하나의 실정성을 얻는다. "푸른 지팡이" 같은 '당신'의 삶과 달리 "나"의 삶은 감당할 만한 허기를 다행으로 여기고 '나의 길'을 찾아 죽음에 이르기까지 탐색의 천로역정을 마다하지 않는 유동의 삶이라 할 수 있다. 그것은 검은 새의 이미지로 단적으로 표상된다. "푸른 지팡이"가 미를 향한 부동의 시선을 단적으로 표상하는 반면 '검은 새'는 한편으로는 유동과 위태로움을 또 한편으로는 탐사와 균형감각을 동시에 표상한다고 할 수 있을 것이다. 바로 그 '검은 새'의 운동이 사유의 속성을 통해 확장되면 이런 시를 낳는다.

한쪽이 무거워진 새장은 기울어 있다
문은 닫혀 있고 열쇠는 반짝이지 않는다

낡은 철창에 푸른 번개가 치면
숨은 장소들이 삐걱 삐걱 나타난다

뼛조각을 희미하게 드러내며
별들이 어둠을 이어 붙인다

부유한 어제는 죽었다
가난한 내일이 홰를 친다

우리는 낮에만 태양이 타오른다고 말한다
우리는 밤에만 별이 빛난다고 믿는다

너에게 나는 빛나고 있니?
빛나는 건 모두 멀리 있니?

우리는 말이 새어나올까 봐

가슴에 손을 올리고 잠이 든다

우리의 귀는 새를 닮아 있고
심장은 새장 모양이다

새장을 열고 날아간 새들이 영영 돌아오지 않는다

—「오래된 새장」 전문

　우선 시의 뒷부분에 있는 "우리의 귀는 새를 닮아 있고/심장은 새장 모양이다"라는 말을 눈여겨보자. 서두에 이미 말하지 않았던가, 이 시집은 진술의 창이 아니라 이미지의 갑주를 두른 것이라고. 오로라나 지팡이와 대비될 때와는 다른 계기로 여기서 새는 '심장 - 새장'이라는 이미지와 다시 나란히 놓임으로써, 관계적으로 또 하나의 실정성을 획득한다. 오직 이 내적 관계항만을 참조항으로 해야 이미지의 미궁이 열린다. 이미지를 도해하는 일의 실없음에도 불구하고 다시 해설자의 일을 시작해보자.
　'한쪽이 무거워진 새장'이 있다. 닫혀 있고 열쇠도 보이지 않는다. "푸른"— 검은색과 계속해서 함께 출몰한다는 것을 다시 기억하자 — 번개가 칠 때, 즉 단단한 꿈이 삶 쪽으로 기울어 무거운 심장에 빛을 전할 때, 오로라 쪽으로 더듬는 말들이 숨은 장소가 "삐걱 삐걱" 나타난다. 한쪽으로 기운 심장이 반대쪽으로 기우는 언어의 결에 대해선 길이 나지 않았기 때문이다. 그러나 말들의 내밀한 장소가 잠시 드러났다 사라진 자리에는 별과 어둠, 어제와 내일, 낮과 밤이 여일하게 서로를 마주하고 있다. 푸른 번개와 숨겨진 장소의 찰나적 길항은 빛이 작용이 아니라 반작용의 결과임을 새삼 깨닫게 한다. "너에게 나는 빛나고 있니?/빛나는 것은 모두 멀리 있니?" 하고 묻는 것은 바로 그런 깨달음의 결과이다. 그러니 마지막 3연은 역설을 담고 있다. 어둠에서 빛으로 넘어가는 찰나(김수영)에 잠깐 드러났던 숨은 장소들에 대한 말은 스스로 일상에 새기는 금기가 된다. 귀가 새를 닮은 것은 꿈과 미(美)에 대한, 오로라의 금기를 듣는 귀가 팔랑이기 때문이다. 그리고 그 귀가 바로 한쪽으로 기운 채 굳게 닫힌 심장의 열쇠가 되기 때문이다. 그리고 그렇게 자물쇠를 푼 새는 날아가면 돌아오지 않기 때문이다. 날아간 푸른 새와 전동차의 검은 새 사이의 대비를 다시 떠올리지 않을 수 없다. 이 이미지들은 참으로 수일하다. 이 내력을 이미지가 아니고 어찌 진술이 넘나들리.

3. 달리기의 감정과 지하의 감각

이런 내력들을 살펴본 연후에야 우리는 앞서 언급한 두번째 시 「검은 새 ── 두 편의 영화에 관한 데자뷰」로 돌아갈 수 있다. 앞서 살펴보았듯이 「픽션들」이 사태의 발생과 사태에 대한 인식의 구도와 관련이 있다면 이 시는 그 사태와의 우연한 마주침(occursus, 스피노자)을 겪는 주체의 시적 변용과 관계되기 때문이다.

> 날아가는 새에게 그림자는 있을까?
> 지친 앙시앵레짐이 손목을 붙잡는다
> 불균형이 나를 더욱 자유롭게 하리……

삐딱하게 앉는다

춥고 어두운 새의 표정으로

달리기의 감정과 지하의 감각 사이에 내 근원이 있다

　　　　　　　　—「검은 새 — 두 편의 영화에 관한 데자뷰」 부분

　이 시는 사태 발생에 따른 주체 변용의 시적 역학과 기제를 단적
으로 보여주고 있다. 날아가는 새에게서 그림자를 떠올리는 것은
「픽션들」에서의 인식 구도를 재현한다. 기성의 질서가 새의 그림자
와 포개어지는 것도 자연스럽다. 그런데 지금껏 현실과 몽상 사이에
서 예민한 균형감각을 보여주던 것과는 달리 여기서는 비록 영화를
원용하여 말하고는 있지만, 오히려 불균형이 생을 더 자유롭게 할
것이라는 인식이 드러난다. 그리고 그런 의도로 취한 불균형의 자세
는 "춥고 어두운 새의 표정"으로 이미지화한다. 이 대목에서 검은
새의 이미지가 시의 내적 실재 안에서 또 하나의 실정성을 얻는다.
춥고 어두운 검은 새는 지친 기성의 질서로부터의 의도적 일탈을 통
해 불균형으로의 모험을 감행하는 존재자의 표상이다. 검은 새의 새
는 그가 아름다움의 질서 쪽으로 움직이기 때문에 생성된 이미지요,
검은 새의 검정은 다시 일탈의 바탕이 '지친 앙시앵레짐', 이를테면
완강한 생활이기 때문에 발생한 이미지임을 확인할 수 있다. 그리고
바로 이 지점에서 이 시집의 마스터코드가 드러난다. "달리기의 감
정과 지하의 감각 사이에 내 근원이 있다"는 명료한 발화가 있다. 이
것이 무엇을 의미하는가? 다음의 시를 이 마스터코드를 통해 읽어
보자.

사랑을 잃었네 그리고
뒷마당의 보리수나무 한 그루와
노래하는 종달새 한 마리를 찾았다네

두 눈을 잃었네 그리고
노래를 받아 적을 두 손이 남았다네
구두 뒤축은 땅 위에 누워있네
값싸고 튼튼한 한 켤레의 구두
발에는 시간의 꽃이 피네
발가락에는 하늘을 향해 휘날리는 깃발들이
꽂혀 있다네

노래를 잃었네
그리고 노래하는 입을 얻었다네

마음을 잃었네 그리고
마음을 담을 주머니를 받았다네
그건 외롭고 낯선 짐승의 가죽으로 만들었네
결코 찢어지지 않는 주머니에서는
낡은 사막의 냄새가 난다네
냄새로도 노래를 부를 수 있을까?
가끔 생각한다네

두 발을 잃었네 그리고
노래를 알아볼 두 눈이 생겼다네
멀리까지 가라
더 멀리까지 가라
눈은 명령하고 발은 누워만 있네
깃발을 휘날리며 힘껏 누워만 있네

그러니 이제 사랑할까, 나의 잃어버린 사랑
그러니 이제 노래할까, 나의 잃어버린 노래

두 손을 잃었네 그리고
그려야만 할 마음을 가득 품었다네

—「사랑을 잃다」 전문

　달리기의 감정과 지하의 감각의 함수관계는 어떻게 될까? 미리
말하지만 그것은 사태의 이미지화라는 시적 답안의 소인수들이 된
다. 감정 혹은 정서는, 스피노자 식으로 말하자면 심적·물리적 신체
들의 혼합이다. 다시 말해 그것은 우연한 마주침occursus으로부터
발생한 사태로부터 비롯된 주체의 상태를 의미한다. 즉, 정서는 발
생된 사태에 반응함으로써 형성되는 심적 상태이다. 감각은? 철학
적으로 복잡한 줄거리를 달고 나오는 이 질문을 이 시집의 내적 실
재 안에서 풀어보자면, 외적 자극을 수용하는 능력으로서의 감성과
가깝다고 할 수 있다. 감정이 질주하는 반면, 감각은 지하에 있는 까
닭은 감정이 자극의 영업부라면 감성은 그것을 수용하여 변용하는

편집부에 가깝기 때문이다. 그리고 그 결과 박시하 특유의 이미지들
이 산출된다. 그러니까, 앞서 살펴본 시에서처럼 삐딱한 검은 새가
된다는 것은 이미 발생한 사태로 인해, 그 사태와 마주치면서 발원
하는 정서를 감각으로 달래고 최종적으로 이를 이미지화한다는 것,
즉 시를 얻는다는 것과 관계 깊다.「사랑을 잃다」를 보라. 이 아름다
운 사랑 노래는 상실로부터 사랑의 노래를 얻게 되기까지의 과정을
다양한 감각과의 관련 속에서 풀어보고 있다.

　사태가 발생한다. 그리고 그것은 상실의 정서를 낳는다. 정서는
모든 접촉들로부터 비롯되고 연속적으로 발생하기 때문에 천방지축
이지만 그 기조를 지닌다. 미리 말하자면 정서의 차원에서 이 시집
의 주된 기조는 상실감인데 이 시 역시 마찬가지이다. 시의 모든 연
은 상실의 사태로부터 시작된다. 그리고 계속해서, 상실의 정서를
지하에 있는 감각의 편집부의 필사적 노력에 의해 감당할 만한 이미
지로 벼려내는 과정을 이 시는 상세하게 드러내 보여주고 있다. 사
랑을 잃고 노래하는 종달새를 찾게 되는 것이 1연의 사정이며 1연의
변주들이랄 수 있는 2연 이하에는 두 눈을 잃고 시간의 꽃을 틔우는
변환 작업, 노래 대신 입을 얻는 등가교환, 마음을 잃고 상실감을 담
을 주머니를 얻는 경제 행위, 두 발을 잃고 노래를 알아보는 두 눈을
얻는 잉여가치 창출의 현장이 고스란히 담겨 있다. 이런 모든 노동
의 결과로 검은 새는 비로소 사태로부터 파생되어 사태를 주관하는
이미지의 역능을 발휘하게 된다. 소산이 주체가 되는 마술이 시의
이미지 안에는 있는 법이다.

4. 타인의 고통과 아포리아

지금까지 살펴본 것은 박시하 시인의 첫 시집에 담긴 주된 문제의 식과 그것의 시적 생산 과정의 문법이다. 그런데, 문제의식과 문법만으로 시가 풀리지는 않는다. 시를 이해하기 위해서는 저 문법이 아포리아를 생산하는 문법임을 알아야 한다. 예컨대, 달리기의 정서를 드러내는 쪽으로 시가 직접 전개되면 대번 이런 구절들을 얻게 된다.

혁명은 일어나지 않지만,
세상에는 사라지는 게 없네

사라진 길에게
사라진 길의 안부를 묻는 저녁이네
— 「광장의 불확실성」 부분

죽은 혁명의 살점이 오늘의 다리 사이로 떨어진다
'아직도'라며 사이렌이 울린다
— 「삼원색」 부분

누가 타오르는 다섯 망루를
별의 높이에 세우려 하나요?
— 「타인의 고통」 부분

그리고 지하의 감각이 편집의 칼을 들고 미니멀리즘에 기울면 이런 구절들을 깎게 된다.

> 감들이 매달려 있다
> 골목을 지우며 당도한
> 곧은 햇빛이
> 푸른 감을 감싸 안는다
> 판단도 구분도 안 하고
> 꼭 감싸 안는다
>
> —「푸른 감」 부분

> 너에게 건넨 사랑
> 오븐 속의 머리카락
> 폼페이가 사라진 방식
> 굼벵이의 속력
> 꽃병 물 냄새 속에서
>
> 슬픔은 각자의 미로를 헤맨다
>
> 모든 천장에 묻어 있는
> 푸른 파리똥
>
> —「미니멀리즘」 부분

요컨대, 달리기의 정서는 상실의 사태 주위를 일주하고 지하의 감각은 사물과 세계의 물적·심적 상태를 주조한다. 사태 주위를 한없이 일주하는 애도의 운동은 곡진할 수 있다. 사물과 세계의 상태를 최소경제의 언어로 묘사하는 것은 일종의 기예이다. 그러나, 독자를 가장 놀라게 하는 것은 사태와 상태를 이미 잊게 만드는 이행이다. 그리고 그것은 진술과 이미지의 아포리아를 항상 내장하기 마련이기에 드물고 드문 만큼 귀한 것이다. 박시하는 바로 이 아포리아를 알고 있다.

　　침묵처럼 분명하고 싶어
　　보리밭처럼 하염없고 싶어

　　입 벌린 조개처럼 타락하고 싶어
　　해변의 미역처럼 순결하고 싶어

　　여러 그림자들이 겹쳐 있어
　　당신도 아니고 나도 아닌, 그럼 누구지?
　　내가, 또는 당신이 없다는 말인가?

　　검은 바닥에 우리가 일곱 번 떠올라
　　찬란히 빛나고 있어
　　단단하고 끈적대고 더러운
　　우리는 무지개일까?

버뮤다의 파도가 되고 싶어

날개 달린 흰 말이 되고 싶어

붉은 줄이 쳐진 이름을 갖고 싶어

약속보다 깨기 힘든 거울을 갖고 싶어

세계는 우리에 대한 사실이 아니야

어떤 확신일 뿐

단단하고 끈적대고 더러운

사실은, 사실이 아닌

이 모든 사실들을 말하고 싶어

——「아포리아」 전문

그러니까, 이 시는 메타시이자 이행의 시작이라고 할 수 있다. 타
인의 고통에 대한 관심과 직핍한 보고는 의무이되 질료이다. 미완의
혁명과 사랑의 표박은 신체 접촉의 흔적으로서 질주하는 정서를 풀
어놓는 사태이다. 미니멀리즘의 감각은 정서의 수장고를 지키는 대
출계이다. 그리고 이 모든 것들은 결국 시에서 이미지로 표상됨으로
써 사태로부터 정서적 상태로, 정서적 상태로부터 감각의 운동으로,
감각의 운동을 통해 시적 사실로 이행해가는 과정을 완주한다. 그러
니 이는 결국 아포리아를 낳는다. 사태로부터 사실로의 이행은 이미
지를 통해서, "사실이 아닌/이 모든 사실들"을 말하는 것이기 때문
이다. 정서를 통해 사태로부터 상태로, 감각을 통해 상태로부터 운
동으로, 이미지를 통해 운동으로부터 다시 사실로 귀환하는 이행이

좋은 시의 운명이다. 시는 모든 아포리아의 별자리들이기 때문이다. 좋은 시인은 이 아포리아의 모순들이 낳는 긴장에서 이미지를 벼리는 에너지를 얻는다. 사태를 시적 사실로 이행시키는 이미지가 있기에 시는 남는 장사이다. 박시하는 부가가치세 없이 잉여가치를 창출한 대가를 치를 것이다. 그런 의미에서, 인용된 시에 대해서는 해설자의 의무를 꼭 한 번 배반하고자 한다. 이 별자리는 바로 당신의 것이다.

〔2012〕

비약의 귀재 vs 소멸의 총아

— 이재훈 시집, 『명왕성 되다』(민음사, 2011)

1

스스로가 무한의 일부임을 인지한 유한자의 말과 삶은 이제 무엇과 같을까? 어쩌면 일상에서 가장 중대한 발견 중 하나는 반대자를 내포적 관계 혹은 연장(延長)관계로 다시 보게 되는 것일지 모른다. 유한이 무한의 반대자가 아니라 무한의 일부임을, 우리의 시야에 들어온 시공간이 그 자체로 완결된 것이 아니라 앞뒤가 트인 시공간의 한 부분임을, 다시 말해 우리의 삶이 여러 가지 현실적 조건에 의해 제약된다는 것이 실존적 한계 상황에 그치기만 하는 것이 아님을, 거꾸로 우리 삶은 글자 그대로 현실적으로 무한한 시공간에 연접되어 있음을 혹은 소속되어 있음을 발견하는 시인이 있다면 그의 언어는 이제 언제 어디를 살게 될 것인가?

우리 스스로가 비록 현실적 조건들에 의해 필연적으로 제약되어 있긴 하지만 본래 유한과 무한의 종합이라는 것을 믿어 의심치 않았던 이는 근대인 키르케고르였다. 그는 필연성과 가능성을, 유한과 무한을 대비적 관계로 보지 않고 종합되어야 하는 것으로 보았다. 그리고 그는 흥미롭게도 인간이 유한성과 필연성 ─ 이때 필연성은 현실의 여러 제약들에 의해 인간의 삶이 구속되는 상황을 의미한다 ─ 을 뛰어넘을 수 있는 것은 상상 때문이라고 설명하였다. 즉 방법적으로 제3자적 입장을 취함으로써, 현실의 자신과 이상적 자신의 간극을 발견하게 하는 것이, 그렇게 함으로써 유한한 필연적(제약된) 삶이 무한과 가능성의 일부임을 발견하는 것이 스스로의 삶을 구체적으로 대상화하는 상상의 업무라고 할 수 있겠다. 그런데, 이 근대인의 사유와 궤를 같이하되 유한과 무한, 필연성과 가능성의 문제를 결국 종교의 문제로 풀어내는 것과는 다른 방식으로 풀어내고자 골몰하는 한 시대착오적인anachronic 젊은 시인이 있다.

2

이재훈의 시집 『명왕성 되다』에서 가장 눈에 띄는 것은 곳곳에 실존적 제약, 다시 키르케고르의 용어로 설명하자면 일종의 필연성과 관계된 조건들이 언급되고 있다는 것이다.

의욕적으로 넥타이를 매고 미소를 연습한다. 수많은 거울 앞의 표정들. 낯선 얼굴, 낯선 침묵.

다른 말은 없다. 너를 자위케 하던 기호들. 새, 별, 그리고 꽃과 나무. 아무 생각없이 잠들 수 있었던 그대, 라는 말을 향해.

 〔……〕

　나는 육십억 분의 일일 뿐. 페트병에 가득 담긴 담배꽁초와 찌그러진 맥주 캔. 먹다 남긴 컵라면. 참기 힘든 소음. 역겨운 화장 냄새와 비둘기 똥 냄새로부터.

　계곡의 하얀 물보라를 헤치고, 난파된 얼음 위에 올라서 저물어가는 사람들의 삶을 감상하고 싶다. 그러면 아주 쓸쓸하겠다. 차가운 바람이 불고, 아무도 없이 고독하겠다.

 〔……〕

　아무것도 기억나지 않는
　밤의 형벌이었다.

　　　　　　　　　　　　　　　　　　　　—「매일 출근하는 폐인」 부분

　아마도 이 시집에 실린 시 중에서 정신의 표고(標高) 차원에서 가장 무거운 곳을 점하는, 혹은 가장 낮은 데 위치한 의식을 잘 드러내는 것은 인용된 시이리라. 그리고 이 시는 다음과 같은 구절과 함께 읽히는 게 좋겠다.

　나는 자꾸 진화한다.
　詩人이었다가 일용근로자였다가 백수건달이었다가 독학자가 된다.

　　　　　　　　　　　　　　　　　　　　　　—「비상」 부분

그러니까, 이 시집의 기저를 맴도는 덩어리진 목소리는 일용근로자의 피로와 백수건달의 자책과 독학자의 자부심과 시인의 기상이 한데 배어나는 그것이리라. 그런데, 인용된 「매일 출근하는 폐인」에서는 피로와 기상 사이의 간극이 확연히 드러난다. 넥타이를 매고 거울에 표정을 그려보는 이의 급한 마음과 새, 별, 꽃과 나무, 그대라는 말이 서먹하게 마주 서고 일상의 온갖 잡동사니들과의 전전긍긍과 마치 카스파어 다비트 프리드리히의 그림 속 주인공처럼 홀로 삶의 파고 앞에서 짐짓 주머니에 한 손을 찌른 채 마주 선 이의 단단한 침묵이 서로 얼굴을 붉힌다. "밤의 형벌"이란 이것들의 마주섬과 대결의 실제적, 그리고 정서적 잔해들을 하루의 성과로 남기는 이에게 주어진 형벌이다. 그리고 이 형벌의 가장 단적인 표현이 바로 "나는 육십억 분의 일일 뿐"이라는 낮은 탄식임은 자명하다. 이 시에서 우리는 (키르케고르적인 의미에서) 생활의 필연적 조건들이 지닌 견고함을, 그리고 그것들의 작은 틈새로 언뜻언뜻 비치는 심연들의 기미를 확인할 수 있다.

숭고한 공간을 꿈꾸었던 나는
이 시대를 매일 버린다.
머릿속 꿈들은 아무것도 아니라고
선한 것도 결국 아무것도 아니라고 말하는
이십일 세기 문명에 무릎을 꿇는다.
내 손으로 만든 옷과 신발과 종이가
하나도 없는 무능한 세대.

조금 일찍 태어났더라면

돌을 던지고, 화염병을 던지고

울분으로 노래를 부르고

세상에 욕을 하고

그것으로 명예를 얻고 정치를 하고 돈을 벌고

후배들에게 내 아픔의 젊은 날을 얘기할 텐데.

체 게바라의 페데로사를 끌고

동해와 남해를 거쳐 서해의 어귀에서

술을 마시고 낯선 여자를 만나고

모래밭에서 잠드는 낭만 놀이를 했을 텐데.

손잡고 싶은 사람 하나 없어

집으로 향하지만

오늘도 우편함엔 밀린 고지서와

광고 전단지만 가득하다.

—「서태지 세대」 부분

　한번 제약에 눈뜬 이에겐 모든 것이 필연적이다. 다시 말해 모든 것이 조건적이다. 보라, 일상뿐만이 아니다. 이제는 시대의 추이와 21세기 문명의 활주와 정치적 환경의 변화가 개체를 제약하는 필연적 정황이 된다. 다시 말해, 이 주체는 일상의 잡동사니들만이 헨젤과 그레텔의 빵처럼 삶을 인도하는 처지에 놓여 있을 뿐만 아니라 시대와 세대의 그물에 꼼짝없이 긴박되어 있다. 아니, 보다 정확히 말하자면 이런 처지에 놓여 있다는 것을 그는 스스로 인지한다 — 지금 맥락에서 이 말과 결코 대체될 수 없는 것들은 '비관한다' '반성한다' 등이다. 그리고 이 '치명적' 인지의 결과는 바로 다음과 같은 시에 나타난다.

아무도 모르는 그곳에 가고 싶다면, 지하철 2호선의 문이 닫힐 때 눈을 감으면 된다. 그러면 어둠이 긴 불빛을 뱉어 낸다. 눈 밑이 서늘해졌다 밝아진다. 어딘가 당도할 거처를 찾는 시간. 철컥철컥 계기판도 없이 소리만 있는 시간. 나는 이 도시의 첩자였을까. 아니면 그냥 먼지였을까. 끝도 없고, 새로운 문만 자꾸 열리는 도시의 生. 잊혀진 얼굴들을 하나씩 확인하는 버릇이 생겼다. 풍경은 서서히 물드는 것. 그리운 얼굴이 푸른 멍으로 잠시 물들다 노란 불꽃으로 사라진다. 나는 단조의 노래를 듣는다. 끊임없이 사각거리는 기계 소리. 단추 하나만 흐트러져도 완전히 망가지는 내 사랑은, 저 바퀴일까. 폭풍도 만나지 않은 채, 이런 리듬에 맞춰 춤추고 싶지 않다. 내 입술과 몸에도 푸른 멍자국이 핀다. 아무리 하품을 해도 피로하다. 지금까지의 시간들은 모두 신성한 모험이었다는 거짓된 소문들. 내 속의 거대한 허무로 걸어 들어갈 자신이 없다. 지하철 2호선의 문이 활짝 열린다.

— 「명왕성 되다(plutoed)」 전문

이 시의 본문에 붙은 각주에 설명되어 있듯이 '명왕성 되다plutoed'라는 건, 명왕성이 태양계 행성의 지위를 박탈당한 사건에 빗댄 표현인데, 사물이나 사람이 갑자기 평가절하되거나 혹은 소외되는 것을 의미하는 신조어이다. 물론, 실제 이 신조어의 어의는 설명한 풀이만큼 진중하지는 않을 것이다. 주로 네티즌들 사이에서 먼저 회자되면서 사회적 관심을 모으게 된 이 신조어는 종종 희화적 표현으로 사용되곤 한다. 그런데, 이 표현을 제목으로 삼은 위의 시는 여기에다가 참으로 절묘하게 여러 겹의 의미론적 자질을 보태어놓고 있다. 앞서 살펴본 것처럼 이 시집에서 대번 두드러지는 것이 '조건 지어진' '제약된'이라는 의미의 필연성이라고 할 때 이 시에서 '명왕성되다'라는 표현은 단지 재기 있는 표현에만 그치는 것이 아니다.

이 시의 배경이 되는 것은 출퇴근길의 2호선 지하철 안이다. 그리고 시의 기저에는 규칙적인 리듬을 반복하는 지하철 소리가 깔려 있다. 그러니까, 이 시의 주체는 지금 익명과 소외, 그리고 기계적 규칙성의 한가운데에 놓여 있다고 할 수 있다. 이것이야말로 도시 생활자의 정신적 삶을 규정하는 필연적 조건이 아닐 수 없다. 그 한복판에서 눈을 감아보는 행위는 이 제약들로부터 벗어나고 싶은 의지를 표현한 것일 텐데 사태는 이로부터 비롯된다. "끊임없이 사각 거리는 기계음"을 배경으로 "끝도 없고 새로운 문만 자꾸 열리는 도시의 생(生)", 모든 대면 접촉이 시간을 두고 익명성의 궁륭이 되는 부박한 삶의 한가운데에서, 게오르크 지멜 식으로 표현하자면 연속적인 익명적 자극이 끊임없이 주어지는 도시적 삶의 한가운데에서 이 시의 주체는 바로 그런 제약들로부터 비껴 서고자 눈을 감는다. "나는 이 도시의 첩자였을까. 아니면 그냥 먼지였을까" 하는 말은 발화자의 이와 같은 실존적 처지에 대한 자각으로부터 비롯된다. 스스로를 먼지로 여기는 태도는 "나는 육십억 분의 일일 뿐"에서도 이미 확인한 바 있다. "첩자"는 아마도 '60억분의 1'의 짝패로 주어진 이미지일 것이다. 60억분의 1의 먼지로 사는 현실을 수락하는 것보다는 남몰래 중요한 사명을 수행하는 이의 은신을 자처하고자 하는 태도는 충분히 짐작 가능한 것이다. 이런 심회는 "폭풍도 만나지 않은 채, 이런 리듬에 맞춰 춤추고 싶지 않다"는 말을 통해 다시 한 번 표현된다. 중요한 것은 첩자나 폭풍과 같은, 기계적 삶의 리듬을 뒤흔들 파국을 스스로 필요로 하고 있다는 인식이다. 이 인식이야말로 삶의 직접성을 벗어나게 되는 계기가 될 것이기 때문이다. '명왕성 되었다'는 말은 희화적으로는 소외된 자로, 그저 60억분의 1의 먼지에 불과한 이로 스스로를 폄하하는 표현이 될 수 있지만 보다 흥미롭게는 스스로의 실존적 입지를 저 필연적 제약들의 규칙과 리듬과 체계로부터 끊어내는 소극적 '결단'의 무의식적 진술에 다름 아니다. 그러나, 아직은 이것이 보다 활달한 '결단'이 되지 못한다. 아직은 애써 마련된 자기발견의 길을 따라 "내 속의 거대한 허무로 걸어들어갈 자신이 없"기 때문이다. 그러나, 일상에 한번 생긴 파국은 이미 생긴 파국이다. 출퇴근길에서 눈을 감고 일상의 알고리즘에 파국을 내고자 하는 이의 자기발견은 이제 새로운 사태를 낳는다. 눈을 감았다 뜨는 사이에 "지하철 2호선의 문이 활짝 열린다".

3

스스로 제3자의 눈을 들어 현실적 자신과 이상적인 자신의 모습을 분별하고 일상의 기계적 리듬으로부터의 단절과 새로운 전망의 분절을 예감하는 이의 언어는 이제 결단을 예비한다.

교회를 보고
시장을 보고

빌딩을 보고

나무를 보고

목련을 보고

무늬를 그리라 하더군요.

저는 매일 매일 똑같은 무늬를 짰어요.

이 세계의 무력함과 무모함.

제 주위엔 살인도 있고

죽음도 있었지만

제겐 큰 감흥이 없어요.

저는 하늘을 날고 있는 제 모습을 짜고 싶었어요.

저 먼 세계를 비상하는 영혼의 고난함을 짜고 싶었어요.

제겐 낙원도 있었고,

제가 태어나기 전의 고향도 있었어요.

몽상도 죄가 되나요.

—「다정한 재봉사의 재판」 부분

  이것은 아직 결단은 아니다. 그러나, 간극에 대한 인지로부터 싹
트는 결단의 전사(前事)라고 할 수 있다. 교회, 시장, 빌딩, 나무 등
에 대한 노래도, 세계의 무력함과 무모함을 단순 재생하는 것도, 살
인과 죽음처럼 파국과 충격에 대한 유혹도 없이 보다 넓고 멀고 큰
세계에 대해 꿈을 꾸기 시작하는 것, 아니 유한자로서의 자신은 이
미 무한이라는 고향으로부터 현세의 유한한 시간 속으로의 출생을
명 받은 존재자라는 것을 생각하는 이는, 제약과 조건과 구속에 맞
서지 않고 그것을 보다 넓고 깊은 개념에 대한 몽상 속에 품는다. 유

한한 시간을 펴서 무한한 시간에 잇대어놓는 것, 무한의 편에서는 아무것도 아닌 그 일이 유한자의 편에서는 놀라운 사태가 된다. 이제 결단이 가까워온다.

나는 근원을 바랐다.
기적을 구한 것은 아니었다.
〔······〕

지혜로운 자가 되고 싶었다.
장 그르니에가 산타크루즈를 오르며 쬔
빛의 발자취를 따르고 싶었다.
아름다움을 느끼지 못하는,
환호하지도 분노하지도 못하는,
심장을 꺼내 거리에 내던지고 싶었다.
심장이 몸 밖으로 나오는 그 순간은,
그 짧은 시간만큼은 황홀하겠지.
언덕이 있는 곳은 월곡(月谷),
달빛이 있는 골짜기다.
언덕을 오르고
또 한 언덕을 오르면
마치 기적처럼 달빛에 닿는,
존재의 비밀을 한순간에 깨칠
그런 순간이 올 수 있을까.
산타크루즈를 오르며 쬔

그 햇살의 순간처럼.

—「월곡 그리고 산타크루즈」 부분

"존재의 비밀을 한 순간에 깨칠 순간"을 가슴에 품는 것은 치명적이다. 그렇기에 아름다움을 느끼지 못하고 환호도 분노도 하지 못하는, 일상의 리듬에 맞춰 움직일 뿐인 '기계 심장'을 내치고 존재의 비밀을 깨칠 단 한순간을 바라는 이에게 필요한 것은 결단이다. 이때 결단이란, 다시 근대인 키르케고르적인 의미에서, 제3의 눈으로 현실적 자신과 이상적 자신의 사이를 인지한 이가 유한과 무한, 필연성과 가능성을 종합하려 결의함을 의미한다. 그것은 이 시에서 (기계적 파동의) 심장과 (존재의 비밀을 깨칠) 순간의 대립을 통해 선명하게 이미지화된다. 그리고 다시 그것은 퇴근길의 행선지 월곡과 장 그르니에의 미적 처소 산타크루즈의 이미지로 보다 또렷하게 구상화된다. 그러나, 최종 지점에서 중요한 것은 이제 월곡과 산타크루즈의 대립이 아니라 월곡을 산타크루즈로 발견(혹은 발명)할 수 있느냐가 된다. 그러니까, 이 시는 표면과 근원, 일상의 반복과 파국적 순간, 생활의 거처와 미의 거처 간의 마주 섬에 대해 문제 삼고 있지만 종국에는 전자를 후자의 처소로 만들 수 있느냐 하는 실존적 고민을 보여줌으로써 끝을 맺고 있다 하겠다. 그리고 이 방향의 흐름은 이제 고유의 열망을 낳는다.

아침의 그 거리를 생각한다. 물기 채 마르지 않은 낯선 여인의 머리칼을 생각한다. 어젯밤의 술집을 생각한다. 카페에서 들었던 음악을 생각한다. 혹시나 받을 상처를 생각한다. 한 사람의 얼굴을 생각한다.

최선의 일을 생각한다. 사무실에 죽어 있는 화분을 생각한다. 지하철
에서의 기다림을 생각한다. 부치지 못한 편지를 생각한다. 절필을 생
각한다. 어머니를 생각한다. 막내의 울분을 생각한다. 새벽에 찾아오
는 슬픔을 생각한다. 라면을 먹을까 생각한다. 별의 빛깔을 생각한다.
배 나온 몸매를 생각한다. 도저히 정이 안 가는 사람을 생각한다. 혐
오를 생각한다. 어제 꿈에 누굴 죽이려 했을까 생각한다. 신의 섭리를
생각한다. 편안한 죽음을 생각한다. 십년 후를 생각한다. 안락한 의
자를 생각한다. 밤새 마실 맥주를 생각한다. 북유럽의 눈 쌓인 마을을
생각한다. 뮤즈와의 만남을 생각한다. 무정부주의를 생각한다. 핸드
폰을 없앨까 생각한다. 딸아이의 옹알이를 생각한다. 마법의 힘을 생
각한다. 숲을 생각한다. 유목민의 고독을 생각한다. 자꾸만 감겨오는
눈꺼풀을 생각한다. 황하의 굽이치는 황토물을 생각한다. 긴 시간의
강을 젓는 내 굵은 힘줄을 생각한다.

—「대황하 5」 전문

'생각한다'는 용언의 주어 자리에 열거된 것들을 독자 역시 따라
가다 보면 지리멸렬한 일상과 번거로운 치정과 속된 욕망을 거쳐 확
장된 시공과 은근한 소망 그리고 가능한 무한에 이르게 되고 마침
내 그 모두를 추동하는 강렬한 열망에까지 가 닿게 된다. 유한한 것
들, 그렇기에 애상을 수반하게 되는 물적·심적 항목의 반복적 나열
과 그에 따른 리듬감이 한 종류의 작은 흐름과 파고를 이룬다. 시인
은 여기에 "긴 시간의 강"이 만드는 거대하고 유장한 파도의 이미지
를 포개어놓았다. 일상의 사건과 정념의 흐름에 대한 상념을 전개한
후 그 흐름마저 뒤덮는 무한한 시간의 흐름에 대해 사유함으로써 시

인은 상상을 유한과 필연적 제약을 뛰어넘는 결단과 열망의 노(櫓)로 부려놓았다. 그 결과 "육십억 분의 일일 뿐"인 한 '폐인'은 자신이 속한 세계의 사물들과 더불어 이렇게 무한을 향해 공진화(共進化)한다.

> 툭 떨어진다, 얼음이다.
> 지구는 돌고, 얼음 덩어리는 각을 세운 채
> 조금씩, 때론 한 움큼씩,
> 때론 한 마을과 한 세대가 제 몸을 허문다.
> 곶과 곶, 섬과 섬, 만과 만, 길과 길이 허물어진다.
> 지도는 늘 변했다.
> 그 속엔 울음이 있고 해체가 있다.
> 인간의 눈물이 북쪽을 흔든다.
> 언젠가 인간의 시간은 멈추겠지만
> 얼음의 시간은 멈추지 않겠지.
> [……]
> 상점에 들어서면 어디선가 물소리가 들린다.
> 그리고 푸르스름한 먼 기억을 소환해
> 이 도시를 담금질한다.
> 한 달 새 교차로엔 거대한 빌딩이 들어섰다.
> 대형 마트와 옷가게가 들어서고 그 위에 사람들이 산다.
> 지도는 또 바뀔 것이다.
> 대륙의 한 점이, 또 한 점이 되고,
> 다시 한 점이 덧입혀져 거대한 검은 점이 될 때까지.

저 멀리 철새는 날아오르고
꽃잎은 몽우리를 틔울 것이다.
내 숨은 어느 산맥을 따라 이동할까.
밤이 되면, 지도의 소리는 막힌다.
거칠게 울고 우는 소리만 가득하다.
인간의 소리만 가득하다.
모든 것이 까마득하다.

—「북극의 진화」 부분

전반부와 후반부의 이음새를 눈여겨보아야 한다. 전반부는 북극의 시간에 대한 상상적 재현이다. 북극의 시간은 성장과 쇠퇴, 정도와 이탈, 안정과 동요, 소음과 침묵 등과 거리가 멀다. 곶과 곶, 섬과 섬, 만과 만, 길과 길이 울 것도 웃을 것도, 체념할 것도 열망할 것도 없이, 사태가 정히 그렇게 되어 있다는 이치도 없이 서로 간섭하고 작용하고 울고[共鳴] 허문다, 그리고 쌓는다. 이 시간에 유한의 추를 다는 것은 인간의 슬픔과 인간의 시간일 따름이다. 저 사물들 간의 울음[共鳴]을 정서적 이해관계를 통해 눈물로 해석하는 것은 북극에는 하등 도움이 되지 않는다. 이 시의 주체는 지금, 유한과 무한, 필연과 가능성을 종합시키려는 의지, 즉 상상 속에서 자신의 슬픔을 데리고 북극에 다녀온다. 눈물을 사물의 공명으로 기어이 바꾸어놓고서야 그는 자신이 아침과 저녁 식사를 하는 도시로 돌아온다.

그러니, 물소리를 들을 때마다 습관적으로 푸르스름한 먼 기억을 소환하는 것은 북극으로의 상상적 일주를 반복하는 것이다. '내'가 사는 이 도시에서도 사물들은 간섭하고 작용하고 붕괴되고 건설된다. 북극엔 이력이 도시엔 내력이 있기 마련이다. 그러니까, 복잡하고 깊은 슬픔과 맞닥뜨릴 때마다 이 주체가 행하는 상상적 북극 일주는 자꾸만 감성에 육박하는 내력들을 태연한 이력들로 되돌려놓기 위함이다. 그러므로 도시의 내력들마저 까마득한 이력의 일부로 복속시키는 것은 상처에 예민한 정신이 행하는 참으로 순정한 권력이다.

4

지금껏, 유한과 무한, 필연과 가능성, 제3자적 시선을 통한 간극의 인지, 결단과 상상 등 이 시집에 실린 시에 나타난 다채로운 운동을, 결국은 종교에 가 닿고 만 한 근대적 인간과 더불어 추적해보았다. 보편과 상식마저도 뒤로 하는 비약적 결단을 통해 종교적 실존에 이르는 길 대신 다시 시에 호소하는 것은 가능한 일일까?

> 나는 아무것도 아니다.
> 촛불도 아니고 감나무도 아니다.
> 미끈한 자동차도 아니고
> 달콤한 솜사탕도 아니다.
> 차갑고 텅 빈 사물에
> 쇳물을 들이붓고 싶다.
> 나는 매일 소멸되어야 빛나는
> 뜨거운 강철이었다.

꿈을 꾸면
붉은 별 하나가 내게 떨어지는 사건이었다.
손이 델까 만지지도 못한 별이
마당에 내려와 날 또렷이 노려보는
순간이었다.

이제는 엎드려 울지 않겠다.
슬픔을 우스운 몸짓으로 과장하지 않겠다.
해거름에 사양(斜陽)을 보며 사흘을 울겠다.
그러다 그러다 목이 마르면
불구덩이에 내 몸을 녹이고 녹여
에밀레 에밀레 신명을 내겠다.
그 비밀의 성소(聖所)가 내 집이었다.
소멸이
내 먹는 밥이었다.

— 「연금술사의 꿈」 전문

　　이재훈은 비약적 결단을 통해 종교에 가 닿은 한 근대적 인간과
겨루어 이와 같은 실존적 '퇴행'을 회심의 카드로 내밀고 있다. 심미
적 직접성으로부터 윤리적 보편성에로, 다시 종교적 절대성으로의
2단 도약 대신 그는 무한을 인지하고도 종교적 비약을 기어이 피하
고 다시 시에 의탁한다. 인용된 「연금술사의 꿈」이란 여기서 곧 시
인의 꿈이 아니고 무엇이겠는가. 아니 보다 정확히 말하자면, 시의
꿈이 아니겠는가. "나는 육십억 분의 일일 뿐"과 "나는 아무것도 아

니다" 사이에는 깊은 심연이 놓여 있다. 소시민의 자조적 탄식은 사물의 목소리를 입으려는 시인의 재래적 소명마저도 버거워하는 단정한 진술로 "진화"하였다. "詩人이었다가 일용근로자였다가 백수 건달이었다가 독학자가" 되는 1차 진화는 현실과 이상의 간극에 대한 인지를 낳았지만 사물의 목소리를 입는 대신 사물의 촉매를 자처하는 서늘한 열기로 촉진된 2차 진화는 소멸에 대한 열망을 낳았다. 이 열망이 결국은 슬픔의 내력을 시간의 이력으로 전화시키려는, 다시금 유한한 것들을 무한에 대고자 하는 상상적 결단 ─ 종교를 향한 비약적 결단이 아니라 ─ 에 의한 것임은 반드시 기억되어야 한다. 소멸이 슬픔의 발견, 슬픔의 과장, 슬픔의 소진마저 지난 후에야 얻는 신명의 성소(聖所)라는 것, 소멸이 바로 저 경건한 근대적 인간과 겨루어 최소한 비기는 비결의 집이자 밥이라는 것, 그러니 예의 그 근대인이 비약의 귀재라면 이 시인은 소멸의 총아다.

〔2011〕

편력시대와 삶의 자가발전

— 천서봉 시집, 『서봉氏의 가방』(문학동네, 2011)

삶이 자가발전한다는 것을 발견하는 것은 언제쯤일까? 몸이 고스란히 물질적 속성을 따르고 책에도 오자가 있을 수 있다는 것을 인지하는 것보다는 조금 뒤쯤, 그리고, 그럼에도 불구하고 죽음도 삶도 기쁨도 슬픔도 여일한 리듬에 뛰노는 파동이라는 것을 승인하는 것보다는 아주 근소하게 이른 어느 시점……일까? 선술집에 앉아 "도대체 어떤 짐승같은 불한당이 이 세상을 만든 거야?" 하고 호기롭게 물었던 A. E. 하우스먼은 "물론 내년에도 5월은 근사하겠지, 하지만 그때 이미 우리는 스물넷"(「밤나무가 꽃봉오리를 던질 때」) 하고 의뭉을 떨었다. 생의 파토스와 여일함을 한 편의 시에 제시했던 젊었던 하우스먼은 아마도 일찍이 그의 내면에서 수업시대의 졸업식을 치르고 있었는지 모른다. 수업시대가 세상에 대한 날것의 질문들과 저 들끓는 내면을 위안하는 기성의 답변들을 추적하는 날들이라고 한다면 편력시대는 스스로의 해답을 구하는 천로역정에 비견될 수 있을 것인데, '애늙은' 하우스먼은 저 수업시대의 마지막 시

간에 서 있으며 지금과는 다른 방식의 탐문이 펼쳐질 편력시대를 목
전에 두고 있었다고 하겠다. 그런데, 여기 또 하나의 크눌프가 청춘
의 면목을 묻고 있다.

이렇게 선술집 둥근 탁자에 둘러앉아서
무엇이 우리를 파전처럼 한데 부쳐놓았나?
노을빛 아름다운 분노 위의 당신과 내가
넉넉한 현생의 상추 잎 한 장에 덮여 사라져도 되나?
몸 부딪는 주광성의 술잔들, 사이 불씨처럼 오르는 물음은
닿을 수 없는 공중에서 희부윰한 눈꽃이 되고 있었다.

—「플라스틱 나방」 부분

질문은 청춘의 특권이다. 하우스먼의 말마따나 선술집에 앉아 세
상의 의혹에 대해 묻는 청춘이 우리가 처음은 아닐 것이며, 천서봉
의 말마따나 한 시절의 의기투합이나 한 시절의 회의 모두 회신 없
는 질문으로 녹아버려도 이미 그것이 공항의 귀빈실에 비할 바 없는
특권이 되고야 마는 것이 수업시대의 날들이다. 천서봉의 시는 바로
이런 수업시대의 종장으로부터 개시된다. 다음의 시를 보라.

자주 사각형의 화면이 푸시시 꺼지곤 했다.
밤이 깊을수록 화소는 점점이 피어나
색색의 선인장 꽃들을 밀어 올렸다. 깜박
잠들었을 뿐인데 무엇도 긍정할 수 없는
주억거림의 낙타를 타고 가는, 거긴 사막이었고

쓸쓸한 다큐멘터리였고 오지였다. 가끔
비단길의 상인들이 찾아와 나귀의 등 언저리를 권했지만
그건 방울소리만큼 피곤했고 이미 종영된
동물의 왕국이었고 어느새 나는 늙어
멀리 조국이 바라보이는 땅의 유목민이 되어 있었다.
아무리 돌려도 채널이 잘 맞지 않았다.
친구가 잠들어 있는 별자리 너머의 사막까지 와디는
돌아 돌아 꿈결의 밑동을 푸르게 적시곤 했다.
언덕을 넘어오는 사람들이 어깨를 떨어뜨리며 웃었고
아리랑 위성은 자주 고장을 일으켰으며
외계에선 어떤 소식도 없었다.
늘 선택이었으므로 어떤 선택도 의미가 없었고
혁명이나 변혁 따위, 시대의 어떤 신경증도
나를 믿어주지 못했다. 방언(方言)의 나라에선 양이
양의 거죽을 둥글게 벗겨주고 있었다.

— 「삼십대」 전문

'조숙한' 하우스먼은 "하늘 겉은 거나 둘러메고 술이나 한잔 해"
하고 툭툭 털며 시를 맺었지만 진중한 천서봉은 아무래도 이런 방식
으로 문제를 정리할 수 있을 것 같지 않다. '내년에도 봄은 근사하겠
지만' 아, 그러나 이미 그때는 '삼십대'이기 때문이다. 어떤 이에게
삼십대는 희망의 진공관 서킷이 돌연 절연되며 찾아온다. 넘쳐날
듯 차오르다가 홀연 일체의 계획을 폐기시키는 선고와 함께 찾아오
는 사막을 누군가의 삼십대는 제 주름 안에 지니고 있다. 그런데, 문

제는 스물넷의 파토스가 다시 유쾌한 낙관과 더불어 생의 에너지로 연소될 수 있는 것과 달리 삼십대에 본격적인 의미에서 거의 최초로 맞이한 희망 회로의 절연이라는 사태는 패기로 연소시킬 수 없는 무기력과 냉소를 침전물로 남기기 마련이라는 것이다. 그렇기 때문에 개인의 정신사에 남을 최초의 충격 이후의 삶을 "긍정할 수 없는 주억거림의 낙타"를 타고 사막을 유목하는 이미지로 표현한 것은 참으로 수일하며 설득력이 있다. 고개를 끊임없이 주억거리지만 무엇도 긍정할 수 없게 된 정신은 쉽게 바깥을 설계하지 않는다. 혁명도 변혁도 외계의 어떤 기별이 되어주지 못하는 시간에 접어든 이는 수업시대를 마감하고 편력시대로 접어들 태세를 이내 갖추어야 한다. 그것만이 방편이기 때문이다. 삶이 갑자기 표준어를 잃고, 전체와의 연관을 상실하고 낱개로 불거진 "방언의 나라"에서 이 탐문자는 형벌일 수도 특권일 수도 있는 편력을 개시한다. 완숙과 기성과 굳건함의 이정표였던 삼십이라는 숫자가 신기루임이 명백해짐에 따라 청년은 이상과 목표의 인력에 끌리는 수업시대를 마감하고 편력시대로 접어드는데 다음과 같은 시 역시 그 징후를 단적으로 보여준다.

집어넣을 수 없는 것을 넣어야 한다,
는 강박관념에 시달렸다. 거리는
더 커다란 가방을 사주거나
사물을 차곡차곡 접어 넣는 인내를 가르쳤으나
바람이 불 때마다 기억은 집을 놓치고
어느 날, 가방을 뒤집어보면

낡은 공허가 쏟아져, 서봉氏는 잔돌처럼 쓸쓸해졌다.

모두 어디로 갔을까.
가령 흐르는 물이나 한 떼의 구름 따위,
망상에 가득 찬 머리통을 담을 수 있는, 그러니까
서봉氏와 서봉氏의 바깥으로 규정된 실체를
통째로 넣고 다닐 만한 가방을 사러 다녔지만
노을 밑에 진열된 햇살은 너무 구체적이고
한정된 연민을 담아 팔고 있었다.

넣을 수 없는 것을 휴대하려는 관념과
찾는 것은 이미 분실한 시간
거기, 서봉氏의 쓸쓸한 가죽 가방이 있다.
오래 노출된 서봉氏는 풍화되거나 낡아가기 쉬워서
바람이나 빗속에선 늘 비린 살내가 풍겼다.
무겁고 질긴 관념을 담고 다니느라
서봉氏의 몸은 자주 아프고
반쯤 벌어진 입은 늘 소문을 향해 슬프게 열려 있다.

—「서봉氏의 가방」 전문

  "집어넣을 수 없는 것을 넣어야 한다는 강박관념"에 시달렸다는
진술과 함께 시작되는 이 시는 목표와 이상에 유인되는 힘으로 살아
지던 수업시대가 일단락되었다는 자기고백이라고 할 수 있다. '서봉
씨'가 들고 다니던 가방은 "무겁고 질긴 관념"을 담는 가방이다. 다

시 말해 그것은 구체적 사물들과 사태들을 기성의 틀에 의해 계량하고 휴대하기 위한 수단이자 무기이다. 시에서 '서봉씨'가 고백하고 있는 것은 그가 애써온 것이 실질을 명목으로 보상하는 관념들을 가방에 모으는 일이었다는 것이다. "넣을 수 없는 것을 휴대하려는 관념"에 사로잡힌 이가 "무겁고 질긴 관념"들을 건사하려 애쓰는 동안 가방을 배불리던 것이 실은 "낡은 공허"였을 따름이라는 치명적 깨달음은 거리와 실물에 거듭 눈 뜨는 것으로 귀결된다. 이 시에서 관념과 선명하게 대비를 이루는 것은 거리와 사물들이다. '서봉씨'의 수업시대는 거리의 위세를 알지만 가방을 거리의 자(尺)로 마련하는 수업들의 연속이었다. 거리의 위세가 커질수록 증폭된 것은 구체성에 대한 실감이 아니라 "더 커다란 가방"에 대한 형이상학적 요구였다. 물론, 이것이야말로 청춘의, 수업시대의 특권이 아닐 수 없다. 그러나 가방은 가령 명석성이나 판명함이나 혹은 고독이나 슬픔이나 비애나 멸절 따위의 수납함을 지닐 수 있지만 "흐르는 물이나 한 떼의 구름 따위"의 일말도 담을 수 없다. 이 어찌 치명적이지 않을 수가……

거리는 굴신되는 관념이 아니라 구체성들의 파노라마라는 것, 세상을 일별했다는 자부심의 수하로서 관념이 포획한 것은 실물이 아니라 손오공의 머리카락과도 같은 찌끄러기들일 뿐이었다는 것, "흐르는 물"이나 "한 떼의 구름 따위"의 일 푼도 담지 못하는 가방을 끌고 다니느라 머리가 아니라 몸이, 쓸쓸한 가죽 가방이 구체적인 마모에 무방비로 노출되어왔다는 것을 비로소 발견한 자가 택할 수 있는 것은 거리와 삶에 대한 새로운, 아니 어쩌면 난생처음 자율적으로 개시되는 귀납이다. 예민한 영혼의 편력시대는 대개 그렇게 도래한다.

그러므로 이 시집에서 관찰의 기록이 유독 자주 눈에 띄는 것은 우연이 아니다. 거리는 관념적으로 포획되는 것이 아니라 감각적으로 귀납된다. 물론, 청년의 한때를 관념 수집에 몰두하며 보낸 이가 대번 감각과 귀납의 편으로 전향할 수는 없다. 너무나 쉽게 그런 변모를 보여주는 이가 있다면 우리는 그가 관념의 이중간첩이 아닌지 의심해볼 필요가 있다. 그러나, '서봉씨'는 너무나도 조심스러운 전향자이다. 수업시대에 대한 마감의 형식과는 다른 시에서 '서봉씨'가 몰두하는 것은 거리의 귀납이다.

> 파편처럼 흩어지네, 사람들
> 한여름 처마 밑에 고드름으로 박히네. 뚝뚝,
> 머리카락 끝에서 별이 떨어지네.
> 흰 비둘기 신호탄처럼 날아오르면
> 지상엔 금세 팬 웅덩이 몇 개 징검다리를 만드네.
> 철모도 없이, 사내 하나 용감하게 뛰어가네.
> 대책 없는 시가전 속엔 총알도 원두막도 그리운 적(敵)도 없네.
> 마음 골라 디딜 부드러운 폐허뿐이네.
>
> ─「그리운 습격」 부분

이 시에서 가장 먼저 눈에 띄는 것은 부산하게 움직이는 이들의 내력을 포착하는 붙박이 화면이다. 정확히 격자인 창에 '서봉씨'는 서 있다. 수업시대를 졸업하고 새로운 편력의 길에 들어선 이의 첫번째 선택은, 소설가 최인훈이 썼던 표현을 빌리자면, '창 타입 인간' 되기이다. 한여름, 소나기의 내습에 부산스러운, 한바탕 "시가전"을 치르는 거리의 풍경을 서봉씨는 무심하고 담담하게 건사하고 있다. 부동을 유동케 하는 내면이 수업시대의 비밀이라면 유동을 부동케 하려는 의지가 편력의 연료이다. 그는 움직이는 것들을 편력한다, 본다.

선물 세트 같아. 고만고만한 수영장과 고만고만한 헬스기구들. 봄 나무들을 잔뜩 심어놓고 시 창작반 선생은 아줌마들을 기다린다. 나무의 나이테처럼 겹치지 않는 사람들을 생각했다. 물관처럼 쉼 없이 무언가를 길어 올리는 창문이 낮달을 꺼내 보였다. 평생 배울 수 있다면 그것은 슬픔의 종류를 구분하는 상자를 하나 얻는 것. 달이나 태양이 한 상자 속에 들어가도 될까, 물었지만 누구도 숨겨둔 꽃의 이름을 말하지 않았다. 어린아이들과 노인이 칸칸 채워진 선물 세트, 시를 다 배우고 나면 어서어서 허리가 굽어 물리치료실로 가셔야죠, 배를 땅에 붙인 비둘기가 계절을 재촉한다. 장난감과 양갱이, 치약과 과자가 당신의 기억 속에서 한가롭게 뒤섞이고 있었다.

　　　　　　　　　　　　　　　　　　　　—「종합사회복지관」 전문

역시 창 타입 인간의 관찰에 기초한 시이다. 창밖에 움직이는 것이 무엇이냐, 창밖에서 소란을 떨고 있는 저 생활이란 것이 무엇이냐를 묻고는 있으되 그것을 지켜보는 이의 내면은 창밖의 유동에 연동되지 않는다. 오히려 저 유동과는 달리 수선 속에서 항용 성찰 하나씩을 건져내는 것, 그것이 유동에 대한 부동의 수확이다. 종합사회복지관에서 시를 배우는 사람들이 다시 일상으로 향하는 것과는 별개로 그것을 지켜보는 이의 내면은 "평생 배울 수 있다면 그것은 슬픔의 종류를 구분하는 상자를 하나 얻는 것"이라는 명제 하나로 요지부동이다. 세상에 대해 주먹을 들던 의문들로 들끓는 내면은 이렇게 삶이라는 생물의 정수리를 내려다보고 있다. '서봉씨'가 프로크루스테스식 관념의 가방을 회구하는 대신 가방을 싸고 행장을 꾸리면서 얻는 것은 바로 이처럼 삶을 귀납하여 얻는 명제들인데, 그렇기 때문에 그가 가장 힘을 기울여 경계해야 할 것은 이 명제들이 재차 관념의 성찬 즉 새로운 가방으로 환원되는 것이다. 아마도, 우리는 「행성 관측」과 같은 시에서 그 힘겨루기를 판정해야 할 터이다.

불행이 따라오지 못할 거라 했다.
지나친 속도로 바람이 지나갔고 야윈 시간들이
머릿속에서 겨울, 겨울, 우는 소리를 들었다. 그리고
지나치게 일찍 생을 마친 너를 생각했다.
대개 너는 아름다웠고 밤은 자리끼처럼 쓸쓸했다.
실비식당에서 저녁을 비우다 말고 나는
기다릴 것 없는 따스한 불행들을 다시 한번 기다렸다.
하모니카 소리 삼키며 저기 하심(河心)을 건너가는 열차.
왜 입맛을 잃고 네 행불의 궤도를 떠도는지.
콩나물처럼 긴 꼬리의 형용사는 버려야겠어,
말하던 네 입술은 영영 검은 여백 속으로 졌다.

그래도 살자, 그래도 살자.
국밥 그릇 속엔 늘 같은 종류의 내재율이 흐르고
사람을 끌어당기는 건 여전히 사람이지만
나는 더이상 사람을 믿지 않는다.

—「행성 관측」 전문

　이 시에도 명제는 있다. 그러나, 이 시에서 삶에 대한 명제는 관념
으로부터 도출된 것이 아니라 경험과 구체적 이미지로부터 도출된
것이다. 준비된 지혜의 말로 삶을 포장하는 대신 경험과 귀납을 통
해 삶의 명제 하나가 도출된다. 이 시집에는 바로 이런 방식으로 주
조된 시편들이 많이 눈에 띈다. 그러니, 이렇게 말해볼 수 있을 것이
다. '서봉씨'의 편력은 명제의 공장이라고. 수업시대의 명제는 경험
에 앞선 보편을, 질문과 회의에 대한 기성의 답변을 구하므로 쉽게
잠언을 허락하기 마련이며 따라서 그것은 시의 턱밑까지만 미칠 수
있다. 그러나 편력시대의 명제는 경험과 귀납을 경과한 언어들로 축
조된 것이어서 굳다. 사유와 성찰이 좋은 시가 되느냐 그렇지 않느
냐의 경계를 가름하는 것은 그것이 준비된 연역적 명제를 시를 빌려
재확인하려는 '위로부터의' 베일인지 경험과 귀납으로부터 얻어진
편력의 결과인지 여부가 될 것이다. 시를 보자.
　인용된 시에도 명제는 있다. 생은 개체적 개별성에도 불구하고 그
자신의 리듬으로 여일하다는 것이다. 그러나, 이 명제는 시에 제시
된 내적 실재 혹은 내적 상황을 통해 자연스럽게 얻어진다. 그것이
편력의 결과로 삶을 성실히 귀납한 대가이기 때문이다. 1연에서 시
인은 "콩나물처럼 긴 꼬리의 형용사"들, 삶에 대한 모든 의문들을

뒤로하고 먼저 "행불의 궤도"를 앞서간 친구를 기억하며 시적 이미지들을 통해 슬픔과 원망을 효과적으로 객관화하고 있다. 엄살이나 과장 대신 관찰과 귀납의 힘으로 '서봉씨'는 대상에 대한 과도한 애착을 끊어내어 그것을 삶에 대한 사유의 힘으로 전환시키고 있다. "국밥 그릇 속엔 늘 같은 종류의 내재율이 흐르고/사람을 끌어당기는 건 여전히 사람이지만"과 같은 성찰에 닿는 시심이 어찌 계속해서 망연자실 슬픔에 연루될 수 있겠는가? "그래도 살자 그래도 살자"보다 "나는 더 이상 사람을 믿지 않는다"는 말이 더 신뢰를 안겨주는 것은 이것이 상처받지 않기 위해 먼저 상처를 준다는 식의 잠언과는 다른 속정을 드러내기 때문이다. 사람을 믿지 않는다는 공표가 어찌 공언이 될 수 있겠는가?

　이처럼 시적 이미지를 통해 개찰되며 공표된 슬픔은 비로소 만질 수 있고 견딜 만한 것이 된다. 편력의 결과 이 시인은 거리를 가방에 넣는 대신 가방이 닳고 해지도록 일주하는 시선의 노동으로 시를 짓는다. 그리고 그렇게 시선과 정념이 함께 오래 편력한 흔적을 보여주는 시들에서 사태가 슬퍼지는 데까지 바라보는 속정 깊은 눈과 감정의 극한에서도 수일한 이미지를 벼리는 신뢰할 만한 기예가 배어난다. 그리하여 이런 이미지들,

　한꺼번에 발산하는 푸른 새들, 흩어진 가계처럼 어지럽다.(「청동기 마상」)
　고단한 주어(主語)들이 부드럽고 아픈 묘혈 짓는다.(「폭설」)
　왜 만질 수 없는 강박의 방들은 모두 환형(環形)인가.(「사랑에 관한 짧은 몸살」)

일생이란, 가령 츄파츕스를 가득 실은 자전거 한 대가 지나간 것뿐이다.(「한아름」)

기형도에게서 사사한 흔적이 역력한, 그러나 이제는 '서봉씨'의 여행 가방에 넉넉히 담긴, 사유와 감각이 배를 맞댄 저 날 선 이미지들은 시선의 노동과 편력의 발품으로부터 비롯된 것임을 확인할 수 있다. 그렇기 때문에, "한두 겹의 내력을 더 견디며 나는, 고요의 중심으로 천천히 내려가리라"(「처서라는 말의 내부」)는 편력기의 종언을 새기기 전에 다음과 같은 시에 담긴 구상(具象)을 한 번 더 눈여겨볼 필요가 있겠다.

상평통보 무배자전을 위조한 기억이 있다.
조선시대에도 나는 시인이었는데, 시인이래봐야
장에 들러 선인의 시나 읊고 가사나 불러
소인묵객의 흉내나 내는 일이었다.
떠돌이가 어찌 엽전을 위조하였는가 하면
삭방도, 그러니까 지금의 함경도에 살던 먼 친척,
야장이었던 그의 대장간을 쉬 빌려 쓸 수 있던 까닭이다.

조립과 제작을 즐기는 것이 천성이어서
현생 역시 그런 천한 직업을 가지게 되었는데
한 가지 아무리 추억하려 해도 떠오르지 않는 것은
참형을 당한 기억이다. 참형을 당한 기억이 없으니
나는 죽는 날까지 이곳저곳을 들짐승처럼 떠돌다

낙막하고도 다복한 삶을 마쳤는지 모른다.

대신 탁주를 품에 안고 꺽꺽 울던 기억이 있다.
겨울이 깊도록 꽃이 지지 않았으니
누룩꽃 피는 내 몸에 술 한잔 바치지 못했다.
술이 쓴 것은 아직도 그 버릇이 남아서다 굳이 말하자면
여러 번 헤어졌으나 단 한 번도 만난 적 없는 당신,
당신은 연생(緣生)이 모조해내던 추억이었으며
1659년은 그런 당신의 부재가 남긴 미록했던 날들이었다.

— 「1659년, 고라니 혹은 사슴」 전문

　김수영이 간파한 것처럼 구상은 요염하다. 희한한 일이지만 오래된 과거에 대한 비현실적 기억을 소재로 하는 이 시는 이 시집에 담긴 시 중에서 가장 요염하다. 가령, 다음과 같은 구절들,

　내 거친 영혼은 재설계가 가능할까.(「납골당 신축 감리일지」)
　평생 배울 수 있다면 그것은 슬픔의 종류를 구분하는 상자를 하나 얻는 것(「종합사회복지관」)

과 같은 구절들도 우리의 눈길을 끌지만 역시 고혹적인 쪽은 구상 쪽이 아닐 수 없다. 「1659년, 고라니 혹은 사슴」은 명제 대신 이야기를 통해 시적 실재를 생성시키는 시이다. 슬픔과 비애를 토로하지 않고 무대 위에 올리는 시라는 말이다. 전생에 대한 기억이 어찌 현실적일까, 그러나 이 이야기는 어떤 클로즈업보다도 요염하다. 우리

를 정념의 무대 위로 불러내기 때문이다. "조립과 제작을 즐기는 천성"이 오래된 내력임을, 그리고 그 기질이 회의와 편력을 낳는 것이었음을, 한번 편력의 끝에 가 닿은 삶이 맞은 파국을 알고 있는 이가 현생의 편력의 귀착점을 불안하게 살펴보고 있음을 이 시는 증언하고 있다. 진술되지 않고 재현됨으로써 '서봉씨'의 편력이 내면의 불로부터 비롯된 불가항력적인 것임을, 파국에 대한 예감마저 물릴 수 없는 '고약한' 성질의 것이었음을 이 시는 보여주고 있다, 참으로 요염하게.

다만, 이 시의 네거티브필름 속에는 손길이 하나 있음을…… 한번 이미 돌이킬 수 없는 편력을 종주해본 이의 파국에 대해 시간착오적 위로를 건네는 손길이 하나 있음을 기억하자. 전생과 같이 불안과 회의와 함께 연소될 것인가, 더 지독하게 편력할 것인가. 다행히, '서봉씨'는 이번 생엔 시를 건졌다. "한두 겹의 내력을 더 견디며 나는, 고요의 중심으로 천천히 내려가리라"(「처서라는 말의 내부」)는 독백은 편력의 평행세계를 뒤집는 반전이다. 수업시대와 편력시대를 경과한 '서봉씨'의 시는 이제 편력을 연료로 삶의 자가발전을 꾀하는 새로운 시작을 준비한다. 벤자민 버튼처럼 시간을 거스르는 그의 시는 지금부터 사춘기다.

[2011]

하염없음이 하염없게도……

―송진권 시집, 『자라는 돌』(창비, 2011)

1

송진권의 시집을 읽다 보면 두 가지 생각이 교차하는 것을 느낀다. 어쩌면 이렇게도 도저한 허무의 세계일까? 어쩌면 이렇게도 무신경한 세계일까? 얼핏 보면 이 두 가지 태도는 모순적인 것으로 보일 수 있다. 그러나, 도저한 허무의 세계와 무신경한 세계는 송진권의 시집 안에서 자유자재로 태를 바꾼다. 보다 더 정확히 말하자면 슬픔으로 만연된 허무의 세계를 고유의 질서를 지닌 리듬의 세계로 변환시키려는 의지가 생 자체의 질서와 리듬 안에 있는 아름다움을 발견하게 하는 현장이 송진권 시인의 첫 시집이라고 할 수 있겠다.

차고 넘치는 슬픔과 허무를 이기려는 대조적인 두 가지 방법이 있다. 하나는 납득할 만한 설명을 구하는 것이다. 비유컨대, 슬픔에 대한 이신론(理神論)적 태도라고 할 수 있을 이런 태도로 우리는 정서적 동요보다 조금 더 길들여진 자세로 허무를 대할 수 있다. 슬픔을 백일하의 인과관계를 통해 드러내는 태도는 위안은 되지 않는다 해도 슬픔에 따른 고통을 심적으로 길들이는 데 도움이 된다. 그러나, 역시 이것은 미봉책이 될 수밖에 없다. 조금 더 적극적인 방식이 있다. 슬픔을 자명한 세계의 리듬의 일부로 만드는 것이다. 지나치게 기뻐할 것도 없는 것처럼 지나치게 고통스러워할 것도 없는 것이 세계의 양상이며 이때 그 세계의 여일한 리듬을 발견할 수만 있다면 개별적 슬픔을 그 리듬에 공명시킬 수 있으리라는 기대 역시 가능한 것이다. 송진권의 시는 바로 그 리듬의 발견과 리듬에의 공명을 핵심으로 하는 시라고 할 수 있겠다. 슬픔을 목적도 면목도 보상도 없는 태연한 리듬에 걸어두는 것을 통해 자연인으로서 그리고 시인으로서 송진권은 견딘다.

간다
소쩍새 울음 그 컴컴한 구렁 속으로
물 가둔 논에 뜬 개구리알 건져 먹고
조팝꽃 더미 속으로
거멓게 웅크린 상여막 어둠속으로

갈 때까지 간다
꽃 핀 나무 지나 죽은 나무에게로
죽은 나무 지나 조금 더 간다
지옥까지
개를 만나면 개를 타고 간다
깨벌레를 만나면 깨벌레에 업혀 간다

눈깔사탕 같은 달을 물고
열 손가락 기름 먹여 횃불 해 들고
머리카락 뽑아 신을 삼아
십년을 살며 아이 일곱을 낳아주고
더 더 간다
털실뭉치 굴리며 간다
요강뚜껑 굴리며 간다

우우 봄밤
우우 하염없는 봄밤

—「하염없이」 전문

　여러 번 반복되며 명시되어 있듯이 이 시의 중심 행위는 "간다"
이다. 그렇다면, 이 용언의 주체는 누구인가, 혹은 무엇인가? 1연부
터 차례로 읽어가며 시의 전면에 부각된 "간다"라는 동사의 주체를
찾는 이에게 이 시는 낭패감을 준다. 어떤 인격적 주체도 또 어떤 단
수의 생명도 이 용언의 주어 자리를 차지할 수 없음을 시를 읽어가
며 알게 되기 때문이다. 그렇기 때문에 이 시는 거듭 읽힐 수밖에 없
다. 용언이 먼저, 그리고 반복적으로 제시되었기 때문에 그 행위의
주어를 추적하려는 의지를 독자가 처음에 품게 되는 것은 자연스러
운 일이었으나 시 한 편에 대한 완독을 통해 이는 실익이 없는 의지
라는 것이 대번 밝혀진다. 그렇다면 다시 처음부터 시를 읽을 수밖
에 없다. 그러나, 미리 말하지만, 그렇다고 해서 처음의 그 행위가

결코 헛된 것만은 아니다. 조금 더 세밀한 독해를 가능하게 하기 때문이다.

주어가, 주체가 명료하지 않다면 이제는 사태 그 자체를 보자. 누가, 혹은 무엇이 가는 것인지는 모르나 어디로 가는 것인지는 드러나 있다. "컴컴한 구멍" "상여막 어둠 속"으로 간다. "개구리알" 같은 생의 기미를 섭생하며 그 무언가는 구멍과 어둠을 향해 간다. 독자는 이 이미지들을 통해 드러나는 죽음의 기운을 쉽게 떨칠 수 없다.

그런데 2연에서 "간다"는 행위는 죽음마저 초과한다. "꽃 핀 나무 지나 죽은 나무에게로" 가는 것은 1연의 행로와 거의 유사하다. 그러나, 2연에서 중요한 것은 얼핏 죽음을 종착역으로 두는 것 같았던 이 행위, "간다"는 행위가 그 죽음마저 경과하고 만다는 것이다. "갈 때까지 간다"는 것은 이것이 목적지에 도착하는 것을 의도한 운동이 아니라 "간다"는 행위 자체에 의미를 두고 있는 것임을 뜻한다. 그리고 "개" "깨벌레"와 같이 비근한 것들조차 이 "간다"는 행위의 조력자가 된다. 그러니, 2연에 명기된 목적지인 "지옥"은 천국의 반대항이 아니라 "간다"는 행위의 종지(終止)와 관계 깊을 수밖에 없다. '지옥까지 간다'는 표면적 진술은 실은 '간다는 운동을 멈추면 지옥이다'라는 진술을 배 속에 품고 있다. 도저한 운동이 아닐 수 없다.

3연에는 한 구체적 죽음의 정황이 다루어지고 있다. "십 년을 살며 아이 일곱을 낳아주고" 간 이가 등장한다. 그런데 그 역시 죽어 정지하는 것이 아니라 "더 더 간다". 어쩌면 이 시는 3연에 등장한 구체적 죽음에 대한 애도의 시로 읽힐 수도 있을 것이다. 그러나, 중요한 것은 그조차 "더 더 간다"는 것이다. 그렇기에 이 시의 제목은 "하염없이"가 된다. 마지막 연에 "하염없는 봄밤"이라는 말이 직접 나오기 때문에 "간다"의 주어 자리에 봄밤을 얹어볼 수는 있지만 그러나 이 시는 '봄밤이 하염없이 간다'는 식의 애상과는 거리가 멀다. 이 시의 진정한 주어는 "하염없음"이라고 하는 것이 더 나을 것이기 때문이다. 감정과 의지와는 별개로 그저 '가고 가는' 저 도저한 세계, 하염없음이 하염없이 간다, 갈 때까지 간다, 더 더 간다.

2

얼굴을 볼 수 없는 따스한 등만 생각난다
그 집에다
나를 내려놓고 그길로 되짚어갔다 한다
다시는 안 오마고 했다 한다
그 집에서 살았다
할미 할아비라는 이와
어미 아비라는 이와

—「너머」부분

먼 세상의 꽃밭은 엄마를 태우고
어디 어디로 가고
엄마는 나를 낳아놓고
한정없이 붉은 곳으로 가고

이켠에서 동동 구르며 불러도

　　엄마는 가고

—「먼 꽃밭」 부분

　어쩌면 하염없음을 바라보는 이의 눈에만 들어오는 저 무정형, 무
목적의 시간은 그것을 바라보는 이의 삶의 리듬을 위해 요청된 것인
지 모른다. 인용된 두 편의 시는 개인사의 한 대목일 수도 있고 상황
의 극적인 조성일 수도 있다. 우리에게 중요한 것은 어느 쪽인가를
가리는 데 있지 않다. 독자의 몫은 작품 외적 사실관계를 수사하는
것이 아니라 작품 내적 실재를 시의 온전한 실재로 간주하는 것이니
까. 그렇게 보았을 때, 이 두 시는 앞서 살펴본 '하염없음'이 왜 이 시
집에서 요청된 것인지를 이해하게 해준다. 가장 원초적인 슬픔과 상
처를 어찌 논리와 이법과 인과로 다스리랴. 슬픔의 미적 보상은 고
해나 인과의 규명에 있지 않다. 우리네 삶의 구체적 사건들을 관장
하는 시간의 규모를 조정하는 방법이 가능하고, 그것을 인과를 넘어
선 하염없는 리듬의 세계로 풀어내는 방법이 가능할 따름이다. 이
시집의 3부에 실린 '못골 시편' 연작은 바로 그런 세계의 창조를 겨
냥한 것이다. 아니, 거꾸로 이 시집은 바로 그런 세계를 요청한다.

　　애새끼들 다 떼놓고

　　나 혼자 어떡하라구

　　17시 21분에 출발하는 서울행 열차를 이용하실 고객께서는

　　3번 타는 곳으로 나가주시기 바랍니다

　　광장 한켠 해묵은 플라타너스

고향에 고향에 돌아와도
그리던 하늘만이 높푸르구나
　　—「고향에 돌아와도 — 못골 20」 전문 (* 굵은 글씨는 정지용 「고향」에서)

뭐라 말해야 하나
그 저녁에 대하여
그 저녁 우리 마당에 그득히 마실 오던 별과 달에 대하여
포실하니 분이 나던 감자 양푼을
달무리처럼 둘러앉은 일가들이며
일가들을 따라온 놓아먹이는 개들과
헝겊 덧대 기운 고무신들에 대해서
김치 얹어 감자를 먹으며
앞섶을 열어 젖을 물리던
목소리 우렁우렁하던 수양고모에 대해서
그 고모를 따라온 꼬리 끝에 흰 점이 배긴 개에 대해서
그걸 다 어떻게 말해야 하나
겨운 졸음 속으로 지그시 눈 감은 소와
구유 속이며 쇠지랑물 속까지 파고들던 별과 달
슬레트지붕 너머
묵은 가죽나무가 흩뿌리던 그 저녁빛의
그 그윽함에 대하여
뭐라 말할 수 없는 그 저녁의
퍼붓는 졸음 속으로 내리던

감자분 같은 보얀 달빛에 대하여

이 시집에서 상당한 분량을 차지하는 '못골 시편' 연작은 한 마을의 다감한 삶들에 대한 보고서가 아니다. 또한, 그것은, 설령 그런 이름의 마을이 실제로 있다 해도, 경험적으로 우리가 지목할 수 있는 구체적 지명상의 마을도 아니다. 못골은 공동체적 삶의 풍경이 아름답게 그려지거나 뒤에 두고 온 마을의 향취가 자꾸만 발길을 끄는 동리가 결코 아니다. 못골은 백석의 어릴 적 마을도 정지용이 향수하던 마을도 아니다. 오히려 못골은 좀처럼 그런 사연이라고는 들어볼 길 없는 사설들로 이루어진 마을이라고 할 수 있다.

못골 연작은 고향에 대한 향수가 아니라 한 심적인 마을의 창조다. 정확히는 못골은 '하염없음'의 외화다. 이 마을은 그윽함과 아늑함과 슬픔과 상처들이 어떻게 그렇게 하염없이 펼쳐지며 흘러갈 수 있는지를 공간적으로 전개한, 사물과 사건의 태를 띤 마음이다. 바로 그런 의미에서 못골은 하염없음의 고향인바, 인용된 시에서 우리는 앞서 보았던 「너머」와 「먼 꽃밭」에서 내비치던 슬픔의 이력이 자명한 리듬으로 변용되는 현장을 목격할 수 있다.

「고향에 돌아와도 ─ 못골 20」에서 못골은 외국인 아내가 아이들을 버리고 떠나는 마을이며 「그 저녁에 대하여 ─ 못골 19」에서 못골은 저녁빛의 그윽함이 깃드는 마을이다. 상처와 심연이 동시에 존재하는 곳인 이 마을은 생의 리듬의 태연자약함을 배후에 지닌 마을이다. 「고향에 돌아와도 ─ 못골 20」의 상처와 「그 저녁에 대하여 ─ 못골 19」의 심연이 가질 수 있는 여러 가지 관계의 형식들 중에서 우리에게 가장 익숙한 것은 심연이 상처를 어루만지게 하는 것이다. 자연을 통한 위안이라는 오래된 관계 형식이 바로 그것이다. 그러나, 만약 여기서 그것을 반복한다면 이 시집은 후퇴다. 세밀하게 분간되어야 할 것이되, 못골 연작에서는 상처와 심연을 나란히 세우는 태도가 두드러진다. 시를 통한 위안이 심연이 상처를 짊어지는 쪽이라면 하염없음이란 상처와 심연이 나란히 '갈 때까지 가는' '언제까지 가는' 쪽이다.

3

너무 여물어 빳빳 센 보리밭 말고
아직 연한 보리밭쯤이면 될랑가
그것도 평지에 편편히 드러누운 보리밭 말고
산날망 넘어오는 뙤똥한 보리밭쯤이라면 어쩔랑가
막 비 온 뒤끝이라 파릇파릇 웃자라서
대공을 잘근잘근 씹으면 단물이 배어나는
배동 오른 보리밭쯤이면 될랑가
아지랑이 아물아물한 데서
하늘아이들이 시시덕대며 내려와 소꿉놀이하며
풀꽃 따다 밥 짓고 반찬 하고
보리피리 불다 돌아간 뒤
그나마 정든 구천도 어두워지고
살도 뼈도 다 저 갈 데로 가버리면

파릇한 혼백 하나
착하고 뚱뚱한 구름 속으로 둥둥 날아가
왼어깨에는 해를 앉히고
오른어깨에는 달을 얹고
머리카락엔 솜솜 별을 뜯어붙이고
이쪽을 향해 손을 흔들며
안녕이라고 할랑가
할 수나 있을랑가

— 「보리밭의 잠」 전문

　다시 한 번 이 시집의 세계가 하염없음, 즉 어떠한 무궁의 세계이
되 그것이 결국은 삶의 슬픔을 애도하기 위해 요청된 것임을 조금
더 단단한 형태로 확인할 수 있다. 이 시에 깃든 상상력은 공동체적
이라거나 생명 존중 사상이라거나 자연친화적이라는 말들을 넘어선
다. 시인이 이렇게 부드러운 애도를 취할 수 있게 된 것은 사태가 하
염없어짐을 바라보는 연습 때문이다. 두말할 것 없이 그것은 또한
시의 몫이다. 이 시는 처연하되 축축하지 않고 따뜻하되 덥지 않다.
이렇게 부드러운 '초혼'과 축문이 있었던가? 구천을 떠도는 어린 영
들의 안부에 대한 상상 자체도 삶이, 사태가 갈 데까지 가서 결국은
슬퍼지고야 마는 곳까지 보고야 마는 이들에게만 가능한 것일진대,
이는 사태를 초연하는 것이 아니라 한 사태를 하염없는 시간들 속에
서 오히려 바로 볼 수 있게 될 때 가능하다. 이 시에 담긴 축원이 연
민을 넘어서는 까닭은 사태를 하염없는 시간 속에서 조망하기 때문
이며 그것이 단지 품 넉넉한 이의 오지랖에 관련된 것이 아님은 시

에 제시된 구체적 이미지들에 대한 배려의 섬세함 때문이다. 구천을
떠도는 어린 영들이 "살도 뼈도 다 저 갈 데로" 간 뒤 잠시 놀다 다시
결연한 발길을 재촉해야 하는 마당으로 너무 여문 보리밭도 아니고
아직 연한 보리밭을 상상한 이가 얼마나 되었을까? 시간은 넓혀지
고 배려는 섬세해졌다. 슬픔과 하염없음이, 상처와 심연이 시의 이
미지와 리듬에 의해 상하가 아니라 병렬관계에 놓임으로써 어조는
편해지고 호소는 강해졌다. 곡진하다.

> 웃녘 새는 울로 가고
> 아랫녘 새는 알로 가고
> 무거운 건 바닥에 가라앉고
> 가벼운 건 다 공중에 떠오르고
> 염소는 우리 안에서
> 달구새낀 헛간에서 자장자장 잠이 들고
> 검은 새는 흰 새 되고
> 흰 새는 검은 새 되어
> 낮으로 밤으로 다 뿔뿔이 나눠지고
> 마지막 한 생각까지 다 제 갈 데로 가서
> 모든 것 다 제각기 제 갈길 찾아간 뒤
> 못 다 먹고 못 간 새는
> 어디로 가야 하나
> 어드메로 가야 하나
> 아나, 까투리 복숭아 하나 먹고
> 어여 너도 가거라

너 갈 데로 가거라

—「복숭아 먹고」 전문

　하염없는 시간에 비추면 모든 사태가 몰도덕적으로 사필귀정이
다. 몰도덕적이라 함은 도덕을 져버렸다는 것이 아니라 그것을 넘어
섰다는 것을 의미한다. 본래 사필귀정이란 도덕에 의해 사태의 인과
관계가 정립됨을 의미하는 것이지만 하염없음의 시계에서 그것은
도덕적이고 정서적인 자극과 유도 없이 사태가 제자리를 찾아감을
의미한다. 이 시는 슬픔과 상처마저 '갈 데까지 가는' 행로의 한 귀
결을 보여준다. 도덕이나 정서, 연민이나 설득 등으로는 닿지 않는
세계의 사필귀정, "웃녘 새는 울로 가고 / 아랫녘 새는 알로 가"는 행
보, "무거운 건 바닥에 가라앉고 / 가벼운 건 다 공중에 떠오르"는 이
치뿐만 아니라 검은 새가 흰 새되고 흰 새가 검은 새 되는 장구한 시
간을 통해 "마지막 한 생각까지 다 제 갈 데로 가서" "모든 것 다 제
각기 제 갈 길 찾아" 가는 세계까지 상상하고도 또 더 나아가는 사유
가 있다. 모든 것이 결국은 제 갈 길 찾아간 뒤에도 행여나 "못 다 먹
고 못 간 새"까지 상상하는 이는 틀림없이 하염없다. 모든 정한 이치
이후의 구체적 결핍마저 헤아리는 사유는 곡진하다. 그 생에 얹는
"까투리 복숭아 하나", 이 시인은 울지 않고 울리는 비결을 지니고
있다.

〔2011〕

4부 모티폴로지 아틀라스

타인의 고통

1. 고통의 현상학

스무 살가량의 젊은 남성이 크리스마스 주일에 스스로 목을 맸다. 그의 죽음은 크리스마스 즈음에 외려 더욱 깊어지는 상실감과 고독 때문이라고 유서를 통해 판독되었다. 생의 마지막 시간 동안 그는 가장 깊은 슬픔과 낙담에 빠져 있었다. 그가 평소에 '천사 같은 아름다움'을 지녔다고 여겼던 옆방의 처녀에게서 속(俗)의 기미를 너무나 적나라하게 느꼈기 때문이다. 그가 마음의 지옥을 헤매고 있는 동안 옆방에서는 벽을 통해 삐걱임, 신음 그리고 유서에 적힌 표현 그대로 '특이한 소리'가 계속해서 들려오고 있었다. 고독에 예민한 이 청년의 생을 지탱할 마지막 '천사'는 그렇게 세계의 비속함에 대한 결정적 단서로 전락했다. 옆방에서 한 시간 가까이 지속된 그 소리를 들으며 청년은 분노와 경멸이 뒤섞인 정서의 최저점에 이르렀고 마침내 생을 놓았다.

청년의 죽음을 조사하던 이는 문득 옆방의 처녀가 궁금해졌다. '천사 같은 아름다움이라니……' 그러나, 여러 번 불러도 대답이 없는 처녀의 방문을 열고 들어갔을 때 그가 발견한 것은 비소 중독으로 신음하며 생의 마지막 시간을 보냈을 금발 머리 여인이었다. 탁자 위에 여인의 자살 동기가 명시되어 있었는데 이 여인을 자살로 내몬 것은 "고통스러운 고독"과 "삶에 대한 총체적인 혐오감"이었다. 그러니까, 청년도 여인도 벽을 사이에 둔 채, 흥성대는 크리스마스 분위기 속에서 더욱 깊어지는 고독과 절망 때문에 생을 마쳐야 했던 것이다. 청년은 고독과 절망의 타전을 가장 속(俗)된 언어로 풀어냈고 그 해석은 치명적인 것이었다. 로맹 가리의 소설 「벽」 얘기다.

타인의 고통은 상징의 베일에 싸여 있다. 우리는 타인의 고통을 상상하고 상징적으로 해석할 수는 있다. 그러나, 그것은 상징과 해석에 의해 실재의 기미만을 드러낼 뿐 온전히 자신을 개방하지 않는다. 그리고 그 기미마저도 성실한 구혼자에게만 모습을 드러낼 뿐이다. 고독을 교성으로 읽은 청년의 치명적 결함은 타인의 고통이 벽 너머의 실재계라는 사실을 간과한 것이다. 게다가 그는 성실한 구혼자가 아니라 상상을 통해 계속해서 타인을 높임으로써 자신을 한없이 낮추는 궁정식 사랑의 상징적 기사였다. 벽 너머에서 천사는 쉽게 탕녀가 될 수 있다. 그리고 그 결과는 치명적인 것이었다. 그것이 실재의 독립된 삶을 가벼이 여긴 상징의 오만이자 한계이다.

타인의 고통을 대하는 문학, 정확히 이야기하자면 타인의 고통에 대한 해석과 상징화를 꾀하는 문학을 읽는 기본 전제는 두 가지이다. 첫째, 완전히 해석된 고통은 없다는 것, 즉 타인의 고통은 벽 너머에 있다는 사실에 대한 승인이 이루어지고 있는가 여부를 가려보아야 한다. 타인의 고통에 대한 해석의 전권 행사는 저 청년의 치명적 실수처럼 귀결될 가능성을 항상 지니기 때문이다. 둘째, 타인의 고통이 상징화되기 이전의 실재계로 간주된다 하더라도 그것을 다루는 언어는 성실한 구혼자여야 할 것이다. 타인의 고통에 대해서라면 완결된 상징화는 없다. 벽을 승인하되 벽 너머로의 타전은 성실하고 지속적인 것이어야 한다. 타인의 고통은 고스란히 번역될 수 없는 것이지만 현상적으로 해석될 수 있으리라는 불가능한 희망이 상징적 의미화를 업으로 하는 문학의 다행스런 최대치이다.

2. 고통의 존재론

타인의 고통은 한 가지 층위에서 사유될 수 없다. 이 문제는 적어도 세 가지 범주와 관련을 맺는다. 고통의 존재론, 고통의 현상학 그리고 고통의 윤리가 그것이다. 이 각각의 범주는 각기 이런 질문들에 기반한 것이다. '고통은 왜 존재하는가?' '타인의 고통은 그 본질에서 해석 가능한 것인가 혹은 현상에 대한 기술만을 허용하는 것인가?' '그렇다면 우리는 타인의 고통을 어떻게 대할 것인가?' 앞서 살펴본 로맹 가리의 소설 「벽」은 고통의 현상학에 대한 하나의 답변이다. 다시 말해 타인의 고통이 그것을 해석하는 주체의 상징화 혹은 의미화 너머의 본질적 양상을 드러내 보일 수 있는 것인가 아닌가 하는 문제가 결부된 작품이라는 것이다. 그리고 이 작품의 소결은 앞서 살펴본 대로이다. 타인의 고통은 언어의 상징적 질서를 통해 가늠될 수는 있지만 온전히 그 전모를 드러내지 않는 실재의 영역에 속한다. 물론, 이런 관점이 결국 타인의 고통에 대한 무관심과 무책임으로 귀결되는 것이 아니냐 하는 지적이 가능할 것이다. 그러나, 그것은 고통의 존재 양태와 그 현상의 기술과는 다른 범주의 문제이다. 타인의 고통에 대한 해석에 있어 우리는 어떤 방식으로도 자만할 수 없다. 오히려 타인의 고통에 대해 해석의 전권을 주장하는 이가 있다면 그의 사유야말로 고통의 윤리 차원의 문제에까지 이행되지 못하고 사태를 해석적 베일에 포개두는 안일함으로 귀결될 소지가 있다. 해석의 전권은 진단과 처방의 특권으로 너무나 쉽게 전환될 수 있기 때문이다. 그리고 이런 태도는 미지의 영역에 대한 두려움과 배려로부터 기인하는 선택적 질문을 이미 배제하고 있기 때문에 윤리의 차원으로 쉽게 이행되지 않는다.

그런데, 타인의 고통이 온전히 인식 가능한 것인가, 우리는 타인의 고통을 어떻게 대해야 하는가와 같은 질문들을 던지기에 앞서 먼저 생각해봐야 할 문제가 있다. 타인의 고통은 왜 존재하는가? 이것이야말로 우선적으로 마주해야 할 문제이다.

(1)
새 학기에 고 3이 되어야 할 여자 아이는
머리 박박 밀고 입에 마스크하고 신승훈인가,
이승환인가 요즘 나오는 발라드 가수의 노래를
흥얼거린다 그래, 노래라도 해라, 애야, 노래라도
자꾸 불러라, 시어머니 병수발하던 옆 침대
아줌마가 중얼거린다 달포 전 아침부터 토하고

설사해 정밀 검사 받아보니 간에도 폐에도 암은

퍼진 지 오래여서, 그래도 그 엄마 울고불고

수술은 해야겠다기에, 거의 배꼽 근처까지 장을

잘랐다는 아이, 잣죽이나 새우깡 부스러기 먹는

족족 인공 항문으로 쏟아내고, 또 아이스크림

먹고 싶어 미치겠다고 제 엄마 졸라 매점 보내고

나서, 아이는 베개 한쪽에 뺨을 묻고 노래부른다

왜 이렇게 가슴 뛰느냐고, 왜 이렇게 행복하냐고

6인 병실 처음 들어오던 그날, 왜 내가 죽느냐고

왜 나만 죽어야 하냐고, 그리 섧게 울던 그 아이는

— 이성복, 「왜 이렇게 가슴 뛰느냐고」 전문, 『아, 입이 없는 것들』(문학과지성사,
   2003)

(2)

별의 유언이

바닥에 내리는 것을 보았어요

푸드득 푸드득

붉은 나비들이 날아올라요

별의 주검이 하얀 날개를 토해요

사라지는 입들이

사라지는 이름을 자꾸만 불러요

사라지는 사람이

웅얼웅얼 바닥을 들어올려요

8월의 혀처럼 뜨거운
바닥이 등을 구부리고 언덕이 돼요

우린 붉은 언덕을 사랑하고
푸른 죽음을 사랑했지만
바람으로 바람을, 순간으로 순간을
말할 수 있을까요?

누가 타오르는 다섯 망루를
별의 높이에 세우려 하나요?
기도문이 손을 흔들며 입 안으로 들어가요
입이 몸 안에 맺혀요

우리의 무게를 꽉 다물어요
저 깃털 같은 입이

　　　　　—박시하, 「타인의 고통」 전문(『창작과비평』 2010년 가을호)

　인용된 두 시에 제시된 고통의 형태를 바탕으로 해서 두 가지 질
문을 다시 던져보자. 아이들은 왜 아픈가? 세입자의 권리를 주장하
다 공적인 물리력 행사로 죽음을 맞은 이들의 고통은 어디서 비롯되
는가? 서구 근대철학은 이 두 질문에 대답하기 위해 신과 이성이라
는 키워드를 사용했다. 서구 근대철학에서 고통은 악의 문제와 관련
하여 주로 변신론theodicy의 형태로 논리적으로 검토되었다. 완전
하고 선한 — 실은 이조차도 토마스 아퀴나스 같은 중세의 사상가들

에게는 논리적으로는 동어반복에 불과한 것이었다. 존재와 선은 교환 가능하다는 유명한 명제가 의미하는 것이 바로 이것이다 ─ 신의 의지와 계획하에서 어떻게 질병과 재난과 불평등이, 가난한 이들에 대한 공적인 물리적 위해가 가능한 것일까를 묻는 이들에게 가장 유력한 답변으로 제출된 논의들이 키워드로 삼은 것은 이성과 계획 그리고 신의 질서 등이었다.

예컨대, 스피노자는 『국가론』에서 우리의 이성이 악이라고 부르는 것이 자연 전체의 질서와 법칙에 대한 악이 아니며 동떨어져 있는 우리들의 본성의 법칙에 대해서만 악이라고 주장했다. 같은 맥락으로 『에티카』에서는 모든 것이 신의 본성에서 생기며 자연의 영원한 법칙과 규칙에 따라 행해진다는 것을 충분히 이해하는 사람은 미움, 경멸 등을 갖지 않는다고 설명했다. 그리고 심지어 연민이란 이성의 지도에 따라서 생활하는 사람에게는 그 자체로 악이며 무용하다고까지 주장했다(정리 50).

타인의 고통을 대하는 데 있어 연민만으로는 충분하지 않음을 주장한 수전 손택의 논의를 생각해본다면 스피노자의 이와 같은 언급은 그야말로 신적인 질서와 이성의 계획에 대한 논리적 믿음이 얼마나 확고한가를 잘 보여준다고 하겠다. 물론, 이것이 논리적 가능성을 통한 정념의 단련을 겨냥한 것일 가능성이 없지는 않지만 스피노자의 논리대로라면 우리는 인용 (1)과 같은 시에 제시된 고통에 연민을 품어서는 안 된다. 인간 이성의 한계 때문에 미처 들여다보지 못 하는 계획 속에서, 저 길들여지지 않은 생의 충동은 충분히 논리적 보상을 받을 것이라고 당신이 마음을 접어둘 수만 있다면 말이다.

인용 (2)에 제시된 고통에 대해서는 또 다른 변신론의 총아를 소환할 필요가 있겠다. 이 세계가 논리적으로 가능한 세계 중 최상의 세계라는 라이프니츠의 가능세계론이 논리적 위로의 한 축을 지키고 있다. 『변신론』에서 라이프니츠는 악을 선의 결여로 이해하면서 인간이 지닌 이성의 유한성 때문에 악이 태동하고 그 악 때문에 인간은 고통을 겪는다고 파악한다. 그리고 이때의 악은 더 완전한 선을 실현하고 결과적으로 이 세계를 최선의 세계로 구성하기 위한 필연적 수단으로 간주된다. 이런 관점하에서는 인용 (2)에 제시된 고통, 세입자들이 자신의 권리를 지키다가 공적 물리력에 의해 겪는 고통 역시 최선의 세계를 이루는 구성 요소로 간주될 수 있다. 그렇다면 사회적 선택에 의해 개개인에게 부과되는 고통에 대해서도 우리는 팡글로스 박사의 관점을 취할 수 있는 것일까? 볼테르가 『캉디드』에서 온갖 어려움 속에서도 논리적 최상세계론을 굽히지 않는 팡글로스 박사를 비웃은 것은 이 관점이 변신론의 논리적 완성에 기여하는 것 이상으로 현실의 고통을 정당화하는 수단으로 변용될 소지가 농후하기 때문이었다.

그렇기 때문에 칸트는 이 문제를 '물리적 악Übel'과 '도덕적 악Bose'으로 나누어 사유했다. 칸트는 아이의 고통이나 죽음 등은 자연의 물리적 속성과 관계된 것이며 이는 변신론적으로 정당화될 수 있는 것이 아님을 주장했다. 그리고 이런 맥락에서 물리적 악은 인간의 책임과 무관하며 그렇기 때문에 물리적 악은 자연에 대한 지식의 확대를 통해 상대적으로 극복될 수 있는 것이라고 그는 설명한다. 또한 바로 그런 까닭에 '물리적 악이' 왜 존재하는가를 묻는 것은 무의미하다고 칸트는 주장한다. 이런 맥락에서라면 아이들은 왜 아픈가를 묻는 것은 무의미하다. 칸트에 따르면 도대체 그런 질병에 해당하는 도덕적 악을 지녔을 리 만무한 아이들의 고통은 저 자연법칙에 대한 지식의 확대를 통해서 상대적으로만 줄여나갈 수 있을 뿐이다. 아이들의 고통에 대한 존재론적 탐문은 칸트에게 있어서는 효용과 성과가 없는 질문이다. 다만, 칸트는 도덕적 악에 대해서는 인간의 책임을 묻고 있다. 다시 말해, 인간이 도덕 법칙에 대한 존경을 통해 스스로 행동의 준칙을 채택했는지 혹은 여러 종류의 쾌를 위해 택했는지에 대한 결과의 책임은 인간에게 있음을 그는 주장한다. 그러니까, 칸트의 분류에 의하면 인용 (1)에 제시된 것은 물리적 악이며 인용 (2)에 암시된 것은 도덕적 악이라고 할 수 있는데 인간에게 책임을 물을 수 있는 것은 인용 (2)의 경우일 뿐이라고 할 수 있다. 물론, 그렇다고 해도 저 망루의 사태가 도덕법칙에 준하는 준칙에 의한 것인지 아닌지를 감별하는 것은 현실적으로는 용이한 일이 아니다. 다만, 칸트는 논리적 분류와 가능한 책임의 문제를 우리에게 환기시켜주고 있다고 하겠다.

3. 물리적 악과 내면의 자연

김애란의 장편 『두근두근 내 인생』(창비, 2011)은 칸트 식 분류에 의하면 저 물리적 악의 세계에서의 고통을 다룬 작품이다. 이 소설의 기본 정황은 두 가지이다. 주인공 한아름이 노화가 급격히 진행되는 병을 앓고 있다는 것과 그에게 죽음은 곧 다가올 현실이라는 것이다. 이 소설이 처음부터 배제하고 있는 것은 고통의 존재론이다. 고통이 왜 존재하는가 하는 질문은 이 소설에서 철저하게 논외의 문제로 남는다. 물론, 한아름 스스로 '왜 나인가?' 하는 의문을 품는 장면이 아주 없는 것은 아니지만 그런 형이상학적 의문은 이 소설의 중심에 놓여 있지 않다. 다시 말해 '주여 왜 악이(혹은 고통이) 존재합니까?' 하는 질문이나 '비도 제때 내리고 바람도 제때 부는데 아이들은 왜 아픈가?' 하는 질문은 작품의 중심에 놓여 있지 않다. 그것은 이 소설이 고통과 악에 대한 형이상학을 구체적 현상들 속에서 풀어보는 것을 목표로 한 것이 아니라는 것을 의미한다. 다시 말해 이 소설은 '왜?'라는 질문을 서사 구조 안에 담고 있지 않다. 얼핏 생각하면 그것은 치명적 한계가 될 수도 있다. 아이가 조로증에 걸리는 것, 부모보다 일찍 늙은 소년이 죽음을 맞을 수밖에 없다는 것은 예사로운 일은 아니다. 그렇다면, 이 예사롭지 않은 상황이 왜 발생하게 되는가를 묻는 것은 필요한 일일 수 있기 때문이다. 그리고 그 문제에 대한 사유를 드러내는 것 역시 소설이 택할 수 있는 하나의 중요한 방향일 수 있다. 그러나, 이 소설은 특별한 상황을 부여하면서도 그 특별한 상황의 발생 근거를, 고통의 존재론적 근거를 따져 묻지 않는다. 고통은 이미 주어져 있다. 물리적 악의 근원에 대해 묻는 것 자체는 이 소설에서 중요한 것이 아니다.

어쩌면 바로 이런 특징 때문에 소설의 기본 정황 설정이 보편적 틀을 벗어난다는 지적도 가능하리라. 조로증에 걸린 아이가 제 주변 사람들과 부모에 대해 관찰하는 방식의 시점을 택한 것이 과연 폭넓은 호소력과 서사 전개의 설득력을 발휘할 수 있을 것인가를 문제 삼아볼 수 있기 때문이다. 그러나, 특별한 정황을 다루고 있다고 해서 그것이 보편적인 문제의식을 보여주지 못하리란 근거는 어디에도 없다는 지적이 가능할 것이다. 예컨대, 소포클레스의 저 유명한 고전 「오이디푸스왕」에 제시된 사건들이야말로 정황의 보편성을 띠지는 못하는 것들이지만 이 작품 속에 담긴 파토스와 정념은 충분히 보편적인 것이 될 수 있지 않은가. 문제는 전형적 상황 자체라기보다 주어진 상황에서의 파토스와 정념이 호소하는 바가 보편성을 띨수 있느냐 하는 것이겠다. 그 점에서 볼 때 이 소설의 시점 채택은 중요하며 또한 성공적이라고 할 수 있다. 만약, 한아름의 고통을 지켜보는 등장인물 누군가의 시점에서 소설이 전개되었거나 혹은 객관적 관찰의 시점을 택했다면 이 소설은 계속해서 저 물리적 악에 대한 존재론적 질문으로부터 자유롭지 못했을 것이다. 한아름의 고통을 지켜보는 이로 하여금 저 아이가 무엇 때문에 저런 일을 당해야 하는가를 묻지 않을 수 없게 하기 때문이다. 그러나, 한아름 자신의 목소리를 택함으로써, 이 소설은 관찰되는 대신 관찰하는 고통을 무대의 전면에 내세울 수 있었다. 그리고 참으로 뜻밖에도 바로 이런 시점의 전환을 통해 물리적 악의 존재론적 근거에 대한 질문은 자연스럽게 지워질 수 있었다. 한아름의 목소리를 따라 소설을 읽는 동안 독자는 물리적 악의 근거와 존재 이유에 대해 묻는 것이 아니라 그의 눈에 비친 세계의 다양한 현상들에 관심을 기울이며 세계를 새로운 시선으로 살펴볼 수 있게 되기 때문이다.

그렇기 때문에 이 소설은 물리적 악과 관련하여 우리가 취할 것은 형이상학적 질문이 아니라 삶의 유일성과 고유성 자체에 대한 태연하고 당연한 승인임을 부각시킨다. 한아름의 삶은 고통과 더불어서도 태연자약한 것이다. '태연자약'의 글자 그대로의 의미로 그렇다. 한아름의 시점을 택함으로써 김애란은 '왜 나일까?'를 묻는 대신 삶이라는 자연의 물리적 속성을 수용하는 과정의 의연함을 택했다. 이는 이 소설에서 중요한 파토스를 형성하는 이서하와의 메일 교신을 생각해볼 때 더 자명해진다. 만약 우리가 이 소설에서 '왜?' 하고 물어야 할 대상이 있다면 그것은 한아름에 대해서가 아니라 바로 이 인물에 대해서임이 명백해지기 때문이다. 이 소설에서 '왜?'라는 질문에 대답해야 하는 것은 한아름이 아니라, 자신의 이기적 욕심으로부터 비롯된 행동으로 한아름을 다만 물리적 악뿐만이 아니라 도덕적 악으로부터 연원하는 고통에까지 내몬, 이서하라는 가상의 인물을 만들어낸 서른여섯 살의 남성이다. 그는 한아름의 아우슈비츠다. 그러나, 놀랍게도 한아름은 여기서도 고통의 연원에 대한 질문 속에 괴로워하는 대신 저 타자의 악행마저 물리적 세계의 일부로 받아들인다. 한아름은 그가 겪고 있는 고통만큼의 죄를 지은 적이 없다. 물리적 악은 한아름의 사유와 취미와 일상을 절망과 파탄으로 이끌지 못했다. 그러나, 그는 도덕적 패악을 저지른 가짜 이서하로 인해 잠시 정념의 전복을 경험한다. 이 소설의 유일한 파토스가 바로 이 대목에서 발생하는데 한아름은 도덕적 악마저 삶의 물리적 속성에 귀결되는 것으로 간주하는 태도를 취함으로써 다시 내적 평온을 회복한다. 물리적 악에 대한 원망과 도덕적 악에 대한 분노 대신 한아름은 고유하고 유일한 생을 그 자체의 진행법칙에 의해 승인하는 태도를 택한다. 그럼으로써 이 작품은 타인의 고통을 바라보는 유력한 태도 중 하나인 연민을 철저히 배제시킨다.

도덕적 악이 아니라 물리적 악에 대한 태도의 최선은 공감과 연민일 것이다. 왜냐하면 물리적 악에 대해서는 우리 스스로 책임을 느낄 수 없기 때문이다. 원인에 대한 책임을 누구에게도 묻기 어려운 자연의 진행에 대해 우리는 연대와 책임 의식 대신 공감과 연민을 품기 십상이다. 그런데, 김애란의 『두근두근 내 인생』은 물리적 악에 대한 연민을 배제하기 위해 최상의 노력을 기울인 소설이다. 아마도 이 소설에 내재된 시선들의 다중적 교차는 바로 이 연민을 철저히 배제하기 위한 효과적 장치일 것이다. 한아름을 지켜보는 것이 아니라 한아름이 내다보는 방식의 시점을 택한 이 소설에서 독자가 불편을 느끼게 되는 부분은 아마도 이 시점을 다시 역전시키는 대목, 그러니까, 「이웃에게 희망을」이라는 프로그램의 실제 방송 화면을 상상할 때일 것이다. 이 프로그램이야말로 우리가 타인의 고통을 대하는 가장 전형적인 태도를 대변한다. 평소 우리는 타인의 고통을 관찰하지 그의 유일한 삶의 자연성을 생각하지 않는다. 그런데, 김애란은 소설 자체를 한아름의 시점에서 진행하고 중간에 통상의 관찰자적 시선을 부과하여 그것이, 그리고 그 시선에 깃든 동정과 연민의 태도가 한아름의 삶을 어떻게 정서적으로 침해하게 되는지를 극적으로 부각시켰다. 바로 이것이야말로 득의의 발견이다. 고통의 당사자가 동정과 연민의 시선에서 느끼는 불편함을 소실 내부의 시점 조정을 통해 독자가 직접 체험하게 하는 것, 그래서 저 선의의 연민마저 한아름의 '평온한' 내면에 어떤 불편함을 초래하는지를 가능하면 최대한 즉자적으로 알아채게 하는 것, 그것은 이 소설의 중요한 의도이다. 당신에게 하나의 삶이 있듯이 그에게도 고유한 하나의 삶이 있다는 것, 우선 이것을 승인하는 것이 중요하다.

타인의 고통에 대한 연민은 해석의 전권으로 치환되기 쉽다. 이 소설은 여러 장치로 그 여지를 차단하고 타인의 고통이 온전히 실재계에 귀속된 것임을, 그렇기 때문에 그것을 대하는 이에게 정서적 우위나 해석의 권위를 조금도 허락하지 않는 고유하고 태연한 자연을 지닌 것임을 상상적으로 보여준다. 물리적 악으로 인한 타인의 고통 역시 자연사를 지닌다. 우리에겐 어떤 종류의 정념으로도 그 자연을 훼손할 상징적 권한이 없다. '6인 병실 처음 들어오던 그날, 왜 내가 죽느냐고 왜 나만 죽어야 하느냐고, 그리 섧게 울던 그 아이' 가 아이스크림의 촉감에 의해 '왜 이렇게 가슴 뛰느냐고 왜 이렇게 행복하냐고' 노래 부르는 까닭은 전적으로 미지의 영역에 속한다. 다만, 문학은 바로 그의 자연을 상상한다.

4. 도덕적 악과 고통의 윤리

　조해진의 『로기완을 만났다』(창비, 2011, 이하 인용은 페이지만 밝힌다)는 사회적 환경에 의해 고통에 처한 개인의 행적을 추적하는, 추리소설 기법을 차용한 소설이다. 추리소설 기법을 차용했다는 것은 이미 이 소설이 어떤 미지에의 탐문을 전제한 작품이라는 것을 의미한다. 물론, 그 미지의 영역에 속한 것은 타인의 고통이다.
　우선 눈여겨볼 것은 작품 속에서 탈북자 로기완의 행적을 답습하며 그의 고통을 가늠해보는 '나'가 김애란 소설의 「이웃에게 희망을」과 같은 성격의 프로그램의 작가라는 것이다. 타인의 고통을 다루는 소설들에서 거듭 이런 성격의 프로그램이 작품 속에 제시되는 것은 이 프로그램이 타인의 고통을 관찰하는 이의 연민에 그 진의를 묻게 하기 때문이다. 연민이란 자신의 현재를 위로받기 위해 타인의 불행을 대상화하는, 철저하게 자기만족적 감정에 지나지 않는다고 말하는 PD 재이와 달리 '나'는 "타인을 관조하는 차원에서 아파하는 차원으로, 아파하는 차원에서 공감하는 차원으로 넘어갈 때 연민은 필요하다"(p. 53)는 생각을 지니고 있었다. 윤주가 로기완의 행적을 추적하는, 타인의 고통이라는 실재계로의 여정을 시작하게 되는 것은 '나'의 이런 태도가 실은 타인의 고통에 대한 해석의 전권으로부터 비롯된 것이라는 인지 충격 때문이다. 연민과 그것의 효과를 극대화하기 위해 윤주의 수술과 프로그램 방송 시기를 뒤로 늦춘 '나'는 그 기간에 윤주의 종양이 악성으로 전화되었다는 사실에 대해서 변신론적 상황과 관련된 호소를 한다. 처음에 '나'는 윤주의 건강 악화에 대해 신에게 책임을 물었다.

> 내가 느낄 수 있는 감정이란 애초에 이토록 불운한 삶을 하필이면 윤주에게 배당해놓은 신에 대한 야속함, 분노, 그뿐이었다. (p. 56)

그러나, '나'가 이때 간과한 것은 윤주의 종양이 악성으로 발전한 것이 물리적 악의 세계에 속한 것이지만 여기에는 타인의 고통을 간과한 자신의 '도덕적 악'도 결부되어 있다는 것이다. '나'가 로기완의 고통을 추체험하며 나중에야 발견한 것이지만 실상 '나'가 맡은 프로그램의 취재 대상이었던, 원인 모를 병으로 인한 고통을 앓는 또 다른 '한아름'인 윤주에게 '나'가 범한 잘못은 자유세계에 속한 존재자들이 거들 수 없는 자연세계의 물리적 악의 흥망에 대한 방기가 아니라 타인의 고통에 대해 결과적으로 해석적 전권을 지니고 있다고 믿었던 무심함에서부터 비롯된 것이다. 방송을 통해 윤주의 고통을 지켜볼 이들의 연민과 그에 따른 물적 보상을 극대화하기 위해 이루어진 방송 시기 조정과 물리적 악의 세계에 속한 질병의 악화는 필연적 관계를 지니지는 않는다. 그러나, '나'는 윤주의 고통에 대한 해석의 전권을 전제한 치명적 행동, 연민의 극대화를 위해 고통을 계량한 '죄'로부터 자유롭지 못하다. 그러니, '나'가 결국 우연히 접한 탈북자 로기완의 행적에 대해 관심을 가지고 직접 그 여정을 답사하며 몸소 그 고통을 체험하도록 만든 계기는 자신이 키웠다고 믿고 있는 윤주의 고통으로부터 도피하고자 하는 의지가 아니라 연민이라는 해석의 베일 너머에서 홀연 거대하게 엄습한 타인의 고통이라는 실재계의 존재감이다.

윤주로부터, 석 달을 못 참고 악성으로 바뀐 그 애의 성급한 종양으로부터 도망가고 싶은 것이 내 진심일지도 모른다는, 하여 그 애를 대했던 내 마음은 나 자신을 위한 자족적인, 그래서 다분히 가식적인 연민에 지나지 않았을 거라는 견디기 힘든 의심 (p. 57)

그러니까, 로기완의 행보를 답습하는 '나'의 여정은 타인의 고통이라는 미지의 실재계로의 여행이라고 할 수 있다.

연민의 제작자에서 고통의 추적자로 위상이 바뀐 '나'가 로기완의 행보를 고스란히 답습하며 계속해서 묻는 것은 타인의 고통을 가늠할 수 있는가 하는 것이다. 그도 그럴 것이 앞서 이야기한 것처럼 그의 이 여정이란 한편으로는 타인의 고통에 대한 잘못된 해석적 권위로 인해 덧난 정신의 방황이기 때문이다. 그런데 로기완의 고통을 추체험하는 '나'에게 시시각각 자명해지는 것은 타인의 고통에 대한 해석의 전권이 없다는 사실이다.

누군가의 참담하고도 구체적인 경험까지는 끝내 공유하지 못하는
이 모습이 바로 나의 가엾은 자아이다. (p. 104)

너와 내가 타인인 이상 현재의 시간과 느낌을 오해와 오차 없이 나
눠가질 수는 없다는 불변의 진리 (p. 114)

그러나 내가 지금 알 수 있는 것은 없다. 타인의 고통이란 실체를
모르기에 짐작만 할 수 있는, 늘 결핍된 대상이다. 누군가 나를 가장
필요로 할 때 나는 무력했고 아무것도 몰랐으며 항상 너무 늦게 현장
에 도착했다. 그들의 고통이 어디에서 시작되고 어느 지점에서 고조
되어 어디로 흘러가는지, 어떤 과정을 거쳐 삶 속으로 유입되어 그들
의 깨어 있는 시간을 아프게 점령하는 것인지, 나는 영원히 정확하게
알아내지 못할 것이다. (p. 124)

이런 뒤늦은 깨달음으로 인해 명료해지는 것은 타인의 고통이라
는 실재계의 자립이다. 이 소설이 추적과 추리 형식을 채택한 것은
바로 저 타인의 고통이라는 영역을 미지의 영역으로 우선 승인하고
그 영역의 단서들을 모으는 과정 자체의 중요함을 강조하기 위한 것
이다. '나'가 윤주를 연민이나 죄의식 대신 지나간 일과 현재의 고통
에 대한 솔직한 마음으로 대할 수 있게 된 것은 인과의 본질에 대한
질문이나 현장 기피가 문제의 핵심이 아니라 현상을 직시하고 그 현
상에 충실하게 타인의 고통을 받아들이는 것이 사태의 핵심임을 저
여정 속에서 깨닫게 되었기 때문이다.
타인의 고통이라는 실재계의 지도는 끝내 수립될 수 없는 것이겠

지만 그 영역에 이르는 단서들을 성실하게 추적하는 것이야말로 타인의 고통을 대하는 이들 고유의 몫이다. 이 노력의 결과는 지도의 완성과 타인의 고통에 대한 완벽한 공감이 될 수 없다. 그러나, 과정 자체는 완전에 가까울 수 있다. 레비나스가 강조한 것처럼 타자는 완벽한 미지의 영역에 속하며 그냥 거기에 있다. 타인의 고통은 존재론적으로 해명될 수 없지만 존재론적 규명보다 더 중요한 것은 우선 단서들, 기미들, 흔적들을 통한 고통의 현상학을 성실히 기술하는 것이다. 인식할 수 없는 것의 본질을 해명할 수는 없지만 현상의 기술은 가능하다. 그리고 그것은 타자와는 '별개로' 온전히 '나'에게 귀속된 책임이다. 이것은 물리적 악이나 도덕적 악 모두의 경우에 해당된다. 이 작품에서 로기완의 행적을 추적함으로써 타인의 고통의 흔적들을 성실히 귀납한 '나'를 타인의 고통에 대한 윤리 차원의 문제로 인도하는 이는 박이다. 박은 치명적 질병으로 괴로워하는 아내를 안락사시킨 인물이다. 그는 물리적 악을 해소하는 데 도덕적 악을 사용한 죄를 범했다. 작품의 말미에서 그런 박을 그나마 위안시켜준 것은 박으로 하여금 자신이 안락사시킨 것이 아내였다는 사실을 토로하게 만드는 '나'의 성실한 귀납이다. '나'도 박도 바로 이 귀납의 결과로 연역의 인과에서 조금은 자유로워질 수 있었다. 그렇지만 이 자유는 책임에 가깝다. 우리는 타인의 고통을 연역할 수 없지만 그 단서들을 귀납할 수 있다, 책임지기 위해서……

타인의 고통에 윤리를 물어야 한다면 바로 이 시점에서이다. 타인의 고통에 대한 연민은 해석적 전권의 다른 이름이기 때문에 자신의 심리적 쾌와 책임을 교환한 데서 비롯된 도덕적 악으로부터 자유롭지 못하다. 우리는 실재계를 규명할 수는 없다. 문학의 역할은 타인의 고통에 대한 언어의 의미화작용이 완전히 무용할 수도 있다는 것을 승인하는 지점으로부터 역설적으로 중요해진다. 현상에 성실하게 귀납하는 것과 더불어 우리는 한아름의 내면을 생각해보아야 한다. 타자에 대한 무한 책임은 한아름의 태연한 내면에 대한 불가사의와 함께가 아니면 안 된다.

〔2011〕

내 안에 법 있다

1. 배트맨 라이즈Batman lies

단도직입적으로 물어보자. 최근 대단한 화제를 불러일으킨 드라마 「추적자」(조남극 연출, 손현주 주연)와 영화 「다크 나이트 라이즈 Dark Knight Rises」의 공통점이 무엇일까? 질문이 뭉툭한 만큼 그에 필적할 만한 답변들이 부지기수로 많을 수도 있으나 적어도 작품의 근본 모티프와 관련해서 말하자면 그것은 법의 외부에서 사적인 혹은 공적인 정의를 실행하는 일의 정당성을 묻는 것이다. 억울한 죽음을 당한 딸의 명예를 지키고 사태의 진실을 밝히기 위해 '위법적'으로 사적인 '복수'를 단행하는 백홍석 같은 인물과, 시민 공공의 안녕을 지키는 것이 법의 테두리 내에서 불가능해 보일 때 '비합법적'으로 물리력을 행사하는 인간적인 히어로의 행동이 심정적 지지를 얻고 카타르시스적 선망 속에서 회자되는 까닭이 무엇이겠는가? 그것은 법의 품은 법의 폼이라는 실감이 수용자들에게 두루 만연하였기 때문이다. 현실에서 더욱 치밀하게 영토를 확장하고 있는 성문법의 위세는 이즈음의 각종 서사물에서는 그리 드높아 보이지 않는다.

그런데, 여기서 배트맨이 대리충족적으로 획득하고 있는 심정적 지지가 드라마와 영화의 표면에 드러나지 않은 한 가지 중요한 거짓말에 기초하고 있음을 생각해보아야 한다. 그가 법의 바깥에서 비합법적으로 싸울 때 실은 조커나 베인 같은 악당과 맞서는 것뿐만이 아니라 대중 스스로가 언젠가 한 번은 직간접적으로 표명했을 폭넓은 동의와도 맞서는 것이다. 제후의 국가가 아니라 민주주의 국가에서라면 실정법은 대중 동의에 기초하지 않으면 정립되지 않는다. 그 동의가 무엇으로부터 유인되었든지 말이다. 그러니, 배트맨이 아무리 궁극적으로 고담 시티라는 공동체의 선을 위하여 일한다고 해도 실상 그는 공적인 권고를 무시하고 법원에서 총기를 사용한 백홍석만큼이나 사적인 '복수'를 감행하고 있는 것이다. 조커가 배트맨에게 '너는 그들과 다르다'라고 말할 때, 그것은 실상 배트맨 스스로의 독백이며 베인이 대중의 심리를 이용하여 기성의 법과 공동체의 질서를 전복하는 '혁명'을 꾀할 때, 그 리비도는 배트맨의 것과 종류가 다르지 않다. 그러니 기실 문제는 간단한 것이 아니다.

2. 민중의 적 스토크만 박사의 딜레마

문제가 간단하지 않은 까닭은 우리의 일상 자체가 이미 세 가지 법으로 짜인 촘촘한 그물 안에서 붕괴의 유혹을 견뎌가며 이루어지고 있기 때문이다. 내막이야 어떻든, 우리는 우선 시민 사회가 선출한 대표자들의 동의에 의해 다수결로 결정된 성문법들의 권고와 제약이 요구하는 치안의 테두리 내에서 생존을 위한 경제생활을 영위해나간다. 가장 가까이에 있는 도로교통법에서 가장 깊은 곳에 있는 국가보안법에 이르기까지 한 개체가 생존을 위한 경제생활을 규제나 손해 없이 영위해나가기 위해서는 의식적이건 무의식적이건 간에 대표자들이 합의한 성문법의 테두리 내에서 영민하게 생활해야 한다. 대개 우리는 충돌과 손해가 문제가 아닌 경우 무의식적으로 이 범주의 법을 지키며 산다. 이 범주에서는, 남의 물건을 함부로 빼앗으면 안 된다는 내적인 요청은 타인의 물권을 함부로 훼손할 수 없다는 조항과 지분율에 의해 주식회사 경영권의 실효성을 판정하는 판례들로 외화 혹은 성문화된다. 죄형법정주의에 의하면, 우리는 성문화되어 한정되지 않은 죄를 짓지는 않는다. 만약 당신이 오늘도 무사히 귀가를 마쳤다면, 당신은 타인의 물권을 훼손하지도 않고 부당한 권력을 권한 이상으로 행사하는 표결에 참여하지도 않고 그리고 적을 이롭게 하는 어떤 의식적·무의식적 행위에도 가담하지 않으면서, 죄형법정주의가 한정한 죄를 짓지 않고 하루치의 법 생활을 완수한 것이다.

그런데, 이런 다행스러운 법 생활의 이면을 한번 들여다보자면, 아래에서 언급할 또 다른 범주의 법과의 관계를 생각하지 않고서도 우리는 이미 이 첫번째 범주 내부에서 발생하는 충돌과 갈등을 상정해볼 수 있다. 이는 다수의 의견을 통해 가결된 성문법의 효력과, 상호배제적 표결 절차 때문에 대표자들의 표결 행사를 통해 반영되지 못한 나머지 권리들의 충돌 문제라고 할 수 있겠다. 대표 없이 권한 없다는 친숙한 명제와 결부시켜 말해보자면, 이는 대표를 통해 행사

된 권리와 대표가 포괄하지 못한 권리 간의 갈등이라고 할 수 있겠
다. 이를 다시 다른 말로 표현하자면 '드러나고 공표된manifest' 권
리와 '잠재되고 억압된, 그러나 상당한substantial' 권리 간의 충돌
이라고 말해볼 수도 있겠다. 그리고 이를 최종적으로 다시 말해보자
면 대표자들에 의해 가결되고 발화된 일체의 성문법과 성문화되기
전에 가능성으로 존재하는 다수의 기저법 사이의 충돌이라고 할 수
있을 것이다. 기저에서 공적인 동의 없이 잇몸을 드러내면 이는 엄
중하게 단속된다. 그것이 공동체의 룰이라고 대리자들에 의해 공표
되었기 때문이다. 어떤 저항도 합법적으로 이루어져야 한다는 언론
의 오래된 선무 방송은 기저의 다수를 규율하기 위한 것이다. 여기
에 예외와 균열이 생기는 어떤 경우에 대해서도 대리자들은 히스테
릭하게 반응한다.

기억해야 할 것은 두 가지 사실이다. 첫째, 실상 기저의 법에 대한
억압은 필수적으로 대중의 동의를 전제로 한다는 것이다. 소크라테
스 이래 인류를 오래 괴롭혀온 바로 그 질문을 다시 한 번 던져보자.
2012년 현재에도 '악법도 법인가?' 권력투쟁의 현실 논리와 정치 운
동의 윤리 차원에서라면 잠재되고 억압된 권리도 권리라고, 혹은 잠
재되고 억압된 권리야말로 진정한 권리라고 — 왜냐하면 악법은 이
미 성문법이기 때문에 — 수행적으로 말해볼 수 있을 것이다. 그러
나, 사회사나 운동사의 차원에서가 아니라 문학과 서사물에서는 이
문제를 원형의 차원에서 다시 물어야 했을 것이다. 왜곡된 정치 지
형과 표심 그리고 언론 구조에 대한 분석은 충분히 가능할 것이나
결국 소위 악법이라고 불리는 법이 성문화되는 데에는 반드시 그 가
결에 필요한 대표를 선출한 공동체의 '드러나고 공표된' 권리에 대

한 몇 단계의 승인 절차가 있어야 한다. 살펴보라. 입센의 저 유명한 희곡 『민중의 적』에서 새로 발견된 온천물에 독성이 있음을 알아채고 당국의 개발 계획을 저지하거나 변경시키려는 사명감에 불타는 스토크만 박사에게 돌을 던진 것은 개발 계획에 마음을 뺏긴 민중들 자신이지 공권력의 대리자들이 아니었다. 민중 자신이 바로 공권력의 대리자였던 셈이다.

다수결로 채택되는 ─ 그것이 악법이건 무슨 법이건 ─ 성문법의 효력은 대표 없이 권한 없음이라는 기치하에 행사되고 공표된 권리들로부터 발현되는 것이다. 기원상 민중의 적은 성문법의 적이지 성문화된 악법이 아니다. 그것이 이 첫번째 범주에서 가장 강력하게 힘을 발휘하는 논리이다. 신공항 건설과 올림픽 유치와 부동산 경기 활성화라는 열망의 배후는 토대로서의 언어능력 linguistic competence을 가시적으로 밀어올린 개별 발화linguistic performance로서의 권리들이지 왜곡되거나 오염되거나 미만하거나 무지한 이들의 신기루가 아니다.

그러니, 소위 '사적 복수'는 기성의 성문법에 대한 도전만이 아니라 민중에 대한 도전이기도 하다는 것을 반드시 기억해야 한다. 정부의 수준에 대한 유명한 발언 하나를 변용해 말해보자면, 민중은 자신들의 수준에 꼭 맞는 성문법을 갖기 마련이다.

3. 히어로 사드와 안티 히어로 안티고네

또 다른 법의 범주가 있다. 첫번째 경우와 비교하여 이를 내적인 법이라고 칭해볼 수 있겠다. 칸트 식으로 말하자면, 감각적인 쾌나 의무감으로부터 비롯된 것이 아니라 '너의 의지의 준칙이 항상 보편적 법칙 수립의 원리로서 타당하도록 행위하라'는 간절한 요청을 지닌 내적인 법이다. 칸트의 예를 범박하게 적용해 말하자면, 만약 당신이 위증을 하면 누군가가 죽게 되고 위증을 하지 않으면 당신이 죽음에 처하게 된다고 할 때, 위증을 하지 않고 스스로 죽음을 택하는 의지……의 명령과 결부된 법이 있다. 다수결의 테두리 내에서 성문화된 물권을 집행하려는 의지의 화마(火魔)가 타인의 삶과 계획 모두를 앗아갈 수도 있다는 것을 전혀 아랑곳하지 않는 태도와 비록 그것이 성문화되어 보장된 것이라고 하더라도 물리적 개입이 타인의 삶에 치명적 위해가 될 수 있다는 것을 인지하는 태도 사이에서 갈등하지 않는 주체는 이 종류의 법을 지니지 못한다고 할 수 있다. 다시 말하자면, 그는 성문법은 지니되 내적인 법은 지니지 못한 주체라는 말이다. 물론 그것이 전적으로 이 범주의 법에 부합한다고 믿는, 즉 타인의 죽음이라는 사태가 충분히 예견됨에도 불구하고 이것이 온전히 '공표된' 재산권을 지키는 도덕적 행위라는 사명감을 지닌 주체도 불가능하지 않다. 그러나, 그와 같은 믿음은 앞서 언급한 범주에서 다루었으므로 다시 반복할 필요는 없겠다. 구체적 적용의 경우와 개별적 사례들의 다양함을 생각하지 않고 무조건적으로 성문화된 재산권을 지키는 것이 다수에 의해 권장된 권리이며 그것이 바로 도덕법칙임을 추호도 의심하지 않는 이는 첫번째 범주로 모시겠다. 그는 다시 거기서 민중의 적과 맞서면 된다.

우리의 일상을 지탱하는 두번째 범주 내에서의 갈등을 여실히 보여주는 경우가 바로 저 유명한 사디즘의 그 사드이다. 자크 라캉이 공들여 설명했듯이, 칸트의 법은 사드의 욕망과 상호배제적인 것이 아니다. 라캉이 보기에 칸트가 감각적 쾌나 의무감에 대한 경향성으로부터 윤리를 분리시킴으로써 외적인 경향성에 의존하지 않는 법으로서의 도덕법칙의 방향을 설정했다면 사드는 그것이 주이상스 Jouissance와 불가분의 관계임을 보여주었다. 라캉에게 법과 욕망은 결탁의 공모자들이다. 금기가 욕망을 환기시키고, 금기를 넘어서려는 욕망은 법이 있음을 전제로 하기 때문이다. 욕망의 직접성을 다루는 문학 작품들이 실은 그 안에 법을 전제로 하고 있다고 과감히 말할 수 있는 근거 역시 바로 여기에 있다. 욕망의 환유적 구조 안에 안착하는 것이 아니라 그것을 가로질러 주이상스에 가 닿고자 하는 의지들의 자초지종과 그로 인해 발생하는 파토스를 다루고 있는 작품들이 항상 환기시키는 것은 바로 이 두번째 범주의 법이다. 범박하게 말하자면 타파해야 할 법 없이 혁명 또한 없기 때문이다. 사드는 바로 그런 의미의 영웅이다. 그가 과감하게 금기를 넘어서서 '즐기라'는 명령을 지상과제로 부여했기 때문이 아니라, 그 명령 속에서 정확히 우리를 규율하고 있는 바가 무엇인지를 결과적으로 현시해 보이기 때문이다.

　나아가 두번째 범주의 법과 관련하여 우리는 첫번째 범주의 법과 두번째 범주의 법이 충돌하는 경우에 대해서도 충분히 상정해볼 수 있을 것이다. 성문법과 내적인 법의 갈등이 그것이다. 헬라 비극 「안티고네」의 경우가 그 단적인 예가 될 수 있다. 오빠의 시신을 매장하려는 안티고네와 반역자의 시신을 수습하는 것을 금하고 있는 크레온의 대립은 수많은 논자들로 하여금 여러 각도의 논의들을 제출하게 만들었지만, 이 글의 맥락에서 보자면 첫번째 법과 두번째 법 사이의 충돌로 정리될 수 있을 것이다. 이 비극에서 코러스는 안티고네를 두고 '스스로 법이 되는 자'라고 말하고 있다. 바로 이 점에서 안티고네는 영웅적이지만 영웅은 될 수 없었다고 할 수 있다. 크레온이 대표하는 것이, 설령 악법이라 할지라도 역시 다수의 합의에 의해 드러나고 공표된 공동체의 법인 반면 안티고네가 대표하는 것은 공표되고 드러난 법이 아니며 감각적 쾌나 의무의 명령이라는 경향성을 지닌 것도 아니고 오로지 스스로 법이 되며, 자신의 의지에 따라 행동하는(임철규, 「안티고네」, 『그리스 비극』, 한길사, 2007 참조) 이의 법이기 때문이다. 안티고네는 안티히어로로서 스스로의 입법자였으며 공동체의 적으로서 영웅적이었다.

4. 불가사의한 고리로서의 문법

일상에서 우리로 하여금 생활을 유지하게 하는 세번째 법은 소통의 근거로서의 문법이다. 일상에서 우리는 '어디야?'라고 묻는 이에게 '밤이야'라고 말하지 않고 '용산이야'라고 말함으로써 물의 없이 하루 일과를 진행시킬 수 있다. 또한, '무색의 초록 상념이 맹렬히 잠잔다Colorless green ideas sleep furiously'라는 문장을 반복적으로 말하거나 '떠떠떠'라는 소리로 의사소통을 대체하려고 구태여 시도하지 않음으로써 하루 동안의 언어 경제를 무난하게 꾸려갈 수 있다.

성문법이 드러나고 공표된 법이고 도덕 법칙이 잠재된 내적인 법이라고 한다면 문법은 잠재된 내적인 법이 드러나고 공표되게 하는 규칙이나 경로와 관련된 '음운론적 법'이라고 할 수 있다. 무성의 것을 구체적 소리의 형태로 발화시키는 법, 비물리적 매트릭스를 물리적 실천으로 형질 전화시키는 법, 비가시적인 것을 가시적 형태로 밀어 올리는 법, 비정형을 정형으로 틀 잡는 법, 바로 음운을 음성으로 전화시키는 법phonological rule이 바로 이 세번째 범주의 법이다. 그러므로 이 세번째 범주의 법은 무엇보다도 잠재적인 것과 현세적인 것 사이의 운동과 관계 깊다 하겠다. 왜냐하면 소쉬르 이후 구조주의자들의 말대로 언어 자체는 자의적 약속에 불과한지 모르겠으나 이미 현실적으로 의사소통을 가능하게 하는 자의적 약속들 안에서 기저형태와 표면형태 사이에는 일정한 관계가 형성될 수밖에 없기 때문이다. 그리고 만약, 양자 사이의 관계가 추적되어야 한다면 후자들에 대한 현상적 분석을 통해 전자를 전제하는 것이 가능한 것이지 전자를 먼저 구성하고 후자를 산출하는 순서도는 불가능한 것이기 때문이다. 다른 말로 하자면, 이는 실재계로부터 상징계를 산출하는 것이 아니라 상징계에 대한 탐색을 통해서 그것을 밀어 올린 기저를 전제하고 그런 과정에 행사되는 운동의 규칙을 정리하게끔 하는 것이 이 세번째 범주의 법이기 때문이다. 말실수로부터 음성학적 규칙을, 동음이의어 놀이로부터 음운론적 규칙을, 실천으로부터 원리를, 만연한 것으로부터 만연된 것을 가늠해보게 하는 것이 바로 이 세번째 범주의 법이다. 20세기 국내외의 많은 모더니스트들이 일상적 의사소통을 가능하게 하는 문법을 문제 삼은 것을, 해체하고 새로워지려는 욕망보다는 오히려 단단하고 촘촘해지려는 의도의 일환으로 볼 수 있는 것은 이 때문이다. 문법이란 결과로서의 시초이지 시초로서의 예정이 아닌 까닭이다.

5. 잠재와 다수로서의 법 혹은 문학

진압군의 무자비한 폭력에 동생을 잃고 그 때문에 가정의 파탄을
맞은 한 사내가 있다. 자신의 일생이 돌이킬 수 없는 국면에 이르렀
다는 정념이 그를 사로잡을 때마다 사내는 동생에게 악의적으로 폭
력을 가한 구체적 인물을 추적한다. 그는 대리자들을 통한 민중의
동의에 기초한 성문법과 명백히 금기를 지정하는 드러난 법, 그리하
여 이미 발화된 법 안에서 '복수'를 수행할 수 없다. 사내는 '사적 복
수'를 택한다. 그러나, 사내의 복수의 대상인 인물은 이미 종교에 귀
의했고 더군다나 교통사고로 뜻하지 않은 죽음을 맞는다. 그는 '신
법'과 자연의 '이법' 안에서 죽은 것이다. 사내의 증오는 법 외부의
심판을 허락하지 않고 증오 대상의 주검을 신법과 이법 안에 안장한
택시기사에게로 향하며 불타오른다. 김경욱 소설 「염소의 주사위」
(『문학동네』 2012년 여름호) 이야기다.

김경욱은 이미 「신에게는 손자가 없다」에서 성폭행을 당한 손녀
를 위해 자신만의 방식으로 사적 복수를 감행하는 노인의 얘기를 다
룬 바 있다. 그 소설에서 사적 복수는 성폭력을 행한 손녀의 동년배
들을 직접 겨냥한 것이 아니라 그들 부모가 소유한 자동차에 방화를
하는 것으로 나타난다. 이는 명백한 우회다. 여기서 사적 복수는 의
지와 표상으로서만 존재하고 실체로서는 성문법의 완강한 외피 위
로 미끄러질 뿐이다. 그런데 이 작품에서 우회의 형태로 제시된 사
적 복수는 「염소의 주사위」에서 지연의 형태로 나타난다. 사내에게
기회가 있었지만 그는 복수를 지연시킨다. 그 결과 복수는 신법과

이법의 테두리 내에서 결과적으로 감행된다. 그리고, 지연되어 해소되지 않은 증오의 에너지는 새로운 대상을 찾아 환유적으로 운동한다. 드라마 「추적자」에서 백홍석이 총기를 들고 법정에서 직접 복수를 감행하는 것과 비교하면 이것의 의미는 명백해진다. 실상, 민중의 동의로 정초된 성문법의 문은 개별 주체의 내부에서 이미 단단히 닫혀 있다는 것이다. 우회와 지연은 의지가 부족한 탓이 아니다. 그것은 기성법이 스스로의 동의라는 단단한 문을 지니고 있다는 명백한 무의식으로부터 비롯된 것이다. '법 앞에 문지기 한 명이 서 있다'로 시작되는 프란츠 카프카의 「법 앞에서」라는 작품이 단적으로 증언하는바 법 앞에서 만인은 평등하지만 대신 구체적 개인에게 법의 문은 굳건히 닫혀 있다. 두 가지 방식의 우회와 지연만이 있을 뿐이다. 문 너머의 법의 얼굴을 상상적으로 그려보는 것과 그 법 안의 핵심에 진입하는 것을 스스로 차단하는 운동, 즉 다가가며 미끄러지는 운동이 있을 뿐이다.

이게 전부인가? 물론 그렇지 않을 것이다. 계속해서 사적 복수의 서사물이 생겨나고 법의 바깥에서 카타르시스를 느끼게 하는 히어로가 대중의 박수를 받는 이유는 분명히 있다. 만인의 합의를 만인의 경우로 역전시키는 것, 즉 다수결의 법을 법의 다수로 역전시키는 내적 운동의 계기가 저 대중적 지지 속에 자리 잡고 있기 때문이다. 만약, 법의 문제와 관련하여 대중적 서사물과 문학 작품이 의미를 지닐 수 있다면, 그것은 이들이, 이미 동질적 범주가 아닌 것을 연동시키며 그 운동의 논리적 과정을 현시하는 법으로서의 문법으로부터 재차 (결과적으로) 환원되는 가능적 세계의 법을 다루기 때문이다. 이는 문학이 기저의 기저를 다룬다는 정초주의적인 의미에서

가 아니라 잠재적인 것의 잠재성을 구성하기 때문이다. 그리고 나아가 이는 문학이 지금까지 언급한, 우리의 일상을 지탱하는 세 가지 종류의 법 사이의 갈등을 통해 우리로 하여금 잠재적 세계를 문제적으로 부감해보도록 하기 때문이다.

다시 말해 사적 복수를 다루거나 법의 바깥에서 공공선을 지향하는 모순의 담지자로서의 히어로물은 앞서 말한 세 가지 법 각각의 영역에서, 드러나고 공표된 권리와 잠재되고 억압된 권리의 갈등, 도덕 법칙과 욕망의 이율배반, 약속된 의사소통의 세계와 미처 발화되거나 산포되지 못한 음소와 의미소 들의 간극 등을 문제적으로 부각시킴으로써 상대적으로 사각지대에 놓였던 후자들을 결과적으로 재조명하는 일을 수행한다고 할 수 있다. 그리고 각각의 범주들 안에서뿐만 아니라 일상을 지탱하는 세 가지 법 사이의 갈등과 관련해서 이 문제는 한 번 더 펼쳐진다. 「추적자」 「다크 나이트 라이즈」 「염소의 주사위」 등의 작품들은 성문화된 권리/다수결에 의해 사상되거나 억압된 권리, 도덕법칙/욕망, 문법적 올바름/탈문법적 발화라는 항들이 서로 문제적으로 갈등하는 현장을 구체적으로 적시해왔다. 이는 승패를 결정하거나 갈등을 조정하기 위함이 아니라, 앞서 논한 세 가지 법들의 치외법권 영역에 안치됨으로써 방치된 것들의 잠재적 기저를 구체적으로 드러내 보이기 위함이다. 이런 작품들 역시 일상의 세 가지 법망이 내적으로 그리고 외적으로 갈등하는 지점들에 맺히는 아포리아들의 별자리이다. 그리고 바로 그렇기 때문에 조건에 있어서가 아니라 답신에 있어 동시대의 문학과 서사물들은 법의 다수를 조각할 수 있다.

〔2012〕

모티폴로지 아틀라스 1

1. 지대(地代)로 된 욕망.zip
— 박민규, 「코작Cosaque」(『문학동네』 2010년 겨울호)

이 소설은 하나의 압축파일이다. 아니면 단편의 탈을 쓴 하이퍼 텍스트라고도 할 수 있겠다. 설명이 필요하겠으나 잠시 미루고 우선 이 단편소설에 등장하는 인물이 백 명은 족히 넘는다는 것부터 상기해보자. (백 명 정도까지 세다가 문득, '내가 지금 무슨 짓을 하고 있는 겐가' 싶어 그만두었으니 아마도 이 소설 속 등장인물이 백 명은 족히 넘을 것이다.) 등장인물 수가 많은 것이야 이례적일 수는 있지만 대단할 것까지는 없다. 그런데 자세히 들여다보면 각각의 인물들이 저마다 내력과 관계를 지니고 있으니 이 소설의 두터운 '배후'는 심상치 않다. 이 짧은 작품 안에는 여러 겹으로 접힌 낱 편의 서사들이 누적되어 있다. 달리 말하자면 각각의 인물들의 내력만으로도 또 한 편씩의 후일담들이 충분히 가능하리라는 의미에서 일종의 '서사—

싹'들이 작품 안에 다량 산포되어 있다고 하겠다. 그러니까, 우리가 읽고 있는 이 소설의 중심서사는 저 배후서사들의 압축 버전이라고 말할 충분한 이유가 있다는 것이다.

우리는 우선, 이 소설의 중심서사를 통해서도 충분히 재미를 느낄 수 있을 것이다. "그곳은 그냥 땅이었는데"로 시작해서 "그냥 땅이 되었다"로 마감되는 서사를 통해 우리는 아메리카 개척시대에 변방의 보잘것없는 땅이었던 "코작"에서 광산이 발견되고 폐광될 때까지 인간군상들이 펼쳐 보이는 일차적 삶의 너절함과 허망함, 그리고 '참으로 그럼직함'에 대해 '시뮬레이션'해볼 수 있을 것이다. 바로 그런 시대의 바로 그런 공간에 바로 그런 이유로 바로 그렇게 모여 든 사람들의 그처럼 적나라한 '엉덩이'를 들여다볼 수 있겠다는 얘기다. 그리고 이때 물론 주인공은 백 명이 훌쩍 넘는 등장인물들 중 하나라기보다는 인간으로부터 독립해서 자기 힘으로 가지를 뻗는 욕망이며 테마는 '욕망의 성쇠를 통해 들여다본 지대(地代)의 일생' 정도가 될 것이다. 지대는 땅의 사용가치로 형성되는 것이 아니라 욕망의 교환관계를 통해 형성되는 것이 아니던가. 남의 역사, 남의 땅에 대한 시뮬레이션이 단순한 SF — 역사물에 SF라? — 가 아닌 까닭은 바로 오늘 하루 당신이 종주한 발밑의 땅의 지대의 변동가격을 합산해보면 자명해진다. 아니, 지금 당신 발아래 한 뼘의 땅의 지대가 당신의 욕망의 대가로 대체 얼마만큼 부풀려져 있는가를 계상해보는 것으로 충분하다.

그런데, 이 소설의 특장점은 욕망을 통한 지대의 형성과 모럴의 감가상각이라는 주제의 자본주의적 보편성을 드러내 보이는 데 있는 것이 아니다. 다시 말하지만, 이 소설 고유의 특질은 바로 저 압축에 있다. 그리고 이 짧은 소설을 거대한 서사의 압축으로 보이게 하는 비결은 바로 내력과 관계에 대한 직관적 구성에 있다. 백 명이 넘는 등장인물들은 모두 내력을 지닌다―이 말은 이 소설이 백 개가 넘는 서사를 거느릴 수도 있다는 것이다. 예컨대, 레지널드라는 인물에 마우스를 대고 클릭해보라. 마치 하이퍼텍스트처럼 그의 내력 화면이 펼쳐질 것이다. 그런가 하면 각각의 인물들은 코작을 둘러싸고 전개되는 서사 속에서 각자의 시간과 공간을 펼쳐내며 저마다 독특한 관계망을 형성한다―이 말은 이 소설이 하나의 잘 짜인 단편소설이라는 얘기다. 다시 말해 이 소설은 내력과 관계라는 원리를 통해 방대한 서사를 하나의 후일담 속에 압축해놓은 '지대와 욕망.zip' 파일과 같다는 것이다.

그런데, 압축의 원리가 내력과 관계의 구성이라 하더라도 짧은 소설 안에 이를 압축하는 기제는 무엇일까? 바로 이 소설에서 빛을 발하는 박민규식 미메시스 기법이다. 에리히 아우어바흐Erich Auerbach가 적확하게 간추렸듯, 호머의 미메시스와 성경의 미메시스는 사건과 인물을 전경(前景)화하는 데 있어 가장 극단적 대비를 이룬다. 성경의 것이 눈 앞의 사태를 극적으로 부각시키기 위해 후경(後景)을 안개 속에 묻는다면, 호머의 것은 현상을 구체적 형태로 묘사하여 모든 부분이 뚜렷하게 보이도록 시간관계나 공간관계를 아우르는 미메시스이다. 호머의 작품에 원근법은 결여되어 있지만 이야기의 겹과 관계의 리듬이 넘쳐나는 까닭이 이 때문이다. 다시 말해, 평면적이지만 주름을 지닌 서사를 부과하는 미메시스가 호머의 것이라는 말이다. 이 짧은 글에서 박민규 때문에 호머를 고생시킬 생각은 없다. 다만, 박민규의 「코작」이 입체적이거나 역동적인 대신 평면적으로 전개되면서도 내부의 주름들을 완주하고 있다는 것을 말해두기 위해 나 역시 호머를 '시뮬레이션'해보았을 뿐이다. 다시 말해 그의 「코작」은 시간의 경과를 다루고 있지만 시간적이라기보다는 사태와 인물을 겹으로 벌여놓은 공간적 작품이라는 사실을 부기하기 위함이다. 아니, 부기라기보다……, 그렇습니다, 바로 이겁니다!

2. 21세기 삽질의 노동가치론
— 서유미, 「삽의 이력」(『세계의 문학』 2011년 여름호)

상투형 명제 중의 하나로 '노동은 신성하다'는 것이 있다. 아마도 한 번쯤은 심상하게 넘겼을 명제이리라. 즉각적 거부감이 들지 않는 명제이기도 하지만 사실 우리 일상이라는 게 이런 명제조차 심각한 얼굴로 마주하고 그 진위를 따져 묻기 버거운 강도의 노동으로 점철되기 마련이기 때문이기도 하다. 노동의 한가운데에 있기 때문에 정색하고 사유하지 않는 문제 중 하나가 바로 노동가치의 진위 문제라는 것은 사실 아이러니하다. 노동 때문에 노동에 대해 사유할 여력이 없다는 말은 한잠 자고 나니 잠이 다 깨었다는 말이나 죽도록 공부해도 죽지 않는다는 말처럼 흥미로운 것인데……

만약, 여러분에게 이상적인 삶을 설계하라면 노동 없는 24시간을 택하겠는가, 여덟 시간 노동하고 저녁엔 낚시를, 밤에는 독서를 하는 삶을 택하겠는가? 내심이 무엇이든 간에 후자를 택하도록 지금의 기성세대는 교육받아왔다. 혼합비의 차이는 있을지 모르겠으나,

새마을운동의 기치와 마르크스의 이상이 이 점에서는 어긋나지 않는다. 일하지 않는 자는 먹지도 말라는 성경 말씀이 자본가와 노동자 모두의 구호가 될 수 있는 것처럼 말이다. 대체 노동이 무엇이건대 유적(類的) 인간의 본질로까지 격상될 수 있었던 것일까?

엄연한 사실은 보상 없는 노동에 우리가 익숙하지 않다는 것이다. 이상적으로는 유적 인간의 자기실현으로 무형화되는 그 보상은 현실적으로는 임금으로 구체화된다. 그러므로, 우리의 일상 속에서 노동은 대개 실현되는 대신 계량되기 마련이다. 물론, 임금이 노동의 대가냐 노동력의 대가냐 하는 근본적 시각차가 있을 수 있지만 본질적 규정과는 별개로 우리의 일상에서의 노동은 시간 단위로 구체적으로 계량된다. 바로 당신과 내가 출퇴근하는 이유 역시 이와 무관하지 않을 것이다. 대개 이 국면에서의 사달은 저 계량의 적정성과 관계된다. 우리는 누구나 실제 계량되는 것 이상의 (교환)가치를 지닌 노동력을 제공하고 있다고 믿기 때문이다. 단적으로, 이 글은 원고료 이상의 가치를 지닌다고 믿기 시작하는 시점이 바로 투쟁이 발발하는 시점이라고 할 수 있다. 그런데……

자신의 노동(력)에 대한 계량이 과대평가되었다고 의심하는 이에게도 투쟁이 있을까? 아니, 이 경우의 투쟁도 과연 저 계량과 관계된 것일까? 여기 두 인물이 있다. '미래 도시 개발'이라는 슬로건이 구체적으로 필요로 하는 노동을 제공하기로 계약하고 도시 서쪽의 개발 현장으로 향하는 두 인물에게 중요한 것은 저 슬로건이나 노동 자체의 대의가 아니라 임금이었다. 중년의 김에게는 치매에 걸린 노모의 간병인에게 제공할 급료가 필요했고 윤에게는 청년 실업과 관계된 온갖 구체적 질타들을 일거에 떨쳐버릴 일종의 시드 머니가 필요했다. 다시 말해, 노동의 성격이 무엇이건 간에 이들에게 우선적으로 절실한 것은 노동(력)에 대한 적절한 계량과 물질적 보상이었다. 그리고 만족스러운 정도는 아니었으나 그럭저럭 받아들일 정도의 보상이 그들에게 주어졌다. 그러면 상황은 끝인 게다. 김과 윤 모두 필요로 하는 것을 제공한 대가로 필요한 것을 얻었기 때문이다. 그런데……

계산적으로 기욺이 없는 거래에서 노동의 성격과 가치 문제가 불거진다. 김이 하는 일은 공터에서 구덩이를 파는 일, 윤이 하는 일은 공터에서 구덩이를 메우는 일이며 둘은 노동하는 시간이 다르다. 김이 구덩이를 파놓으면 다른 시간에 윤은 구덩이를 메우는 것이다. 김은 자신이 파놓은 구덩이가 언제 누구에 의해 메워졌는지 모르며 윤은 어제 메운 땅에 언제 누구에 의해 구덩이가 다시 생겨났는지를 모른다. 다시 한 번 강조하건대, 이들의 노동 강도는 그리 심각한 편이 아니고 이들의 노동(력)은 적절한 수준에서 계량되고 보상되었다는 것이 중요하다. 합리적으로 생각하면 김은 자신의 노동에 대해 계량 이상의 것을 생각하지 않아도 좋았다. 이는 윤 역시 마찬가지이다. 자신의 노동이 무엇을 생산하고 어떤 가치를 띠게 될 것이며 무엇에 효용이 있는 일인지, 자신의 노동이 그 생산물과 어떤 관계를 가지게 되는지, 자신의 노동이 전체 작업에서 어떤 부분을 어떻게 담당하며 일익을 하게 되는지, 자신과 동료 노동자들이 어떤 관계를 지니고 있는지……를 신경 써야 할 까닭이 무엇인가, 적정한 보상을 받은 터에 말이다.

이미 눈치를 챘겠지만, 위에 열거된 조건들은 전통적으로 마르크스주의자들이 제시한 소외의 종류에 부합한다. 자신으로부터의 소외, 동료로부터의 소외, 생산 공정으로부터의 소외, 생산물로부터의 소외가 그것이며 이 모두를 포괄해 '소외된 노동'이라는, 널리 알려진 명제가 도출된다. 그렇다면, 이 소외의 본질은 계량이 아니라 실현의 부재가 아닐 수 없겠다. 김은 저 무계획과 무관심을 견디지 못하고 자신의 노동을 무화시킨 윤에게 위해를 가하고 만다. 그것은 윤에 대한 타격이라기보다 계량과 실현의 부등가 교환에 대한 타격이다. 그리고 조금 과장되게 말하자면 이 무의미한 순환으로부터 이익을 취하는 이에 대한 즉물적 외침이다. 소설 구성의 측면에서 조금은 무리가 있어 보이는 김의 이 격발은 그러나 다시 한 번 노동의 본질에 대해 묻게 한다. 가능하다면, 24시간 노동 없는 일과를 택하겠는가, 일과 낚시와 독서가 있는 일과를 택하겠는가? 무조건 전자를 택하겠다는 굳은 다짐을 재점검해보게 하는 단편이다.

3. 서바이벌 게임의 심리 경제학
— 오현종, 「나는 왕이며 광대였지」(『작가세계』 2011년 가을호)

「슈퍼스타 K」「K팝스타」「탑 밴드」 등, 최근 들어 거듭 세간의 화제가 되고 있는 서바이벌 프로그램들이 인기를 끄는 이유는 한두 가지로 설명되지 않을 것이다. 대리 만족이라는 관점에서 설명하는 이도 있고 무한 경쟁 사회 구조의 재판이라고 설명하는 이도 있고 또 제법 심각하고 진지한 정신분석적 관점을 통해 접근하는 이도 있는 듯하다. 설명이야 어떻든 가장 확실한 사실은 많은 사람들이 긴장과 이완의 심리적 역학을 적절히 구조화한 저 서바이벌 프로그램에 매료되고 있다는 것이다. 두근거림에 좀처럼 익숙해지지 않는, 간이 작은 시청자 중 한 사람으로서 나는 좀처럼 저런 유형의 프로그램을 처음부터 끝까지 지켜볼 엄두를 내지 못하는 편이다. 도대체 일부러 돈을 내고 제 손발을 불편하게 만드는 것이 어떤 심리적 이득을 주기에 사람들은 공포영화를 보러 가고 놀이공원의 롤러코스터를 즐기는 것일까?

에드문트 버크 같은 이는, 실제로 자신에게 일어나는 일이 아니라는 데서 얻는 위안으로 이 묘한 쾌감을 설명한 바가 있다. 그러니까, 몰두와 정서적 파국을 기꺼이 자초한 뒤, 그와 동시에 바로 그런 극적 상황으로부터 안전한 현실로의 '해방'이라는 탈출을 감행할 때의 쾌감 때문에, 우리는 돈을 주고서 울고 담대하게 놀란다는 것이다. 쉽게 말해 '생각해보니 내 일이 아니네' 하는 마음을 지니며 느끼는 위안 때문에, 즉 집중과 긴장으로부터 안전한 현실로의 연착륙이라는 심리적 이완 작용의 효과 때문에 우리는 비극이나 공포물을 즐긴다는 것이다. 과연 그렇다. 사람들은 어떤 경우에도 심리적으로 손해 보는 일을 내켜 하지 않는다. 속된 말로 하자면 사람들은 심리적으로 '밑지는 일'을 결코 하지 않는다는 것이다. 돈을 내고 슬픔에 빠지고 자진해서 밤잠 설칠 일을 만들겠다는 것은, 실은 놓여나기 위함이라는 것, 수축의 수고보다 이완의 효과가 더 크다는 것, 따라서 궁극적으로는 심리적으로 남는 일이라는 것인데, 이런 맥락에서 보자면 인간은 심리적으로 완벽히 이기적인 존재자가 아닐 수 없다. 서바이벌 프로그램 시청 역시 그것을 지켜보는 입장에서는 심리적으로 어떤 손해도 없는 게임이다. 승승장구하는 이에게서는 대리 만족을, 탈락하는 이에게서는 상대적 위안을, 심사위원들로부터는 격려의 훈훈함과 비판의 짜릿함을, 동의로부터는 호승심을, 이견으로부터는 자부심을 수습하려는 심리적 주체가 바로 이 사태에서 관음증의 주인공이다.

어느 날 갑자기 한 쌍의 청춘남녀가 영문도 모른 채 밀폐된 방에 갇힌다. 어떻게 된 영문인지, 왜 이런 일이 일어나게 되었는지 아무런 배경 설명이나 개연성이 부여되지 않는다. 그저 독자는 소설의 도입부부터 바로 '상황 발생'을 통보받는다. CCTV를 통해 공포를 조장하는 영화 「파라노말 액티비티」와 극한의 심리 게임 속에서 인간의 행동 양태를 실험적으로 관찰하는 「퍼니 게임」을 떠올리게 하는 도입부에서 독자들은 바로 관음의 주체 자리에 놓이게 된다. 오현종의 소설 「나는 왕이며 광대였지」 얘기다. 소설은 군더더기 없이 바로 이미 발생한 사건 속으로 독자가 몰두할 수 있게 만든다. 원인은 알려지지 않고 폭력이 집행되는 절차와 방법도 대략의 설명만 있을 뿐 구체적 맥락을 부여받지 않는다. 다만, 있는 것은 어젯밤 사랑을 나눈 청춘남녀가 지금 서로의 신체 일부를 훼손시키지 않으면 안 되는 상황에 놓여 있다는 사실뿐이다. 정해진 시간까지 남자 혹은 여자의 신체 일부를 훼손시키기를 요구받았다는 사실이 이 소설의 서사를 이어가는 단 하나의 조건이다. 우리가 쉽게 짐작할 수 있듯이 극한 상황에서 인간은 극단적 선택을 할 수 있다. 독자는 CCTV 화면을 들여다보는 위치에서 저 극한 상황에서의 행동 양태를 관찰하게 된다. 관건은 극한 상황에서의 선택이 성선설과 성악설의 논거가 될 수 있느냐, 예외적 상황은 예외적 용례로 취급되어야 하느냐 하는 것이 아니다. 만약, 작가가 이런 진부한 논쟁을 재차 극적으로 제기하고자 했다면 이 작품은 실패한 서바이벌 프로그램으로 전락

할 것이다. 그런데, 이 지점에서 이 소설 특유의 흥미로운 반전이 발생한다. 이미 CCTV를 컨트롤하는 위치에서 사건을 지켜보게 된, 다시 말하자면 실은 저 '가련한' 청춘남녀를 이런 상황에 내몬 이와 동조자의 위치에 놓이게 된 독자와, 한계상황에서 인간의 그렇고 그런, 빤한 선택을 하게 되는 '피실험자'들 사이에서 묘한 심리 게임이 발생한다. 정해진 시간이 다가옴에 따라 우왕좌왕하는 피실험자들과 그들을 지켜보며 긴장과 '기대감(?)'을 높여가는 독자 사이의 심리적 파고가 치솟는다. 그리고 돌연 실험은 종료된다. 장면이 바뀌고 아무런 일도 없었다는 듯, 다시 안전한 상황에 놓이게 된 주인공들을 보면서 독자는 한편으로는 안도를, 한편으로는 실망(?)을 느끼게 된다. 그리고 바로 그때, 보라, 당신의 심리가 이 순간 어떤 보상을 재빠르게 취하고 있는지…… 그리고 알뜰하게 제 몫을 챙긴 심리적 주체의 코앞에서 작가는 묻는다, '너, 위선자 독자여, 무엇을 기다리고 있었는가?'

4. 고유한 익명의 역설
— 윤고은, 「월리를 찾아라」(『창작과비평』 2012년 겨울호)

소재 자체가 상상력을 자극하는 경우가 있다. 그래서 어떤 소설은 소재가 무엇인지를 인지한 순간 이미 독자로 하여금 몰입할 태세를 갖추게 한다. 그런데, 흥미로운 소재를 대상으로 하는 작품들은 이미 그 소재 선정에서 재기와 상상력을 보여주는 데 성공하고 있음에도 불구하고 사실 몇 가지 함정을 지닌다. 이른바 소재주의로 전락해서 소재 그 자체로부터 새로운 사건을 만들어내거나 문제의식을 전개시키지 못하는 경우가 있고 반대로 소재를 통해 관심을 환기시키는 데 성공했으나 작품의 결말은 딱히 그 소재로부터 도출될 필요가 없었던 경우도 있다. 전자는 디테일에 치중한 결과 플롯을 놓치게 되고 후자는 주제 의식과 흥밋거리가 별개로 작동하는 성긴 소설로 귀결된다. 그러므로 많은 사람들에게 널리 알려졌고 또 그 자체로 흥미를 유발시킬 수 있는 소재를 작품에 도입하는 것은 양날의 칼이다. 관건은 이 소재의 어떤 특징이 소설의 전개와 필연적으로 부합하는가와 그것이 소재 자체가 한정하는 영역을 어떻게 효과적으로 넘어서 고유의 문제를 제기하느냐에 달려 있을 것이다. 윤고은의 「월리를 찾아라」는 여기에 성공하고 있는 것으로 보인다.

'월리를 찾아라'에 대해서는 부연 설명이 필요 없을 것이다. 다만 그와 관련된 현상 한두 가지는 짚어볼 필요가 있겠다. '월리를 찾아라'에서 월리는 대개 주변의 인물들과 쉽게 구분되지 않는 방식으로 존재한다. 대부분의 경우 월리는 특정 공간에서 군중들이 몰두하고 있는 일과 별개의 독특한 행위를 함으로써 눈에 띄는 대신 그 공간의 논리를 자연스럽게 따르고 있다. 그러나 발견하고 보면 결국 월리는 많은 군중들 속에서도 개성과 고유성을 유지하고 있음이 확인된다. 월리를 찾는 행위는 공간의 논리를 자연스럽게 따르면서도 개성적인 한 개체를 인지하는 작업이다. 거기에 이 자발적 단순 노동의 흥미로움이 있다.

소설 「월리를 찾아라」의 주인공 제이와 그의 여자 친구 장이 생계를 위해 계속 종사하는 일은 자신을 숨기고 캐릭터를 드러내는 가면을 쓰거나 혹은 익명의 일부가 되는 것이다. 제이는 톰과 제리, 슈

렉, 헐크, 일곱 난장이의 가면을 써왔거나 결혼식의 하객이 되어 머릿수를 채우는 일 등을 한다. 그런 의미에서 볼 때 작품에서 돌출적 사건으로 간주될 수도 있는 '고동빵' 사건은 실은 교묘한 플롯 속에서 배치된 것이라고 하겠다. 1년 동안 고동빵을 먹는 것 자체도 가면과 익명으로 밥벌이를 하는 이가 지닌 고유한 취미에 대한 고집이며 더군다나 그것이 모두 '김정민'이라는 특정인이 만든 것이라는 상황 그리고 그 '김정민'을 고집스럽게 찾아내려는 제이의 행동 역시 익명과 고유명사 사이의 긴장을 조성하는 데 효과적으로 기여하는 사건이라고 할 수 있겠다. 그러니까 작품 표면에서 전적으로 대립 구조를 형성하는 것은 익명의 생활과 고유의 취미이다.

그런데 상황은 조금 더 전개된다. 제이의 새로운 업무는 유행의 첨단을 상징하는 번잡한 리버시티 안에서 월리로 분장해 사람들의 주목을 끌고 스티커를 모으는 일이다. 다시 말해 익명 안에서 익명을 벗어날 때만 대가가 주어지는 일이 이날의 업무가 된다는 것이다. 정해진 할당량만큼의 스티커를 모으고 즐겁게 퇴근하면 그만이겠지만 소설이 제이를 그렇게 방기할 리 만무하다. 문제적 상황은 월리로 분한 이가 제이만이 아니라 상당수라는 것이며 그 상당수의 월리가 경쟁적으로 스티커를 모아야 한다는 것으로 요약된다. 개성에 대한 인지를 통해 익명으로부터 도약하자마자 월리는 다시 월리들의 익명에 갇힌다. 더욱이 그 월리들은 최강의 월리가 되기 위해 무한 경쟁을 반복한다. '월리를 찾아라'가 '월리들을 찾아라'가 되면 정작 월리는 다시 익명의 세계로 침잠할 수밖에 없다. 더욱이 그것이 경쟁에 의한 상대적 도태의 결과라면 월리는 스스로 자신을 드러낼 수도 감출 수도 없는 틈에 끼어 꼼짝도 하지 못하는 처지가 된다.

'월리를 찾아라'라는 말을 월리의 곤혹스런 입장에서 생각해본 일은 있는가? 작가는 청년 세대 고유의 문제를 이처럼 스스로를 드러낼 수도 감출 수도 없는 익명 경쟁의 틈바구니 속에 낀 주인공을 통해 묻고 있다. 그런데도, '월리를 찾아라?'

5. 애도의 삼각형

— 정지아, 「숲의 대화」(『문학동네』 2011년 가을호)

어쩌면 사랑은, 세간의 말들처럼 오래 참고 온유한 것이 아닐지도 모른다는 것을 우리는 삶의 어느 순간에는 알게 된다. 아니, 배우게 된다. 배우지 않으면 안 되기 때문이다. 배우지 않으면 자신의 발밑에 후회와 집착의 그물만이 깊어진다는 것을 알기 때문이다. 한 시인은 이미 오래전에 사랑의 흉중에 욕망이 자리 잡고 있다는 엄연한 심리적 사실을 꿰뚫어보았다. "욕망이여 입을 열어라 그 속에서 사랑을 발견하겠다"(김수영)는 말은 사랑이 욕망과 함께 사는 것임을, 그리고 집요하고 넓은 것은 사랑이 아니라 욕망이라는 것을 간파한 이만이 할 수 있는 진술이다. 우리가 오래 마음속에 지니고 있는 것은 정서적 동요라기보다는 욕망의 파장일 가능성이 높은 것이 아니냐는 변설에 대해 쉽게 고개를 젓지 못하는 이유는 사랑이 욕망의 집이 아니라 욕망이 사랑의 집이기 때문이다.

그렇기에 사랑은 가도 욕망은 감가상각되지 않고 그 태(態)만을 바꿔가며 언제든 고개를 내밀 준비를 하고 있다가 기회만 되면 불쑥 나타나 평정한 인생을 곤혹스럽게 만든다. 오래도록 길들여지지 않는 욕망, 죽음보다 긴 욕망에 대한 애도가 가능할 것인가? 정지아는 「숲의 대화」에서 묻는다.

이 소설의 구조는 단순명료하다. 아내가 죽었다. 죽음을 예감하던 때에 아내는 잣나무 숲 근처 열십자 모양의 바위 아래 묻히기를 소망했다. 한평생 한 사람의 아내로 살아온 이의 복중에 잠재하던 것은 사랑이었을까, 욕망이었을까? 젊을 적 사랑하던 이가 죽음을 맞은 바로 그 현장에 자신을 묻어달라고, 한평생을 문제없이 함께한 남편에게 부탁하는 아내의 심중에 침전된 것은 무엇인가? 이미 오래된 한국전쟁 시기, 머리로 사회주의자였던 도련님과 아무런 주의도 없이 그를 따랐던 여종과 그 여종을 사랑했던 하인의 마음속에 일었던 것이 사랑인지 질투인지 선망인지 시기심인지 알 수 없다. 한 번은 불꽃을 내었을 그 정서적 동요의 관계망은 이제 소설의 현재 시점에서 애도의 삼각형으로 전화했다. 아내는 죽기 전, 젊을 적 자신을 바래주고 은신처로 돌아가다 총에 맞은 도련님에 대해 평생을 두고 미처 마치지 못한 애도를 끝내고자 하고, 남편은 죽은 아내에 대한 애도를 완결 짓기 위해서 아내가 사랑하던 이에 대한 애도를 끝내야 하는 상황에 놓이게 되었을 때, 그저 시간이 모든 것을 아우르고 심리적 동요들을 평정시켜줄 것이라고 마냥 기대할 수 없는 상황에 놓이게 되었을 때, 아직 살고 있는 그가 할 수 있는 것은 무엇일까?

사랑의 구조로는 이 문제를 풀 수 없다. 아내가 사랑한 그에게 우정이나 존경을 바침으로써 아내의 사랑을 완성하는 것은 불가능하다. 그러나 오직 욕망과 애도의 문제로 사태를 바라볼 때, 사태는 순치될 가능성을 보인다. 하인은 도련님의 죽음에 대해 어떤 심리적 빛도 없었다. 그러나 죽은 아내가 젊을 적 도련님의 아이를 배고 자신을 찾아왔을 때, 그 길만이 아내와 아이 모두를 살리는 것이라는 아이러니를 안고 왔을 때부터 도련님이라는 존재는 연민과 원망 너머의 무엇이 된다. 설명이 불가능한 지시와 집요한 타산 등은 그가 아내와의 결혼을 결심하는 순간부터 그것을 지시할 말을 잃어버린 정념 속으로 자신을 묻는다. 이렇게, 아내와 함께한 평생이 바로 그 정념 속에 묻힌 말을 찾는 과정이 됨으로써 이미 죽은 도련님은 더 근원적인 아내의 욕망의 대상이 된다. 아내는 닮은 것을 찾고 남편은 나은 것을 찾고 도련님은 죽음 이후의 삶을 찾는다. 애초 이렇게 성립된 환유적 운동은 정서적 사태로는 해결 불가능하다. 사랑할수록 더욱더 깊어지는 선망과 질시가 이 삼각형 안에 내장되어 있기 때문이다. 사랑함으로써 고통받는 마음으로는 욕망을 순치시킬 수 없다. 다행인지 불행인지, 한평생 자신의 사랑을 맴돌기만 하는 아내에 대한 채워지지 않는 정념이 거꾸로 아내의 사랑을 완결 지음으로써, 아니 보다 정확히 말하자면 아내의 애도를 종결함으로써만 충만한 것이 될 수 있음을 그는 너무나 늦게 깨닫는다. 그것이 사랑이라는 것의 간계이고 사랑에 든 이의 인생이다.

별다른 파토스를 지니지 않는 이 소설에서 가장 중요한 사건인, 이미 나이 든 그와 젊어 죽은 도련님의 혼령 사이의 대화는 이 소설이 정확히 애도의 종결을 통한 욕망의 이동을 다루고 있음을 지시하고 있다. 그는 아내의 애도를 이어받아 마침내 도련님을 애도하고 그렇게 함으로써 아내의 욕망이 그에게로 이동될 수 있음을 깨닫고 받아들인다. 그리고 아내의 애도를 그의 손으로 종결함으로써 평생 채워지지 않던 아내의 사랑이 이제야 그에게 차오름을 느끼는 순간

416

그는 이번에는 아내에 대한 애도를 마쳐야 하는 것이다. 보편적 소설 문법을 지닌 이 소설이 특별하게 마음에 울림을 낳는 이유는 바로 이 때문이다. 아내의 애도를 대신 완성함으로써 그는 사랑을 얻지만 그것은 아내에 대한 애도가 종결됨으로써만 가능하다는 것, 어쩌면 우리의 현대사는 이렇게도 슬픈 것들을 정신의 내력에 새겨놓았을까.

모티폴로지 아틀라스 2

1. 진정성의 보증과 세속의 권위
— 이장욱, 「아르놀피니 부부의 결혼식」(『문학과사회』 2012년 가을호)

성스러운 것과 세속적인 것은 범주를 달리하는 두 개의 실체인가,
아니면 한쪽이 다른 쪽의 부재와 결핍의 증명인 것일 뿐인가? 진정
성과 위악은 두 적대국인가 아니면 낮과 밤처럼 상대적 정도를 통해
서만 가름되는 양상인가? 결혼은 세속에 대한 진정성의 반기인가,
성스러운 것에 대한 위악의 승리인가? 미리 말하지만, 정답은 없다.
다만 증인의 서명과 날인이 있을 뿐.

북유럽 르네상스의 중요한 화가인 얀 반 에이크 Jan van Eyck의
「아르놀피니의 결혼식」(1434)이라는 그림은 이런 질문들에 대한
2차 방정식을 제시한다. 이 그림의 디테일들이 증언하는 바는 그림
속 결혼식이 성스러운 종교의식과는 달리 사적인 공간에서 거행되었
다는 것, 그 사적인 공간이 세속의 부를 상징하는 소품들로 채워져 있

다는 것, 그러면서도 종교적 기품을 잃지 않고 당대의 종교적 경건함을 유지하려는 흔적이 완연한 공간이라는 것 등이다. 또한, 디테일이 조금 더 알려주는 바는 이 결혼이 당대 북유럽에서 쉽게 구할 수 없는 오렌지 같은 고급 과일을 제공할 수 있는, 하관이 빤 초로의 남성과 지그시 눈을 내리깔고 있는 차가운 인상의 정숙한 여성 사이에 행해지는 의식이라는 것 등이다. 미술사가들에 의해 모델이 된 실존인물들이 누구이며 그들의 삶이 어떠했는지에 대해서는 대략적인 설명들이 제시되어 있으나 그마저도 궁극적 해석에서는 극과 극으로 갈리고 있으니 우리가 일차적으로 믿고 의지할 만한 것은 다만 저 디테일일 뿐이다.

그런데 흥미롭게도, 틀림없이 세속과 신성, 난봉과 정숙, 사랑과 거래 등의 경계에서 태동해 끓고 있는 의미에 일차적으로 쐐기를 박는 것은 그림의 정면에 있는 벽에 걸린 거울 위에 새겨진 서명이다. 작가는 "얀 반 에이크가 지금 여기에 있었노라"라고 적고 있다. 신랑인 나이 든 부호가 자신의 위상을 폄하하기 위해 '결혼 사진'을 남겼을 리는 만무하다고 했을 때 작가의 이 서명은 '이와 같은 것들이 모두 사실임을 증언합니다'와 같은 효력을 지닌 것일 터이다. 물론 그 증언의 내용은 비록 종교의식이 아니라 사적인 절차를 통해 진행된 결혼일망정 이 결혼은 성스러움과 위엄을 갖춘 엄숙한 의식이었다는 것이리라. 만약, 성과 속, 진성성과 위선(혹은 위악)이 상호배제적인 것이라면 이 서명은 진정성의 순분증명서와 같은 것이 될 것이다. 그러나, 얀 반 에이크는 서명의 엄숙함과 디테일의 자유분방함을 동시에 그림 속에 선보임으로써 '판단하며 판단하게 하라'는 모순으로서의 예술적 실천을 감행하였다. 그림 속 거울에 담긴 결혼식의 이면이 이를 생생하게 증언한다.

　이장욱의 「아르놀피니 부부의 결혼식」은 이 모순을 그대로 받으면서 디테일을 수정하여 새로운 질문을 던지고 있다. 그림 제목을 「아르놀피니의 결혼식」으로 해석할 것이냐 「아르놀피니 부부의 결혼식」으로 해석할 것이냐는 팩트의 문제일 수도 있고 무의식의 문제일 수도 있다. 다만 확실한 것은, 그림 원작에 대한 해석의 초점이 성공한 거상 아르놀피니에 맞춰져 있는 반면 이 소설은 아파트를 소유한 독거노인과 가사도우미의 결혼이라는 사건 쪽으로 초점이 이동되어 있다는 것이다. 그림 원작이 그렇듯 이 소설에도 디테일은 깨알 같다. 가사도우미라는 설정은 이 디테일들이 전혀 작위적이지 않다는 것을 보증한다. 가사도우미가 일을 돕는 집주인의 소품들을 통해 그의 개성과 인격을 추정하는 장면은 그 자체로 흥미롭다. 이 과정은 소설적으로 두 개의 기능을 한다. 첫째, 집주인인 초로의 남자가 '신독(愼獨)'하는 경건성을 지닌 인물은 아니지만 완전한 속물도 아니어서 고유의 취미taste를 유지하는 정도의 내면을 지닌 인물임을 작중 화자인 가사도우미의 눈을 통해 드러내 보인다. 중요한 것은 실제로 그가 어떤 인물이냐 하는 것이 아니라 가사도우미의 눈에 주인이 그렇게 비쳤다는 것이다. 타인의 일상을 속속들이 정돈하는 이에게 이 정도의 위신을 유지하는 것은 실은 그다지 쉬운 것만도 아니다. 그러니, 작중 화자는 사실 이 디테일들을 통해 아파트를 지닌 주인을 향한 자신의 마음의 진정성을 계속 부양하고 있는 셈이다. 다시 말하지만 중요한 것은 실제로 그가 그런 인물이냐, 이 화자의 마음이 진실로 사랑이냐 혹은 후사를 도모하는 재물욕이냐 하는 것이 아니라 디테일들이 화자의 마음을 부양하고 있다는 사실이다.

두번째로 원작 그림에서와 달리 속을 성 쪽으로 구부리는 이가 재물을 지닌 남성이 아니라 일상의 디테일을 수습하는 화자라는 사실이 흥미롭다. 여기서, 마치 그림의 거울 속에 화가 자신이 등장하는 것처럼 화자의 이야기를 듣고 있는 것으로 상정된 이 이야기의 작가에게 마음의 부양에 대한 증언과 서명을 요청하는 이는 이 서명을 통해 재물을 지닌 노인과의 결혼에 따르는 세속의 오명을 세탁하려는 젊은 여성이다. 다시 말하지만 중요한 것은 이 여성의 본의가 무엇이냐가 아니다. 모든 것은 디테일 속에 이미 주어져 있다. 디테일이 증언하는 바, 이 결혼은 성과 속의 상호배제를 가름하는 판결이나 속을 성 쪽으로 구부리는 결의가 아니라 성과 속이 서로에 대한 부재 증명으로서 정도의 문제일 뿐이라는 것에 대한 사적 보증이다. 검은 머리가 파뿌리가 될 때까지 매일의 맹세를 요구하는 주례 대신 작가가 요청됐던 까닭은 진정성을 부양하는 도움닫기가 필요했기 때문이다. 저자author는 죽었다. 다만, 맞춤형 진정성authenticity과 온 디맨드on demand 권위authority가 필요했을 뿐이다. 여기에 낙관을 새기는 것이 오늘날 작가의 일이랴, 아니랴.

2. '예술하고 있네'의 몇 가지 경우에 대해
── 배명훈, 「예술과 중력가속도」(『창작과비평』 2010년 겨울호)

몇 가지 사례 연구를 좀 해보자.

한 사내가 숲에서 장작을 패고 있다. 지나가는 두 뜨내기가 이 남자의 기술을 흠잡는다. '여보쇼, 거 힘으로 되는 일이 아니유.' '나 원, 그러다가 나무보다 사람 잡겠소.' '거 이리 주고, 거기 좀 앉아 계슈, 내가 말이유, 그쪽 땀이 식기 전에 나머지 일을 모조리 해치워볼 테니, 당신은 내 기술이나 좀 보구 계시우.' '뭐, 그렇다는 거유, 푼돈이나 몇 푼 쥐어주시우.'

'기술이라니, 선영아.' 본래 숲에서 장작을 패고 있는 사내에게 이 노동은 취미였다. 바람 좋고 흙 좋고 나무 좋고 결 좋고 더불어 결과 좋은 것이 그의 장작 패기였다. 한 사람의 취미가 다른 사람의 직업이 되어도 좋은가? 한 사람의 임금노동이 다른 사람의 취미가 되어도 좋은가? 숲에서 혼자 장작을 패던 남자는 이렇게 말했단다. "내 삶의 목표는 취미와 직업을 결합시키는 일입니다." 로버트 프로스트의 시 「진흙 시간 속의 두 뜨내기Two Tramps in Mud Time」 얘기다. 두 뜨내기에게 사내의 목표는 사치이고 사내에게 두 뜨내기의 기술은 타협이다. 생계를 등에 업은 예술과 예술을 등에 업은 생계가 함께 살 수 있을까?

굳건하여 전혀 교란되지 않는 눈과 사태가 슬퍼지고 복잡해지는 데까지 기어이 들여다보고야 마는 눈이 있다. 전자는 생활인의 눈이며 후자는 예술가의 눈이라고 「토니오 크뢰거」에서 토마스 만은 일별했다. 여기서의 예술과 생활은, 로버트 프로스트의 숲 속의 사내에게는 참으로 비이상적으로 한몸에 사는 것으로 간주될 것이다. 생활과 예술은 결합되어야 할 별개의 사태들이 아니라 이미 속은 두 겹인 하나의 실체처럼 여겨지니 말이다. 여기서 문제는 '어떻게 살 것인가'가 아니라 '어떻게 볼 것인가'가 된다. 그리고 바로 이 선택에 따라 다시 삶은 완전히 달라진다. 한쪽은 삶의 견고한 프레임을 읽고 다른 쪽은 저 프레임의 운명과 결부된 전말을 읽는다. 어느 쪽이 노파이고 어느 쪽이 아가씨인가? 어느 쪽이 토끼이고 어느 쪽이 오리인가? 관점에 따라 다르다. 너무 깊게 보지 말라고 말하는 이와 너무 깊게 보라고 말하는 이가 있을 뿐이다. 보니 태평성대요 자명함의 치세인 이의 계산이 있고 사태의 끝을 봐야 풀리는 태엽이 있다. 예술과 생활이 야누스의 두 얼굴이 아니라 하나인 삶에 대한 두 개의 편광안경을 통해 분광된다. 프로스트의 사내에게 절충의 대상이었던 것이 토니오 크뢰거에겐 치명적 선택의 대상이 된다.

매일 아침 출근길에 너무나 지루한 표정을 하고 하품을 하는 아가씨가 있다. 눈에 띄지도 않을뿐더러 가끔 어울리지 않는 386형 농담을 소심하게 건네다 얼른 수습하는 것 정도가 일탈인 무명의 이 아가씨에겐 비밀이 하나 있다. 그의 마음에 '금요일 밤의 열기'가 있다는 것이다. 일상의 시녀인 이 무명의 아가씨는 금요일 밤마다 클럽의 여왕 니나가 된다. 아바ABBA의「Nina, Pretty Ballerina」얘기다. 니나에게 클럽은 탈출구이면서 저녁의 앞마당이다. 이런 방식으로 한 켠에서 예술은 일상의 신용카드가 된다. 당겨 쓴 미래라는 불안과 더불어 니나는 클럽을 만끽한다. 예술은 절충이나 선택의 문제에서 벗어나 지불을 유예한 향유가 된다.

'은경 씨'가 죽었다. 본래 '그날'을 위해 사는 사람은 그날 하루만 사는 것이다. '그날' 이후 은경의 삶은 통째로 예술의 절정과 교환되었다. 배명훈의「예술과 중력가속도」에서 은경의 예술은 일상과의 절충이나 통합의 대상이 아니며 삶을 달리 들여다보게 하는 매개도 아니다. 또한, 치명적이게도 은경에게 예술은 일상의 지불유예도 아니었다. 은경의 예술은 반드시 한 번은 완주되어야 할 생의 완전히 다른 경로였다. 그것은 도달이 종국인 목적end이었으며 땅의 인력으로부터 최대한 벗어나야 절정을 이룰 무중력의 것이었다. 안타깝게도 본의와 달리 그것은 비전문적 동반자와 애호가마저 현기증과 구토로 인도하는 '구토 유발자'였다. 은경은 예술을 살고자 하는 사내, 예술을 통해 삶을 보는 청년, 예술도 해야 하는 아가씨와 완전히 다른 부류이다. 은경은 "지구의 중력가속도"와는 완전히 상반되는 벡터의 정점에 예술을 놓았다. 잡아당길수록 상승하는 것의 운명은 유명을 달리하는 것밖에는 없다. 고귀한 것은 구토와 외면을 유발하는 대신 상대를 자신만큼 고귀하게 만들어야 할 의무를 지기에 드문 것인데 은경은 고귀해지기 전에 종결되었다. 그러니, 은경에게는 애도와 더불어 이런 질문이 주어져야 할 것이다. '이게 최선입니까?'

3. '⋯⋯라고 했으나, 실상 ⋯⋯라기보다는'의 소설
— 최민석, 「국가란 무엇인가」(『세계의 문학』 2012년 겨울호)

누군가가 쉴 새 없이 깔깔거리면서 '정의란 무엇인가?'를 논하고 있다면 이를 어떻게 보아야 할까? 당장 생각할 수 있는 세 가지 답변이 있다. 첫째, 비록 한없이 가벼운 어조로 논하고 있을지언정 주제 자체에 집중해서 듣는 것이 타당하다는 의견이 가능하다. 이 경우 희극적 어조는 청자를 주제에 몰입시키는 방법의 일환으로 간주될 수 있을 것이다. 다시 말해 어조는 일종의 '호객 장치'에 가깝거나 혹은 당의정에 입혀놓은 시럽으로 볼 수 있다는 것이다. 한참 웃다 보면 결과적으로 '응? 정의란 그런 것이었나' 하며 곰곰 곱씹어보게 만드는 경우가 여기에 해당할 것이다. 두번째로 실상 진지한 주제를 설정하고는 있지만 희극적 어조를 통해 진지한 주제를 내파하는 경우도 가능하다. 이것은 전형적인 희극의 방식이며 본래적 의미에서 아이러니가 작동하는 방식이다. '정의란 무엇인가?'라는 질문 자체가 희화화되는 상황 자체를 부각시키고자 한다면 이런 방식의 어조를 효과적으로 사용할 수 있을 것이다. 이 방식을 달리 말하자면 내파와 소산의 방식이랄 수 있는데 이야기가 진행되다 끝이 나면 질문 자체가 내파되거나 증발하기 때문이다. 세번째 경우도 있다. 다시 말해 어조와 명제의 부조화 자체를 부각시킴으로써 발화자의 위치 자체를 문제 삼는 방식도 가능하다는 것이다. '치고 빠지기 수법이랄까? 슬쩍 말을 찔러 넣어보고 한 발 뺐다가 다시 말을 넣어보고 이내 발을 빼기를 반복함으로써 주제 자체보다 발화자의 처지와 상태에 대한 불신이 심각하게 제기한 작품 속 질문 자체를 희화화시키는 것이다……라고는 했으나 실상 문제 자체를 희화화하려는 의지조차 부차적인 것이며 주요 관심은 글쓰기 자체의 조건에 대한 메타적 발화……라기보다는 글쓰기에 있어 우연의 숭배가 지니는 매력에 대한 토로라고 할 수 있는 경우가 있다.' 방금 마침표를 찍은 문장은 의도적으로 이를 실연해본 것인바, 소설가 최민석은 이런 문장들을 엮어 흥미로운 단편소설 한 편을 짰다.

'국가란 무엇인가'라는 제목의 소설이 정작 묻고 있는 것은 '국가란 무엇인가?'가 아니라 '이런 이야기는 어떠하오?'이다. 그러나 그렇다고 해서 '국가란 무엇인가?'라는 질문 자체가 전연 무의미한 것은 아니다. 소설의 결말부에 슬쩍 찔러 넣은 이 질문이 전혀 맥락에 닿지 않는 것만은 아니기 때문이다.

한 작가의 꿈에 세르반테스가 나타나 그의 글을 빌려 걸작을 집필하겠다고 말한다……라고 했으나 실상은 통사정을 한다……라기보다는 최민석 스스로가 세르반테스를 패러디하는 소설을 쓰고 있다고 보는 게 좋겠다. 왜냐하면, 세르반테스의 구술로 시작되었으나 소설 속의 작가가 스토리를 이어가고 다시 그 소설 속 등장인물이 그 이야기를 넘겨받아 이를 전개시켰다가 끝을 맺는 구조 자체가 『돈키호테』에 대한 일종의 오마주와도 같기 때문이다. 돈키호테는 누구인가? 기사도 소설 속 현실을 실제 현실로 간주하는 인물이다. 그는 기사도 소설에서 주어지는 것과 같은 진지한 목적을 달성하기 위해 전력을 기울일수록 희극적 결과를 낳다가 종국에는 전진 자체가 후진이 되는 인물이 아닌가. 로맨스 속의 사랑과 정의를 추구하는 현실의 희극적 인물인 돈키호테와 「국가란 무엇인가」의 리혁수는 행위가 의도를 배반하는 인물이라는 점에서 겹친다. 공동경비구역에서 경비를 서다 전날의 숙취 탓에 몸이 기울며 우연한 '귀순'을 하게 되는 인물이 다시 자신의 의도와는 상관없이 국회의원이 되었다가 납치를 당하고 유명 아이돌과 세속적 로맨스를 이루며 종국에는 다시 영웅으로 미화되는 이야기는 이 소설에서 작가가 의도적으로 빈번하게 사용하고 있는 구문, 즉 '그것은 바로 A……라고 했으나 실상은 B……라기보다는'이라는 이중 양보 구문의 구조와 전적으로 일치한다. 'A라고는 했으나 실상은 B'라는 것은 전형적인 아이러니의 구조이다. 그런데 이것이 '실상은 B……라기보다는'에까지 한 번 더 전개되면 겉과 속이 다른 이야기인 아이러니가 아니라 발화자가 자신의 발화의 지분을 기꺼이 양도하는, 현대적 의미의 알레고리가 된다. 물론 그 자체가 중요한 것은 아니다. 중요한 것은 그런 방식으로 이 작품이 2013년 현재 글쓰기의 조건에 대한 일종의 메타적 소설로 기능한다는 것이다.

작품 속 소설의 작가가 이야기를 팽개치면서 외출을 감행하고 그렇게 방기된 이야기를 작중 인물이 이어가는 구조가 이야기에 대한 작가의 배타적 지위를 의심하는 것과 관계 깊다면 특별히 진지한 의도도 없이 우연에 의해 영웅이 되었다가 역적이 되었다가를 반복하는 이가 마지막 부분에서 '국가란 무엇인가'를 묻는 것은 질문 자체가 어불성설임을 보여준다. 그러니까 이 작품은 형식에 있어서나 내용에 있어서나 처음부터 어불성설을 단 하나의 추진체로 삼고 전개되는 이야기라고 할 수 있다. 어불성설을 내용이자 형식으로 삼는 이야기란 무엇인가? 그것은 국가가 뭐냐는 느닷없는 질문만큼 희한한 이야기……라기보다는 정공법과 어불성설의 비교 우위를 가늠해보기 위해 스스로 행하는 계체량 측정에 비견된다고 하겠다. 말을 먹으며 말하기 방식의 소설이 가능할 것인가? 그것이 '국가란 무엇인가?'의 함의이다.

4. 거리에서
— 신희, 「아직 오지 않은 거리」(『자음과모음』 2012년 봄호)

두 가지 방식이 가능할 것 같다. 트리비얼리즘이거나 의식의 흐름이거나 말이다. 이 소설은 분명히 소위 '트리비얼'한 것들을 세세히 기술하고 관찰하는 이의 시선을 그 중심에 두고 있다. 소설의 첫 대목을 보라. "그녀가 레이스 우산을 접는다. 그 옆으로 흰색 긴팔 티셔츠와 핫팬츠 아래로 젤리슈즈를 신은 여인이 주황색 우산을 접는다. 바로 그 여인을 따르던 노란색 우산 속 여인도 시선을 들어 하늘로 옮기고".

인용된 부분은, 단적인 예에 불과하다. 이 작품에는 이와 같은, 표면에 대한 세밀한 묘사가 가득하다. 그야말로 작고 사소한 부분들에 대한 묘사에 작가는 상당한 공을 들이고 있다. 어디 묘사뿐이랴. 이 소설 속의 주요 서사를 이루는 사건도 그다지 눈에 띄는 것이 없다. '나'가 최린을 만나서 세상 모든 연인들의 일을 반복할 따름이라는 것이 서사의 전부일 뿐이다. 만나서 앞세우고 뒤에 서서 지켜보고 지켜보며 재어보고 재보며 한숨 쉬는 일 따위가 카페에 이르는 동안, 극장에 이르는 동안, 그리고 다시 최린의 등을 지켜보기까지 '나'와 최린 사이에서 일어난 일의 전부이다. 이토록 사소한 연애가 또 있을까? 트리비얼리즘이라고 할 수도 있을 것이며 진부한 세태 소설이라고 판단될 여지도 있다.

의식의 흐름? 그것도 가능하다. 소설의 간략한 서사가 진행되는 동안 '나'는 최린과 '나' 사이에 이미 있었던 일과 현재 진행되고 있는 일과 이와는 다른 방식으로 성립되는 것도 가능했을 일에 대해 생각하는 의식을 자연스럽게 펼쳐 보여주고 있다. 말하자면 이 소설을 '나'가 최린을 만나고 차를 마시고 영화를 보고 거리를 걷는 동안 '나'의 의식 속에 현상한 것들을 특별한 구성이나 강제 없이 자연스럽게 기술한 것이라고 판단할 여지도 있다는 것이다. 말 그대로 '의식이 흘러가는 대로' 기술한 소설일 수 있다는 것이다.

그런데, 의식적으로 엮인 트리비얼리즘과 의식의 흐름 기법을 훌쩍 뛰어넘어 번뜩이는 지점이 있다. 이 소설은 거리를 그야말로 완벽하게 재현해내고 있다. 그리고 이때 완벽이라는 말의 의미는 감각적으로, 심리적으로 그리고 심미적으로 그리하고 있다는 것을 의미한다.

물론 이 소설 속에 '나'와 최린에게 있었던 에피소드들이 담겨 있지 않은 것은 아니다. 그러나, 웬일인지 오히려 그것은 부차적인 것으로 읽힌다. 이 소설 역시 내력의 소설이라기보다는 소설적 현재에 집중된, 보다 정확히는 소설적 현재의 감각에 집중된 소설이기 때문이다. 이 소설에서 그 감각이 성과를 거두는 부분은 '나'가 최린을 만나기 위해 최린에게 근접하는 동안 '나'의 감각에 현상하는 것들을 풍부하게 묘사하는 장면이다. 이때 거리는 '나'와 최린이 만나기로 약속한 장소로서 후경이 되기를 한사코 거부하고 오히려 저 스스로 최린과 평행하게 나란히 선다. 세련된 묘사가 없이도 '나'는 거리가 훌륭한 독서물임을, 그리고 그것이 '나'와 최린 사이에 가득 차 있는 실재임을 드러내 보인다. 이것은 트리비얼리즘에 대한 거리의 승리이다.

두번째로 거리는 의식의 흐름 안에서, 대체 가능한 사건들을 발생시키고 있다. '나'와 최린이 지금과 같은 방식으로 이 거리의 두 지점을 점하지 않을 가능성을 항시 지니고 있음을, 이 거리가 지금과는 다른 방식으로 발생 가능하고 대체 가능한 사건들의 맹아를 품고 있음을 '나'는 쉬지 않고 생각한다. 다시 말해 '나'는 의식 속에서 현실의 거리와 잠재적 거리를 동시에 현상시킨다. 그리고 거리는 이내 최린보다 넓은 영토를 '나'의 의식 속에서 확보한다. 이것은 의식의 흐름에 대한 거리의 승리이다.

마지막 장면에서 '나'는 최린의 등을 바라보면서 "아직 오지 않은 거리"를 발견한다. 이때 아직 오지 않은 거리는 '나'와 최린 사이에서 좁혀지지 않는 거리의 은유이다. 그러니, 이 소설은 거리로 가득한 소설이다. 덕분에 '그녀를 만나는 곳 백 미터 전'부터 우리는 새로운 풍요를 얻게 되었다.

6. 당신이 한몫 거드는 평행우주
—— 조현, 「고흐와의 하룻밤」(『자음과모음』 2011년 여름호)

우리가 한몫하고 있는 세계에 대한 염오를 표현하는 방식은 여러 가지다. 정공법으로 세계의 부조리와 불합리를 고발하는 방식이 가장 먼저 손에 꼽힌다. 기성 세계의 시시비비를 논하는 목소리를 우리는 여러 종류의 사설형 소설에서 쉽게 검출할 수 있다. 그보다 조금은 윗길에 있는 것이 알려주기보다는 알게 하는 소설이리라. 이 방식의 금계는 묘사만으로도 충분히 사람들로 하여금 '알아채게' 하는 것이다. 다시 말해 '말하기tell' 대신 '보여주기show'를 택하는 것이 그 비결이다. 전자와 후자는 메시지의 전달이라는 측면에서는 몰라도 작용의 충격과 효과의 차원에서는 우열이 갈린다. 잭 런던의 『강철군화』와 막심 고리키의 『어머니』의 성패가 갈리는 지점이 바로 그 지점이리라. 전자는 말하고 후자는 보여준다. 물론 우리의 전신이 흔들리는 체험을 가능하게 하는 것은 후자 쪽이다.

이미 우리가 한몫 거들고 있는 세계에 대한 염오를 표현하는 데 서사의 기법 차원과는 조금 다른 방식으로 길을 잡는 소설들이 있다. 시간을 거는 쪽이 여기에 속한다. 2011년 현재 영화와 소설을 비롯한 각종 서사물들에 종말론적 정황이 넘쳐나고 묵시론적 비전이 만연된 것은 시간이라는 축을 걸어 염오를 표현하기 위함이다. 기실 이런 작품들이 더 많이 기우는 쪽은 충분히 예측 가능한 정치사회적 · 윤리적 · 문화적 종말에 대한 경고가 아니라 세계의 손쓸 수 없는 추이에 대한 염오이다. 종말론적 서사에 우리가 주의를 기울여야 하는 까닭도 여기에 있다. 가장 깊은 비관은 때로 반전의 계기를 낳는 법이라고 하는 이도 있지만 염오는 반동보다는 결국 추이의 승인에 기여하도록 에너지를 탈취하기 때문이다.

그런데, 조현의 「고흐와의 하룻밤」은 거듭 표현하자면, '우리가 한몫 거들고 있는 세계'에 대한 염오를 바탕에 깔고 있지만 최근의 종말론적 서사와는 정반대의 정념을 담고 있는 소설이라고 할 수 있겠다. 스피노자의 가능세계론의 과학 버전인 평행우주론에 기대고 있는 이 소설은 미래의 시점을 취해 현재에 대한 염오를 표현하고는 있지만 '우리가 한몫 거들고 있는 세계'라는 축에서 '한몫 거들고 있는'이라는 항목을 미세하게 조정해봄으로써 문명과 세계에 대한 자기염오마저 조정 가능한 것이 아닐까 하는 일말의 기대를 담고 있다.

멀리 갈 것 없이 이 작품이 반 고흐의 그림 「별이 빛나는 밤」에 대한 오마주이자 불우했던 반 고흐의 일생에 대한 미적 보상으로 기능한다는 것을 먼저 생각해보자. 반 고흐가 올려다본 밤하늘의 별들이 실은 하나씩의 평행우주라는 (미적) 진술을 작품의 내적 실재 속에서 현실화함으로써 이 소설은 반 고흐에게 또 하나의 생을 안겨주었다. 그러니까, 고흐가 올려다본 화폭에서 기원한 이 평행우주가 21세기의 한 젊은 소설가에게 현실이 되고 그 현실은 다시 반 고흐의 또 다른 생이 된다는 이 논리는 우선적으로는 역사적 삶에 대한 미학적 보상의 구조이고 다음으로는 삶의 또 다른 가능성에 대한 염탐의 대의명분이 되어준다.

반 고흐뿐만이 아니다. 예컨대, 이 작품에서 기정사실화하고 있는 역사는 인류의 20세기 역사가 아니라 인류의 20세기의 난제들이 중대한 고비를 넘기며 풀려버린 시간 축 위에 있다. 다시 말해 우리가 한몫하고 있는 이 혼곤한 세계는 소설 속 현재에는 지나간 과거 속 평행우주의 일부로 제시된다. 이런 결과가 도출된 것은 시간의 추이에 현재의 우리가 한몫 단단히 했기 때문이다. 흥미로운 것은 작가가 이것을 단지 시간의 문제로만 풀지 않는다는 것이다. 이 작품에서 평행우주로의 여행의 기본 조건은 한 개인에게 하루치의 시간밖에 허용되지 않는다는 것이다. 그럼으로써, 작가는 개개인에게 묻는다. 당신은 만약, 오전, 오후 그리고 저녁 시간을 평행우주로의 여행에 할당할 수 있다면, 그리고 그것이 당신의 일생에서 평행우주로의 여행의 전부라고 한다면 당신은 어디에서 무엇을 보고 싶은가? 이 것은 단연 가장 넓은 의미의 취미에 대한 검증이되 대번 이렇게 치환될 수 있다. 당신은 역사 속 평행우주들의 기원에 서 있다. 한몫 거들 것인가, 말 것인가? 그리고 당연하게도 어느 날 미래인은 당신의 현재를 그 기원으로 삼아 답사할 것이다. 가벼운 터치로 이루어진 이 소설, SF인가 납량물인가?

모티폴로지 아틀라스 3

1. 모든 광신도는 자기자신의 신도이다
── 김성중, 「계발선인장」(『문학과사회』 2010년 여름호)

사실, 소설의 구성과 속도감의 측면에서 아쉬운 점이 없는 것은 아니나 김성중의 「계발선인장」은 인간의 내적 삶의 원리와 관련하여 하나의 사실관계를 적시하고 있다. 과포화된 믿음은 불연소된 욕망에 다름 아니라는 것 말이다. 어쩌면, (어떤 방면에서건) 믿음이 큰 사람들이 일정한 과잉의 신뢰를 통해 거듭 재진술하는 바는 '나는 이것을 믿는다'일지 모른다. 이때 중요한 것은 믿는다는 것이 아니라 '내가' 믿는다는 것이 된다. 물론, 그 정도라면 믿음의 대상 역시 에고의 열기 속에 완전 연소된 후일 것이다. 이쯤 되면 이제 믿음의 크기는 욕망의 크기가 된다. 남는 것은 거듭 믿음으로써 '내가' 욕망하는 것은 무엇인가 하는 문제일 뿐이다.

소설의 기본 구조는 간단하다. 대학생인 '나'는 값싼 자취방을 찾다가 시장 골목에 있는 어느 건물의 옥탑방에 세 들게 된다. 문제는 주인집이다. 주인집에는 세 명의 노인이 살고 있는데 이들은 일주교(一主校)라는 사이비 종교의 교주와 신도, 그리고 배교자로 구성되어 있다. 흥미로운 구성이 아닐 수 없다. 그러니, 교주와 신도 그리고 배교자라는 한데 어울리기 어려운 구성원들이 한 가구를 이루어 살아가는 장면을 제시한 뒤라면 아무래도 이 기묘한 삼각형을 유지시키는 힘의 중심점이 무엇인가를 소설의 중요한 비밀(?)로 작품 안에 접어놓지 않을 수는 없었을 것이다. 이 중심점에 작용하는 힘을 우리는 통속적으로 한 번, 그리고 구조적으로 한 번, 나아가 삶의 내적 원리에 대한 한 모형의 일반화 과정으로 한 번 읽을 수 있을 것이다.

우선 이 드라마를 통속적으로 읽어보자. 저 중심점에 화폐와 교환 관계가 놓인다. 무능력한 교주도, 교주를 과잉 신봉하는, 법이 필요 없을 정도로 선한 할머니도, 이미 교주의 비속함과 거짓을 꿰뚫어보고도 두 노인을 떠나지 않는 '진천 이모'도 모두 돈의 인력에 묶여 있다. 교주와 기숙생 '진천 이모'는 물론이고 선하고 성실한 주인집 할머니 역시 둘을 부양하기 위해 돈이 필요하다. 물론 이 자발적 부양은 믿음에 기초하고 있으나 우선 그 믿음을 지탱시키고, 교주를 교주의 지위에 계속 앉아 있게 하는 것은 돈이기 때문에 주인집 할머니 역시 돈의 인력으로부터 자유롭지 않다. 이 집안에서 경제생활을 하고 있는 이는 할머니뿐이다. 여기까진 통속극이다.

이 통속극의 저변에 하나의 구조가 깔려 있음을 눈여겨보지 않을 수 없다. 그것은 욕망의 삼각형이다. 잘 알려진 것처럼, 르네 지라르Rene Girard에 의해 정식화된 욕망의 삼각형의 기본 구조는 주체는 매개자가 욕망하는 것을 욕망한다는 것이다. 그리고 그 욕망은 매개자의 욕망의 크기에 따라 더욱 증폭된다. 주인집 할머니는 교주가 매개하는 어떤 초월적 '신성'의 크기를 평생 키워왔다. 즉, 교주의 욕망의 대상을 저 초월성으로—결국은 자의적인 것으로 판명되지만—간주하기 시작한 날로부터 할머니는 저 초월적 상태라는 대상을 향한 욕망의 크기를 비가역적으로 키워왔다. 그것은 뒤가 없는 욕망이다. 따라서, 할머니가 견딜 수 없는 것은, 아니 상상하기 어려운 것은 교주가 욕망하는 것이 저 초월성이 아닐 수도 있다는 사실이다. 그것은 할머니의 상상계 내부에는 없는 기표활동이다. 제3자가 보기엔 너무나 뻔히 보이는 교주의 섣부른 행색도 할머니의 믿음, 그러니까 실은 욕망을 키우는 데 기여할 뿐이다. 마찬가지 방식으로 '진천 이모'는 교주를 매개로 화폐에 대한 욕망을 더욱키워간다. 배교자인 그녀에게 교주의 욕망의 대상은 오직 화폐로파악될 뿐이며 그렇기 때문에 그는 할머니에게 행사되는 교주의 위세가 시들기를 결코 원치 않는다. 이 잘 짜인 욕망의 구조들은 통속극에서의 힘점처럼 교묘하게 힘의 균형을 유지하며 이들의 비상식적 동거를 유지시키는 근간이 된다.

통속극과 욕망의 구조를 파악하면 이제 끝으로 개체들의 삶을 지탱시키는 내적 원리가 하나 눈에 들어온다. 교주와 그의 유일한 신도인 할머니를 시장 골목까지 밀어온 것은 결국 '나 자신'이라는 신이다. 교주가 뒤에 '나'에게 별다른 고민 없이 술술 털어놓은 것처럼 초창기 어느 시기를 제외하고 그는 신성을 핑계로 할머니를 현혹한적이 없다. 오히려 뒤에 그는 그 자리에서 벗어나기 위해 애썼지만항상 그를 교주의 자리로 돌려놓은 것은 바로 그 주인집 할머니였다고 사이비교주는 털어놓는다. 자식 둘을 한꺼번에 잃고 기댈 곳이 필요했던 할머니는 처음에 사이비 종교에 빠져들었지만 그다음에는 믿음 자체를 믿지 않으면 안 되는 불안 상태에 빠져들었다. 할머니의 믿음은 교주의 속임수라는 용매에 의해 용해될 정도의 용질이 아니었다. 왜냐하면 그것은 자신을 유지시키는 모든 욕망 에너지의 덩어리였기 때문이다. 그러니 그렇게 유지될 수밖에 없는 삶이 있다. 그 삶에 대해서는 누구든 구원자가 될 수 있다. 신도 스스로의 욕망에 의해 커지는 믿음으로 유지되는 삶이기 때문이다.

이런 구조에 교주와 '진천 이모'가 끝내 재건축 분양권을 챙겨 달아난다는 결말은 다소 단조롭다. 애써 잘 앓힌 내적 삶 하나가 너무 선명하게 백일하에 도식으로 드러나기 때문이다. 그러나, 그마저 할머니의 삶을 구부리진 못할 것이다……라고는 생각해본다.

2. 인간은 비정합적 존재라는 허언의 오류 가능성
— 정용준, 「사랑해서 그랬습니다」(『문학동네』 2011년 봄호)

자신이 논리적으로 정합적인 사고만을 하고 산다고 믿는 사람이 있을까? (만약, 있다면 이 글은 여기서 종료, 당신은 계속 그렇게 믿고 살면 됩니다.) 자신의 정서적 반응이 항상 여일하게 유지될 수 있다고 믿는 사람은 있을까? (만약, 있다면 여기서 종료, 당신은 예의 그 평온한 마음으로 다른 글을 읽으면 됩니다.) 스스로, 나는 항상 정합적으로 사고하고 여일한 정서적 상태를 유지한다고 우리 누구도 쉽게 믿지 않는 것이 보통의 사실이라면, 대체 타인에 대한 믿음은 무엇에 대한 믿음일까? 당신이 누군가를 믿는다고 한다면 무엇을 믿는다는 말일까? 그 사람이 늘 정합적으로 사고하고 판단한다는 것을, 아니면 그 사람의 정서가 항시 여일하다는 것을? 어쩌면, 우리는 누군가를 믿는다는 말을 항상 특정한 조건하에서 구체적 상황에 맞게 한정적으로만 사용해야 할지도 모른다. 누구나 어제는 유물론자였다가 오늘은 종교 서적의 발행인이 될 수도 있기 때문이다. 누구나 경제적 불평등에 어제는 불같이 분개하고 오늘은 존재의 모든 불평등에 비하면 그것은 충분히 양해할 수 있는 일이라고 자못 잔잔한 미소조차 머금을 수 있기 때문이다. 어쩌면, '나는 당신을 믿는다'라는 말은 '나는 어제 오후 1시 23분 시청 지하철 10번 출구의 계단 끝에서 당신이 나에게 보여준 그 천진한 태도와 비사교적 언행이 내가 프리메이슨 신봉자만 아니라면 적어도 한나절은 동행해도 괜찮으리라는 안도를 표시한 것이라는 사실을 믿는다'쯤으로 구체화되어야 할지도 모른다.

그러나, 만약에 일촌광음도 금전적으로 가볍지 않은 시대에 우리가 모든 사람들과 매번 그런 방식으로 신뢰를 공유해야 한다면 세상에 믿을 분은 하나도 없을지도 모른다. 신뢰와 믿음은 본래, 마치 에드거 앨런 포의 「도둑맞은 편지」에서의 편지처럼 뻔히 보이는 곳에서 손가락 사이로 미끄러져나가기 마련이다. 그러니 어쩌면, 믿음에 대해 믿어야 할 것이 있다면 바로 이런 사실 자체일지도 모른다. 인간은 비정합적 존재라는 것, 믿음은 보이는 곳에서 손가락 새로 빠져나가기 마련이라는 것.

저렇게 천진한 딸아이가 혼전 임신을 했다고 도저히 믿기 어려운 엄마가 있다. 언제까지나 아이여야 할 딸아이의 혼전 임신을 원인 무효로 돌려야만 믿음의 보상을 받을 것이라고 고집하는 아버지가 있다. 임신에 대한 생물학적 지식은 물론 있지만 구체적인 사건에 대한 기억이 없는 주인공 사라는 자신에게 그런 일이 없었다는 항변 대신 자신의 몸이 보이는 증거만을 믿는 부모 앞에서, 자신의 몸에 일어난 변화에 대한 의문보다 훨씬 더 거대한 불가사의 앞에 놓인다. 부모는 임신 진단 시약과 사라의 몸이 구체적으로 증명하는 물리적 사실관계보다 사라의 성정과 증언들을 믿지 못했다. 사라의 부모에겐 눈앞에서 믿음이 손가락 사이로 미끄러지는 것을 보는 것이 가장 무서운 일이었다. 사라는 자신에게 구체적 접촉이 없었음을 알고 있지만 산부인과의 진단 자체를 부정할 만큼 어리숙하진 않았다. 그러나, 부모의 믿음이 미끄러져 흘러내리는 것을 지켜보는 사라의 치명적 약점 — 이것도 하마르티아Harmartia라고 할 수 있는가? — 은 그 역시 자신의 배를 두드리는 물리적 실증에 믿음을 주었다는 것이다. 사라는 원인은 믿지 않았지만 결과를 믿었다. 이미 일어난 일에 대해 원인을 믿는 대신 발생한 것의 기별을 믿었다. 이것이 치명적인 까닭은, 그리고 소설가 정용준이 이 소설의 중심에 배치한 것이 바로 믿음이 백일하에 유실되는 사태라는 것이 명료해지는 것은 바로 이 소설의 마지막 장면 때문이다.

사라의 동생의 작은 실수 때문에 발생한 이 믿음 유실 사건에서 애초 믿음의 대상이 되지 못했던 사람들은 무대의 중심에 오르지 않는다. 사라 동생의 친구가, 사람을 혼절시키고 기억을 말소시키면서 동시에 상해할 수 있게 하는 약을 이용해 사라를 범한 일은 다른 소설에서라면 내러티브의 중심에 놓일지도 모른다. 그러나, 그런 일을 행한 인물도, 바로 그 끔찍한 사건도 소설의 주변부로 밀려난다. 그것은 믿음의 공전이라는 사태의 조연들일 뿐이기 때문이다. 소설의 마지막 장면에서 믿음의 공전을 통해 학습 효과를 얻지 못한 사라는 자신도 모르는 사이에 다시 한 번 믿음을 배신당한다. 산부의 배를 차는 기별을 너무도 중히 믿은 사라의 태도에 놀란 복중 태아의 독백은 바로 다음과 같은 발언들의 복화술로 읽혀야 할 것이다.

1. 믿음을 믿지 말지어다.
2. 인간은 비정합적 존재라는 사실을 굳게 믿을지어다.
3. 인간은 비정합적 존재라는 사실을 굳게 믿음을 신봉하지 말지어다.

3. 이런 사람 같은……
— 서진, 「임페이션트 페이션트」(『작가세계』 2010년 여름호)

중국의 문호 루쉰의 글 중에 「개의 반박」이란 것이 있다. 꿈속에서 한 사람이 지나가는 개를 꾸짖자 그 개가 정색을 하고는 "부끄럽지만, 난 아직 동전과 은화를 구분할 줄 모른다구, 무명과 비단을 구분할 줄도 모르고, 또 관청나리와 백성도 구분할 줄 모른다구. 주인과 종도 구분할 줄도 모르고, 그리고 나는……"(「개의 반박」, 『들풀』, 유세종 옮김, 솔, p. 116) 하고 사설을 이어가더란다. 그런가 하면 정현종 시인의 시에 이런 구절이 있다. "개들은 말한다/나쁜 개를 보면 말한다/저런 사람 같은 놈"(「개들은 말한다」). 그러니까, 실상 여러 경우에 우리는 함부로 개가 들어가는 육두문자를 남발할 처지가 못

된다. 사실 우리의 일상에는 '이런 사람보다 못한' 하고 개가 혀를 찰 일들이 비일비재하다. 특히, 돈과 관계된 일에서는 완전 '사람판'인 경우도 결코 적다고 할 수 없다. 흔히, 우리는 인간의 생명까지 위협 하는 대출업자에게 '이런, 사람의 혈액을 먹고 사는~'이라는 의미 의 속어를 사용한다. 그러나, 정작 뱀파이어가 본다면 억울하기 짝 이 없는 노릇이다. 말 그대로 뱀파이어 스스로 자신의 정체성에 대 해 심각하게 회의에 빠지게 하는 일들이 교환관계 본위의 인간관계 들 속에서 너무나 빈번하게 발생하기 때문이다.

서진의 「임페이션트 페이션트」의 기본 서사는 바로 이런 방식의 관계 역전을 중심으로 이루어진다. 작품의 주인공은 소위 '쿨한' 뱀 파이어이다. 어떤 면에서는 새침데기처럼 느껴질 정도로 계산이 정 확한 이 뱀파이어의 주업은 심인(尋人)이며, 물론 일정한 사례금을 받기는 하지만 그것은 사무실을 운영하는 데 충당되는 정도이고 그 에게 의미 있는 보수는 의뢰인 몰래 채취한 일정량의 혈액이다. 이 주인공은 의뢰인 자신도 모르는 사이에 혈액을 채취하지만 자신의 노동량 이상의 혈액을 부당하게 취하지도 않고 또 일이 성사되지 않 았음에도 착수금 정도 이상의 혈액을 취하지도 않는다. 말 그대로 '양심가게'의 뱀파이어가 아닐 수 없다. 의뢰인의 혈액에 "10점 만 점에 8점" "10점 만점에 8.8점" 등의 나름의 테이스팅tasting을 빼 먹지 않는 이 뱀파이어의 판별들이 흥미롭고 또 주인공의 '쿨한' 판 단들이 점점 매력을 더할수록 그가 의뢰받은 사건 속 인물들의 '사 람됨'은 선명히 부각된다.

소설의 중심 사건은 음악을 위해 학업을 폐하고 독거하는 한 대학 생이 자신의 아버지를 찾아달라고 주인공에게 요청하며 시작된다.

소설이 진행되면서 그녀의 아버지를 감금시킨 것은 작은아버지, 그러니까 실종자의 동생의 요청을 받은 폭력배들임이 밝혀진다. 의뢰인 신미선의 작은아버지는 한때 신미선을 다정히 대하고 염려해줄 정도의 사람이었으나 도박으로 재산을 탕진한 뒤 형편이 달라졌다. 신미선의 아버지가 선친에게서 물려받은 땅이 아파트 부지로 개발된다는 소식을 듣고 형에게 자신의 몫을 요구하지만 일거에 거절당하고 궁지에 몰리게 되자 그는 제3자를 통해 형을 감금하고 돈을 얻어내고자 한다. 참으로 '인간적인' 경우가 아닐 수 없다.

작가는 상당히 차분하고 냉정한 톤으로 사건의 추이와 해결 과정을 그리고 있다. 싱겁게도 사건은 뱀파이어의 초자연적인 힘으로 간단히 해결되고 사건의 전말 역시 그저 심드렁하게 진술될 뿐이다. 그러니까, 작가의 기본 어조는 저 어처구니없는 사태에 분개하거나 이를 개탄하거나 혹은 고발하고자 하는 것이 아니라 이를 풍자하고자 하는 쪽이다. 그런 의도는 소설의 첫 문장에 대번 드러난다. 소설의 첫 문장은 "다…당신은 뭐하는 사람이요?"이다. 이것은 사건을 초자연적으로 해결하는 주인공에게 실종되었던 아버지가 던진 질문이다. 사건을 꾸민 의뢰인의 작은아버지나 폭력배들 역시 거의 똑같은 질문을 던지며 주인공의 모습에 아연실색할 수밖에 없음은 자명하다. 그러나 아마도 작가의 의도를 그대로 따르자면 그 질문은 바로 뱀파이어인 주인공이 그들에게 물어야 할 것임이 틀림없다. 즉, 이 질문은 정작 혈연관계까지 저 교환관계 중심의 삶에 내어준 '피도 눈물도 없는' 이들에게 피를 먹고 사는 뱀파이어가 물어야 할 성질의 것이라고 할 수 있겠다. 이 작품의 매력은 바로 이 뒤집기이다. 그러니까, 정말로 아연실색해야 할 것은 저 '사람들'이 아니라 뱀파이어 자신이다. 그러니, 무슨 이런 사람 같은 경우가……

사족: 의뢰인이 음악을 위해 집을 나왔다거나 그런 의뢰인에게 주인공이 살짝 끌리는 마음을 엿보이는 것 등은 이 짧은 작품 안에서 서브플롯을 형성하기에는 너무나 미약하고 다소는 방만한, 그래서 작품에 통합되지 않는 가지가 아닐까?

4. 파토스의 영점에서의 삶
── 한강, 「에우로파」(『문예중앙』 2010년 봄호)

울고 있지 않다고 해서 반드시 웃고 있는 것은 아니듯이, 삶을 이어가야 할 이유를 새삼 발견하지 못한다는 것이 삶을 중단할 이유가 되는 것도 아니다. 순간을 공처럼 부풀려놓았던 누군가의 시선이 바로 그 공이 퍼지게 만드는 예리한 자극이 될 수 있다는 것을 안다고 해서 고통을 가불할 필요도 없다. 값지고 위대한 일상이 아니라고 누구에게나 경멸의 시선을 받아도 좋은 것도 역시 아니다. 그뿐이랴, 이해가 공감이 아니듯 예감이 용기가 되는 것도 아니다. 그렇기에 어떤 예민한 영혼들은 정념의 영점을 외려 짐짓 마이너스 쪽에 맞추어둔다. 상처받지 않기 위함이다.

한강의 소설 「에우로파」의 등장인물인 인아와 '나'는 바로 그런 맥락에서 정념의 영점을 조심스럽게 낮추어 잡는 이들이다. 물론 인아와 '나'가 무엇 때문에 파토스의 영점을 삶의 기준점으로 삼게 되었는가에 대해서 이 소설은 친절하지 않은 편이다. 인아의 경우 스물넷에 결혼을 했으나 결혼 생활이 그리 순탄하거나 행복하지 않은 것이었다는 정도의 정보가 작품 속에 제시되어 있고 화자인 '나'의 경우에도 성적 정체성 문제를 지니고 있다는 정도가 독자에게 제시되어 있을 뿐 그것이 인아와 '나'의 내면에 어떤 파문을 만들고 있는지는 상세히 설명되지 않은 편이다. 그러나, 성급하게 판단하지 말자. 친절하지 않다고 해서 어색한 것 역시 아니기 때문이다.

이 소설은 내력의 소설이 아니다. 말하자면 불현듯 현재의 파국이 제시되고 그 파국을 만든 과거의 우연들과 이력들의 내막이 서사의 전개에 따라 펼쳐지는 유형의 소설이 아니라는 얘기다. 오히려 이 소설의 서사는 그런 의미에서 후진적이라기보다 전진적 운동의 계기를 품고 있다고 하겠다. 이 소설에서 중요한 것은 인아와 '나'가 무엇 때문에 파토스의 영점을 삶의 태도로 지니게 되었는가를 드러내는 것이 아니라 이들이 이미 성립된 태도를 어찌 다루는가 하는 것이다. 태도 성립에 대한 인과관계는 이 소설의 내부에 주어져 있지 않다. 태도는 주어져 있다. 그러니까, 이 소설은 냉담하리만치 인과성에 대해 무심하다. 물론 그것은 실수가 아니라 의도에 의한 것이다. 타자는 미지의 세계에 속한다는 철학적 언설을 구상적으로 재연해 보이기 위한 번잡한 의도가 아니라 이미 기성의 것인 태도들을 접하는 것이 우리 삶 안에서 발생하는 좀더 빈번한 사태임을 고스란히 드러내 보이기 위한 의도이다. 인아가 왜 악몽을 꾸는지, 그의 고통이 무엇으로부터 연원하는지를 궁금해하며 그 근원에 닿고 싶은 일념으로는 인아의 궤도를 간섭할 수 없다. 인아의 곁을 마치 에우로파처럼 일주하는 '나'는 단지 관찰자로서가 아니라 또 다른 불가지의 하나로서 인아의 삶이라는 궤도에 연루될 뿐이다. 깊은 공감과 연대 그리고 다짐이 없이 이 둘의 궤도는 간섭한다.

그런 것인지 모르겠다. 소설을 다 읽는다 하더라도 인아와 '나'의 행동에 대해 이해의 실마리를 잡기는 어렵다. 그러나, 독자 역시 인아에 대해 '나'가, 그리고 '나'에 대해 인아가 그랬듯이 파토스의 영점에서도 누군가의 삶의 궤도에 누군가의 간섭이 발생한다는 것만은 수긍할 수밖에 없다. 어떤 최상의 레이더와 수학으로도 이 간섭의 자취와 방정식은 도해되지 않는다. 그러나, 그것은 물리적으로 엄연히 실재한다. 그저 실재함만을 승인해야 하는 간섭이 있는 법이다.

인아가 파토스의 영점을 지키지 못하는 때가 있다. 노래 부를 때이다. 의지적 인물과는 거리가 멀어 보이는 인아가 언젠가 불렀던 노래를 '나'는 오래 기억한다. "아무리 커다란 운석이 부딪친 자리도 얼음이 녹으며 차올라 거짓말처럼 다시 둥글어지는, 거대한 유리알같이 매끄러워지는".

그러니까, 생활인으로서 인아가 지키는 파토스의 영점은 과장이 없는 목소리로 노래를 부르는 가수로서의 정념과 불가분의 관계이다⋯⋯라는 것을 '나'는 발견한다. 혹은 믿고 있다. 그러나, 위성에게는 불가근불가원의 원칙과 운동이 모든 것이다. 인아는 "나한테는 근본적으로 위대함이 결핍돼 있어"라고 말하곤 한다. 인아가 이 말을 실천하는 한 '나'는 영점 보정을 위해 언제고 인아의 달이 아닐수 없을 것이다.

5. 하나의 삶은 곧 모든 삶이다

—최진영, 「자칫」(『자음과모음』 2012년 가을호)

누구에게나 찾아오기 마련인 생의 슬픔을 견디기 위해서 우리는 가끔 인간적인 인과관계를 부정한다. 너무나 커서 측량이 안 되는 감정을 견딜 만한 것으로 변환하여 전유하기 위해 우리는 사태를 인간적 이해의 시계 바깥에 둠으로써 애써 감정의 평면화를 시도한다. 사태를 인간적 인과관계로부터 절연시키고 자연의 섭리에 인계하면 기복과 굴곡이 없는 무균질의 정서적 위안을 얻을 수도 있다. 그 것이 어떤 식으로든 비극을 내장하고 있는 삶에 대해 두뇌가 행하는 유일한 반란이다.

소설가들에게는 또 다른 방편이 있는가 보다. 최진영은 단편소설 「자칫」에서 삶의 비루함을 대하는 새로운 방식을 제안한다. 주체하기 어려운 감정을 다스리기 위해 인과성을 인간사의 영역에서 자연의 일 쪽으로 건네주는 것이 삶의 비극에 대처하는 자세라면 이 소설에서 최진영은 반대 방향의 자세를 택한다. 그는 삶에 디테일과 시간의 계기를 통한 인과성을 부여함으로써 삶이라는 소극(笑劇)을 대하는 우리의 태도가 지리멸렬함에 대한 무신경으로 전락하는 것을 막아보고자 한다. 무슨 말인가? 모든 지리멸렬이 사랑에서 비롯된 것이라는 데 소설의 발단이 놓여 있다.

지리산 아래 숙박업소에서 하나의 소극이 발생한다. 불륜 현장에 들이닥친 부인을 피하려 옆방으로 도망을 간 오십대 남자와 그 방에 투숙하던 삼십대 후반의 남자가 격투를 벌이고 그 와중에 화재경보기가 울린다. 이때 경보기 소리를 듣고 밖으로 뛰쳐나오던 중년 남성이 계단에서 굴러 생명이 위태로워졌는데 이후 이 남성이 치유가 불가능한 간암 말기 환자였다는 사실이 밝혀진다. 환자의 가족들은 불륜 부부에게 모든 책임을 물어 손해배상을 청구한다. 그리고 그런 소극이 벌어지는 곳 너머 어디쯤에서는 왕따를 당하던 고등학생이 아파트 고층에서 몸을 던진다.

이게 이 소설의 결말이다. 이처럼 지리멸렬한 소극이 또 있으랴 싶지만 이것이야말로 어디에나 있을 법한 이야기라는 것도 사실이다. 그런데 흥미롭게도 작가는 이 우스꽝스러운 사건을 통해 어처구니없는 세속성을 비판하는 대신 오히려 납작해져 볼륨을 잃은 사태에 내력과 디테일을 부과함으로써 삶이라는 소극에 의미를 부여한다. 소설은 지리산 아래 숙박업소에서 얽히는 인물들의 삶을 시간의 인과성 속에서 전개해 보이고 그들의 삶에 디테일을 부과하는 방식으로 진행된다. 그리고 그 시원에 사랑이라는 사태를 놓는다. 첫사랑에 실패하고 동기와의 연애도 작파한 뒤 공무원 시험 준비에 몰두하다가 삼십대 중반에야 9급 공무원이 된 남성은 요릿집 여주인과의 밀회를 위해 지리산을 찾는다. 고등학교 시절 간호사와의 연애를 잊지 못하던 인물은 그를 닮은 여인과 연애를 하게 됐지만 뒤에 그 여인이 오매불망 잊지 못하던 간호사의 동생이라는 것을 알게 된다. 여학생들에게 멋지게 보이기 위해 공부에 매달렸던 또 다른 등장인물은 대학을 졸업하고 회사에 취직한 후 결혼해서 무신경한 아내와 신경질적인 아들을 둔 평균치의 삶을 구가한다. 그러나, 서른 넘어서부터 짠 음식과 담배를 끊고 술도 자제했던 그는 오십대 중반에 퇴직하자마자 간암 말기 통보를 받는다. 항암 치료마저 중단하고 지리산 아랫마을로 조용히 떠난 그는 어처구니없는 사고에 휘말려 예정된 죽음을 앞당기게 된다. 그리고 그 어딘가에서 어쩌면 이들보다도 훨씬 더 근사한 삶을 살 수 있었을 한 젊은 몸이 진다.

그러니까, 작가가 이 작품에서 지리산 아랫마을에서 벌어진 소극을 부각시키는 것이 아니라 그들의 내력과 삶의 디테일을 부각시키는 이유, 그리고 어린 나이에 생을 버린 이의 이야기까지 배치한 이유는 삶이란 어차피 이렇게 지리멸렬한 것이라고 말하기 위함이 아니다. 또한, 삶들이 교차하는 현장을 지목하여 우연성의 교직을 삶의 조건으로 드러내 보여주기 위한 것도 아니다. 오히려 그 반대라고 할 수 있다. 모든 삶은 가지 않은 길 위가 아니라 지나온 여정의 어느 한 국면에서 다시 조명을 받아야 할 충분한 이유를 지니고 있었던 것이다. 사랑의 의지에서 배태된 이 모든 지리멸렬이 삶을 위축시키는 대신 부풀게 하는 까닭은 하나의 삶이 모든 삶에 값한다는 새삼스러우나 자명한 통찰을 이 소설이 담고 있기 때문이다. 그렇기 때문에 일찍 삶을 놓은 고등학생의 자멸과 가족 안에서 왕따와 다름없이 사는 성실한 가장의 삶은 등가적으로 교환되지 않는다. 펼쳐지지 않은 책과 쓰인 『선데이서울』 중에서 후자만이 기억에 값하기 때문이다. 따라서 이 작품은 지리멸렬과 속악함의 세계에 대한 고발이 아니라 지리멸렬의 옹호로 읽힐 수 있다. 모든 지리멸렬조차 인과와 내력을 지니고 그 내력 속에 진주 하나씩을 품었었기 때문이다. 두 말할 필요도 없이 하나의 삶은 곧 모든 삶이다.

6. 내 뒤통수를 바라보는 나의 눈
— 이유, 「빨간 눈」(『문학과사회』 2011년 봄호)

인간 복제에 관해서는 너무나 많은 이야기가 있다. 과거형으로는 '옹고집전'(?)에서부터 미래형으로는 영화 「6번째 날」에 이르기까지, 그리고 복제 인간들의 반란을 다룬 「아일랜드」와 그 모티프의 미래형 오디세이아인 드라마 「배틀스타 갤럭티카」에 이르기까지, '닮은 꼴'에 대한 이야기는 여러모로 변용되어가면서 상상력을 자극해왔다. 그런데, 복제와 관련된 이야기는 대개 두 방향으로 펼쳐진다 — 실은 무엇이든 두 방향으로 요약하면 이항대립으로 묶이지 않는 것은 없겠지만.

'내' 눈앞에 믿기지 않는 현실로 나타난 저 복제된 것을 재빠르게 필요의 관점에서 취할 것이냐 아니면 한 하늘을 이고 살 수 없는 도플갱어의 관점에서 볼 것이냐가 그것이다. 필요에 의해 복사본을 취하는 이들의 효용은 대개 그 복사본으로 인해 원본이 위기 상황에 놓이게 되는 지점을 경계로 '밑지는 장사' 쪽으로 기운다. 말하자면 이 경우는 수명 연장과 노동력 제고라는 효용에 의해 생겨난 복사본이 원본으로 하여금 정체성의 위기를 느끼게 하는 것을 넘어서 원본의 존재 이유에 대한 위협이 되는 지경에까지 이르게 됨으로써 손익분기점에 대해 새로운 문제 제기를 하는 것으로 귀결되는 법인데 이 서사구조 안에서 대개 윤리 문제는 덤으로 주어지기 마련이다. 왜냐하면, 사실 이런 관점의 서사에서 윤리 문제는 이미 앞서 말한 의미의 교환관계의 효율성 문제 속에서 이미 계량적으로 결론이 내려져 있기 때문이다. 「6번째 날」을 보라. 윤리적 판단 문제를 떠나 대체 그 모든 소동을 감수하고서라도 복사본을 생명 연장의 꿈이나 노동력 제고의 수단으로 사용하는 것이 저 필요와 효용의 수지 타산에 맞는가 말이다.

두번째 문제는 조금 다르다. 이 경우는 효용과 수지 타산이 문제가 아니라 실존 자체가 문제이다. 다시 말해, 당신이 바로 거기에 그렇게 있는 것에 충분한 이유가 있느냐가 문제인 것이다. 그러니, 여기서의 문제는 이원적이다. 우선, 도플갱어 설화에서처럼, 그리고 저 유명하고 떠들썩한 라캉의 거울 단계 이론에서처럼 나와 같은 이가 저기 버젓이 하나 더 존재할 때 발생하는 공격성과 위기감이 첫번째 문제이다. 라캉은 거울 단계에서 유아가 거울에 비친 자신의 모습에 대해 처음에는 '저게 진짜 나야' 하고 감탄하다가 어느새 비로소 나와 비슷한 것이 존재한다는 사실에 대해 적개심을 띠며 거울의 이미지에 대해 공격성을 표출하게 된다고 설명하고 있다. 나와 같은 것은 나와는 같은 하늘을 이고 살 수 없다는 것이다. 세상에 나 같은 이가 또 하나 있으면 나는 모든 대가를 지불하더라도 그것을 폐기해야 한다. 왜냐, 나의 실존 자체가 위협받기 때문이다. 실존이란 바로 그런 상황에 거기에 그렇게 있음이다. 나와 같은 것이 여기 이런 상황에 이렇게 나처럼 있으면, 대체 나는 왜 여기에 있는가 말이다. 화가 나지 않을 수 없다. 그러니 이때의 공격성은 자연스러운 것이다. 그런데, 바로 여기서 상황이 역전된다. 중요하고 흥미로운 것은 바로 이 대목이다. 여기 바로 이런 상황에 내던져진 나는 바로 이런 조건들 속에서 바로 이런 방식으로 실존한다. 그런데, 저것이 이 자리에 똑같이 있겠다 하면 그것은 나를 부정하겠다는 것과 다름 없다. 당연히 저것이 이 자리에 놓이는 사태는 발생해서는 안 된다. 복제된 나를 폐기하거나 적어도 여기 이 자리에 이런 방식으로 존재하지는 않도록 만들어야 하는 투쟁은 자연스럽게 개시된다. 그러나, 그 뒤엔? 그것이 아니라 당신이 왜 거기 그렇게 그런 방식으로 있어야 하는가? 이런 질문이 사후적으로 밀려온다. 왜 당신은 그것과의 투쟁에서 힘겹게 승리한 대가로 일요일 저녁 12시가 넘도록 이 원고를 만지작거리면서 실존이니 투쟁이니를 운운하고 있느냐 말이다. 그것이 아니라면 왜 당신이 바로 그 자리에 바로 그런 요령으로 그렇게 있어야 되는데?

이유의 「빨간 눈」은 필요에 의해 복사본을 자신의 일터에 보내는 이의 이야기이지만, 그리고 용도가 폐기되면 새로운 복사본으로 다시 그 자리를 메우는 이의 이야기이지만, 그렇기에 복사본에 대한 원본의 승리를 기정사실로 지니고 있는 이야기이지만 다음 대목의 매력 때문에 상투형을 벗어나 한 번 더 기억될 이유를 지닌다.

"정말 추하다."
너를 보며 내가 인상을 썼다.
"너잖아."